LES FEUX D'ASILEE
PROJET : ASCENSION

Sébastien Laurent
LES FEUX D'ASILEE
PROJET : ASCENSION

Science Fantasy

© 2023 Sébastien Laurent
Édition : BoD • Books on Demand GmbH, In de Tarpen 42, 22848 Norderstedt
(Allemagne)
Impression : Libri Plureos GmbH, Friedensallee 273, 22763 Hamburg (Allemagne)
Couverture : Sharon Coeugnet
ISBN : 978-2-3225-5632-8
Dépôt légal : Mai 2023

Pour ma famille et leurs encouragements et longue patience.
A Thibaut, mon ami de si longue date, mon compagnon d'aventure sur les routes de la littérature.
A Fabien, une personne incroyable avec qui mon imagination trouve un puits sans fond dans lequel s'engloutir.

Chapitre 1
Extinction

La fin de ma vie arrive à grand pas, et pourtant, je ne peux m'empêcher de consigner mes dernières pensées dans mon fidèle journal, même en sachant que nul ne survivra pour le lire. Notre espèce est, pour autant que je le sache, éteinte. Le Fléau d'Ombre est au-delà de tout ce à quoi nous aurions pu nous attendre. Dans mes derniers instants, pourtant, je repense à elle. Annah. Mon amie, ma compagne même, brièvement, et ma collègue. La Ritualiste secrète de l'Empire Baraldan, l'enfant prodige, l'héroïne de la guerre contre les Strigoys. Est-elle encore en vie ? Je l'ignore, mais je l'espère de tout cœur. Elle seule peut mettre au point une solution afin d'affronter notre extermination, si cela est encore possible. Ceci, toutefois, sera ma dernière entrée. La nuit tombe, et ils arrivent. Que Tiarée ait pitié de nous.
Extrait final du journal d'Alma Hilldar.

Un vent vif soufflait du nord, accompagné de ce qui pourrait se changer d'une chute de neige intense en un véritable blizzard à tout instant. La visibilité était pratiquement nulle, et la température glaciale pour toute personne se trouvant confrontée à de telles conditions. Pour autant, deux hommes, silencieux, ne semblaient pas s'en préoccuper outre mesure.

Assis sur deux caisses en bois délabré, ils encerclaient la seule source de chaleur en ces lieux, un feu de camp luttant contre les bourrasques. Les compagnons contemplaient l'horizon, rendu presque invisible par les conditions climatiques, ne laissant apparaître que les silhouettes floutées des ruines d'une ville abandonnée.

Leur singulier perchoir consistait en une série de remparts délabrés d'un vieux fort médiéval : Fort Eisenving. Il y a quelques mois de cela, ce lieu était une destination touristique populaire du territoire Impérial d'Endal, également réputé comme le bâtiment d'origine humaine situé le plus au nord du continent d'Asilée. En effet, l'ancienne et grandiose ruine, vestige exemplaire de la lointaine époque du moyen-âge, était érigée à flanc de montagne, ne pouvant être atteinte que par un minuscule chemin serpentiforme qui naviguait entre les forêts de conifères sur un terrain aux variations d'altitude des plus traîtresses. Au delà ne se trouvaient que des chaînes de montagnes, finissant par déboucher sur l'océan nordique. Aucune forme de vie humaine ne subsistait dans cet enfer blanc laissé vierge de toute forme de civilisation. L'on n'y trouvait guère que certains animaux adaptés à ce genre de climat, et d'interminables forêts nichées entre de multiples pics montagneux.

Au sud, au contraire, la vie reprenait ses droits, et alors que le climat se réchauffait légèrement, cités et communautés apparaissaient de façon sporadique, jusqu'à Endal même, la capitale locale, que les deux compagnons appelaient leur foyer. La cité avait hérité son nom de celui du territoire qu'elle gouvernait, comme l'était souvent la tradition Impériale. La grande particularité de ce pays était sa spécialisation technologique dans la fabrication de prothèses Magichromes. Ces membres artificiels étaient capables de véhiculer le Potentiel magique inné à chacun aussi naturellement qu'un membre de chair, contrairement aux Technochromes classiques, purement créées pour la puissance physique et la résistance. Cette « spécialité locale » avait servi à annoncer à tout l'Empire qu'Endal était ouvertement bienveillante envers les Armonistes. Ces mages d'un nouvel âge, pratiquants d'un art récent, habituellement quelque peu méprisés à cause de la culture martiale extrême omniprésente dans l'Empire, pouvaient ici trouver soutien et compagnie.

Ou du moins l'avaient-ils pu. Tout ceci appartenait désormais au passé : de toute la prospérité de l'Empire, il ne restait que ruines et désolation. Toute trace de vie, humaine comme animale, avait disparu de la région, et d'après les dernières communications peu de temps avant que le Réseau ne s'effondre pour de bon, nul lieu sur Céphalia n'était épargné. Pour ce qu'en savaient ces deux hommes sur les remparts, ils faisaient probablement partie, eux et la cinquantaine de survivants frigorifiés agglutinés autour des feux dans l'enceinte du château, des derniers survivants de l'espèce humaine. La nuit approchante apporterait, nul n'en doutait, leur extinction finale.

L'un des deux compères était grand, au torse musclé, aux bras et jambes remplacés par des prothèses Technochrome noires massives et intimidantes, vêtu d'un uniforme militaire Baraldan rembourré réservé aux températures froides, affichant les couleurs habituelles grises et noires à bordures rouges. Il leva la tête et fixa son compagnon de ses deux yeux bruns. Son visage, à la forme rectangulaire et au menton dur, était ridé et zébré de cicatrices - les marques d'une vie de guerre - et ses cheveux gris et courts trahissaient un âge avancé. Il avait l'allure d'un vétéran. Le second homme, en comparaison, bien que de taille raisonnable, paraissait tel un nain à ses côtés. N'affichant aucune modification cybernétique en dehors de l'habituel Oculys que la majorité de la population utilisait, encerclant son œil droit tel un U de côté, il ne partageait avec le géant que la couleur de ses cheveux, l'uniforme polaire, et l'aura d'un homme qui avait survécu à de nombreuses batailles. Ses yeux, bleus et vifs, dans lesquels se reflétaient les flocons de neige dansant, regardaient au-delà de l'horizon enneigé, semblant perdus dans

7

le tourbillon glacial. Ses mèches de cheveux, lui tombant aux épaules, voletaient en tous sens autour de son visage aux formes étonnamment douces pour son âge. De lui émanait une bienveillance naturelle qui invitait à la camaraderie. Le géant mécanisé, infiniment plus intimidant, prit la parole.

« — Tu sembles bien pensif, mon ami. Lequel de nos malheurs préoccupe ton esprit ?

— "Tous d'un coup" me semble une réponse adaptée à la situation, mais pas la meilleure façon d'entamer une discussion, répondit-il après un silence hésitant. Un peu comme quand ta femme te demande ce que tu veux pour le repas, et que tu lui réponds "comme tu veux".

— Je plaide coupable...

Le plus petit homme sourit, puis continua.

— Pour être franc, malgré notre fin proche...Ou peut-être à cause de celle-ci, je pense surtout à elle.

Le premier homme hocha la tête en silence, compréhensif. Le second continua.

— Je suis certain que tu me comprendras si je te dis que Marianne me manque, Adam. Je suis toutefois heureux, au final, qu'elle soit morte au début, avant ces mois d'horreur et de désespoir. Elle est partie comme elle le souhaitait, au combat face à une menace écrasante, en protégeant des innocents.

Il marqua une pause, puis reprit.

— Mais toi Adam...Ma sœur et toi étiez mariés depuis plus de vingt ans. Je ne peux pas croire que je sois le seul à penser à elle en cet instant. Après tout, nous n'aurons plus le temps pour ces choses-là dans quelques heures.

— Elle occupe mon esprit à chaque instant. Je regrette aussi de ne pas lui avoir avoué mes sentiments plus tôt. Une décennie en plus à ses côtés aurait été un pur bonheur. Quand on était encore jeunes.

— Bonheur ? Je croyais qu'elle te terrifiait, à l'époque ? Lâcha son compagnon avec un petit rire amusé.

— Qui ne terrifiait-elle pas, franchement ? Toi, moi, Annah, nous étions proches d'elle, mais nous savions qu'il ne fallait pas l'énerver. J'ai été le chef de notre GAR pendant plus de quarante ans, j'ai appris à vous connaître, et de nous quatre elle était la plus effrayante. Il suffisait de la voir une fois au combat pour ne jamais l'oublier. Je n'ai jamais vu une furie pareille. Je me souviens encore du pauvre bougre dont elle a fracassé le crâne avec son fusil vide, en défonçant son casque jusqu'à en laisser une bouillie. »

Cette fois, ils ricanèrent tous les deux. Les pensées d'Adam suivaient le fil de son compagnon et se dirigeaient vers Marianne, sa femme et la sœur d'Élias, décédée aux premiers jours de l'invasion du Fléau d'Ombre. Sa mort était malgré tout encore fraîche pour eux deux, et bien qu'elle ne le montrait pas, pour leur amie Annah également. Mais leur situation, sans espoir aucun, atténuait leur douleur. Acculés par une mort prochaine inévitable, ils préféraient désormais croire à la possibilité d'être bientôt réunis à ses côtés, dans un monde meilleur. Après un moment de silence, Adam reprit la parole.

« — Élias, tu es au courant que monter la garde de jour ne sert à rien ? Ces saletés ne sortent que la nuit, sous le couvert de leur maudit brouillard d'ombres.

— Je sais, répondit Élias après un soupir. J'aspirais à un peu de temps avec mes pensées. Mais ne t'en fait pas, j'ai de quoi faire avant notre baroud d'honneur.

— Ah oui, la petite... Alice, c'est bien son nom ?

— C'est ça. Tu sais, en temps normal, entraîner une gamine au maniement des armes à feu avant même son service militaire et l'enrôler dans une milice, je m'y opposerais totalement, mais...... Elle mourra ce soir qu'elle combatte ou pas, comme nous tous. Son souhait est de se défendre, je n'ai pas de raison de le lui refuser. Mourir au combat, l'arme au poing, est le droit inviolable de tout Baraldan. Elle le mérite, comme nous tous.

— Un fusil de plus ne peut pas faire de mal, approuva Adam. Pour être franc, si Annah n'avait pas besoin de volontaires pour son rituel, j'aurai armé chaque homme, femme et enfant de ce groupe pour lui donner le temps dont elle a besoin. Après tout, ce qu'elle essaye d'accomplir est tout ce qu'il nous reste. Notre seul espoir.

— Peut-on vraiment appeler cela un espoir ? Son rituel ne sauvera aucun de nous, nous mourrons tous ce soir, sans la moindre exception, c'est un fait.

— Les manipulations temporelles sont un terrain peu exploré, mon ami. Je ne suis même pas sûr qu'Annah sache quelles seront les conséquences de ses actes, et personne ne s'y connaît mieux qu'elle sur le sujet. »

Il fit une pause, pensif. Les deux compagnons, ainsi que Marianne de son vivant, n'étaient pas vraiment les cerveaux de leur groupe, bien que leur talent de soldats d'élite n'était plus à prouver depuis bien longtemps. Annah, piètre combattante, avait toujours été la scientifique, la mage Armoniste, et plusieurs décennies plus tard, lors d'une révélation privée qui avait fait choc, la Ritualiste du groupe. Personne ne connaissait mieux qu'elle les secrets de l'Existence. Mais même elle ignorait comment l'Histoire allait réagir à son Rituel. Allaient-ils tous remonter le temps et retrouver leur jeunesse ? Allaient-ils mourir et créer une trame temporelle différente quarante ans dans le passé où d'autres versions d'eux vivraient à leur place ? Ces pensées occupaient désormais l'esprit des deux hommes, et sûrement celui de la sorcière.

Finalement, Adam reprit la parole.

« — Tu sais comme moi que dans ce genre de situation, se laisser aller à penser aux possibilités est nocif. Nous sommes des soldats. Faisons plutôt ce que nous savons faire de mieux : je vais aller inspecter notre milice et nos armes. Tu devrais rejoindre ta petite apprentie, t'assurer qu'elle sache dans quel sens tenir son fusil avant ce soir. »

Élias hocha la tête, mais resta assis encore un moment, silencieux, penché en avant, les mains croisées devant la bouche. Adam lui tapota l'épaule amicalement. Son imposante main robotisée, ornée de griffes rétractables, recouvrait la totalité de cette dernière, et aurait certainement pu la briser d'une simple pression. Pourtant, preuve de sa maîtrise dans l'utilisation de ses prothèses, le contact fut si léger qu'Élias le ressentit à peine. Il s'éloigna et descendit du chemin de ronde vers la cour intérieure, sa silhouette de géant disparaissant dans la tempête de neige.

Élias se sentait tourmenté de l'intérieur, si terrifié qu'il s'en sentait presque malade. La peur ne lui était pas étrangère. Il était un soldat. La guerre était son métier, et partir au combat sans un minimum de peur était une absolue stupidité. Mais la situation était différente. L'Humanité était éteinte, et leur seul espoir avait le potentiel de déchirer la trame temporelle elle-même.

En quelques mois à peine, le Fléau d'Ombres avait recouvert ce monde, originaire de failles venant de quelque démoniaque plan d'existence. Leur arrivée n'était pas sans rappeler la technique que les premiers envahisseurs extra-dimensionnels, les Strigoys, avaient utilisé quarante ans plus tôt. Mais si les Strigoys, après une guerre aussi brève que destructrice et sanglante, avaient été vaincus, le Fléau d'Ombre, lui, était impossible à arrêter. Chaque nuit, sans fin, des créatures de cauchemar surgissaient d'un brouillard de ténèbres qui s'étendait toujours, de plus en plus loin, sans jamais s'arrêter, ayant démarré d'un simple champ de blé jusqu'à recouvrir les continents du monde. Asilée, le Grand Est, Espérie, tous étaient tombés.

Les abominations jaillissaient du brouillard et massacraient sans pitié, ajoutant les morts à leur nombre toujours croissant, tandis que ceux qui étaient engloutis par la brume sombraient dans une démence grandissante, incapables de trouver la sortie, leur esprit assaillit de murmures et d'hallucinations terrifiantes, finissant par périr de terreur. Seule la lumière parvenait temporairement à les repousser, mais il était impossible d'illuminer chaque centimètre de terrain en continu. Le Fléau trouvait toujours de multiples endroits où se faufiler et les prendre à revers, voire enfonçait simplement leurs défenses en poussant des milliers de monstruosités mugissantes de douleur à charger, enflammées, dans les rayons de lumière.

Fataliste, il réalisa qu'il aurait préféré tomber aux côtés de sa sœur. Survivre jusqu'à la dernière journée de son espèce, voir ainsi la fin de l'Histoire, était un poids trop horrible pour son vieux cœur. Le désespoir l'envahit pendant quelques temps, et seuls les souvenirs d'Annah et de son rituel infernal, de son ami Adam, et de la petite Alice qui l'attendait, parvinrent à lui rendre une once de courage. Pendant un moment, il se demanda ce qu'il était arrivé à l'amie et collègue d'Annah, Alma. La petite femme aux airs terrifiant malgré un comportement de pure douceur, avait sûrement rencontré sa fin lors de la chute des bases militaires d'Endal. Une perte de plus qui devait peser sur le cœur d'Annah, tout comme Marianne pesait sur le sien.

Il soupira, cherchant à retrouver une mesure de calme. Son regard balaya les environs, recouverts d'une couche blanche immaculée. Cette vue raviva en lui des souvenirs plus joyeux, issus d'une époque lointaine, alors que lui et ses amis vivaient encore au Fort Endal-09, l'une des bases militaires de la capitale d'Endal où ils avaient passé l'essentiel de leur vie. La neige y était une occurrence fréquente, accompagnée des vents glacés qui le pénétrait en cet instant. Pour les habitants du Nord, le froid était un ami qui ne les quittait jamais vraiment, même quand ils cherchaient à l'abandonner pour une contrée plus clémente. Il se souvint de leur voyage, plus jeunes, âgés d'à peine trente ans, vers le Sud de l'Empire, en Meigharra. Même en cet instant, à moitié congelé sur un rempart de pierre glaciale, le climat tropical et étouffant qu'ils avaient dû supporter le faisait grimacer. Comme ils avaient regretté le froid du Nord à cet instant, alors que ses vêtements étaient gorgés de sueur et lui collaient à la peau !

Finalement, brisant le fil de ses souvenirs, il se leva, épousseta la neige qui s'était installée sur son long manteau décoloré, dernier vestige de son ancien uniforme militaire, et suivit Adam.

*

Malgré son état de ruine, Fort Eisenving avait été rénové de façon répétée à travers les âges. L'isolation thermique était bien entendu inexistante, mais certaines pièces étaient suffisamment protégées des éléments pour permettre aux survivants d'y loger temporairement. Ces derniers se réchauffaient du mieux qu'ils le pouvaient autour de simples feux, alimentés du bois de meubles médiévaux dont le triste destin aurait fait hurler d'horreur nombre d'historiens – à compter que ceux-ci soient toujours en vie. Les réfugiés étaient arrivés à un point ou l'Histoire n'avait plus rien à leur offrir d'autre que la survie : du bois de chauffage et de hauts murs résistants.

Cette forteresse voyait la majorité de sa surface totalement inoccupée, malgré la présence des survivants. Des siècles plus tôt, des centaines de soldats et serfs maintenaient les structures du château. Mais ce lieu était désormais ruiné, ravagé par le temps et l'usure. Ainsi, ce reste de forteresse mènerait-il son dernier combat, les remparts tenus par une milice de moins de trente personnes. L'on était loin de pouvoir faire de cet événement une légende vivant à travers les âges, mais au moins, nul ne survivrait pour conter cette triste histoire.

De la cinquantaine de survivants, la moitié avait opté pour un autre destin que celui de mourir sur les remparts, et s'étaient réunis dans ce qui avait autrefois été la salle de banquet, directement accessible depuis la cour intérieure grâce à une lourde porte double en bois épais usé par le temps. Au centre de la pièce, un sombre Rituel avait lieu.

Un grand cercle avait été tracé à même le sol de pierre. De nombreux symboles ésotériques complexes le recouvraient et l'accompagnaient en des courbes et lignes sinueuses et tentaculaires. Les symboles semblaient danser, se distordre et se remodeler continuellement, là où les lignes semblaient à la fois se croiser tout en restant parallèles. Une terrible sensation de malaise envahissait ceux s'approchant du tracé, et les curieux cherchant à fixer trop longtemps l'impossible création se retrouvaient vite pris de vertiges, de migraines, leurs oreilles bourdonnant alors que le malaise approchait à tout va. Quoi qu'ait été représenté au sol, il ne s'agissait pas de quelque chose de naturel.

Au centre du plus petit cercle, lui même situé au milieu du gigantesque tracé, se trouvait une femme, seule. Elle était vêtue d'une grande robe ivoirienne simple, sans détail ni fioriture aucune, une capuche relevée et posée sur ses longs cheveux bruns sombre, tombant en bataille autour de son visage lisse et jeune, la protégeait du froid, un avantage ruiné par le fait qu'elle se tenait pieds nus sur la pierre glacée. Sa peau, légèrement mate, était recouverte de glyphes et symboles tracés d'une peinture toute aussi blanche que sa tenue et que le cercle au sol. Ses yeux, d'un vert pâle, usés par le temps, étaient seuls témoins de son âge réel, proche de celui de ses deux amis, Adam et Élias : bien qu'elle apparaissait comme n'ayant physiquement qu'une trentaine d'années, elle en avait plus de soixante-dix.

Elle ne possédait pas de bras droit, mais une observation rapide des environs, ou de ce qui, en tous cas, n'avait pas été transformé en combustible, révélait que celui-ci était posé sur une vieille table de banquet proche. Le membre semblait presque humain, en grande partie à cause de la couche de peau synthétique l'entourant, mais les connectiques à l'épaule démontraient clairement qu'il s'agissait d'une prothèse. Il lui avait été nécessaire d'ôter cette dernière, tout comme son Oculys, car l'œuvre qu'elle accomplissait ne pouvait accepter que chair et sang en son sein. Ses implants internes, heureusement, étaient trop minimes pour affecter quoi que ce soit.

Annah était concentrée sur le Rituel depuis déjà presque une journée entière. Elle n'avait ni dormi, ni bu, ni mangé depuis tout ce temps, et seules des injections régulières de stimulants réalisées par ses assistants, un groupe de quatre mages Armonistes, lui permettaient de supporter l'intensité des énergies qui couraient follement en elle, telle une tempête déchirant son corps de l'intérieur. Sa robe blanche se tâchait de sang avec le temps, alors que des plaies s'ouvraient d'elles-mêmes face à la violence des réactions de Potentiel magique en elle. Seule sa force de volonté, entraînée depuis des décennies par de profondes méditations, lui permettait d'ignorer ces vives douleurs. Il lui faudrait encore plusieurs heures avant d'accomplir son œuvre, et, malheureusement, la nuit tomberait avant la fin. C'était la raison pour laquelle la milice de survivants se préparait à repousser l'assaut à venir aussi longtemps que possible.

Tous leurs espoirs reposaient sur elle. Elle n'avait pas le droit à l'erreur. Seulement, malgré une autorisation officieuse menant à des décennies d'études du Ritualisme, elle n'avait trouvé les archives Temporelles que très tard dans sa vie. Ironiquement, elle n'avait pas eu assez de temps pour apprendre à maîtriser ce dernier. Elle n'avait de ce fait jamais réalisé ce Rituel, et elle n'appréciait guère de tâtonner avec des telles puissances sans avoir jamais pu expérimenter auparavant. Annah aurait préféré avoir le temps d'étudier tout cela autant qu'elle avait étudié les archives de Nécromancie, sa toute première découverte des décennies plus tôt. Elle se devait donc d'afficher un faux air de confiance, tout en évitant de regarder les cadavres qui étaient amenés hors de la pièce, ou leurs spectres hantant les environs. Elle ne pouvait pas se permettre de ressentir de la culpabilité. Pas après avoir causé, bien qu'elle était la seule à l'avoir compris, la fin de l'Humanité entière.

« — Très bien. Le Potentiel est stabilisé. Au suivant, je vous prie...
— Madame, si je puis me permettre ?»

L'un des Armonistes s'était approché d'Annah et la regardait avec un mélange de crainte et de révulsion. Elle n'y prêta aucune attention. D'un geste de la main, il pointa vaguement vers la rangée des morts qui s'étaient offerts à son acte vampirique, que certains volontaires évacuaient de la pièce pour les brûler au dehors. Aucun corps ne serait laissé au Fléau d'Ombre à réanimer.

« — J'ai cru comprendre qu'il était dans vos capacités, outre de voir les fantômes, de ramener les défunts à la vie. Bien que l'idée me répugne d'utiliser d'autant plus de Ritualisme, au vu de notre situation, ne pourrions-nous pas renforcer nos défenses en rappelant ceux qui ont donné leur vie ?
— Malheureusement, c'est impossible, soupira Annah. Je ne connais que deux moyens de rappeler les morts : la Résurrection, ou la Zombification. Dans le premier cas, restaurer l'Esprit et l'Âme de la personne nécessite un corps sain et un Rituel demandant une grande quantité de Potentiel, ce qui rendrait leur don d'énergie inutile, voire même inférieur à ce que leur résurrection demanderait. Quand aux zombies, ils ne coûtent qu'une part infime de Potentiel et peuvent être produits en masse, mais ils ne sont rien de plus que des poupées de chair sans conscience réelle, à peine capable de se défendre ou d'attaquer. Sans implants et programmes pour leur faire atteindre le rang d'une Intelligence Évoluée, et leur apprendre à utiliser un fusil et des tactiques de combat, ils ne seront pas plus utiles qu'une rangée de mannequins et tomberont en quelques secondes face au Fléau d'Ombres. »

L'homme se frotta le menton un moment, se demandant sûrement si un groupe de zombies décérébrés pouvaient au moins servir à ralentir l'adversaire, puis se contenta de hocher la tête, rejetant cette idée répugnante, avant de laisser Annah seule. Elle ne put s'empêcher de remarquer que la vitesse à laquelle il s'éloigna d'elle était légèrement trop élevée, mais ne s'en formalisa pas.

Un de ses assistants, un autre Armoniste, dont l'Affinité naturelle était la Terre selon ses souvenirs, mais dont elle avait toutefois déjà oublié le nom, démontrant ainsi son sens des priorités, s'avança vers le groupe de civils. Il s'agissait là autant de familles que de personnes seules qui discutaient avidement entre elles, tentant par la parole et l'échange d'expériences, d'occulter la terreur approchant. Et pour cause : ces personnes s'apprêtaient à réaliser l'ultime sacrifice : le don de leur vie.

Par principe, le Ritualisme était un art magique oublié et interdit qui était profondément en accord avec la nature. Réaliser un Rituel de grande ampleur, comme celui-ci, nécessitait une Source, un point où le Potentiel magique jaillissait naturellement de la terre, prêt à être employé pour alimenter un Rituel. L'on trouvait de telles manifestations dans les lieux où la nature était florissante et abondante, comme les grandes forêts tropicales de Meigharra, une particularité qui avait cimenté cette nation comme le berceau du Ritualisme par sa richesse en Potentiel.

Malheureusement, Fort Eisenving, aride et gelé, se trouvait très loin de toute Source. Il existait une méthode alternative permettant de réaliser un Rituel, et celle-ci avait été l'une des raisons principales du bannissement mondial du Ritualisme par le traité ARM : le sacrifice humain.

Il était possible de drainer le Potentiel magique naturel de toute personne par un sous-Rituel greffé au Rituel principal, permettant ainsi de l'alimenter en cas d'absence d'une Source. Drainer le Potentiel d'une personne sur la durée, par petites phases, était la méthode habituellement employée, ce qui permettait au donateur de restaurer ses réserves naturellement avec le temps tout en ne souffrant que d'une légère fatigue passagère. Il devenait ainsi possible de réaliser un Rituel gourmand en énergie par de multiples prélèvements, ce qui toutefois faisait du Ritualisme, bien qu'infiniment plus versatile, un art beaucoup plus lent à déployer que l'Armonie et ses attaques presque instantanées. Malheureusement, dans la situation actuelle, leurs besoins en énergie étaient énormes, et ils n'avaient pas le temps d'agir aussi lentement.

Il ne restait ainsi qu'une solution, aussi rentable que terrible : arracher la totalité du Potentiel d'un volontaire et l'intégrer au Rituel, résultant en la mort de cette personne. Et c'est pour une telle raison qu'en cet instant, les volontaires qui se trouvaient dans cette pièce s'adressaient leurs adieux.

La majorité ne se connaissaient que depuis quelques semaines à peine, ayant rejoint cette caravane de survivants. Ils savaient qu'ils mourraient tous ce soir, de la main d'Annah ou du Fléau d'Ombre. Ils savaient également, au fond d'eux, qu'il était inutile de se confier à ceux qui mourraient juste après eux. Mais cet acte leur procurait une certaine mesure de satisfaction, alimentant l'illusion que leur vie n'avait pas été vécue en vain. Que d'autres se souviendraient d'eux, même si cela n'était que pendant quelques dizaines de minutes. Ils avançaient alors, pleurant et souriant; effrayés de mourir, rassurés que ce ne soit pas à la main du Fléau d'Ombre, heureux que leur mort ne soit pas, contrairement à tant d'autres,en vain.

Cette fois, ce fut une femme qui prit place dans le symbole. Son mari et leur enfant la regardaient, les yeux en larmes, affichant toutefois un sourire de fierté. Elle leur rendit à son tour un dernier sourire, murmurant des mots d'amour à leur attention, avant de se tenir, droite, tremblante, devant Annah. Cette dernière inclina la tête et lui adressa ses remerciements sincères, comme elle avait fait avec chacun de ses prédécesseurs, contrôlant sa voix pour qu'elle ne tremble pas. Malgré son apparence, modifiée par Ritualisme, elle était plus âgée que chacune de ces personnes, et les voir ainsi se sacrifier pour elle était terriblement douloureux. Aucune personne âgée n'aimait voir partir les jeunes générations avant elle.

Annah se donnait l'impression d'être la Faucheuse. Elle avait tué par le passé, grâce à son Armonie et comme tout soldat Impérial digne de ce nom, mais la situation était différente. Il s'agissait de civils offrant leurs vies, non d'ennemis tentant de prendre la sienne. Elle avait déjà ôté la vie de douze innocents depuis le début de la journée. Il en restait encore huit. Et il n'y avait aucun honneur dans ces exécutions.

Comme à chaque fois, le procédé commença de façon simple, calme. La femme ne sentait absolument rien à part un léger chatouillis interne. C'était ainsi qu'un drain classique débutait.

Comme à chaque fois, les choses empirèrent. Elle se mit à grimacer légèrement de douleur alors que de plus en plus de Potentiel était arraché de son système. C'était le moment où un drain devait à tout prix être interrompu. Il continua.

Comme à chaque fois, alors que les choses arrivaient à leur terme, elle se mit à hurler de douleur, prononçant des mots incohérents, paralysée par la violence de l'acte, incapable de bouger, de fuir. Ce niveau de drain était considéré comme un acte de torture extrême, avec un bas taux de survie, mais le rendement en Potentiel était énorme.

Et comme à chaque fois... Les cris prirent fin, et elle tomba en arrière, respectueusement réceptionnée par deux autres Armonistes. La peau de la sacrifiée était légèrement grise, comme si les couleurs de la vie lui avaient été arrachées sauvagement. L'expression de douleur qui s'y trouvait toujours présente fut remplacée par un visage serein par les mains des deux hommes la portant. C'était la seule chose qu'ils pouvaient faire pour la remercier de son sacrifice.

Détournant le regard un instant, Annah prit une profonde respiration, alors qu'elle sentait le flux d'énergie circuler dans le Rituel. Chaque sacrifice, pendant quelques instants, la connectait intimement à la personne s'offrant à elle. Un pont émotionnel s'établissait pendant quelques instants entre elle et la victime lui partageant tout ce que cette dernière ressentait : douleur, peur, et bien d'autres émotions négatives. Sans la discipline de fer qu'elle avait mentalement travaillée lors de sa longue et illégale carrière de Ritualiste, Annah aurait sombré dans la dépression et la démence depuis un moment.

Alors que ces terribles sensations se dissipaient, il ne resta pour l'accueillir que rage et impuissance devant les actes qu'elle était forcée d'accomplir. Puis vint le dégoût d'avoir ôté une vie de plus, de se savoir tout aussi mortelle que le Fléau d'Ombre, une alternative au massacre : un suicide rendant service. Fermant les yeux, finissant de canaliser le Potentiel nouvellement ajouté dans le cercle du Rituel, elle respira profondément, vidant son esprit, retrouvant son équilibre mental et émotionnel.

Elle ouvrit les yeux. Son cœur rata un battement lorsqu'elle vit le jeune enfant approcher, des larmes coulant sur son petit visage, s'apprêtant à suivre sa courageuse mère qui lui avait donné l'exemple, encouragé par son père, qui, clairement, ne souhaitait pas que son fils assiste à la mort de ses deux parents. La douleur que cet homme devait ressentir en voyant sa famille entière périr devant ses yeux était un élément sur lequel elle n'avait pas le droit de s'attarder. Encore moins quand cet enfant, comme ses yeux entraînés pouvaient le voir, débordait de Potentiel.

Serrant son unique poing gauche jusqu'au sang, elle se prépara à nouveau.

*

Le crépuscule approchait, et les membres de la milice étaient de plus en plus tendus. La tempête de neige s'était interrompue, mais la température allait diminuant, et d'autres feux s'étaient allumés à travers la cour intérieure, répartis entre les tentes et de nombreuses caisses de matériel, le tout servant de caserne improvisée. Des torches et lampes électriques branchées sur générateurs illuminaient également le moindre recoin, leur lumière étant la seule défense qui pouvait temporairement repousser le terrible brouillard d'ombres. Il s'agirait de leur seule défense lorsque la brume franchirait inévitablement les fissures du mur d'enceinte. Sans elles, les créatures surgiraient dans leur dos et la bataille finirait en quelques instants.

Dans un coin, a l'écart du tumulte, Élias était assis dans la neige, accompagné par une jeune fille qui semblait à peine sortie de l'adolescence. Ses cheveux étaient roux et salis, couverts de neige, ses yeux verts et pétillants de curiosité observaient chaque geste réalisé par son professeur. Son petit nez enfantin, rougi par le froid, était couvert de tâches de rousseur qui lui donnaient un air innocent et espiègle. L'entrain d'Alice tranchait particulièrement avec l'ambiance morose qui régnait dans le campement.

Entre eux deux, sur le sol, se trouvaient deux fusils à la forme singulière : si la crosse, la poignée et la gâchette rappelaient une arme balistique classique, le fût métallique de l'arme, lui, était de forme triangulaire, pointe vers le bas, et de la longueur d'un fusil d'assaut en bien plus large. Au bout de ce triangle, au niveau de la partie plate supérieure, dépassait un court canon, d'à peine quelques centimètres.

Élias porta la main sur le fût triangulaire : une partie, au milieu, était amovible et pouvait tourner autour de l'axe central.

« — Comme tu peux le voir, il te suffit de faire tourner ce bloc pour changer le mode de tir. A l'intérieur de chaque angle du triangle du fût se trouve un glyphe Armonique différent qui s'aligne avec le canon. »

Il fit pivoter le bloc trois fois de suite, citant chaque mode de tir, son doigt pointant le petit graffiti qui indiquait ce dernier.

« — Tir classique. Tir rapide. Tir explosif. Ce sont les trois bases de ce modèle de fusil Armonique triglyphe, l'ArmAl Delta 3. D'autres modèles comme le Delta 4 et 5 ont des glyphes éjectables et remplaçables, sans parler d'une meilleure consommation d'énergie par tir, mais le Delta 3 constitue la majorité de notre armurerie actuelle. Il fait tout aussi bien des trous dans ses cibles que les modèles avancés.

— Mon père avait un Delta 3, pointa Alice. Ma mère aussi d'ailleurs. Et beaucoup d'autres, en fait. Je crois même qu'ils prévoyaient de m'offrir le premier Delta 3 de papa pour ma majorité.

— Pas surprenant. C'est pour ça que notre armurerie actuelle est constituée de Delta 3 en majorité : c'était une arme omniprésente sur les marchés, la base solide et efficace du fusil Armonique. Entre chez quelqu'un et tu as neuf chances sur dix d'en trouver un. »

Il orienta ensuite le fusil, canon vers le bas, pour exposer le dessus du fût, à sa base même, au dessus de la poignée. Un petit compartiment s'y trouvait, qu'il ouvrit d'une pression sur un bouton positionné juste à côté. La plaque de fermeture en demi-cercle s'ouvrit et pivota à l'intérieur du fusil, révélant un espace vide dans ce dernier, pouvant accueillir un objet de forme cylindrique.

« — Ici, c'est là où tu insères la cannette... Enfin, le terme professionnel est "le cylindre d'alimentation". »

Il récupéra ledit cylindre sur le côté et le lui montra avant de commencer à l'introduire dans l'emplacement adapté. Alice émit un petit rire cristallin.

« — Je vois pourquoi tu appelles ça une cannette. Ça en a la forme.
— Jargon militaire, répondit Élias avec un sourire. Tu parles à un ancien bidasse, après tout. "Balance une canette" va plus vite à dire, entre deux rafales. »

D'une pression sur le bouton, le compartiment se referma dans un cliquetis. Il releva son fusil et fit signe à Alice de le copier, ce qu'elle fit. Lorsqu'elle eut terminé, il continua.

« — La quasi totalité des cylindres d'alimentations sont chargés d'affinité Feu, qui est très commune, donc ne les pose pas à côté d'une zone à risques. Comme tu as dû l'entendre pendant tes cours sur les bases du Potentiel, plus de la moitié de la population possède une Affinité Feu, qui est un élément très agressif si employé au combat. C'est de loin le meilleur dans une situation de combat contre d'autres humains. Et presque le meilleur contre le Fléau d'Ombres. »

Il refit pivoter le bloc triangulaire et répéta.

« — Tir simple de feu. Tir rapide de feu. Tir explosif de feu. Ton fusil s'adapte à l'élément avec lequel tu le charges. Le tir simple est une ligne de flammes précise et intense, parfaite pour faire fondre les blindages légers ou la chair. C'est le style le plus fréquent car capable de toucher plusieurs cibles l'une derrière l'autre, ainsi que de traverser un blindage ou couvert léger. Le tir rapide est moins puissant, mais délivre cinq projectiles par pression de gâchette chacun espacé d'une demi-seconde. Si ta visée est bonne et grâce à l'absence de recul comparé à une arme balistique, tu peux abattre plusieurs cibles avec de l'entraînement et de la rapidité. Ce mode est moins efficace contre les humains qui se mettent à couvert, car le couvert en question risque de fondre à des emplacements différents et donc de ne pas percer là ou le tir simple aurait fait l'affaire. Quant au tir explosif... Je suis sûr que tu le verras beaucoup en action ce soir, il excelle contre la supériorité numérique. Compris ? »

Elle lui répondit d'un hochement de tête et d'un sourire, qu'il lui rendit.

— Juste une question. Tu as dis que le feu était presque l'Affinité la plus utile contre le Fléau. Quelle est la meilleure ?

Élias eut un petit sourire amusé.

— Ironiquement, l'Affinité la moins utile offensivement dans une fusil Armonique : la Lumière. Habituellement, à part pour aveugler tes ennemis ou lancer un signal, personne ne charge un fusil Armonique d'une cannette de Lumière. Bien qu'une grenade peut être très efficace pour aveugler. Mais le Fléau d'Ombre craint la Lumière plus que tout. Tu verras son efficacité ce soir, moi et Adam utiliserons le peu de réserves que nous avons.

Élias se fit silencieux un moment, puis, il saisit un des fusils Delta 3 qui était aligné et préparé au combat. Il le tendit à Alice et activa, sur le côté de la crosse, le petit dog-tag électronique qui identifiait l'utilisateur d'une arme. Les informations d'Alice s'y affichèrent. Il pointa ensuite le bonhomme de neige que la jeune femme avait fabriqué plus tôt dans l'après midi avec les autres enfants survivants du fort.

— Privée Alice, ennemi repéré. Autorisation de faire feu. »

Voir la facilité avec laquelle Alice se glissa dans son nouveau rôle tordit le cœur d'Élias. D'une jeune fille pas encore majeure, elle était désormais positionnée avec sérieux, dans une posture de tir idéale, le doigt proche de la gâchette alors qu'elle fixait sa visée. Même pour une Baraldan, cette petite avec un potentiel réel en tant que soldat. Comme sa sœur. Comme Marianne.

En une poignée de secondes à peine après l'ordre, une lance de feu fusa, illuminant les environs, frappa le bonhomme de neige en pleine tête, de façon si précise que la tête fut arrachée et se mit à fondre en plein vol, sans pour autant que le reste du corps ne ramollisse sous la chaleur extrême du tir.

« — Un tir parfait, tu es parée pour ce soir. Passes-moi ton fusil une seconde.

Il saisit un canif et y causa une entaille décolorant le métal.

— Ta première victime n'était peut-être pas la plus dangereuse, mais elle sera sûrement la première d'une bonne série ce soir, il ne faut pas oublier que c'est l'arme d'un soldat désormais.

Il rangea son canif, vérifia l'arme face à ses yeux, puis, satisfait, le tendit à la jeune fille.

— Voilà, c'est le tien. Ça ne vaudra jamais celui que tes parents t'auraient offert mais... Bon anniversaire, Alice.
— Mon... Cadeau ? Mon anniversaire ? Vous saviez ?
— Un des enfants me l'a dit. A un an près tu avais l'âge légal pour porter cette arme, mais on va faire une exception.
— Merci Élias ! Mon propre fusil ! Trop bien ! »

Elle sautilla follement sur place un moment, envoyant voltiger de la neige dans tous les sens. Elle se sentait forte, ainsi équipée.

Il l'aida ensuite à enfiler son armure Carapace première génération, un type de protection flexible épaisse, recouvrant la totalité du corps telle une ancienne armure médiévale. Désormais aussi courantes que les fusils Delta 3, ces armures faite de blindage métallique léger et de texture pare-balles était relativement efficace pour dévier les projectiles, mais inutile contre les projectiles Armoniques. Face à ces derniers, un seul impact suffisait à faire fondre l'épaisse protection et blesser l'utilisateur.

Correctement équipés, ils se mirent ensuite en marche et, quelques minutes après, Élias avait retrouvé la position où il s'était installé plus tôt dans la journée, son feu éteint et enneigé depuis longtemps. Directement à sa gauche se trouvait Adam et, entre eux deux, avec un sourire qui n'aurait pas été déplacé si on lui avait annoncé que le groupe partait visiter un parc d'attraction, se trouvait la jeune Alice, prête à en découdre, se sentant à l'abri entre ces deux vétérans de centaines d'engagements.

La nuit tombée, il ne fallut pas attendre longtemps pour qu'une brume d'un noir malsain émerge de la terre elle-même, comme si elle s'y était réfugié pendant le jour, fuyant les rayons du soleil. Alors que le sol devenait invisible, les arbres enneigés, toisant au dessus du brouillard, se mirent à remuer follement, donnant l'impression que quelque chose se jetait dessus avec force. Des cris et hululement retentirent, de plus en plus fréquents et proches, qui n'avaient absolument rien d'humain, ni même de bestial. La voix puissante d'Adam se répercuta aux alentours, et la vingtaine de défenseurs tournèrent la tête pour l'écouter.

« — Soldats de l'Empire ! Écoutez-moi ! Depuis plus d'un siècle, notre nation n'a ressenti que fierté pour la force de ses enfants. Le monde entier craignait la furie des Baraldans. Notre puissance a unifié le continent d'Asilée. Notre furie a mis le LINAL à genoux. Nos armées, alors qu'inférieures, ont vaincu les envahisseurs Strigoys venus d'un autre monde par leur courage et détermination sans faille. Invaincus, nous étions le sommet de l'Humanité. Le monde entier était nôtre.

Il fit une pause, regarda ses soldats l'un après l'autre, puis reprit.

— Mais nous ne sommes qu'humains. Face à cette nouvelle menace, face à son absolue supériorité, même notre fier Empire s'est effondré. Nous, les prédateurs, sommes devenus les proies. La conclusion de cette bataille est déjà décidée : nous n'avons aucune arme secrète, aucune chance de vaincre, rien d'autre qu'un rituel qui pourrait changer notre l'Histoire. Nous mourrons en proies, mais nous leur montrerons qu'il n'y a rien de plus dangereux qu'une proie acculée : nous mourrons en emportant dix, cent, mille fois notre nombre avec nous. Battez-vous comme jamais auparavant. Chaque tir, chaque ennemi vaincu compte. Donnez à nos Armonistes le temps dont ils ont besoin pour changer notre passé, pour sauver notre présent et pour assurer notre futur ! Pour Barald ! Pour l'Humanité ! »

Les miliciens hurlèrent leur approbation. Mourir pour mourir, chacun d'eux, comme il était de coutume dans l'Empire Baraldan, se battrait jusqu'à son dernier souffle. La tradition martiale avait existé dans l'Empire depuis sa fondation, il y a plus d'un siècle, et mourir au combat était vu comme un honneur tout particulier. Personne ne fuirait face à l'ennemi, même face à la défaite certaine, et encore moins quand il n'y avait nulle part où fuir. La jeune Alice sautillait d'excitation, motivée comme jamais, et Élias lui même se sentait un peu plus rassuré. Il était également heureux qu'Adam se soit occupé du classique discours motivant, n'ayant lui-même aucun talent pour la chose. Son ami était, après tout, un ancien haut gradé de l'armée, habitué à commander, là où Élias n'était qu'un tireur d'élite, bien qu'un des meilleurs de sa génération.

Comme si elles avaient aimablement attendu la fin du discours, les créatures surgirent soudainement du brouillard et poussèrent leurs propres cris de guerre, comme des milliers de rugissements de douleur et d'effroi, de gargouillement issus de multiples gorges râpeuses. Plusieurs des miliciens, qui n'avaient jamais affronté ces êtres, gémirent devant les visions cauchemardesques qui leur faisait face. Les cris et les formes décharnées des horribles créatures cavalant vers eux sur leurs membres difformes, le brouillard duquel semblait émaner murmures et voix mystérieuses, tout cela agissait sur l'esprit des plus fragiles, les faisant frissonner, leurs jambes tremblant sous leur poids. Leur cerveau semblait griffé de toutes parts par de multiples serres acérées. L'attaque du Fléau d'Ombre était autant physique que psychologique, et la terreur était un de leurs plus gros atouts. Malgré tout, civil ou vétéran, les Baraldan naissaient dans un Empire dédié à la guerre et à la force. Fuir face à la mort, avec une arme en main, était le plus grand des déshonneurs. Nombre des miliciens étaient terrifiés, écoeurés, mais aucun ne tourna les talons. Tous serrèrent leur fusil, prêts à faire feu.

La charge du Fléau était, en effet, digne d'un véritable film d'horreur. Il était possible de vaguement distinguer en plusieurs groupes les monstruosités attaquantes. Les plus évidentes de toutes étaient les animaux tombés et convertis aux rangs ennemis. Ours, loups, chiens, chats, rapaces, de nombreuses espèces animales peuplaient les rangs ennemis, terriblement déformés, le corps d'un noir de jais, émanant une sombre fumée de leur gueule aux crocs couvert de salive sanglante. L'autre catégorie était encore plus effroyable : il s'agissait des horreurs et immondices informes dont l'origine était totalement inconnue. Assemblement de membres désordonnés greffés à même une sphère flottante de chair noire, mille-pattes gigantesque doté aléatoirement de bras et de pieds, de serres et de pointes, tas de chair liquide avançant en rampant sur le sol, agitant des tentacules acérés en tous sens, et des milliers, milliers d'autres créatures indescriptibles. Quelle pouvait bien être l'origine de ces horreurs ? Créés par le brouillard d'ombres ? Originaires du monde dont le Fléau était venu ? Personne ne le savait.

Et bien entendu, se tenant au milieu de cette armée de cauchemars se trouvait, horriblement silencieuse, ce qui était peut-être la pire des trois catégories : l'armée des morts. Hommes et femmes, massacrés par les ombres, relevés, infestés, difformes, des membres, griffes, crocs et filaments d'ombres jaillissant follement de leurs corps putréfiés : tel était le destin de ceux qui tombaient face à l'ennemi. Adam et Élias, parfois, espéraient autant qu'ils craignaient de voir Marianne parmi cette armée. Si elle avait été relevée, ils souhaitaient mettre fin à son existence damnée avant de périr à leur tour.

Dans un concert de rugissement, les monstruosités chargèrent les remparts, et immédiatement, la rangée de fusils Armoniques émit un concert de sons vibrant alors qu'ils s'alimentaient en énergie. Surgirent alors les premiers tirs, accompagnés des iconiques sifflements des fusils lorsque chaque projectile était tiré. Le nombre de cibles était tel qu'il était impossible de rater. Chaque tir projetait un javelot de flammes beaucoup plus intenses qu'un feu naturel, capable de faire fondre la chair ombreuse des créatures au moindre contact, creusant des trous noirs et gluants dans leurs corps difformes. Très vite, toutefois, bon nombre de projectiles devinrent explosifs, comme Élias l'avait prédit : il y avait simplement bien trop de cibles pour se permettre de faire du coup par coup.

Au milieu de ces jets ardents, les deux compagnons usaient, eux, d'Affinité de Lumière. Et dans une telle situation, son effet était absolument incroyable : d'ores et déjà réglé dès le début en tir explosif, chaque attaque de leur part causait une explosion lumineuse sur plus d'une dizaine de mètres de diamètre. Absolument tout ce qui était pris dans ces sphères lumineuses s'enflammait immédiatement, comme si quelqu'un avait utilisé une bombe incendiaire sur les créatures. Mais plus efficace encore que n'importe quel feu, les bêtes affectées tombaient en cendres en quelques secondes à peine. Même l'épais brouillard noir perdait temporairement du terrain, avant de progresser à nouveau. Alice était impressionnée par la dévastation déployée par les deux vétérans, sans compter du fait qu'ils utilisaient leurs fusils personnels, d'un autre modèle clairement plus puissant, même si elle était tout à fait satisfaite de sa propre arme.

Malgré le nombre réduit de défenseurs, les tirs répétés et de nombreux jets de grenades Armoniques permirent de nettoyer rapidement les premières vagues d'assaillants, laissant un océan de bouillie noirâtre brûlante au sol. Quand une créature atteignait le rempart, elle tentait maladroitement de l'escalader, ralentie par les rayons lumineux des projecteurs électriques qu'elle devait éviter, et se faisait abattre largement avant de pouvoir commencer son ascension.

Le duo formé par Élias et Adam était le groupe le plus expérimenté de la milice. Ils avaient déjà affronté ces créatures plusieurs fois et, bien qu'ils n'avaient jamais remporté une seule bataille devant leurs innombrables armées, ils avaient réussit à les ralentir, et plus impressionnant encore, à survivre.

« — On a bien fait de se positionner ici, reconnu Élias. C'est la portion la plus résistante du rempart.

— Oui, ajouta Adam. Ces monstres sont attirés par les vies humaines, comme les Strigoys autrefois. Si nous avions réparti nos troupes, ils auraient attaqué partout en même temps, ou enfoncé la vieille porte d'entrée du château en un instant. Annah aurait été attaquée en quelques minutes.

— Dans tous les cas, nous les tiendrons quelques temps ici, mais leur nombre augmentera sans cesse. Ils vont finir par escalader. La lumière des lampes ne les repoussera pas éternellement.

— On ne peut rien y faire. L'objectif n'a jamais été de les vaincre, simplement de gagner un maximum de temps.

— Dommage que le Réseau soit mort. Ça aurait été plus pratique de communiquer avec les Armonistes par Oculys pour savoir où ils en sont.

Adam haussa de ses massives épaules a son tour, continuant à faire feu. Alice faisait de même, entre les deux vétérans, mais semblait ne pas savoir où donner de la tête face aux multiples cibles. Elle s'accroupit à couvert et questionna son mentor.

— Élias ? Je ne sais pas sur qui tirer, tu peux me guider ? Je veux tuer les plus dangereux.

— C'est jamais facile de savoir lequel est le plus dangereux avec le Fléau, mais je vais t'aider. Tiens, regarde, le gros avec cinq pattes à tes onze heures. Tu le vois ?

— Je vois !

— Met-toi en mode explosion et dégomme-le avant qu'il n'escalade le mur.

Elle s'exécuta, faisant pivoter le bon glyphe, visa, et pressa la gâchette. Le sifflement si propre aux fusils Armoniques se déclencha et une sphère de flammes se matérialisa au bout du canon, grandissant, avant de partir en furie vers sa cible. Elle fit mouche du premier coup et la créature vola en éclats.

— Je l'ai eu !

— Bien joué. Maintenant la mante religieuse géante à deux heures.

— Je la vois... Et voilà, réglé ! C'est plus simple avec ton aide, Élias !

— C'est toujours plus facile en équipe de deux, avec un observateur pour guider les tirs. Tiens, le ver obèse à deux pattes, juste en face de toi.

— ... Élias...

— Ne t'en fais pas, il ne bouge pas vite.

— ... El... ias...

25

L'interpellé tourna la tête vers sa protégée et écarquilla les yeux, horrifié. Plusieurs aiguillons noirs acérés avaient percé l'armure de la jeune fille, répandant son sang sur le sol. Mais le pire était sûrement la pointe enfoncé dans la visière de son casque, déchirant la moitié de son visage et son œil droit. Elle tituba un moment, comme hébétée, avant de tomber en arrière, dégringolant vers la cour intérieure.

— Volée d'aiguillons, mugit Adam. Baissez-vous !
— Alice ! s'époumona Élias. »

Il jeta un œil rapide au champ de bataille plus bas, confirmant que les ennemis n'étaient pas trop proches, se contentant de tirer des pointes pour couvrir les autres monstres, et estimant qu'il avait un peu de temps, se laissa glisser le long du rempart intérieur jusqu'au sol. Il s'approcha d'Alice, qui gisait dans une neige rougissante.

Il n'y avait, bien évidemment, plus rien à faire pour elle. Une demi-douzaine de pointes gisaient de son torse, et celui qui perçait son crâne offrait une vue horrible de l'autrefois séduisante, mais encore immature jeune fille qu'il avait prit sous son aile. Il s'accroupit et arracha les aiguillons, l'un après l'autre, refusant de laisser ces projectiles immondes en elle. Enfin, il récupéra le fusil de la jeune fille, qui gisait tout prêt, et le lui posa sur la poitrine, lui croisant les mains dessus, en digne soldat qu'elle avait été.

« — Tu as été courageuse, ma petite. Tu étais trop jeune pour ça, mais tu as malgré tout bien mérité ton repos. On se reverra bientôt. »

Elle était morte comme elle avait vécue, souriant à la vie et à ses dangers. Élias soupira, rejetant les larmes qui lui montaient aux yeux, puis remonta au galop les escaliers menant aux remparts, aux côtés d'Adam. Celui-ci, à couvert derrière un créneau, rechargeant son arme, l'aborda en le voyant approcher.

— Désolé pour toi, vieux frère. Je sais que tu tenais à elle.

Élias soupira en s'accroupissant. Il ne pouvait se laisser aller à la tristesse.

— Elle est morte en guerrière, comme elle le voulait. C'est le plus beau cadeau qu'un Baraldan peut recevoir dans ses derniers instants.

Nous la rejoindrons bientôt. Pour l'heure, je lui dois quelques centaines de morts !

Les créatures ne semblaient pas vouloir le laisser faire, toutefois. Une autre volée de projectiles aiguisés s'effondra sur les miliciens, en fauchant plusieurs à l'image de la jeune fille. Adam se tourna vers les autres soldats et hurla :

— Restez à couvert derrière les créneaux ! Visez les cracheurs d'aiguilles en priorité !

Suivant cet instant, les choses devinrent bien plus difficiles pour les défenseurs. Certaines des créatures étaient capables de cracher ces longues pointes mortelles, mais rien ne les différenciait des autres sur un plan physique. Même des bêtes semblant bâties pour le combat de mêlée, toutes en griffes, crocs et lames, pouvaient soudainement ouvrir la gueule et faire pleuvoir une pluie de projectiles sur leurs cibles. De ce fait, le rythme du combat changea, les défenseurs agissant désormais de façon réactive plutôt qu'active, continuant à faire feu, mais gardant leur attention sur les attaquants à distance avant tout. Et petit à petit, malgré la dévastation que continuaient à déverser la milice, leur nombre diminua progressivement, leur cadence de tir faiblit, et de plus en plus de créatures grimpèrent le mur, détruisant les projecteurs par leurs projectiles, plongeant les remparts dans l'ombre...

*

« — Nous en avons terminé. Armonistes, je vous remercie de votre aide. Vous pouvez rejoindre la milice, je m'occupe de la touche finale. »

Les quatre hommes hochèrent la tête, mais aucun n'adressa ses espoirs à Annah. Leurs yeux semblaient continuer à éprouver un certain manque de confiance à son égard. Elle ne pouvait pas vraiment leur en vouloir : dès leur naissance, ceux à fort Potentiel, destinés à devenir Armonistes, étaient entraînés aux nouveaux arts magiques, et l'une des premières choses qu'on leur apprenait était le fait que l'Armonie était un art récent d'à peine quelques décennies, pur et digne, là où le Ritualisme était un un art ancestral, millénaire, maudit et banni. Même dans une situation si désespérée, devoir aider une Armoniste déchue comme Annah à sacrifier des civils pour alimenter un Rituel qui lui aurait valu la peine de mort autrefois pour simple possession des textes théoriques devait être une terrible trahison de leurs enseignements.

Finalement, la grande porte en bois se referma, et le silence s'installa, uniquement entrecoupé des lointains bruits de la bataille. Bientôt, de nombreuses explosions vinrent se mêler à ces sons, indiquant à Annah que les Armonistes avaient commencé à Composer leurs puissants sortilèges, ravageant le champ de bataille avec la force de leurs Affinités élémentaires. C'était l'avantage de leur art comparé au Ritualisme : rapide, précis, mortel, pensé pour la guerre avant tout.
Tout le monde faisait son maximum pour lui donner le temps dont elle avait besoin. Le stress la rongeait de l'intérieur, mais elle se refusait à les décevoir. Le sortilège était stable et paré à être déclenché. Elle sortit un instant du cercle, et, ouvrant une petite boîte en métal gravée d'un sigle médical, lâcha un soupir déçu.

« — C'est tout ce qu'il reste ? Et aucune substance illégale pour m'offrir un dernier petit plaisir ? »

Elle soupira à nouveau, laissant son passé quelque peu troublé derrière elle ainsi que ses vaines tentatives pour alléger sa tension. Elle saisit un des injecteurs et le pressa sur son cou au dessus de son épaule gauche, puis pressa la gâchette. Au bout de quelques instants, elle sentit le liquide lui insuffler une nouvelle dose d'énergie. En temps normal, elle serait déjà à l'hôpital pour surdosage et risque de crise cardiaque, ayant utilisé ces injections en boucle depuis la veille, mais la situation l'exigeait. Son corps tiendrait coûte que coûte.
Son énergie renouvelée, elle entra à nouveau dans le cercle et se concentra. Ce dernier brilla intensément. L'air aux alentours semblait onduler, comme un mirage de chaleur sur une route de bitume. Mais ce qui semblait être au début une simple hallucination, se révéla être bien plus : des sons de craquèlements se manifestèrent soudainement, faisant écho partout autour d'elle. Puis, dans le vide qui lui faisait directement face, une fissure apparut, comme flottant dans les airs. La brisure s'étendit de plus en plus, l'espace vide semblant prendre la consistance du verre, et, petit à petit, alors que la réalité lâchait prise, une faille se forma, dans laquelle tournoyait un océan de couleurs et de formes si intense qu'elle sentit ses yeux brûler.
Elle força son regard à rester fixé sur ce qu'elle voyait. Imposant sa volonté, elle pensa à un instant précis dans son passé, une scène bien spécifique. La faille se mit immédiatement en ordre, le tourbillon de couleur se fixa, puis se modifia, finissant par lui montrer un reflet d'elle-même. Puis, comme si quelqu'un regardait un film à l'envers, elle se vit marcher à reculons, s'injecter le liquide dans le cou, refermer la boîte en métal, revenir dans le cercle, indiquer aux Armonistes de partir... Un

sourire, le premier depuis des semaines, lui dévora le visage. Elle avait réussi. Tous ces sacrifices n'avaient pas été vains. Le temps remontait devant elle. Elle s'exclama, surexcitée :

« — Plus vite ! Nous avons au moins quarante ans à remonter en arrière ! Plus vite ! »

Sous son impulsion, les événements se mirent à défiler de plus en plus rapidement, à l'envers. Elle tentait de ne pas penser aux sons diminuant de la bataille derrière elle, qui ne pouvaient indiquer qu'une seule chose.

*

Adam et Élias se trouvaient dos à dos dans la cour intérieure. La défense avait tenu plus d'une vingtaine de minutes après la mort d'Alice, leur arsenal renforcé par l'arrivée des Armonistes. Usant de leurs Écritoires et griffonnant leurs séries de glyphes sur leurs feuillets, ils firent pleuvoir des projectiles de feu, de vent, de roche et de foudre sur le champ de bataille, brûlant, découpant, écrasant et électrocutant des centaines d'ennemis, prouvant à nouveau que même si l'Empire Baraldan méprisait l'usage du Potentiel magique, les Armonistes avaient toujours leur place dans celui-ci en tant que véritables machines de guerre. Un Armoniste bien placé pouvait abattre une Navette aérienne par quelques écrits sur un feuillet. Les fusils Armoniques n'étaient, au final, qu'une pâle imitation des utilisateurs de Potentiel.

Mais malheureusement, après de nombreuses pertes dues aux terribles projectiles pointus, puis à un assaut au corps à corps sur les remparts par les créatures qui montaient les centaines de cadavres de leurs compatriotes tel un escalier pour les atteindre, la défense s'était effondrée. La brume se répandait progressivement dans la cour, et si la lumière des torches brûlait et ralentissait les créatures, tout cela n'était que temporaire alors que d'autres profitaient de l'ombre de leurs camarades grésillant pour avancer.

Seuls les deux compagnons avaient échappé au massacre, en partie par chance mais aussi par leur expérience, et désormais, chacun tenant un fusil Armonique dans chaque main, ils ouvraient le feu sur tout ce qui bougeait dans leur angle de vue. À leurs pieds se trouvait une pile de fusils, certains ensanglantés. Ils avaient ramassé tout ce qu'ils avaient pu trouver et changeaient d'arme dès qu'une des leurs était vide : ils n'avaient pas le temps de recharger. Positionnés une dizaine de mètres devant la porte qui donnait accès à Annah, ils servaient d'ultime rempart, lui achetant la moindre seconde.

« — Quelque part, j'espérais que ça finirait ainsi. Je n'aurais pas vraiment pu rêver mieux, remarqua Adam.
— J'approuve, l'ami. Un dernier baroud d'honneur, épaule contre épaule, il n'y à rien de mieux pour entrer dans la légende. Dommage qu'il ne restera personne pour s'en souvenir.
— Au moins nous aurons une belle histoire à raconter dans l'autre monde. Alice va adorer. Ta gauche !
— Vu ! Tu t'es préparé comme nous avions prévu ?

Adam hocha la tête en tapant fièrement sur son torse. Son armure Carapace rendit un son métallique puissant.

— De même, répondit Élias. Il ne reste plus qu'à attendre le bon moment.

Ils continuèrent à faire feu en silence quelques secondes, lâchant des torrents de Feu sur les créatures qui descendaient des remparts et se réceptionnaient dans la cours, de plus en plus nombreuses malgré leurs tirs. Les torches s'éteignaient progressivement alors que certains monstres se jetaient dessus en hurlant de douleur. Les projecteurs étaient brisés et jetés au sol. La brume avançait progressivement. Finalement, Élias questionna.

« — Vu qu'on va y passer... Des regrets ? C'est le moment de se confier.
— Un seul. Ne pas avoir eu Marianne avec nous. J'aurai aimé voir ta sœur massacrer ces saletés par dizaines. Imagine, elle, Annah et nous deux, notre vieux GAR réunis une dernière fois. On était les meilleurs, tous ensemble. Les héros d'Asilée, de la guerre Strygienne.

Adam fit une pause, puis demanda à son tour.

— Et toi ?
— Un seul aussi. Annah. J'aurais vraiment du lui dire ce que je ressentais pour elle.
— Je te l'ai toujours dit. Je ne sais pas pourquoi tu as hésité.

— C'est juste... Elle n'a jamais donné l'impression de s'intéresser à autre chose que ses recherches, encore moins à quelqu'un. Si elle change vraiment le passé, peut être que le jeune moi sera moins coincé du cul. »

Ils ricanèrent. Le nombre d'ennemis était désormais si élevé qu'ils ne voyaient plus les bases des murs d'enceinte devant eux, juste une infinie marée de crocs et de lames, tâtonnant progressivement vers eux, à moitié aveuglée par les derniers projecteurs situés à côté des portes. Soudainement Élias tenta de crier un avertissement, mais hésita une seconde de trop, horrifié par ce qu'il voyait. Le cadavre réanimé et désarticulé d'Alice, tenant toujours son fusil dans sa main droite pendante, utilisa cette occasion pour cracher une pluie d'aiguillons pointus depuis les multiples trous dans son torse. Un projectile particulièrement épais et long, sortant de sa main gauche et de tout son bras, possiblement même fait en partie d'un os de celui-ci, fusa directement vers le duo. L'hésitation d'Élias fut sa perte : son avertissement vint trop tard. Son corps fut poinçonné en de multiples endroits, son armure Carapace lâchant prise comme celle de sa protégée plus tôt, son épais casque volant même en éclat sous l'impact, sauvant au moins son crâne. Adam reçu le long aiguillon en plein torse, perforant sa poitrine. Il tombèrent au sol, mais continuèrent, faiblement, de tirer.

« — Aaah...Et merde...Au seul endroit que j'ai pas changé en machine... râla Adam.
— Au seul... T'es sur ? Pauvre Marianne. » Ricana Élias alors que le sang coulait de ses multiples blessures.

Telle était la manière d'être des Baraldans : défier la peur de la Mort jusque dans les derniers instants. Blagues et provocations n'étaient qu'un moyen parmi d'autres de garder son courage quand l'instant final arrivait, et le leur approchait à grand pas. Ils ne déshonoreraient pas leur Empire.

« — Cette fois c'est la bonne... A mon signal, Élias...
— Lance-moi...Vers elle... Je commence à tourner de l'œil... »

Désormais tous les deux au sol, sans forces, leurs armes s'enfonçant dans la neige, ils interrompirent leurs attaques. Les armées d'ombres se massèrent et se jetèrent sur eux en une terrible vague d'atrocités contrenature, excitées par le massacre final, ignorant les dizaines de monstres brûlés et tués par les projecteurs restants. Élias sourit en voyant Alice se ruer vers lui. Au final, il n'avait jamais revu Marianne, mais il sauverait au moins sa jeune amie.

« — Maintenant ! »

Adam saisit Élias de ses bras mécaniques et le projeta dans la meute, le faisant atterrir en plein sur Alice, puis, rugissant, invoquant le reste de ses forces, se jeta lui-même à la rencontre de la vague de ténèbres. Au même moment, les deux compagnons donnèrent un coup sur leur armure à un endroit précis. Le bouton qui se trouvait en dessous s'activa, et envoya le signal aux deux ceintures d'explosifs Armoniques qu'ils portaient. La détonation fut titanesque, bien plus puissante que ne l'auraient été des explosifs classiques, secouant le château, faisant s'effondrer au sol des pierres usées par le temps. Quand la fumée se dissipa, il ne restait rien d'autre dans la cour qu'un énorme tas de charogne brûlante.

Mais déjà, d'autres créatures descendaient des murs, sentant leur victime finale proche.

*

La respiration laborieuse d'Annah devenait de plus en plus rauque à mesure que le temps passait. Seuls les stimulants lui permettaient de tenir bon. Plusieurs des aiguillons d'Alice avaient traversé la porte en bois épais comme si elle n'existait pas et l'un d'eux avait trouvé sa voie jusqu'à sa poitrine, la perçant de part en part, comme Adam dans la cour.

Tentant de garder sa concentration au mieux de ses capacités, et ce malgré la douleur lancinante, heureusement atténuée par les drogues, elle remarqua soudainement que son sang, coulant le long de ses jambes et sur ses pieds jusque sur le cercle tracé plus bas, risquait de tout faire échouer. D'un orteil, elle essuya le précieux fluide vital qui s'éloignait un peu trop et comprima d'autant plus sa blessure pour en diminuer le flot. Le sang était un élément conducteur en Ritualisme, et si deux tracés se retrouvaient liés par celui-ci alors qu'ils ne le devaient pas, les conséquences pourraient être effroyables, pour elle comme pour le reste de la trame temporelle.

Quelques instants après, une terrible explosion la fit tituber, menaçant de lui faire perdre son équilibre autant que sa concentration. La détonation était si proche que la porte s'ouvrit en grand, laissant entrer un courant d'air glacial, soufflant certains des derniers feux encore allumés. Elle savait ce que cela signifiait. Adam et Élias l'avaient mise au courant de leur plan final. Ses amis étaient morts. Elle se mordit l'intérieur des joues pour refouler ses larmes. Ils l'avaient laissée toute seule. La dernière humaine au monde. Ses entrailles se glacèrent devant l'effroyable réalisation que leur race toute entière allait disparaître, qu'il ne restait plus qu'elle, et que ce Rituel était peut être la seule chance pour l'Humanité de continuer à exister.

La douleur qui l'habitait était lancinante, comme si le pieu pulsait constamment, envoyant des vagues de souffrance en elle. Mais, droguée comme elle l'était, elle parvenait à supporter l'ajout de cette agonie au terrible poids que le Rituel infligeait déjà sur son esprit.

« — Presque... Presque... »

Devant Annah, les événements de leur jeunesse défilaient, toujours à l'envers. Elle, Élias, Adam et Marianne étaient présents dans son champ de vision. Quarante ans dans le passé. Le groupe d'amis avait à peine plus de trente ans à ce moment, et ils étaient devenus les héros méconnus de l'Empire, l'ayant sauvé d'une autre terrible invasion d'un autre monde.

« — Si j'avais su... Si seulement j'avais pu savoir... Que notre victoire... Que mes actions... Causeraient l'extinction de notre race... C'est ma faute... Ils sont là à cause de moi... »

Les drogues, la douleur et le Rituel la rendaient à moitié délirante et la poussaient à se parler à elle-même, donnant voix à ses pensées et regrets. Elle savait qu'elle devait changer le cours des événements, mais son amour profond pour l'Humanité rendait la réalisation qu'elle était la cause unique de leur extinction encore plus douloureuse. Son seul soulagement était que personne d'autre n'avait réalisé son rôle dans cette tragédie, ou elle aurait été haïe autant qu'elle se haïssait elle-même.

Son attention se fixa à nouveau sur la fissure. Le moment clé arrivait. Ses doigts et ses orteils se crispèrent, ses pupilles se dilatèrent, sa respiration ralentit, et même la douleur se volatilisa un moment sous la force de sa concentration. Finalement, elle s'exclama, presque en criant.

« — Stop ! »

La fissure frémit et l'instant s'arrêta. L'image montrait une Annah identique en apparence, mais actuellement plus jeune d'une quarantaine d'années, les deux mains tenant un poignard Armonique plongé dans une créature mi-gélatineuse mi-mécanique absolument titanesque, aspergée par un flot de sang jaune orangé luisant. Elle se concentra. C'était le moment de son échec. Elle avait réfléchi longuement aux événements, et elle avait réalisé qu'écouter les paroles du Maître Strigoy aurait dû être la meilleure option, bien qu'elle ignorait absolument ce qui changerait. Elle devait en faire un nouvel espoir, pour elle et pour le reste de l'Humanité. Un moyen de survivre, peu importe le prix à payer. Elle n'avait droit qu'à un seul mot. C'était la limite du Rituel, ce qu'il y avait de plus proche du voyage dans le temps. Un Rituel interdit parmi les interdits, dont les conséquences pouvaient être incroyablement désastreuses. Elle avait sué sang et eau pour simplement découvrir son existence, d'autant plus pour l'apprendre, avait manqué de temps pour expérimenter avec lui, et avait été terrorisée par son potentiel jusqu'à ces derniers jours. Rien de moins que la fin de l'Humanité ne fut nécessaire pour la pousser à s'en servir.

Annah se redressa, et, regardant son double plus jeune, tentant d'ignorer les gargouillements démoniaques qui approchaient dans son dos, concentra tout ce qu'elle avait vu, vécu et ressenti depuis l'arrivée du Fléau d'Ombres. Puis, emplie d'une force soudaine, animée du dernier espoir de son espèce, conquérante de la Destinée, elle projeta ses émotions et pensées dans la faille, espérant qu'ils atteindraient sa jeune incarnation, et, alors que des griffes acérées déchiquetaient son dos, transperçant ses organes, volant sa vie, elle hurla le dernier mot qu'une gorge humaine prononcerait, un mot qu'elle espérait capable de changer le passé :

« — Bois ! »

Chapitre 2
Célébration

Je n'ai jamais été une pratiquante de l'Armonie. Cet art magique de guerre ne m'était d'aucune réelle utilité, puisque j'appartenais au corps médical et scientifique de Fort Endal-09. Annah, elle, avait travaillé cet art dès son plus jeune âge. Elle me confia récemment les détails exacts de son enfance, et de ce qui lui fut infligé pour développer ses dons extraordinaires en Potentiel magique, et il devient alors facile de jeter la lumière sur son rejet du GASMA, cette organisation Impériale qu'elle traque désormais dans ses moindres recoins. Quoi qu'il en soit, Armoniste ou pas, j'apprécie, moi aussi, de regarder un bon match de Joute Armonique.
 Extrait de « Biographie d'Annah Morgan » d'Alma Hilldar.

« — Bois ! Bois ! Bois ! »

Annah grimaça alors qu'elle forçait le liquide parfumé à couler au fond de sa gorge. Cette dernière lui brûlait atrocement sous l'effet de l'alcool, mais elle continua, encouragée par les acclamations de ses amis. Après quelques secondes de lutte acharnée, elle finit par avaler la dernière goutte et reposa son verre sur la table métallique, son manque de maîtrise quant à la force de son nouveau bras provoquant un tintement bruyant. Elle exhala de toutes ses forces, les joues rouges, les yeux embrumés.

« — Je vous préviens, je ne le ferai pas deux fois, je ne suis pas sensée boire d'alcool pour l'instant, vous savez ?
— Une exception pour fêter ta sortie de l'hôpital, rien de plus ! Claironna joyeusement Élias en s'attaquant à son propre verre.
— ... Même si tu t'y es envoyé toi-même et que tu es désormais inscrite à la liste des Maso-Chromistes, remarqua Marianne, légèrement dépitée.
— J'ai toujours rêvé d'avoir un Chrome », répondit Annah en montrant fièrement son bras droit désormais métallique, aux courbes élégantes et à la couleur grise-bleutée. Bien qu'il ne s'agissait pas d'un des modèles expérimentaux à peau synthétique, le bras en lui-même était finement assemblé pour ressembler parfaitement à celui qu'elle avait perdu, ou plutôt, fait couper. Les mouvements de l'engin étaient fluides et sans bruit, bien qu'un peu trop brusques, témoins du manque d'expérience de la jeune femme avec sa nouvelle acquisition. Les articulations et chaque doigt, finement ciselées, étaient aptes à bouger

dans des angles qu'un membre humain ne pouvait espérer atteindre.

« — Tu as choisis une prothèse Endalienne, au final ? Questionna Adam en observant de plus près le bras.

— Oui. J'ai hésité avec Cybermark, vu leur avancée technologique comparé à leurs concurrents, mais j'ai choisi un des derniers modèles des industries Olgan au final. Ils restent en tête pour ce qui est de la conductivité en Potentiel.

— Plus fragile et moins adapté au combat il me semble, non ? Intervint Marianne.

— En effet, mais tu me connais Maria. Même les nouvelles recrues de la caserne sont meilleures au combat rapproché que moi. Il n'y a qu'en Armonie que je peux coller une rouste à tout le monde, alors autant amplifier mon point fort.

— Les choses seraient peut-être différentes si tu arrêtais de trouver des excuses pour sécher les entraînements, remarqua son amie en souriant légèrement derrière ses mèches noires.

— Trop d'efforts pour moi. Si je dois suer sang et eau, je préfère que ce soit dans mon labo plutôt que dans une arène.»

Le groupe s'amusa un moment de la paresse physique légendaire de leur amie. Ils avaient décidé d'organiser cette soirée dans un bar de Joute d'Endal pour deux raisons : la première était, bien entendu, pour accueillir Annah à sa sortie de l'hôpital. Après avoir économisé son salaire pendant plusieurs mois, elle avait décidé de sauter le pas, demandé l'amputation de son bras droit et l'installation d'une prothèse Magichrome dans laquelle son énergie magique Potentielle pouvait circuler de manière encore plus efficace que dans le membre organique originel, augmentant ainsi d'autant plus ses capacités d'Armoniste, déjà redoutables pour son âge. Contrairement aux blessés de guerre, il arrivait de plus en plus souvent, avec l'amélioration constante de la technologie, que certaines personnes demandent de telles transplantations dans le but de remplacer un membre sain, et celles-ci n'étaient jamais refusées tant que la personne était considérée comme saine d'esprit et non dangereuse pour la société Impériale. Annah faisait désormais partie des fameux « Maso-Chromistes », une dénomination officieuse pour ceux qui étaient masochistes au point de s'amputer volontairement dans le but de chercher l'amélioration technologique.

La deuxième raison de leur sortie nocturne dans ce bar précis avait pour origine Élias. L'établissement dans lequel ils se trouvaient, nommé « Joutars en furie », était un de leur favoris. Outre son décor quelque peu rétro, incluant par exemple des murs en bois véritable et un parquet réel, bien loin des matériaux métalliques gris et noirs si souvent utilisés dans l'architecture Baraldane, l'ambiance était entièrement dédiée à l'un des sports favoris de l'Empire : la Joute Armonique, ou « Joutar ». L'intérieur du bar était, de son entrée jusqu'au milieu de la pièce, un assemblement quelque peu anarchique de tables métalliques et décorations de récupération évoquant les ruines rouillées dans lesquelles les combats de Joute avaient lieu. L'effet général n'était pas sans rappeler un style très « révolution industrielle ». La seconde moitié de la pièce, pour sa part, revenait vers le présent et était occupée par un assemblage de gigantesques écrans holographiques qui présentaient, actuellement, des pages de publicité et bulletins d'informations, en attendant le début d'un match à venir. La quantité de décorations qui auraient pu trouver leur place dans un dépotoir, ou dans un film de fiction post-apocalyptique, augmentait lourdement autour des écrans, donnant presque la sensation que ces derniers trônaient au sommet d'une décharge de pièces détachées. On pouvait presque sentir l'odeur de l'huile de moteur rien qu'en observant les environs.

Annah tourna la tête vers les écrans, et, remarquant que les présentateurs étaient à nouveau à l'antenne et accueillaient les spectateurs, fit face à Élias, le spécialiste de Joute de leur groupe. Assise à côté du géant Adam, elle se fit une énième fois la remarque qu'Élias et Marianne, en bons faux jumeaux, se ressemblaient légèrement, et ce encore plus quand assis l'un à côté de l'autre : cheveux noirs, yeux bleus, une taille quasiment identique, une peau presque aussi blanche que la neige, les différences apparaissaient quand on comparait leur sexe, bien entendu, mais également le visage sympathique et détendu d'Élias, en comparaison à celui fermé, froid et professionnel de sa sœur.

Annah questionna Élias.

« — Je sais que tu es un grand fan de Joute, mais pour ma part je n'y connais rien. Je n'ai jamais vu un seul match.

— D'un côté, venant d'une Armoniste, je suis surpris, mais de l'autre, pas tant que ça. Tu restes Annah : la science, le travail, aucun soucis, mais jamais de distraction, ricana Adam en lui tapotant gentiment l'épaule de sa grosse main.

— Hey, je sais me distraire ! J'aime beaucoup... Euh... Enfin j'ai des distractions comme tout le monde, promis ! Mais pour ce qui est de la Joute, tu connais mon attrait pour le sport en général...

— Comme nous tous, assura Élias. Tu veux que je t'explique ? »

Il semblait avoir du mal à contenir son excitation. Ce sport était une vraie passion pour lui, et il ne ratait jamais une seule occasion d'en partager les détails à d'autres personnes. Il pointa du doigt les écrans, alors que les présentateurs s'exprimaient, lui faisant signe d'écouter.

« — ...Nous retrouvons au stade Hanz Frezei, de la capitale Impériale d'Ernésie, en présence des quatre équipes qui se sont qualifiées pour cette finale. La tension est à son comble et nous avons déjà eu vent d'altercations entre des groupes de supporters de différentes équipes dans les gradins... Et c'est comme ça qu'on aime les choses, pas vrai Ed ?

Le second commentateur afficha un sourire radieux et enchaîna, en bon professionnel de l'animation.

— Absolument ! Que serait la Joute sans une bagarre ou deux pour chauffer les esprits ? Quoi qu'il en soit, les équipes sont désormais prêtes à entrer sur le terrain, et la tension est à son comble. Pour mémoire, se rencontrent donc ce soir Avalanche, Constellation, les Skwibs Hurleurs, et Armada. Si les trois autres équipes étaient attendues dans la conclusion de ce tournoi pro, les Skwibs ont surpris tout le monde en se propulsant hors du circuit débutant directement vers la finale par une succession de victoires inattendues de tous.

— Espérons qu'ils auront de jolies surprises pour nous ce soir également ! Je sais que cette équipe a déjà rempli les poches d'un bon nombre de parieurs par leurs victoires que bien peu pensaient possibles ! Mais j'attire votre attention sur l'arène, où les équipes entrent désormais dans leurs secteurs respectifs. »

Les écrans montrèrent alors une vue aérienne, mobile grâce aux drones caméras, de ce qui était une reproduction d'un quartier de ville, bâtiments, routes et ruelles incluses, le tout entouré des murs carrés de l'arène. Quatre portes s'étaient ouvertes, dans quatre régions différentes de la fausse ville, et de chaque porte, une groupe de quatre personnes sortait sous les acclamations de la foule dans les gradins. Chaque groupe portait une tenue propre à son équipe, enfilée par dessus une combinaison noire. Le regard d'Annah s'attarda sur l'équipe Armada, dont l'uniforme était celui de l'infanterie Impériale, grise et rouge, constitué d'armures Carapace seconde génération, des armures de corps métalliques forgées en un alliage presque impénétrable. Une protection hors de prix que même l'armée n'utilisait qu'avec parcimonie.

« — Ce sont des fausses, pointa Marianne en suivant son regard. De vraies seconde génération leur coûteraient une fortune, et tomberaient en miettes aussi facilement que des reproductions en plastique pendant un combat de Joute. Ils se donnent juste un style.

— Ça me rassure, reconnu Annah, je commençais à me demander combien on les payait. Je reconnais leurs combinaisons, par contre. Ce sont des armures Mag non ?

— Oui, approuva Élias. Vu ton domaine professionnel tu dois tout connaître de ces combinaisons et de leur capacité à arrêter les attaques Armoniques.

— Elles peuvent en effet stopper une attaque Armonique net, mais cela dépend de plusieurs facteurs, comme l'épaisseur de la combinaison et l'énergie Potentielle déployée dans l'attaque, détailla Annah. Et ces armures sont aussi très chères, on commence à peine à expérimenter avec l'alliage Mag et ses capacités.

— C'est pour ça qu'une grande partie du budget des équipes va dans ces combinaisons et leur entretien, expliqua son ami. Sans elles, nous aurions des morts et estropiés à chaque match. Mais même avec ces protections, il n'est pas rare d'avoir des blessés graves lors d'un match.»

Comme pour renforcer cette remarque, un des membres de Constellation leva les deux bras au ciel, sous les ovations du public, exposant deux bras Chromes. Annah ignorait s'il était un collègue Maso-Chromistes ou s'il avait perdu ses bras lors de blessures pendant des matchs, mais elle avait la forte intuition qu'il s'agissait de la seconde option. Elle ne fut pas choquée outre mesure, bien entendu. Les Baraldans étaient un peuple à tendance fortement martiale et combative. Une blessure grave au combat, même un sport de combat, était tout à fait compréhensible et acceptable dans leur mentalité, voire même exigée. Ces derniers temps, un bras ou deux était vite remplacé.

« — Au final, en tant qu'Armoniste, la Joute te serait très familière, Annah, poursuivit Élias. Bien qu'ils s'affrontent à l'Armonie, les participants n'ont pas d'Écritoire comme toi. Ils ne peuvent donc pas composer leurs sortilèges eux-mêmes. En échange, ils doivent explorer la cité et trouver des feuillets de sortilèges tout prêt, et les utiliser lors des conflits pour attaquer les autres équipes. Tout participant touché par un sort est considéré comme vaincu et doit abandonner le combat.

— Je vois, ça n'est pas si différent d'un combat réel sur le terrain. Je ne suis pas vraiment à l'aise avec le côté aléatoire, je préfère être en contrôle, mais j'imagine que c'est ça qui rend la partie intéressante.»

Elle s'interrompit, observant avec ses amis les équipes avancer à toute allure dans leur quartier respectif, ceux équipés de jambes Chromes utilisant leur mobilité améliorée pour explorer plus rapidement les zones en hauteur, entrant par les fenêtres via des bonds gigantesques normalement impossibles pour des humains normaux. Certaines fois, ils ressortaient en brandissant une feuille de papier griffonnée de symboles, sautant et se réceptionnant avec une agilité presque féline au sol.

« — Il y a une forte dimension tactique dans ces affrontements. Sans Écritoire, impossible de produire le sort utile pour la situation. Du coup, il est nécessaire de lire les Compositions trouvées, comprendre leur effet et les fournir à un membre de ton équipe dont l'Affinité élémentaire fera bon usage de l'effet du sort, continua Élias.

— Je comprends, poursuivit Annah. Tu donnes, par exemple, un feuillet qui permet d'ériger un mur à celui qui à la Terre pour Affinité, et tu distribues la lance ou le projectile explosif à ceux qui ont le Feu ou la Foudre.

— Tout à fait, comme lorsque toi et tes collègues êtes au combat. Une fois leurs feuillets partagés, c'est leur travail d'équipe et l'instinct qui vont décider de quand utiliser quel sort. »

Pendant plusieurs minutes, la majorité du match se résuma à de la collecte pour les quatre équipes. Chaque groupe stockait les pages et se les répartissait de façon adaptée suivant les Affinités de chacun, comme Annah l'avait imaginé. Elle remarqua toutefois qu'une des équipes, celle des Skwibs Hurleurs, se partageait les sorts de manière égale entre chaque membre de leur équipe plutôt qu'en optimisant leur composition. Elle questionna Élias à ce sujet.

« — Ah oui, eux sont un cas à part. Cette équipe n'est constituée que de Joutars d'affinité Feu. Ils n'ont que de l'offensif à apporter à la table, c'est comme ça qu'ils ont atteint leur rang actuel : ils ont enfoncé la compétition par pure brutalité plutôt qu'en utilisant la stratégie habituelle des autres équipes, un mélange d'offense et de défense. Ils perdent souvent plusieurs membres par match, mais ont gagné principalement car ils ont toujours un moyen d'attaquer, même avec un seul Joutar restant. Ils brisent totalement le style de jeu équilibré habituel et perturbent beaucoup les équipes qui les affrontent.

— Je tiens à préciser que je trouve ça particulièrement ironique de donner à son équipe le nom d'un gros rat mutant inoffensif et pataud quand on joue de façon si offensive, remarqua Adam avec un sourire. »

Pendant ce temps, l'action débutait. La collecte avait fait place au combat, alors que Constellation et Avalanche se rencontraient par hasard au détour d'une ruelle. Les deux groupes s'éloignèrent immédiatement l'un de l'autre, repartant dans la direction dont ils étaient venus, cherchant à se mettre à couvert derrière le décor de l'arène. L'un des membres d'Avalanche, trop lent, tenta de se jeter derrière une grosse poubelle métallique. Un Joutar de Constellation l'avait déjà pris pour cible et, la main droite tendue, tenant un feuillet, il lança son sortilège. Annah pouvait presque voir le Potentiel magique émaner de la paume de l'homme directement dans la feuille de papier, illuminant les glyphes qui y étaient inscrits avant de consumer la page. Un instant après, une véritable lance de flammes surgit en ligne droite de sa main et fila vers le membre d'Avalanche, le fauchant de côté, l'impact le projetant en arrière avec violence. Son armure décorative, ressemblant à une tenue d'exploration par temps froid, s'embrasa en partie, les pièces dures volant en éclat sous la force de frappe, et seule la combinaison Mag permit à l'homme de survivre au coup, dissipant la lance de flammes avant qu'elle ne perce son corps. Il fut toutefois heureux de porter un casque, même une réplique, car il atterrit tête la première dans le mur du bâtiment proche qui, bien qu'étant un faux, était toutefois bien trop résistant pour le traverser. Il tomba au sol et perdit connaissance. Ses signes vitaux n'étant pas dans le rouge, aucun message d'alerte ne fut envoyé à ses coéquipiers, qui continuèrent à se mettre à couvert avant de commencer à répliquer avec leurs propres attaques de feu et de foudre. Bientôt, la ruelle devint le théâtre d'un violent affrontement, et plus le temps passait, plus les sortilèges faisaient fondre les murs et les décors, répandant des incendies brûlant avec une intensité supérieure à un feu classique.

« — Vous savez, en tant que scientifique, je ne participe jamais aux batailles de l'armée régulière. Je ne suis presque jamais sur le terrain, sauf lorsque notre GAR est mobilisé pour des missions spéciales. Et en tant qu'Armoniste, je suis plus souvent derrière le sortilège qu'en face, car heureusement, il est rare d'avoir un Armoniste parmi nos cibles. Du coup, je crois bien que c'est la première fois que je vois un échange aussi intense. C'est aussi impressionnant que terrifiant, reconnu Annah, bouche bée.
— Et encore, ça n'est rien, il reste les deux autres équipes, remarqua Élias. Maintenant que les hostilités ont commencé, ils vont se diriger ici pour essayer de prendre les deux groupes affaiblis par surprise. Quand quatre équipes s'affrontent en même temps, je peux te dire qu'il y a tout

intérêt à être réactif pour savoir quand attaquer et quand se défendre. »

Annah voulait bien le croire, alors qu'elle observait l'un des membres d'Avalanche, une jeune femme aux formes athlétiques et dotée de jambes artificielles, se jeter d'une vitesse presque inhumaine à travers la ruelle. Ayant utilisé son Oculys pour calculer la distance la séparant de sa proie et l'ayant comparée à la portée de sa Composition, elle estima devoir s'avancer et se propulsa depuis un pan de mur en train de fondre, volant brièvement au dessus des combattants jusqu'à atteindre le point d'attaque qu'elle avait calculé. Elle lança alors un projectile sphérique électrique qui fila en cloche et détonna en hauteur, puis explosa en une pluie de traits électriques, dont l'un trouva une cible. L'éclair fendit en deux le casque décoratif de cosmonaute de la victime et s'interrompit sur le masque noir, fin et flexible de la combinaison Mag en dessous, l'assommant purement et simplement. Pendant ce temps, la Joutarde se réceptionna d'une roulade, se jeta à toute vitesse en arrière et trouva refuge derrière un mur de pierre formé à l'instant par un de ses compatriotes, qui les protégea tous les deux d'une contre attaque enflammée violente. Les multiples explosions et détonations hypnotisaient Annah, lui faisant réaliser qu'un tel spectacle était sûrement fréquent sur le front Est, lors des batailles entre l'Empire et le LINAL. Les éléments se déchaînaient avec une force sans nom, faisant trembler les environs, leur puissance faisant crisser les hauts-parleurs, ces sons stridents la ramenant un instant, en pensée, au milieu des batailles qu'elle avait traversées par le passé avec ses amis, usant de sa terrible foudre pour terrasser ses adversaires.

« — Qu'est-ce qui empêche les autres équipes d'attendre que ces deux groupes ne se détruisent mutuellement pour ensuite venir les achever ? Demanda-t-elle.
— Le temps. Un match de Joute dure rarement plus d'une quinzaine de minutes, dont la première moitié est souvent réservée à la récolte de sorts. Les quartiers de l'arène se verrouillent progressivement, ce qui réduit la taille de la zone de combat. Regarde. »

Au moment où Élias pointa du doigt l'un des écrans, un des quartiers de la fausse ville fut soudainement entouré de lumières rouges, tels des projecteurs envoyant des rayons ardents vers le ciel à intervalles réguliers. Les lumières clignotaient, d'abord lentement, puis de plus en plus vite. Après une minute, elles devinrent constantes et le quartier fut désormais entouré d'une lueur rougeâtre, telle une démarcation.

« — C'est la zone rouge. Au fur et à mesure que le match progresse, de plus en plus de quartiers, aléatoirement, tombent dans la zone rouge, et si quelqu'un s'y trouve à ce moment, il est disqualifié comme s'il avait été touché au combat. À la fin d'un match, il ne reste qu'une seule zone accessible, ce qui ne laisse aucune place aux équipes pour se cacher l'une de l'autre. D'où le fait que les participants sont poussés à s'affronter le plus vite possible. »

Le groupe commanda une nouvelle tournée de boissons, bien qu'Annah s'abstint de prendre quoi que ce soit d'alcoolisé. Ils continuèrent alors à regarder le match progresser, Avalanche être éliminé malgré leurs débuts prometteurs, puis les Skwibs débarquer en plein milieu d'un affrontement entre Armada et Constellation, attaquant les deux groupes sans distinction, transformant un duel déjà explosif en un chaos sans nom. Plus le temps passait et plus les spectateurs du bar s'excitaient, criant leur soutien à leur équipe, riant devant les explosions et impacts qui frappaient les participants se retrouvant jetés à terre, se passant des sommes d'argent quand ils perdaient ou remportaient leurs paris. En cet instant, la culture martiale et l'adoration du combat, qui étaient des pivots de la société Impériale, prenaient le dessus sur le comportement habituellement méprisant des Baraldans envers les Armonistes, les poussant dans un état d'excitation sans égal. Élias lui-même ne tenait pas en place : grand fan d'Armada, il avait parié sur leur victoire et, son équipe favorite rencontrant des difficultés, il avait bien du mal à se contenir. Le match continua encore un moment et la nuit s'installa, tombant lentement sur Endal.

*

« — J'arrive pas à croire qu'ils aient perdu ! J'avais parié plus de deux-cent Baral sur leur victoire ! »

C'était un groupe passablement alcoolisé, à une exception près, qui remontait les trottoirs de pierre lisse et grisâtre d'une des rues principales d'Endal. Annah s'était arrêtée après son premier verre d'alcool et avait les idées claires, mais ses trois compagnons étaient dans un état d'ivresse avancé, Élias en tête, malgré ses pertes monétaires de la soirée.

« — Ils ont peut-être perdu, mais il faut quand même avouer que ça a été serré jusqu'à la fin, répondit Annah avec d'un ton positif, dans le but de lui remonter le moral. Le duel final entre le joueur d'Armada et la survivante de Constellation était vraiment tendu, personne ne pouvait savoir qui gagnerait jusqu'à la dernière seconde.

— Je plains le type des Skwibs qui s'est pris une explosion et une lance de feu en même temps, c'est un sacré manque de chance, remarqua Adam. Sa combinaison Mag s'est déchirée et son bras Chrome a volé en éclats. J'ai vu les images de près et franchement, à ce niveau, autant en acheter un nouveau, ça lui reviendra moins cher.

— Oui, ajouta Marianne, le visage rouge mais tentant d'assurer sa posture et garder un air sérieux et responsable. Sans parler des brûlures au troisième degré. Les combinaisons ont encore du chemin à faire avant d'être totalement viables au combat. Elle l'a autant protégé qu'un bout de tissu. Au moins, elle ne s'est pas déchirée au niveau de la tête ou du torse, il aurait pu y passer.

— C'est pour ça qu'ils n'incluent pas de sorts à tir rapide répété, précisa Élias en boudant à moitié. On aurait des morts à chaque match. Il suffit que plusieurs tirs touchent le même point et tu te retrouves avec un joli trou dans le ventre.

— Sans compter que ça ne serait pas rare, ajouta Annah grâce à ses connaissances du sujet. L'Armonie est d'une précision extrême, et ne provoque aucun recul, qu'on parle du fusil ou de l'Art en lui-même. Si la personne n'a pas le temps de bouger, les tirs toucheraient tous au même endroit presque au même moment. »

Les autres hochèrent la tête, mais décidèrent tous d'un commun accord de s'arrêter de parler dans un concert de hoquets et de rots à moitié retenus. Élias s'appuya contre les murs lisses et gris des bâtiments sur le côté tandis qu'il marchait. Ils avaient décidé de faire le trajet à pied jusqu'à la caserne, juste en dehors de la ville, pour laisser le temps à l'alcool de se dissiper et "prendre un peu l'air frais", mais pour le moment, cela ne faisait rien de plus que ralentir leur rythme de marche à son absolu minimum, ce qui frustrait légèrement la seule personne sobre de la compagnie.

La ville était calme à cette heure. Minuit était passé et de nombreux commerces étaient désormais fermés. Céphalia, la lune, brillait fièrement dans les cieux, sa brillance ne pouvant pas être dissipée par de simples nuages. La route principale était encore occupée par de nombreux véhicules, les voitures avançant à un rythme raisonnable au dessus des rails d'alimentations dans leur voies respectives. Ces rails étaient emplis de Potentiel Armonique de Foudre, extrait ou offert par de nombreux employés et/ou bénévoles, qui permettaient au réseau routier d'alimenter les véhicules grâce aux capteurs qui se trouvaient sous leur carrosserie, énergie qui étaient ensuite stockée dans les batteries internes. Cette avancée technologique avait permis l'élimination massive de pollution créée par le trafic routier et les anciens carburants, au prix de la modification et reconstruction de la majorité des routes majeures de l'Empire, les batteries étant suffisantes pour alimenter les voitures sur les routes mineures classiques, dénuées de rails, pendant plusieurs centaines de kilomètres sans difficulté. Il suffisait alors d'un abonnement mensuel pour avoir un accès illimité au réseau électrique routier des grandes villes Impériales.

Ainsi, n'ayant rien de mieux à faire alors que ses amis tentaient de ne pas régresser à la marche à quatre pattes, Annah observa les différents véhicules. Sans être une passionnée, elle aimait les belles machines, et elle devait avouer que contrairement aux anciens véhicules à essence, ces nouvelles voitures tapaient dans l'œil : une carrosserie pointue, élancée, comme celle d'un avion de chasse, de multiples fentes desquelles jaillissaient des rayons de lumière non aveuglante dont la couleur pouvait être personnalisée... Certains modèles utilisaient même la technologie militaire récente de couche holographique, ce qui permettait, grâce à un programme simple, de modifier les couleurs de la carrosserie et générer symboles ou dessins à volonté. Et, l'élément qui attirait le plus son regard d'Armoniste : l'imposant trait de Potentiel électrique, crépitant entre le rail bleuté et le récepteur de la voiture. Une partie de ce Potentiel était même sûrement le sien, se dit-elle avec fierté, comme elle participait régulièrement au don de Potentiel en échange d'un peu d'argent.

Comme toujours une fois la nuit tombée, Endal, comme toutes les autres cités Baraldanes, prenait un air lugubre et presque maléfique. Les couleurs représentatives de l'Empire étaient le gris, le rouge et le blanc, et si ce dernier était en minorité dans la décoration architecturale d'Endal, le gris et le rouge y avaient prédominance. Les éclairages publics eux-mêmes étaient majoritairement rouge clair, étudiés pour être moins agressifs pour les yeux des passants, et générer moins de pollution lumineuse la nuit. C'était une attention que le groupe appréciait tout particulièrement en cet instant, leurs yeux sensibilisés par l'alcool préférant une pénombre confortable à une lumière blanche vive et perçante.

La ville elle-même, comme toutes les villes Impériales, suivait l'organisation officielle qui avait été reconnue après l'instauration de l'Empire Baraldan il y a presque quatre-vingt ans. Au centre absolu de la capitale locale se trouvait un énorme complexe de bâtiments et de gratte-ciels, dans lequel se situait la quasi totalité du corps gouvernemental de la cité, et, dans le cas d'une capitale locale comme Endal, du territoire entier. La seule variation était la ville d'Ernésie, la capitale Impériale située dans la nation du même nom, où se trouvait le palace Impérial d'où les lois et directives qui affectaient tout l'Empire étaient forgées. Quant aux villes, leur organisation était établie par un système circulaire :

les routes principales s'éloignaient du centre en forme de lentes spirales, parfois coupée perpendiculairement par une route secondaire circulaire qui faisait tout le tour de la ville, et plus l'on s'éloignait du centre, plus on accédait aux quartiers modestes et moins favorisés, jusqu'à atteindre la périphérie pauvre de la ville.

Leur destination était la base militaire Ouest d'Endal, collée directement contre la ville au-delà des quartiers pauvres. La ville possédait quatre bases militaires, une orientée vers chaque point cardinal, et ces bases servaient d'éléments stabilisateurs face à l'insécurité des quartiers en périphérie, bien qu'ils n'intervenaient au final pratiquement jamais à l'intérieur de la cité, les forces de l'ordre classiques étant amplement suffisantes. Le nombre de bases militaires était également supérieur à ce qui aurait été nécessaire : Endal était une nation qui se trouvait au nord absolu du continent d'Asilée et de l'Empire de Barald. Au delà ne se trouvait que des chaînes de montagnes sans fin absolument impraticables, finissant par fusionner avec le pôle nord, et qui s'étendaient également à l'Est du territoire, bloquant l'accès à l'océan séparant Asilée du Grand Est. Cela ne laissait que deux possibilités pour quiconque voulait rejoindre Endal par le sol : le Sud et ses multiples territoires Impériaux à traverser, ou l'Ouest, occupé par un vaste océan traversé verticalement d'un pôle à l'autre de la planète par une massive ligne chaotique de récifs acérés et de montagnes sous-marines rendant la navigation pratiquement impossible. De ce fait, Endal était effectivement la nation la mieux protégée de toute attaque extérieure de l'Empire, et le LINAL, l'assemblage de nations libres en guerre contre l'Empire Baraldan résidant sur le continent du Grand Est, n'avait aucun moyen fiable d'envahir cette contrée.

Malgré tout, Endal, comme les autres territoires Impériaux, aimait développer sa force martiale autant que possible et n'hésitait pas à envoyer ses troupes participer au combat sur le front entre les deux superpuissances, en quête de gloire et d'honneur. Ce genre de déploiement, toutefois, restait occasionnel, et Annah et ses amis n'avaient jamais mis un pied sur un véritable champ de bataille. Ils avaient préféré assembler un GAR, qui était plus proche d'un groupe mercenaire.

Plusieurs dizaines de minutes passèrent et, à vitesse lentement grandissante, jusqu'à atteindre un rythme considéré comme pratiquement normal, le groupe d'amis finit par atteindre l'extérieur de la ville. Leur base militaire, nommée "Fort Endal-09", apparut à l'horizon, et ils poussèrent un soupir de soulagement en sachant qu'ils n'étaient plus qu'à quelques minutes d'un bon lit confortable. Ils regagnèrent tous un second souffle, le trio alcoolisé retrouvant un peu de stabilité, et Annah récupérant un peu de courage, se jurant que ses jambes douloureuses et manquant d'exercice seraient les prochaines parties qu'elle remplacerait. L'idée de pouvoir courir plus vite que n'importe qui sans jamais se fatiguer ni produire le moindre effort était on ne peut plus alléchante en cet instant.

Dans le silence, ils continuèrent de marcher jusqu'à atteindre l'entrée de la base. Le garde en faction les reconnut et leur fit un signe de tête, qu'ils lui rendirent, puis ils entrèrent dans l'énorme installation. Tout autour d'eux, de nombreux bâtiments, classiques dans une base militaire, étaient répartis un peu partout : armurerie, dortoir homme et femme, cantine, terrain d'entraînement, stand de tir... Mais le bâtiment qui sortait le plus de l'ordinaire, et celui vers lequel Annah se dirigeait désormais après avoir souhaité une bonne nuit à ses amis et les avoir remerciés de leur soirée ensemble, était le Laboratoire Militaire Endal-09. C'était une structure d'un blanc immaculé, tout en hauteur, de forme relativement cylindrique, dotée de six étages de haut, ainsi que, bien que cela n'était pas visible de l'extérieur, de trois étages souterrains.

C'était dans ce bâtiment qu'Annah passait la majorité de son existence. En effet, outre les multiples laboratoires visant à expérimenter sur des projets variés portant autant sur les armes nouvelle génération que l'Armonie, de nouvelles technologies militaires usant du Potentiel magique, voire même un partenariat avec les entreprises créant des Magichromes pour obtenir des versions pensées pour le combat, le laboratoire possédait également plusieurs dizaines de petits appartements qui, bien que légèrement étroits, étaient tout conforts et pris en charge dans leur contrat. Annah était la seule à bénéficier d'un tel traitement de faveur, ses trois compagnons étant dans l'infanterie régulière, logeant de ce fait dans la caserne. Grâce à cette proximité les scientifiques comme elle, travaillant sur place, pouvaient intervenir dans un projet d'urgence à tout moment et se déployer sur le terrain avec les troupes régulières si nécessaire, qui, ne participant que rarement à de vrais affrontements, compensaient en servant de cobayes plus ou moins volontaires pour les nouveaux projets inventés dans ce centre, réputé dans tout le pays.

La jeune femme entra dans le bâtiment et salua les rares collègues qu'elle croisa à cette heure tardive. Elle était fatiguée, et son compteur de relations sociales avait atteint son maximum pour la journée. Elle n'avait qu'une envie : s'enfermer dans sa chambre, au calme, et se détendre devant un bon film avant d'aller se coucher. Et peut-être aussi... Elle eut un petit rire et posa son index robotique devant ses lèvres avec un sourire amusé, comme si elle cachait un secret honteux à un public invisible. Elle suivit le couloir principal et se dirigea vers les ascenseurs.

L'intérieur du bâtiment était aussi blanc que l'extérieur, et les lampes, contrairement à celles de la ville, étaient également claires et intenses. Elle était heureuse d'avoir été raisonnable sur le sujet de la boisson cette soirée, ou cet éclairage aurait été source de douleur pour elle.

Elle entra dans l'ascenseur, attendit un instant, puis sortit au dernier étage du bâtiment. Elle avait eut la chance d'obtenir une chambre au sixième étage, avec une fenêtre faisant face à la ville, et la vue était absolument divine. Observer la cité de nuit et les mouvements de véhicules, les couleurs rouges et blanches au loin qui éclairaient les ténèbres, les jeux de lumières dans les différents bâtiments, était le moyen le plus sûr qu'elle ait trouvé pour se détendre lorsque ses nerfs étaient à vif. Arrivant à proximité de sa chambre, elle passa devant celle d'une de ses amies et collègues : Alma Hilldar. Elle eut un sourire, voyant la porte verrouillée, s'imaginant la petite jeune femme aux longs cheveux noirs et aux yeux artificiels rouge sang dormir calmement. Elle regrettait de ne pas avoir pu l'inviter ce soir, mais Alma connaissait peu ses amis et travaillait régulièrement de nuit : elle allait sûrement bientôt se lever pour continuer leur projet actuel, et aurait très mal supporté une soirée de beuverie avant cela.

Finalement, Annah activa son Oculys face à sa porte. Le petit écran holographique jaunâtre recouvrit son œil droit et l'appareil détecta la présence de sa porte, affichant un point d'accès sur l'écran. Elle centra sa pupille sur ce point, ce qui fit apparaître un clavier numérique devant son œil. Elle entra le code par des mouvements de sa pupille sur les chiffres adaptés, puis valida. La porte s'ouvrit en coulissant doucement, sans un bruit, lui permettant l'accès à son antre. Elle fut accueillie par un chaos de vêtements, de détritus et d'objets en tous genres qui traînaient un peu partout. Elle soupira.

« — Il faudrait vraiment que je range un de ces jours », répéta-t-elle pour la dixième fois cette semaine.

Elle entra en silence et la porte se referma derrière elle, également sans un bruit. Elle ôta son long manteau gris militaire à haut col et le posa sur une statue en plastique dur dans un coin de sa maison : Wilson, son "majordome", une construction humanoïde faite de multiples imitations de prothèses humaines assemblées les unes aux autres. Wilson avait, au final, l'allure d'un squelette robotique plutôt intimidant, mais le fait que le manteau d'Annah reposait maintenant sur son crâne et cachait son visage lui donnait un air plutôt comique.

Elle se dirigea vers un petit boîtier noir posé sur le rebord du meuble qui accueillait sa large télévision à l'ancienne : elle avait tout économisé pour son Magichrome et l'opération chirurgicale, et une télévision holographique n'était pas dans ses priorités. Le petit boîtier clignotait d'une lueur rouge, indiquant qu'un message était arrivé. Elle le visa de son Oculys, qui capta ce nouveau signal et lui proposa de visualiser le message, ce qu'elle fit. Immédiatement, son écran oculaire afficha le visage d'un homme d'un âge certain, mal rasé et mal coiffé, à l'air fatigué, présentant des cernes sous ses yeux. Ses cheveux d'un brun sombre n'étaient pas sans rappeler ceux d'Annah, mais ils semblaient s'éclaircir avec le temps, et se raréfier. Il prit immédiatement la parole.

« — Salut Annah, comment ça va ? Je te contacte pour te prévenir que j'ai peut-être un nouveau job pour toi et ton Groupe d'Action Rapide... En partant du principe, bien sûr, que vous serez tous sobres à ce moment. »

Elle eut un petit ricanement. L'homme était son oncle, Adrian Morgan. Adrian était un homme à bon fond d'une très grande douceur, mais il semblait toujours usé et épuisé, et collectionnait toutes les mauvaises habitudes imaginables, dont un excès d'alcool et de cigarettes, souvent mélangés. Ce sermon sur la sobriété était des plus ironiques venant de lui.

« — Je ferai suivre le message à Adam, Marianne et Élias bien entendu. Mais je tenais à vous prévenir, c'est une mission délicate, et de plus, du top secret. Vous n'êtes pas obligés d'accepter, normalement elle aurait été dirigée directement au service d'attribution des missions pour les Groupes d'Action Rapide. Seulement, la mission provient du GASMA... Ahem. Du Groupe d'Actions Secrètes et des Missions Armées. Comme j'y travaille, j'ai pu demander au patron de me laisser choisir le Groupe d'Action Rapide qui s'occuperait de cette mission. C'est un job très important, donc je me suis dit que ça rendrait bien sur votre liste d'accomplissements. Enfin bref, je te rappellerai prochainement pour en reparler, vous avez une bonne semaine pour vous préparer. Bonne nuit gamine, à bientôt !

— Bonne nuit Adrian, et merci. » répondit Annah à l'enregistrement avec une certaine tendresse dans la voix. Elle pouvait toujours compter sur lui pour lui fournir des missions intéressantes qui leur assuraient d'excellents bonus de fin de mois, et elle lui en était très reconnaissante. Elle se promit d'aborder le sujet avec ses amis après une bonne nuit de sommeil.

Le message prit fin et un nouvel écran s'afficha devant l'œil d'Annah, lui demandant quel destin elle réservait à cette communication. Elle l'archiva, par sécurité, puis pressa le côté de son Oculys un instant, éteignant le petit appareil de couleur ambrée. Ces engins étaient utilisés par tout le monde désormais, et même les opposants aux prothèses se laissaient implanter un Oculys, à eux et à leurs enfants. Installés autour d'un œil, ils étaient la nouvelle génération des vieux téléphones tactiles, offrant un système de connexion sans fil immédiat à tout ce qui pouvait recevoir leur signal (autres Oculys autant qu'appareils divers connectés), une caméra embarquée pouvant filmer à tout instant, et de multiples possibilités de personnalisation utiles pour divers emplois. Par exemple, les Armonistes en situation de combat utilisaient beaucoup la fonction de calcul de distance afin de régler parfaitement leur Composition Armonique et de s'assurer qu'elle frappe le point désiré. Il était même possible de déployer une petite tige avec la caméra au bout afin de l'orienter vers soi-même et de se photographier ou filmer dans le but d'envoyer un message à quelqu'un, comme Adrian venait de le faire. L'efficacité de ces engins était telle que les premiers modèles, plus de quatre-vingt ans plus tôt, avaient joué un rôle majeur dans la Guerre de Division qui avait fracturé les nations du monde entier, donnant naissance a des centaines de guerres civiles et rebellions, offrant un terreau fertile à un homme nommé Ernesto Barald, lui permettant de former les prémices de son Empire et d'en devenir le premier Empereur.

Quoi qu'il en soit, Annah se contenta, pour le moment, de fermer les yeux, appréciant le silence de la nuit tombée et de la vie nocturne. Elle avait toujours aimé cet instant, qui apportait une véritable paix intérieure à son esprit toujours si surchauffé, emplis d'idées et de projets. De plus, bien que cet appartement n'était pas bien grand, il s'agissait de sa maison. Depuis son enfance, après l'emprisonnement de son père et son abandon par sa mère, elle avait vécu de dortoir en dortoir, ne possédant jamais de "chez soi" définitif. Ce studio était le premier lieu qu'elle pouvait considérer comme sa demeure, et cela lui fournissait toujours un intense sentiment de satisfaction.

Son petit sourire espiègle lui revint et, alors qu'elle allumait la télévision grâce à l'ancienne télécommande, laissant défiler les informations du jour qu'elle avait déjà partiellement vues dans le bar avant le match, elle ouvrit un petit cabinet blanc fixé au mur, à côté du meuble. Elle en sortit une bouteille parmi plusieurs dizaines. Chacune contenait de l'alcool de qualité au goût délicieux et fruité. Elle avait obtenu tout cela grâce à une promotion mal pensée d'un magasin d'alimentation proche : pendant un temps, un code pouvant être scanné par Oculys sur ces bouteilles permettait d'obtenir une seconde bouteille gratuite après en avoir acheté une. Seulement, une erreur de programmation avait fait que chaque bouteille offerte possédait aussi un code pouvant être scanné et offrant une autre bouteille, considérant que cette dernière avait été achetée. Réalisant cela, Annah avait, sans le moindre scrupule, collecté plusieurs dizaines de bouteilles pour le prix d'une seule avant que le magasin ne la renvoie de force et ne corrige leur erreur. Elle souriait toujours en repensant à ce petit tour.

Une fois sa bouteille en main, elle la posa sur sa petite table en verre et saisit, dans sa table de chevet, une boîte de médicaments. L'inscription sur l'emballage précisait "Novodéine" et ajoutait qu'il s'agissait d'un analgésique extrêmement puissant. Plusieurs boîtes lui avaient été offertes après son opération pour les douleurs post-opératoires classiques. Elle n'en avait pas eu besoin bien longtemps, ayant par chance guérit exceptionnellement bien, mais après une découverte accidentelle, elle avait gardé la totalité des boîtes pour un tout autre objectif.

Feignant une douleur soudaine à l'endroit où son bras avait été sectionné pour se donner bonne conscience, affichant une fausse grimace de douleur, suivie d'un petit rictus amusé, elle saisit un comprimé de Novodéine, et l'avala avec une longue gorgée d'alcool. C'était une des raisons qui fait qu'elle n'avait pas beaucoup bu ce soir : outre le fait qu'on le lui avait déconseillé, elle se réservait également pour cet instant.

Elle s'allongea dans son canapé, fixant, la télévision, attendant que l'effet se déclenche. Son attention se concentra sur les informations, énoncées par un journaliste au ton neutre. Comme souvent, trop à son goût, l'honneur était fait aux attentats terroristes qui secouaient le territoire impérial. Le LINAL, son ennemi depuis de nombreuses décennies, répliquait devant la force militaire supérieure de l'Empire par le sabotage, causant de nombreuses pertes humaines. Chaque jour avait sa catastrophe et sa contre-attaque, et plus le temps passait, plus Annah sentait le désespoir l'envahir devant la terrible spirale autodestructrice qui avait saisi l'humanité. Il semblait que l'Empire et le LINAL ne s'arrêteraient que lorsqu'un des deux groupes aurait été exterminé, causant de ce fait la mort de milliards de personnes. Déprimée par cette réflexion et ces nouvelles, impuissante, elle pria pour que son cocktail agisse au plus vite.

Au bout de quelques minutes, sa patience fut récompensée, et elle se mit à grogner de plaisir, son corps frémissant doucement, tous ses muscles se détendant. Son crâne semblait empli de fourmillements agréables, comme si l'on lui massait délicatement le cerveau. Le mélange d'alcool et de Novodéine, comme elle l'avait découvert par accident, provoquait une sensation de plaisir intense, et maintenant qu'elle avait pris l'habitude de ce petit rituel, il lui était difficile d'imaginer arrêter d'en profiter ainsi. Hélas, ses réserves médicamenteuses diminuaient avec le temps, bien qu'elle faisait de son mieux pour ne pas y penser et se concentrer sur le côté plaisant de la chose.

C'est dans un état de semi-conscience, vautrée sur son canapé, encore à moitié habillée, qu'Annah sombra finalement dans le sommeil, la télévision toujours allumée, le journaliste répétant avec monotonie les mêmes informations.

Chapitre 3
Valithurja Verkoren

Après soixante ans de développement constant, l'Armonie était devenue la seule arme magique de l'arsenal militaire de l'Humanité. Les jeunes générations ne connurent jamais rien du Ritualisme en dehors des interdits y étant liés. Au commencement de son histoire, Annah était une Armoniste déjà fort talentueuse, et de ce fait, comme beaucoup de jeunes gens et autres parieurs a la recherche d'un profit sanglant, suivait avec passion les groupes les plus célèbres déployés sur le champ de bataille. Son escadron préféré était, à n'en pas douter, les Valithurja Verkoren. On ne présente plus ces hommes au sang froid absolu capables de déchaîner chaos et destruction sur le champ de bataille. Si Annah avait pu savoir quelles seraient ses relations futures avec ces puissants soldats d'élites, elle aurait sûrement cru à un mensonge.
Extrait de « Biographie d'Annah Morgan » d'Alma Hilldar.

Si son entourage direct était constitué d'un incessant flux de mouvements, discussions et cris divers et variés, l'homme, lui, restait fixe, les bras croisés dans le dos, les yeux fermés, la tête levée face au soleil matinal, comme absorbant les rayons de lumière. Il soupira, un petit nuage de vapeur s'échappant de sa bouche, révélant qu'il cherchait aussi probablement un peu de chaleur par cette matinée bien fraîche.

Eckhart Hylivaltraüss était un homme à part, différent de ceux qui s'agitaient autour de lui, se préparant à l'offensive proche. Visuellement, il était intimidant : bien que d'une taille raisonnable, ses longs cheveux d'un blond laiteux et ses traits sérieux, sévères, forçaient le respect. Il était vêtu d'un long manteau de cuir aux couleurs de l'armée Impériale : gris, à long col et à bandes rouges. Sur ses épaules se trouvaient des insignes militaires, constituées de deux poings croisés et deux étoiles, détaillant son statut de militaire ainsi que son rang de Général de Division.

Il était un Armoniste de renom, prouvé par le fait qu'il était l'un des rares à posséder deux Affinités. Chaque être humain naissait avec une seule Affinité élémentaire, et il était nécessaire d'offrir une vie de travail, de méditation et d'entraînement pour espérer développer un deuxième talent. Eckhart, maîtrisant désormais Eau et Foudre, possédait une combinaison mortelle. Il était également l'un des seuls utilisateurs du Glyphe temporel, une découverte de son fait relativement récente, que peu d'Armonistes connaissaient ou prenaient la peine d'apprendre, sous-estimant son efficacité. En effet, la majorité des Armonistes étant des mages de combat, ils se concentraient sur ce qui pouvait frapper vite et efficacement. Pour Echkart, toutefois, c'était ce Glyphe qui lui avait permis de fonder l'un des plus puissants groupes militaires de l'Empire.

Il balaya du regard ses troupes en plein préparatifs. En tant que Général dans l'armée Impériale, il lui arrivait parfois de coordonner des batailles incluant presque une dizaine de milliers de soldats sous ses ordres. Aujourd'hui, il n'avait que trois bataillons différents d'environ mille têtes chacun, ce qui lui offrait une certaine sérénité d'esprit dans la simplicité du plan de bataille qui s'en suivrait. Plus le nombre de soldats était réduit et plus le nombre de stratégies disponibles diminuait. Il appréciait les défis et les jeux de guerre avec ses vieux ennemis du LINAL, et pouvait se vanter de n'avoir connu qu'une seule défaite au combat dans les dizaines d'engagements qu'il avait traversés, mais il aimait aussi parfois un peu plus de tranquillité dans les affrontements.

La petite armée d'Eckhart se trouvait actuellement dans la nation conquise de Sacreval, le long de la frontière Est de l'Empire Baraldan. Sacreval était, il y à quelques années encore, un pays membre du LINAL, mais également le territoire qui faisait jonction entre les deux continents d'Asilée, occupé par l'Empire, et du Grand Est, où toutes les nations libres restantes étaient unifiées en une grande fédération. C'était un véritable pont naturel terrestre. En conséquence, de nombreuses années de guerre sans fin avaient eu lieu dans ce pays, désormais gorgé de sang et hanté par les âmes de dizaines de milliers de soldats vaincus au combat. Les ruines de villes entières, bombardées jusqu'à totale destruction, décoraient le paysage, et les flux de migrants étaient sans fin. Finalement, trois ans plus tôt, une attaque massive de l'Empire sur Sacreval força le LINAL à se replier, et le petit pays devint une des nations de l'Empire, sous occupation militaire constante. L'unique point de contrôle terrestre entre les deux continents était tombé aux mains de l'Empire, qui avait désormais l'avantage.

Bien entendu, cette agression sans précédent avait poussé le LINAL à accélérer d'autant plus ses attaques, désormais obsédés par le but légitime de libérer la population Sacrevaline, prisonnière du joug de l'Empire, qui, de son côté, poussait à une reconstruction du territoire et des infrastructures, ainsi qu'une assimilation limitée des réfugiés dotés de compétences utiles, se contentant de reconduire ceux dont l'Empire n'avait aucune utilité dans leur pays ruiné. Et ainsi, la spirale sans fin de la guerre continua à s'emballer.

C'était la raison pour laquelle Eckhart se trouvait ici, et ne visitait plus que rarement les terres de l'Empire Baraldan, plus précisément son Endal natal. Il était à la tête d'une des garnisons principales qui assuraient la défense de la frontière face aux autres pays du LINAL, plus à l'Est, qui tentaient régulièrement d'introduire troupes, espions et saboteurs dans le territoire occupé. Si les actes terroristes étaient monnaie courante sur le territoire Impérial reculé, Sacreval voyait régulièrement des invasions plus classiques pénétrer ses frontières.

Il finit par s'étendre, allongeant ses bras et jambes, provoquant quelques craquements au niveau de ses articulations, puis rouvrit les yeux. Il balaya son campement du regard, et, satisfait de voir ses troupes et son commandement organiser leur plan de bataille, il se retira un moment, boitant légèrement, dans son compartiment préfabriqué personnel. Ces petits abris étaient très prisés des soldats et autres fanatiques de camping sauvage. Bien que légèrement plus lourds et encombrants qu'une toile de tente classique, ces assemblages de plaques, pouvant être imbriqués pour créer une pièce en forme de bloc, étaient également isolées sur un plan thermique, permettant de garder au choix chaleur ou fraîcheur à l'intérieur. Une fois démontés, on pouvait déplacer des centaines de ces plaques facilement par Navette de transport T-NBTA-801 ou camion, et offrir ainsi des quartiers décents et calmes aux gradés, et de petites casernes à l'abri des éléments aux soldats.

Dans le préfabriqué se trouvait une silhouette. Debout, attendant comme au garde-à-vous, immobile, on ne pouvait deviner qu'une chose à son sujet : il s'agissait d'une femme. Elle portait une armure Carapace métallique noire, mais d'une forme inhabituelle, lui donnant un air très affiné et agile, épousant ses formes sans mal. C'était une armure de seconde génération, forgée essentiellement en Virium, le métal le plus dur au monde, mais allégée, révélant ainsi sa silhouette et permettant de rattraper ce qu'elle perdait par un blindage plus mince via des mouvements rapides et agiles. Le visage de la femme était caché par un casque adapté dont seule une bande rouge horizontale se trouvait au niveau des yeux, lui permettant de voir. Casque comme armure affichaient un style très médiéval, comme offrant à leur porteur l'apparence d'un chevalier des temps modernes, tout en plaques flexibles et gravures décoratives ainsi qu'en traits fins ondulant le long des contours des membres. Complétant le tout se trouvait une cape rouge sombre couvrant uniquement son épaule et son bras gauche, laissant uniquement apparaître la main. Sur la cape, en argenté, on pouvait discerner, en grande taille, l'emblème de l'armée impériale, deux poings croisés et deux petites barres verticales, l'indiquant comme Lieutenant. Enfin, la seule arme qu'elle laissait apparaître semblait être une grande et fine lame, dans son fourreau, rangée sur sa hanche droite. Elle semblait, fort étrangement, ne posséder aucune arme à feu.

Alors que son Maître entrait, la femme s'agenouilla un instant, tête inclinée. Le général lui rendit un hochement de tête mécanique.

« — Repos, Neula. Merci de m'avoir laissé faire cette promenade seul. »

Eckhart s'installa à son bureau personnel, s'asseyant difficilement à cause de sa jambe gauche, qui semblait le gêner. Neula s'était redressée et se tenait, à nouveau, immobile telle une statue, silencieuse. Récupérant une pile de feuilles de papier, il commença à les consulter. Bien entendu, il savait parfaitement ce qui y était inscrit : il avait créé ces Compositions Armoniques lui même. C'était son sens du professionnalisme qui le poussait à vérifier qu'il n'avait commis nulle d'erreur. Il s'empara ensuite de son Écritoire, un bloc-notes d'une taille équivalente à son avant bras, équipé de poignées dans lequel passer l'avant-bras en question, permettant ainsi de porter l'Écritoire comme un vieux bouclier médiéval, mais à l'envers, feuilles dirigées vers l'utilisateur. Il hésita un instant à enfiler son gant d'Armoniste, utilisé pour écrire au milieu du combat, une pointe de stylo étant insérée au bout de l'index. Il se ravisa et décida d'utiliser un crayon classique, préférant cette méthode plus confortable pour le poignet.

Il se mit alors à griffonner des Glyphes sur chaque feuillet vierge, sous le regard attentif de Neula, commençant toujours par le même : le Glyphe temporel, sa spécialité. Ce qui suivait, par contre, variait amplement d'un feuillet à l'autre, mais dans l'ensemble, même un apprenti serait capable de remarquer que les différentes Compositions étaient réalisées par groupes similaires, plusieurs dizaines de feuillets identiques allant dans différentes piles. Il semblait préparer le même assemblage de sorts pour de multiples utilisateurs.

Au bout d'une dizaine de minutes de calme, uniquement perturbé par les griffonnements du stylo sur le papier, on frappa à la porte de son repaire. Neula était déjà devant celle-ci, avant même le moindre son, ayant franchi une distance de quelques mètres sans un bruit et en un instant, une main sur le manche de son arme, prouvant qu'outre l'armure, elle était aussi sûrement emplie d'implants et de prothèses, dépassant les limites naturelles humaines. Sa vitesse valait amplement un allégement de son armure.

« — Entrez. »

La voix d'Eckhart était calme, nuancée. On ne sentait aucune émotion prédominante dans celle-ci, ni l'arrogance que bien trop d'officiers possédaient, ni la froideur de l'homme qui commande ses inférieurs, détachant son existence de la leur. C'était simplement la voix d'un homme en contrôle, qui connaissait son rôle, et l'appliquait avec détermination.

La porte s'ouvrit et un soldat passa le seuil, sursautant à la vue de Neula. Celle-ci le dévisagea du regard un instant, puis reprit sa place précédente en un mouvement, si vif et rapide malgré son armure que le soldat déglutit. Il fit ensuite face à son supérieur et salua, son poing droit frappant son torse au niveau de son cœur, le dos bien droit.

« — Général. Les préparatifs sont pratiquement achevés. La bataille devrait commencer d'ici une demi-heure. L'escadron Valithurja Verkoren attend également vos ordres. Le chef d'escadron n'a besoin que de votre convocation.

— Excellent. En ce cas, veuillez prévenir le chef d'escadron Loekth que je suis prêt à le recevoir. Vous pouvez disposer.

— À vos ordres, Général. »

L'homme brisa son salut et, ignorant Neula du mieux qu'il pouvait, fit demi-tour, sortant sans bruit du compartiment d' Eckhart. Celui-ci n'avait pas levé la tête un seul instant, sa concentration intacte, fixée sur ses Compositions. Il finit par réaliser la dernière fiche, au moment même où un autre son retentit sur sa porte : on frappa à nouveau, mais avec une force bien moins contenue. Cette fois, Neula ne bougea pas. Il répéta.

« — Entrez. »

Son ton était absolument identique à la fois précédente, comme s'il avait prononcé ce mot tellement de fois par le passé qu'il était devenu une habitude bien ancrée. Il ne leva pas les yeux pour voir qui était son visiteur, et ce pour deux raisons : il était occupé à ranger les piles de feuillets de sorts dans de longues enveloppes brunes, et il savait déjà qui lui rendait visite, autant par la mesure de force bien spécifique employée pour frapper sur sa porte, que par le fait qu'il avait convoqué cette personne quelques instants plus tôt. C'était la même raison qui avait fait que Neula était restée immobile.

La scène se répéta : un homme entra, salua, poing sur le cœur, et attendit. La différence, toutefois, était dans l'apparence de l'homme : si le soldat précédent portait un treillis militaire classique, celui-ci était équipé d'une armure Carapace métallique seconde génération, intimidante au possible au dessus de ses vêtements, puis d'une longue cape brune à capuchon élimé, créée pour la protection face aux éléments naturels. La couleur et les motifs de camouflage de ces vêtements semblaient s'adapter, grâce à un jeu de minuscules projecteurs holographiques, à l'environnement direct. L'homme, par respect avait ôté son capuchon et retiré son casque, à l'aspect agressif, squelettique, équipé d'une mâchoire protectrice renforcée et d'une vitre teintée protégeant les yeux et cachant à l'ennemi la lumière générée par un possible Oculys. Si Neula affichait un air de noblesse et d'agilité, lui montrait toute la violence et l'agressivité de l'Empire. Tête nue, il exposait ainsi ses courts cheveux blonds, son visage acéré évoquant un oiseau de proie, et ses yeux, enfoncés dans leurs orbites, d'un bleu glacial. C'était, sans nul doute, le visage d'un tueur professionnel, débarrassé depuis longtemps des troubles moraux qui accompagnaient sa profession.

Dans son dos se trouvait une énorme arbalète métallique à l'aspect extrêmement évolué et technologique, équipée d'un chargeur vertical et d'un mécanisme permettant la recharge automatique de carreaux. Elle était actuellement repliée en plusieurs parties pour économiser de la place. Affichant leurs armes d'un âge révolu, les deux soldats d'élite semblaient sortis d'une autre époque. Le nouvel arrivant semblait toutefois trouver quelque utilité aux armes actuelles, possédant de chaque côté de sa taille un holster duquel dépassait une arme de poing différente : à gauche un pistolet classique, à droite un pistolet Armonique.

Malgré l'apparence impressionnante de l'homme, Eckhart ne réagit pas. Même si son regard avait été posé sur son visiteur, cet intimidant spectacle était une vue désormais commune pour lui. Il continua à ranger ses feuillets dans les enveloppes vierges, concentré sur sa tâche. Son visiteur prit la parole.

« — Salutations, Général. Lieutenant Neula. Chef d'escadron Usköl Loekth, au rapport.

— Salutations, Commandant. J'espère que l'équipe que vous avez sélectionnée est en forme et prête à l'action ?

— Je vous assure que nous sommes parés, Général. Bien que nous n'opérerons qu'à un tiers de nos effectifs maximaux, la mission qui nous a été confiée sera menée à son terme.

— Je n'en doute pas un seul instant. L'escadron des Valithurs ne m'a jamais fait défaut. Je n'ai aucune raison de penser que vous allez entacher votre réputation aujourd'hui. »

Il finit de remplir la dernière lettre, puis les empila et, finalement, se tourna vers Usköl, lui adressant un léger sourire. Il fit un signe de la main vers la pile de lettres.

« — Voici votre arsenal pour cette mission. Trente lots de vingts feuillets chacun, un pour vous et chacun de vos hommes. Chaque lot contient dix explosions, cinq bombardements inverses et cinq lances. En dehors des lances, qui sont instantanées et que vous utiliserez uniquement en cas de besoin pour vous défendre, chaque sort est équipé d'un Glyphe temporel qui retardera l'activation du sort de dix secondes. Comme vous pouvez le voir, nous sommes dans une opération classique.

— En effet. J'en déduis donc que vous attendez de nous que, comme à notre habitude, nous répandions le chaos et l'anarchie dans les rangs ennemis ?

— Absolument. D'où ma certitude que vous ne rencontrerez aucun problème. De plus, le champ de bataille vous est favorable, étant entouré de végétation dans laquelle vous camoufler. »

Usköl hocha la tête, sans commenter. Il avait vu la carte des environs. Si l'affrontement principal aurait lieu principalement dans une plaine artificielle, autrefois formée par les lourds véhicules du Lina pour atteindre les lignes de l'Empire, un lieu où soldats et véhicules pouvaient se déplacer sans problème, la présence de couvert végétal épais et intact dans les alentours était une bénédiction pour un escadron furtif comme le leur. Loekth salua, remit son casque, puis sortit avec la pile de lettres, entamant la distribution à ses hommes.

L'escadron Valithurja Verkoren comptait près d'une centaine de soldats d'élite, et répondait uniquement à Eckhart, qui en avait personnellement sélectionné chaque membre. Chaque homme avait été entraîné spécialement pour fonctionner en indépendant. On leur avait enseigné l'art de la furtivité et du tir à longue distance, ainsi que des rudiments d'Armonie afin d'être capable de comprendre l'essentiel d'une Composition rédigée par une autre personne, bien que peu d'entre eux étaient aptes à Composer leurs propres sorts. Chaque membre de l'escadron possédait une Affinité de naissance de Feu ou de Foudre, l'objectif des Valithurs étant de répandre la destruction de la façon la plus efficace, et pourtant discrète, sur le champ de bataille.

Eckhart reposa son Écritoire et son stylo sur le bureau et s'étira à nouveau. Puis, titubant, il se remit debout, sa jambe gauche traînant derrière lui alors qu'il marchait vers l'extérieur, afin d'assister au début de l'affrontement. Neula le suivit sans un son, comme la garde bien entraînée qu'elle était.

Suite à la seule défaite qu'il ait jamais connue au combat, Eckhart avait été sauvagement blessé et avait perdu la totalité de sa jambe. Celle-ci avait été remplacée par un Magichrome depuis longtemps, mais il n'avait jamais réussi à se faire à cette pièce de technologie dans son corps. Son Oculys était une chose, à peine différent d'un monocle technologique, mais remplacer un membre entier lui était si étrange et peu familier qu'inconsciemment, il s'handicapait lui-même dans sa démarche et se retrouvait lourdement affecté, bien que ses capacités physiques auraient dû être amplifiées par ce membre supérieur. Cette maladie, car il s'agissait d'une maladie, était reconnue comme le Syndrôme de Rejet Psycho-Chromatique, et touchait essentiellement les civils ayant subis une greffe. Les soldats, souvent plus ouverts à l'idée de l'amélioration corporelle, volontaire ou non, étaient rarement touchés par ce problème, fiers et heureux de voir leurs capacités au combat augmenter.

Toutefois, bien qu'il ne se soit jamais senti à l'aise avec cette nouvelle jambe, Eckhart ne portait aucun jugement sur ses troupes, et si leur souhait était de remplacer leurs membres ou s'ajouter des implants ou organes artificiels, même sans blessure entraînant ces changements, dans le but de devenir plus efficaces, il était bien loin de les en décourager. Leur efficacité était tout ce qui comptait, et ses difficultés étaient un problème personnel que les autres ne rencontraient pas. Preuve en était de Neula qui, bien que son armure le dissimulait, était tellement lourdement modifiée physiquement qu'elle ne possédait plus aucun de ses membres d'origine. Même certains de ses organes et muscles avaient été remplacés et améliorés. Toutefois, bien loin de la rejeter, Eckhart appréciait la présence de la silencieuse et puissante jeune femme à ses côtés. Il l'avait vue en action, et dans une époque d'armes à feu toujours plus puissantes et rapides, jamais il n'avait vu quelqu'un d'autre oser utiliser une arme de mêlée avec succès, dansant sur le champ de bataille à une vitesse ahurissante, usant d'un art de combat réservé aux Assassins de Guerre, qui s'était perdu depuis longtemps. Les rares balles qui parvenaient à la toucher ricochaient sans mal sur sa puissante armure. Elle avait gagné sa confiance et son respect.

Finalement, il atteignit une petite colline, clairsemée de rocs pouvant servir autant de couvert que de perchoir d'observation. Neula resta légèrement en retrait, surveillant l'accès à ce perchoir.

Leur armée possédait, bien entendu, un système de surveillance par satellite et par drones qui leur permettait d'observer le champ de bataille du ciel en temps réel, mais il avait toute une équipe pour s'occuper de l'étude technologique de la situation. Eckhart aimait utiliser ses yeux et s'imprégner de l'ambiance du champ de bataille. Il s'adossa contre un rocher qui faisait à peu près sa taille, et, un sourire d'anticipation animant ses lèvres habituellement si impassibles, il observa ses troupes se déployer tel un appât pour l'ennemi, alors que l'escadron Valithurja Verkoren avançait à couvert, sur les côtés, tel un prédateur invisible s'apprêtant à fondre sur sa proie.

*

La bataille commença à dix heures trente du matin. Les forces en présence étaient, pour l'Empire, à peine trois milliers de soldats et une poignée de TTM, des véhicules de transports de troupes et matériel peu blindés équipés de mitrailleuses simples, là ou leur adversaire avait déployé le double, autant en troupes qu'en TTM. Le reste des forces mécanisées différait au vu des rôles de chaque camp. Le LINAL était une fois de plus à l'origine de l'attaque, son objectif étant d'établir une tête de pont en Sacreval pour préparer sa libération et enfoncer la ligne de défense Impériale occupant la frontière Est du pays. Ils avaient, de ce fait, ajouté à leur arsenal des véhicules lourds dénommés CAM, ou canon Armonique motorisé. Ces engins utilisaient d'énormes batteries d'énergie de Potentiel pour tirer des projectiles Armoniques et ravager les rangs ennemis. Leur seul point faible était l'impossibilité de varier la forme ou la portée de leur tir, qui restaient constantes à chaque attaque, les rendant de ce fait prévisibles, le système de tir Armonique leur faisant faire feu en une ligne droite parfaite depuis le canon peu importe son orientation. Ils restaient toutefois efficaces contre les rassemblements de soldats, et absolument meurtriers contre les véhicules ennemis, fortifications et blindages, faisant du CAM une cible à fuir, ou à abattre.

L'Empire, de son côté, jouait le rôle de l'agressé, et, retranché dans ses défenses, avait commencé à retarder l'avancée ennemie par l'utilisation de Mjols, d'énormes tanks blindés équipés de longs canons pouvant tirer des projectiles d'artillerie. Cachés derrière les collines environnantes, ils pilonnaient les troupes du LINAL avant même le début des hostilités. Leurs attaques étaient plus classiques, n'utilisant aucun concept Armonique, uniquement de simples obus. Eckhart avait fait remonter une demande pour de nouveaux prototypes d'artillerie Armonique, mais en attendant cette livraison, il ferait le travail avec le matériel qui avait fait ses preuves.

L'armée attaquante entama donc son avance à travers une forêt clairsemée, sous une pluie éparse de projectiles explosifs. Bien entendu, le LINAL avait anticipé ce genre d'attaque et était équipé de drones intercepteurs ART-0. Ces engins plutôt compacts possédaient une intelligence artificielle limitée et agissaient ainsi sans l'aide d'un pilote.

Leur rôle était de détecter les obus en approche et les intercepter en faisant feu d'un projectile a haute vitesse. Le succès des drones était d'environ soixante-dix pourcents, et si la majorité des obus étaient interceptés en plein air, certains trouvaient toutefois leur cible. Les pertes étaient tolérables, malgré la violence des impacts, et seuls les soldats de bas rang, équipés uniquement de gilets pare-balles et de casques, ou d'armures Carapaces de première génération pour seules protections, finissaient massacrés sans pitié. L'armée comprenait également des soldats d'élite bien mieux équipés. Portant une armure Carapace de seconde génération, telles celles de Neula et d'Usköl, ces soldats ignoraient sans mal les obus tombant à proximité et les explosions qui s'en suivaient, tant que l'impact n'était pas localisé directement sur eux. En effet, la version la plus évoluée de la Carapace, évoquant une ancienne armure médiévale en apparence, était forgée dans un alliage composé essentiellement de Virium, un métal sous-marin récemment découvert, n'apparaissant qu'à un niveau de pression élevé. Les armures première génération, elles, étaient une fusion entre la technologie des gilets pare-balles et un alliage métallique plus classique et fragile, mais aussi plus léger. La découverte du Virium avait révolutionné le principe de la protection individuelle, sa résistance imposante aux attaques physiques en tous genres en faisant un choix évident, le tout amélioré par une couche gélifiée intérieure visant à disperser le choc provoqué par les impacts. Il n'y avait, à ce jour, qu'un feu nourri concentré en un point fixe, l'utilisation de rares munitions perce-blindage anti-Virium ou de très gros calibre, ou des attaques Armoniques pour passer efficacement à travers ces nouvelles armures, qui rendaient leur porteur virtuellement indestructible dans le reste des situations. L'on parlait même d'une nouvelle catégorie d'armure en développement, nommée Titan, si massive qu'il était impossible de la porter sans l'aide d'un exosquelette adapté pour en supporter le poids. Le Virium commençait également à être récolté en quantité suffisante pour envisager de produire des véhicules comme les CAM, les rendant ainsi presque indestructibles sauf contre une attaque Armonique. La seule faiblesse, au final, restait la fragilité du corps humain utilisant ces protections nouvelle génération : même un projectile dévié par une armure pouvait conduire à une concussion ou à une chute douloureuse, malgré la couche de gel absorbant.

Ainsi, année après année, les armes balistiques perdaient en efficacité, alors que ces nouvelles armures apparaissaient sur le champ de bataille, lentement remplacées par les fusils Armoniques, seuls capables de percer ces protections. Toutefois, ces nouvelles armes meurtrières, commençant à peine à sortir des usines, étaient encore peu présentes sur les champs de bataille, et celui-ci ne faisait guère exception. Les balles avaient encore de beaux jours devant elles, même si ces derniers étaient comptés.

C'est pourquoi les troupes impériales étaient presque uniquement équipées de BR-12, un fusil mitrailleur des entreprises Barald-Renouveau à cadence de tir plus lente que la normale, limitant ainsi son recul et augmentant sa précision. Il s'agissait de l'arme officielle des soldats Baraldan, dont la puissance continuait à faire trembler. En comparaison, les soldats du LINAL utilisaient de multiples armes différentes, reflet des différentes nations composant leur Fédération, mais le plus populaire restait le F6, une arme bien plus classique dans son fonctionnement, apte à tirer en rafales ou en succession de trois balles suivant le mode sélectionné. Ici et là, dans les deux camps, certains rares soldats utilisaient des fusils Armoniques à canon simple, bien que leur nombre était très limité. Les deux modèles se valaient, leur fonctionnement étant pratiquement copié l'un sur l'autre, mais les Impériaux mettaient un point d'honneur à déployer l'ArmAl Prime 2, une arme fabriquée uniquement à Endal, dont la technologie Armonique restait la spécialité.

Au bout de quelques minutes éreintantes, l'armée du LINAL sortit de la forêt et, atteignant la plaine, fut finalement trop proche pour que l'utilisation d'artillerie soit possible. Les deux troupes se firent face, et les combats reprirent immédiatement, les soldats se répartissant à couvert autant que possible, roulant au sol, cherchant une protection derrière le décor naturel. Certains utilisèrent des compositions Armoniques qui leur avaient été distribuées, et, usant de leur Affinité naturelle pour la terre, érigèrent des murs de roche pour se protéger des tirs ennemis, remodelant le terrain petit à petit.

Les TTM entrèrent à leur tour dans la danse, ouvrant le feu dans les rangs opposés, déchargeant les soldats qui s'y trouvaient, les armes crépitant de tous côtés dans une véritable pluie meurtrière de projectiles métalliques. Furent également extraites des machines des barricades portables en métal, le nouveau principe défensif créé pour remplacer les tranchées.Facilement déployables et transportables grâce à plusieurs poignées, parfois larguées des airs lorsque des T-NBTA-801 pouvaient être déployées en soutien aérien, il suffisait de les poser perpendiculairement au terrain, puis, d'une pression d'un bouton, faire se déployer les pieds qui les maintenaient alors fixes et ancrées dans le sol. La protection offerte était inférieure au Virium, mais elles restaient lourdement blindées, offrant une résistance presque totale aux balles.Si des attaques Armoniques ou des soldats équipés d'armes faites pour déloger les troupes d'un lieu retranché étaient signalés, il suffisait alors qu'un duo de soldats saisisse les poignées, relève les ancres dans le sol, et se déplace en utilisant la barricade comme bouclier vers une position plus sûre.

Malgré tout, balles et tirs d'énergie causaient des blessés et morts des deux côtés, les premières fauchant ceux qui n'étaient pas suffisamment protégés, les seconds faisant aisément fondre les protections métalliques et les soldats qui se trouvaient derrière elles. Hommes et femmes de tous pays et toutes cultures tombèrent sans distinction aucune face à ce déchaînement de violence, unis dans l'absolue égalité qu'offrait la mort. C'est à ce moment que les Armonistes des deux armées, situés à l'arrière des rangs, commencèrent à agir, ajoutant une nouvelle mesure de dévastation. Leur simple présence dans les deux armées suffisait à dissuader l'usage de chasseurs aériens C-NBTA, une pluie d'attaques Armoniques dans le ciel suffisant amplement à détruire ces véhicules au potentiel d'attaque trop faible.

Bientôt, d'énormes projectiles de flammes, de foudre et d'autres éléments dévastateurs se déchaînèrent, volant des doigts des Compositeurs, filant à travers les cieux, puis retombant au sol. Ici, une lance de foudre secoua un TTM et le paralysa, ses systèmes électroniques surchargés ou grillés. Là, une lame de vent déchiqueta un groupe de soldats, entaillant leurs corps avec aisance, en sectionnant certains en deux. Ailleurs, une sphère de flammes incinéra plusieurs hommes et fit fondre une partie du blindage d'un CAM du LINAL, qui se retrouva immobilisé, mais toujours capable de faire feu, bien que trop loin pour rendre les coups. L'arme la plus puissante de cette époque était désormais sur le terrain, et il faudrait compter sur les tireurs d'élite et Armonistes eux-mêmes pour abattre les lanceurs de sorts du camp opposé. La flexibilité d'une Composition Armonique permettait, suivant les glyphes tracés, de contrôler à la perfection la trajectoire et la forme d'un projectile. Créer un angle droit ou un demi-tour en plein vol était tout à fait possible. On expliquait souvent l'Armonie comme de la programmation magique permettant d'enchaîner des effets complexes l'un après l'autre, composant un programme glyphique qui, une fois activé, reproduisait par le Potentiel les instructions qui lui avaient été fournies. Il reposait sur la créativité des mages d'atteindre leurs adversaires malgré la distance et d'éventuelles protections derrière lesquelles ils pourraient se cacher. Les meilleurs Armonistes au monde pouvaient même inclure des conditions dans leurs Compositions, comme mettre au point un sort qui tente de trouver un passage de lui-même lorsqu'il détecte un obstacle.

La bataille continua ainsi pendant quelques minutes, et malgré les dégâts que les Armonistes Impériaux infligeaient, les officiers à la tête de l'armée du LINAL étaient surpris : la bataille se déroulait relativement bien, mais surtout, de façon très prévisible. Ils savaient qui ils affrontaient : le tristement célèbre Eckhart Hylivaltraüss était à la tête de cette troupe, et ses stratagèmes infernaux semblaient bien trop absents de cet affrontement. Les minutes passant, voyant que rien n'arrivait et que leur supériorité numérique prenait le dessus, les troupes Baraldanes titubant et reculant, ils décidèrent de continuer leur assaut avec une ferveur toute particulière, espérant que leur ennemi était possiblement absent, ou bien qu'ils l'avaient pris par surprise.

C'était, bien évidemment, l'instant qu'Eckhart attendait. Quand il vit les troupes ennemies reformer leurs rangs et avancer, leur moral au beau fixe, il fit signe à un membres des Valithurs à ses côtés. Depuis leur perchoir sur la colline, l'homme écouta le message du Général, puis, regardant dans la direction de la végétation entourant le champ de bataille, commença à transmettre. Ce message, toutefois, n'utilisait aucun système de communication classique pouvant être facilement intercepté. Il faisait usage, à la place, d'une méthode incluant l'Oculys du soldat : une petite diode verte s'allumait et s'éteignait à toute allure au dessus de son œil. Il avait simplement eu à transcrire son message par les mouvements de sa pupille sur son clavier holographique devant son œil, clignant rapidement pour valider chaque lettre, et le logiciel embarqué, spécialement créé pour les Valithurs, avait traduit ses dires en une série de clignotements lumineux discrets.

Chaque lettre était codée en un nombre de clignotements précis, qu'un tableau propre au Bureau des Communications Impériales définissait. Ainsi, même si le message était intercepté, il restait possible, mais trop long en pleine bataille, de le traduire sans le logiciel adapté. Sur le terrain, les Valithurs, camouflés dans les buissons, entre les arbres et dans la verdure environnante et ayant pris grand soin d'éviter tout engagement avec l'ennemi jusqu'à maintenant grâce à leur camouflage et discrétion, captèrent le message qu'ils attendaient depuis plusieurs minutes. Répartis en équipe de deux, l'un des soldats observait la colline, son Oculys amplifiant sa vue à tel point qu'il pouvait voir tous les détails du visage du messager à côté de leur Général, pendant que l'autre montait la garde, observant la bataille. Les signaux lumineux ayant commencé, l'Oculys de l'observateur enregistra immédiatement tous les clignotements et traduisit la transmission, ce qui informa ainsi la totalité des Valithurs déployés en quelques secondes.

Usköl Loekth, camouflé dans un buisson touffu, son armure en ayant pris la couleur exacte, tourna la tête un instant vers l'homme qui faisait équipe avec lui, puis lui demanda, d'une voix calme, chuchotée, à peine audible sous les détonations et hurlements provenant du champ de bataille.

« — Quel message ?
— Activation confirmée. Prise en tenaille, quinze secondes. »

Usköl hocha la tête et assura sa prise sur son arbalète. Désormais déployé, l'engin était intimidant au possible. Même à l'échelle de son escadron, l'arme personnelle d'Usköl était massive, évoquant plus une baliste médiévale qu'une arbalète. Son compatriote le rejoignit, sa propre arme parée à tirer. Ils saisirent tous deux une Composition glyphique précise de celles qu'ils avaient reçu avant la bataille, et la plantèrent sur leurs flèches respectives. Le compte à rebours de quinze secondes approchait de son terme sur leur écran oculaire, et, arrivant aux dernières secondes, ils ôtèrent leur main gauche de sous l'arbalète pour la poser sur les feuillets pendant au bout de leur projectile. Ils injectèrent leur Potentiel magique à l'intérieur, le faisant circuler de l'intérieur de leur corps jusqu'à la paume de leur main, puis, ayant déjà repéré leurs cibles, firent feu à l'arrière des formations ennemies. Grâce au glyphe temporel d'Eckhart, les Compositions ne s'activèrent pas immédiatement, comme elles le faisaient toujours en temps normal en se désagrégeant, se contentant d'illuminer les glyphes d'une lueur bleutée ou rougeâtre suivant si le Potentiel infusé était de Foudre ou de Feu.

Bien entendu, il était illusoire d'espérer que des traits d'arbalète soient capables de traverser des armures Carapaces. Même viser un soldat en gilet pare-balles aurait un effet mineur. Le rôle des Valithurs n'était pas d'infliger des pertes à l'ennemi par leur carreaux, mais de répandre le chaos sur le champ de bataille, en donnant une fausse impression à l'ennemi. Alors que leurs tirs volaient et se plantaient dans la terre, derrière les troupes ragaillardies du LINAL, Usköl réussit à repérer plusieurs autres tirs environnants suivant les leurs, se répartissant un peu partout, en une grossière ligne parallèle à l'arrière des soldats. Ses compagnons avaient reçu la directive et faisaient de même.

Enfin, au bout d'une dizaine de secondes additionnelles, les flèches, plantées dans le sol, ignorées par tous, virent leurs Compositions Armoniques s'activer soudainement, alors que le glyphe temporel arrivait en fin de vie. Chaque feuillet se consuma comme si l'énergie lui était soudainement infusée, et la programmation magique qui s'y trouvait prit vie. Dans le ciel, une trentaine de colonnes de flammes et de foudre s'élevèrent soudainement, entre l'arrière des soldats et les positions en hauteur des officiers et Armonistes ennemis, qui sursautèrent de terreur. Finissant par atteindre la hauteur prévue, les projectiles entamèrent leur ordre suivant et se mirent à voler en diagonale, dans la direction du campement Impérial qu'ils ne pourraient jamais atteindre, mais qui leur servait d'instruction de direction à suivre. Ils s'écrasèrent sur le champ de bataille, frappant sauvagement les rangs du LINAL par l'arrière, explosion après explosion, carbonisant les soldats par dizaines, les envoyant voler vers l'avant. Les Valithurs ne prirent pas le temps d'observer les résultats de leur attaque. Un autre message arrivait pour eux.

« — Quatre volées, délai de quinze secondes. »

Comme il leur était ordonné, ils reproduisirent la même manœuvre quatre fois, espaçant chaque volée de quinze secondes, attendant ensuite dix secondes pour l'explosion, avant de recommencer. Au bout des cinq attaques, les troupes du LINAL étaient en plein désarroi : une grande majorité des soldats étaient désormais persuadée d'être attaquée par l'arrière également, et même les officiers semblaient paniquer et hurler des directives aveuglément, cherchant l'ennemi invisible qui les prenait en tenaille. Les troupes ennemies commencèrent à céder du terrain et se replier, se rassemblant à l'arrière de leur formation, tournant le dos aux soldats Impériaux, qui se regroupaient également et reformaient leurs rangs avant d'avancer. Profitant du regroupement des troupes ennemies en assemblées compactes, un autre message d'Eckhart fut transmis aux Valithurs.

« — Explosion. Feu à volonté. »

C'était le signal de la seconde phase. Ils saisirent leur stock de cinq Compositions explosives. Ces versions étaient plus puissantes que les attaques précédentes, dont une partie de l'énergie était utilisée pour alimenter le mouvement du projectile dans les airs et donner l'impression d'une attaque venant de l'arrière. Ces feuillets, eux, étaient uniquement concentrés en un simple et unique assemblage de glyphe : une explosion simple et massive. Ils prirent à nouveau le temps de viser, tirer entre les rangs ennemis, parfois touchant un soldat de leur projectile, mais ne s'en préoccupant pas. L'important était d'atteindre un endroit peuplé du plus de cibles possible, ou un véhicule entouré de troupes cherchant à se mettre à couvert.

Bientôt, de terribles explosions élémentaires secouèrent le champ de bataille. Plusieurs tirs avaient atterrit au même endroit, les Valithurs sur le terrain ne pouvant pas se coordonner sur les zones à attaquer, certains prenant les mêmes emplacements, mais dans l'ensemble, le carnage fut absolu. Trente explosions secouèrent les rangs ennemis, puis trente autres, et ainsi de suite, jusqu'à ce que le peu de survivants du LINAL se mettent à fuir à toute allure ce véritable déluge mortel. Même le bataillon d'Armonistes Impériaux avait bien du mal à reproduire une telle dévastation, leurs projectiles ayant l'obligation de voyager jusqu'à leur destination, perdant en puissance avec le temps, tout en devant prendre le temps de Composer leurs attaques, et d'éviter celles de leurs ennemis. Ici, les projectiles explosaient avec toute leur force pure immédiatement, et la façon dont toutes les explosions avaient lieu, avec régularité en de nombreux points différents, causait des vagues de destruction répétées qui fracassaient sans pitié aucune le moral et le nombre des troupes ennemies. Bien évidemment. Les troupes Baraldanes, enhardies par la victoire proche, chargeaient et faisaient feu sans pitié.

Au final, avant même que la cinquième vague d'explosions Armoniques n'ait lieu, le LINAL se replia en urgence, les survivants de l'armée décimée pourchassés par les Impériaux, bien décidés à ne laisser qu'un minimum de soldats s'échapper. La bataille, une fois encore, fut remportée par Eckhart, mais personne ne savait, à part lui, que cette victoire était due à l'escadron Valithurja Verkoren. Usköl s'autorisa un sourire derrière son casque, un sourire carnassier, sanguinaire. Puis, il tourna la tête vers son coéquipier, et se contenta de marmonner un simple :

« — Mission accomplie. Rentrons. »

*

Usköl était rentré au baraquement réservé aux Valithurs, et prenait le temps de ranger avec attention son équipement. Ayant ôté pièce après pièce de son armure Carapace, et rangé sa tenue dans son casier personnel, il enfila un treillis militaire classique. Alors qu'il se changeait, il était soudainement facile pour ses compatriotes de le voir dans une tenue des plus simples. Et pourtant, même portant un simple caleçon, il était presque encore plus intimidant que vêtu. Cela était dû, en grande partie, au fait qu'Usköl, tout comme Neula, avait remplacé ses quatre membres par des Magichromes de haute qualité. Ses deux bras et ses deux jambes luisaient d'un éclat métallique noir menaçant, des glyphes Armoniques à l'effet connu de lui seul gravés dessus. Le long de sa colonne vertébrale, ce qui ressemblait à un exosquelette implanté à même son dos reliait ses prothèses entre elles, renforçant la connexion interne aux implants et prothèses qui était normalement réalisée à l'intérieur du corps via un circuit fermé, connecté au Nerval, l'implant central à l'intérieur de la nuque qui gérait tous les autres. Invisible à l'œil nu, l'intérieur de son corps réservait aussi son lot de surprises, nombre de ses organes ayant été remplacés par des versions synthétiques supérieures, parfois en doublon dans le cas où l'un viendrait à être endommagé. Au final, seuls son torse et sa tête étaient encore d'origine, et même pour ces deux exceptions, de nombreux détails comme son Oculys, certains organes et ses côtes artificielles contenant des injecteurs de stimulants, montraient à quel point il avait tenté au maximum de s'éloigner de sa nature. L'homme était un vrai monstre, plus machine qu'homme, capable de broyer un crâne humain d'une seule main, et de sauter plus d'une dizaine de mètres de haut sans élan ni effort. Lui et Neula étaient les deux créatures mécaniques d'Eckhart, chacun possédant sa spécialité, et y excellant.

Finalement changé, dans un silence propre au professionnalisme absolu des Valithurs, il se dirigea à l'extérieur du baraquement, en direction de la colline où se trouvait toujours son supérieur et sa garde du corps. Le Général Hylivaltraüss lui adressa un de ses rares sourires, une manifestation d'émotion des plus inhabituelles chez lui. Ses lèvres semblaient craquelées, habituées à rester figées dans toute situation.

« — Félicitations, Commandant. Une bien belle victoire, je n'en espérais pas moins de vous, et comme je m'y attendais, vous ne m'avez pas déçu.

— Mes remerciements, Général. Comme toujours, la qualité de l'équipement que vous nous fournissez a été instrumentale à notre succès. »

Les platitudes et félicitations respectives s'interrompirent à cet instant. Tout cela n'était que décorum : les deux hommes savaient la victoire acquise avant même la bataille. Le silence s'installa un moment, mais il n'avait rien de pesant. Tous deux observaient l'océan de cadavres, les groupes médicaux respectifs récupérant leurs blessés, une trêve temporaire établie pour cette occasion. L'Empire avait perdu presque trois cents soldats dans cet engagement, mais le LINAL se retrouvait amputé de plus de la moitié de son armée, et estima nécessaire d'abandonner l'attaque et de se replier, ce qui amenait le niveau de pertes à un ratio d'un soldat pour dix en faveur de l'Empire. Eckhart et son esprit calculateur, voyant les vies de ses troupes comme des ressources à gérer, avait de quoi être satisfait de cette performance. Quant à Usköl, il était perdu dans ses pensées, observant le chaos que son équipe avait répandu quelques instants plus tôt, avec un sentiment de fierté intérieure. Le temps et l'expérience l'avaient rendu imperméable au choc d'après bataille, et le regard d'excitation intense qu'il avait perçu dans les yeux de plusieurs soldats Impériaux en se rendant jusqu'ici, encore sous l'effet de l'adrénaline, avait disparu des siens depuis de très nombreuses années, pour faire place à une détermination et une froideur sans pareil, aussi artificielle que son corps mécanisé. La loyauté qu'il éprouvait pour Eckhart, également, était sans limite. Il devait tout à cet homme, qui l'avait arraché des bas-fonds d'une petite ville d'Endal étant enfant, et il serait probablement mort seul dans un taudis abandonné et glacial sans son aide. Seule Neula était capable de surpasser le niveau de fanatisme qu'Usköl avait pour son supérieur.

Ses pensées, toutefois, furent interrompues, quand Eckhart sursauta légèrement, alors que son Oculys émettait un petit sifflement, indiquant un appel. Son supérieur lui fit un signe de tête, et Usköl le salua respectueusement d'un poing sur le cœur, avant de s'effacer et de quitter la colline.

Observant avec une stupeur dissimulée le nom de son contact, Eckhart adressa également un petit geste à Neula, qui s'inclina profondément, à l'ancienne mode Impériale, un genou au sol et le poing au cœur, avant de se replier. Vérifiant qu'il était désormais bien seul, le général accepta l'appel. Aussitôt, un homme aux cheveux grisonnants apparut dans son écran oculaire. Il était assis à son bureau, les mains croisées, souriant, et était vêtu dignement, d'un costume qui devait coûter au moins le même prix qu'une armure Carapace seconde génération, mais qui n'offrait pour seule protection que l'assurance de ne pas être considéré comme une personne de moindre importance. Ce sourire, Eckhart se le remémorait à chaque fois, lui rappelait celui d'un requin tournoyant autour de sa proie, tous crocs dehors, paré à la saisir à tout instant. C'était un sourire qui le faisait toujours frissonner, même un vétéran comme lui, et ce malgré le fait qu'il travaillait avec cet homme depuis plus de vingt ans. Il était toujours rassurant de se remémorer qu'ils étaient tous deux dans le même camp, bien qu'il n'avait en rien confiance en lui. Heureusement, l'avantage inégalable qu'Eckhart apportait à l'Empire sur le terrain le protégeait de la majorité des manipulations de l'homme.

« — Ah, Commandant Hylivaltraüss. Quel plaisir de vous revoir. J'ai cru apprendre que les félicitations étaient de rigueur suite à votre victoire récente.

— Je vous remercie, M. Stenton. Je suis toujours étonné de voir à quelle vitesse les services d'informations du GASMA travaillent. À moins, bien entendu, que vous n'ayez ajouté certains de vos agents parmi mes troupes.

— Uniquement dans nos intérêts respectifs, cher ami, vous vous en doutez bien, répliqua Stenton sans même chercher à dénier cette accusation. Nos services se doivent de travailler de concert pour s'assurer d'une efficacité absolue contre le LINAL.

— Bien entendu, répondit Eckhart avec un très léger sourire amer, désormais bien décidé à dénicher les taupes dans son armée. Et que me vaut le plaisir de votre appel ? Avez-vous de nouveaux ordres pour moi ?

— Une simple faveur à vous demander, rien de bien fantastique. L'un de mes projets, impliquant une jeune femme au très fort potentiel, requiert l'assistance de... personnel militaire. Cette femme pourrait devenir une ressource inestimable pour Barald, si elle survit. Au vu du nombre d'engagements que vous subissez, je suis persuadé que votre unité pénale comporte un certain nombre de soldats cherchant à se racheter suite à des actes indignes, n'est-ce-pas ?

— Effectivement, nous avons quelques dizaines de déserteurs sous clef. Je n'ai ni patience, ni pitié pour ces mauvaises herbes, et si le code militaire me l'autorisait, je les aurais fait abattre depuis longtemps. Dois-je comprendre, M. Stenton, que vous avez une occasion de se refaire à leur présenter ? »

L'homme sourit de toutes ses dents, d'un blanc éclatant. Le requin semblait plus que satisfait de la proie qui lui était présentée.

« — Laissez-moi vous expliquer cela en détail, mon cher ami... »

Chapitre 4
Menace

Comprendre Annah Morgan et sa légende demande de prendre un peu de recul sur les premiers évènements qui ont amené à son ascension. Une poignée d'années plus tôt, avant que nous ne nous installions à Hymne, Annah était en proie à un trouble intérieur profond alors que sa santé mentale semblait lui échapper de plus en plus progressivement. Assaillie par un spectre vengeur, de visions, de rêves et de souvenirs oubliés, le Destin d'Annah se mit en marche en l'an sept-cent vingt-sept A.C., une date que les Historiens Impériaux mémoriseront bien vite dans le futur, à n'en pas douter.
Extrait de « Biographie d'Annah Morgan » d'Alma Hilldar.

    Propre à cette perturbation de la perception temporelle due aux rêves, il fallut bien quelques minutes à Annah, ou en tous cas en eut-elle la sensation, pour réaliser qu'elle était bel et bien plongée dans un songe, et non dans la réalité. Toutefois, quand elle comprit quelle était sa situation, elle s'aperçut qu'elle était capable de comprendre son rêve, de l'influencer légèrement, et qu'elle avait gardé un certain niveau de conscience. Il lui semblait presque être éveillée, tout en étant endormie, une situation quelque peu contradictoire. Sa conscience était suffisamment présente pour s'interroger d'un possible abus de son cocktail favori, menant à un quelconque délire profond. Toutefois, bien que ses souvenirs lui faisaient défaut en cet instant, engourdis par le sommeil, elle avait la certitude d'avoir déjà traversé ce genre de situation ces dernières semaines, même si elle en avait tout oublié. Cela la rassura.

    Le début de son rêve n'était que couleurs, formes indistinctes et images floutées. Mais, alors que le temps s'écoulait, le décor devint plus précis, et soudainement, elle reconnut où elle se trouvait. Ce lieu était son ancienne maison, là où elle avait vécu pendant son enfance, après que sa famille ait quitté la nation de Meigharra au Sud du continent d'Asilée, et, décidée à fuir leur sombre passé aussi loin que possible, s'était établie dans l'autre extrême des territoires Impériaux : le Nord absolu, Endal.

    Si la maison était visible dans son rêve, elle était entourée de ruelles plongées dans la pénombre. Seule la façade d'un autre bâtiment, directement à droite de sa demeure, était visible, majoritairement flouté en dehors d'une seule fenêtre, par laquelle deux enfants regardaient et applaudissaient joyeusement suite aux événements qui se déroulaient dans la maison d'Annah : ces deux enfants étaient ses voisins et amis depuis son arrivée à Endal, Élias et Marianne Voegels.

Quant à la maison elle-même, elle était encerclée d'une poignée de véhicules de police. Directement à côté de l'une de ces voitures se trouvait la mère d'Annah, plus jeune, au visage toujours aussi compatissant. Ses traits, toutefois, étaient déformés par un mélange d'inquiétude et de colère qu'elle ne parvenait pas à dissimuler. Et pour cause : dans son jardin, voletant à travers les fenêtres, ouvrant joyeusement le feu à coup de petites billes en plastique dur ou tirant avec des taser intégrés, une dizaine de drones avaient pris possession de la place et attaquaient toute personne qui s'approchait. Et, au sommet de la maison, par la fenêtre de sa chambre, drapée d'une couverture telle une cape et d'une couronne faite en carton, se trouvait une petite Annah d'à peine huit ans, fièrement dressée, la main gauche posée sur sa hanche, la main droite pointant vers les airs, ordonnant à son armée robotisée de s'emparer du monde entier, sous les rires et encouragements de ses deux jeunes voisins.

« — Tu t'en souviens... N'est-ce-pas ? Ton Royaume des Drones ? Une enfant... Si créative. Si... Ambitieuse. »

Annah, l'adulte en plein rêve, sursauta, un mouvement reproduit par son corps endormi, mais cela ne suffit pas à l'éveiller. Alors qu'elle observait la scène avec un mélange d'amusement et de gêne en voyant les sales blagues que son alter ego enfantin réalisait, elle entendit une voix étrangement familière, mais déformée, parlant à ses côtés. C'était comme si cette voix sortait d'une gorge desséchée et usée après avoir hurlé trop fort et trop longtemps. Elle semblait lutter pour formuler des phrases complètes, comme cherchant son souffle entre plusieurs mots. Annah n'arrivait pas à placer cette voix, malgré sa familiarité, ce qui la frustrait grandement.

« — Tu as été Reine pendant quelques heures... Tu as construit ces machines toi-même... Des mois durant de labeur... Tu les as alimentées de ton énergie... Tu les as lâchées dans ta maison... Voulais-tu conquérir le monde ? Protéger ta mère ? Maintenant que ton père était en prison ? Montrer ta force... Ton intelligence... Au monde ? »

Plus bas, la scène avait changé. Les drones étaient désormais tous détruits, en pièces dans le jardin et sur le trottoir proche. Plusieurs policiers se massaient là ou ils avaient été touchés par des billes, qui avaient bien plus de force qu'on ne l'imaginait au premier regard, tandis que d'autres grognaient au sol après avoir reçu un choc électrique les plongeant dans l'inconscience. La petite Annah pleurait à chaudes larmes, se frottant le postérieur après ce qui avait été une fessée légendaire délivrée par sa mère habituellement si douce et délicate. Les forces de l'ordre, pourtant, semblaient essentiellement amusées par ce qui s'était passé, intrigués par cette enfant si pleine de ressources qui leur avait donné tant de fil à retordre. Il était rare qu'une enfant soit à l'origine d'une bonne bagarre à la Baraldan.

Derrière les voitures de police, un long véhicule noir, aux formes élancées et aux vitres teintées, était désormais garé, et de celui-ci surgirent plusieurs hommes. Ils étaient vêtus de costumes également noirs, avaient tous les cheveux très courts, des lunettes cachant leurs yeux et une partie de leur Oculys, et ils avançaient avec une assurance certaine vers la jeune fille. Ils parlèrent un moment avec sa mère, puis, sans que personne ne s'y oppose, saisirent la petite Annah par la main et la traînèrent vers leur véhicule. La Annah adulte se souvenait de cet instant. Ils allaient l'emmener dans un établissement spécial avec d'autres enfants comme elle. Elle ne verrait plus sa mère pendant des années, et à son retour, leur relation aurait changé d'un extrême à l'autre, de complicité à froideur. C'était l'instant où elle avait définitivement perdu sa famille et était devenue orpheline, tout comme Élias et Marianne, qui perdraient leurs parents dans un acte terroriste pendant la disparition d'Annah.

« — L'instant où tu as tout perdu... L'instant où tout a commencé... Surveillée... Testée... Étudiée... Engagée...»

Annah tentait de parler, de répondre, mais aucun son ne sortait de sa bouche. Elle ne parvenait pas à faire bouger sa mâchoire dans ce rêve. C'était comme si elle sombrait sous l'eau, incapable d'émettre un son.

« — Ils t'ont découverte... Un Potentiel si rare pour une enfant si jeune... Une affinité si dangereuse pour une si petite innocente... Et notre héritage familial... Si terrible... Si craint... Si fort en toi... Ils t'ont analysée... Ils savent... Tu dois savoir aussi... Apprendre... Te découvrir... Te libérer de leur emprise...
— Qui êtes-vous ? Que voulez-vous me dire exactement? »

Maintenant que le rêve autour d'elle était redevenu un voile noir impénétrable, elle s'aperçut qu'elle était capable de parler. Face à elle, l'origine de la voix, une orbe verdâtre, éthérée, un visage squelettique à peine visible flottant face à elle, lui répondit, d'un chuchotement qui commençait à s'estomper.

« — Bientôt, un choix... Bientôt, ma vengeance... »

La voix disparu, et il ne resta que les ténèbres, et bien entendu, Annah. Elle n'eut pas le temps de s'interroger plus longtemps. Elle eut soudainement l'impression de tomber contre le sol et, suite à ce sentiment si dérangeant, se réveilla en sursaut alors qu'elle percutait réellement le plancher de pleine face, tombant de son canapé suite à un sommeil trop mouvementé.

Elle grommela, restant un instant au sol, n'ayant même pas la volonté de se relever, puis se redressa, rampant à moitié, ses jambes engourdies ne lui permettant pas encore de se mettre debout. Elle se traîna sur le canapé et s'y assit, ralentissant son souffle, réalisant qu'elle respirait très rapidement. Sa délicate peau légèrement mate était couverte de sueur. Assise confortablement, s'enroulant dans sa couverture, ses pieds nus posés à même le sol pour gagner en stabilité, elle laissa son esprit et son corps recouvrer leur équilibre et stabilité. Son esprit était encore empli d'images et de souvenirs.

« — Qu'est ce que c'était que ce rêve ? C'était intense...

Elle replia ses jambes, désormais réveillées, contre son ventre, s'enroulant d'autant plus dans sa couverture, et posa la tête sur ses bras croisés, pensive.

— Je connais cette voix... Ou plutôt, je l'ai connue... Enfin, je crois... Il y a longtemps... »

Elle se gratta la tête d'une main, cherchant à stimuler ses souvenirs. Elle alluma son Oculys, par habitude, et consulta l'heure. Réalisant que son réveil ne sonnerait pas avant une bonne heure, mais estimant qu'elle ne parviendrait pas à se rendormir, elle décida de se diriger vers sa petite salle de bain et de prendre une douche relaxante, afin de se débarrasser de la sueur et d'éclaircir ses idées.

Elle ne travaillait pas en ce jour, mais devait assister au briefing de leur nouvelle mission dans la matinée. Il était attendu des quatre compagnons qu'ils partent dès l'après-midi, ayant la nécessité de traverser la majorité du continent. Annah savait peu de choses sur leur mission à venir, hormis le fait qu'elle se situait en Meigharra, sa terre natale, dans la partie sud de l'Empire. Elle se demanda un instant si cette destination prochaine était la raison qui avait encouragé son cerveau à rêver du passé.

Acceptant cette explication d'un hochement de tête, elle prit sa douche, appréciant le contact de l'eau chaude sur son corps naturel, mais aussi sur son bras artificiel, les senseurs intégrés captant le contact des gouttes avec une précision toute particulière. Fort heureusement, son bras était étanche et lui permettait de rester installé même sous l'eau. La différence entre les deux types de sensations était très difficile à définir, mais le contraste était très plaisant en soi. C'était comme si sa peau avait gagné en sensibilité, mais était en même temps capable d'endurer la chaleur de l'eau avec beaucoup plus de facilité que son corps naturel. La reproduction des sensations douloureuses n'était également pas prise en compte, assurant à l'utilisateur des contacts uniquement plaisants. Elle se laissa aller à imaginer la joie qu'elle pourrait ressentir s'il devenait un jour possible de transformer l'intégralité d'un corps humain en machine. Elle serait sûrement l'une des premières à sauter sur l'occasion.

Finalement, prenant le reste de l'heure pour se préparer, se maquiller légèrement et s'habiller, Annah fut prête à l'instant même où son réveil sonna. Elle l'éteignit d'un mouvement de pupille, puis décida de sortir immédiatement de son petit logement, souhaitant une grande bouffée d'air frais après ce rêve pour le moins étouffant d'intensité.

Dans le long couloir menant aux ascenseurs, elle rencontra une jeune femme aux très longs cheveux noirs, atteignant le bas de son dos, aux yeux rouges et au teint pâle qui marchait vers elle d'un pas légèrement chancelant. Avec les lumières éteintes, cette vision aurait été une parfaite représentation d'un spectre. C'était une réflexion qu'Annah se faisait souvent en croisant son amie dans ce genre de situation, et elle savait que cette dernière prenait grand plaisir à utiliser son apparence pour entretenir le style des grands classiques de films d'horreur.

« — Bonjour Alma. Comment s'est passée ta nuit ? »

L'interpellée lui sourit, bien que ce dernier semblait quelque peu faible. La fatigue s'était apparemment accumulée en elle, et il était clair qu'elle n'avait qu'un seul désir : retrouver son lit. Malgré tout, ses yeux rouges, deux prothèses Technochrome qui avaient été installées pour résoudre sa cécité de naissance, étaient fixés sans faillir sur elle, et elle prit le temps de saluer Annah, toujours heureuse d'échanger quelques mots avec sa collègue.

« — Salut Annah. C'était une bonne nuit, le projet avance bien. Nous avons presque atteint une mixture stable pour les tatouages Glyphiques.

— Excellente nouvelle. J'ai hâte de retourner participer au projet. Maintenant que cette étape est presque franchie, on devrait enfin pouvoir permettre de tracer des glyphes à même la peau sans effet... négatif.

— Je préférerais éviter de répéter les problèmes passés, en effet, précisa Alma. Voir un rat s'embraser vivant n'a rien d'amusant, je ne veux même pas imaginer la scène sur une personne. »

Le projet actuel des deux femmes, et de quelques autres scientifiques, reposait sur une nouvelle application des techniques glyphiques de l'Armonie. Habituellement, les glyphes décrivant l'effet du sortilège étaient tracés à même un feuillet de papier conducteur, consumé dans l'utilisation qui produisait le sort désiré. Dans le cas d'un fusil, toutefois, le glyphe était tracé sur un morceau de métal qui pouvait être réutilisé tant que l'usure ne le détruisait pas. Leur idée reposait sur cette réutilisation et le fait de tracer des glyphes de renforcement sur le corps même des utilisateurs. Malheureusement, leurs premières tentatives avaient causé l'effet d'utiliser le corps comme le support papier classique de l'Armonie, embrasant les rats qui servaient d'expérience et les consumant pour lancer le sort. Leurs efforts se dirigeaient maintenant vers une encre incluant des composants métalliques spéciaux servant à reproduire le principe des plaquettes glyphiques de fusils Armoniques, ou les lames de couteaux Armoniques : permettre au sortilège de s'activer en alimentant le glyphe sans le consumer, ni lui, ni son support. La difficulté reposait sur le fait que la technologie actuelle n'avait réussit à réaliser ce principe que sur des éléments métalliques dans lequel les glyphes étaient gravés. Il fallait trouver une version fonctionnelle pour la chair humaine.

« — Quoi qu'il en soit, je serais heureuse de parler plus longtemps avec toi, mais je dois vraiment aller rendre visite à mon lit. J'espère que tu reviendras bientôt au labo, Annah. Sans toi, j'ai une charge de travail monstrueuse ! Les autres sont loin de fonctionner aussi bien avec moi que notre équipe. »

Annah lui tapota gentiment l'épaule de sa main organique et lui offrit un sourire compréhensif.

— Vraiment désolée pour ça, je me donnerais au maximum à mon retour pour compenser, peut-être même que tu pourras prendre quelques vacances. Je serais de retour dans une poignée de jours, une mission pour notre GAR à accomplir avant.

— Ils te laissent participer à une mission sur le terrain où tu risques ta vie, mais t'estiment encore trop fragilisée pour travailler en laboratoire sous situation contrôlée ? La logique de cette administration m'impressionnera toujours !

— Je suis aussi surprise que toi, pour être franche. La guerre avant tout dans notre bon vieil Empire. Mais bon, un peu d'action ne fera pas de mal, c'est l'occasion pour moi de tester mon nouveau bras en situation réelle.
— Pour être franche, je vois déjà la résultat. Un champ de bataille carbonisé, des adversaires grillés vifs, plus d'éclairs que le pire des orages ne pourrait provoquer... Tu n'es pas vraiment connue pour ta retenue, tu sais.
— J'aime le travail bien fait, je n'aime pas me battre, mais je suis une professionnelle, au labo comme lorsqu'il faut griller du Fédéral. Et puis franchement, regarde-moi ce bras. Une merveille pareille, ça serait une honte de ne pas s'en servir au maximum de ses capacités ! »

Alma eut un sourire compatissant, son regard affichant un peu de pitié pour son amie, comme si elle conversait avec une personne légèrement simple d'esprit. Lâchant un puissant bâillement, elle s'excusa et trottina sur ses courtes jambes jusqu'à sa chambre.

Annah lui sourit et inclina légèrement la tête pour la saluer, lui souhaitant bonne nuit – bien que le soleil se levait. Travailler de nuit était difficile pour son amie, et le manque de soleil contribuait grandement à son teint pâle, presque maladif. Ses deux yeux aux pupilles artificielles rouges et à l'iris noir n'arrangeaient en rien cette image de fantôme qu'elle affichait, non sans une certaine satisfaction. Pour autant, elle ne se plaignait pas de ses horaires et réalisait ce qu'on attendait d'elle, stoïquement. Alma lui rendit son salut, lui adressa un petit clin d'œil. Quelques secondes plus tard, la porte de la chambre de cette dernière coulissa et se referma.

Annah se retourna et, dans un grand geste théâtral absolument superflu, faisant voleter son long manteau de cuir gris à haut col et à bandes blanches, indiquant son appartenance au corps d'armée scientifique et médical, se mit à marcher vers l'ascenseur, ses bottes résonnant sur le sol métallique d'un blanc presque aveuglant, alors que les premiers rayons du soleil filtraient par les fenêtres, s'y reflétant.

*

« — Tout le monde est là ? Parfait, installez-vous où vous voulez. Enfin, dans les premiers rangs ça sera mieux, mais c'est vous qui voyez. »
Annah, Marianne, Élias et Adam s'étaient retrouvés dans une des multiples salles qui servaient autant pour les cours que pour les briefings. Peu de temps après, Adrian Morgan, l'oncle d'Annah, et leur contact pour cette mission, était arrivé. Son apparence, comme à l'accoutumée,

était débraillée au possible : mal rasé, mal coiffé, des valises sous les yeux, le dos légèrement courbé en avant, un gilet gris sombre sous lequel se trouvait une chemisette blanche froissée, dont la moitié sortait d'un pantalon également gris sombre, et deux chaussures noires qui étaient, à premier abord, sûrement la seule pièce présentable et entretenue de son uniforme. Bien que ses vêtements étaient tout à fait acceptables pour une tenue civile et décontractée sur cette base militaire, la façon qu'il avait de porter cet assemblage était si négligée qu'il était surprenant qu'Adrian n'ait pas croisé un officier outré par son apparence.

Mais Adrian, au final, était avant tout un employé du GASMA. De ce fait, il ne dépendait pas des bases militaires Impériales et avait, comme il aimait l'embellir à chaque fois, le rôle d'un agent secret plus que d'un soldat. Il était donc un invité en ces lieux, et un invité dont il était nécessaire de prendre grand soin. Le GASMA avait le bras long et ne dépendait de personne d'autre que du cabinet Impérial lui-même. Certains murmuraient même que l'Empereur Vasquier en personne était le seul apte à leur donner des ordres à suivre.

Voyant que le groupe d'amis s'était installé au premier et second rang, en carré, et attendait la suite en silence, il sourit, se racla la gorge, puis entama.

« — Bien. Vous êtes réunis ici pour recevoir les directives liées à votre déploiement proche. Cette mission a été directement commanditée par le bureau de Groupe d'Actions Secrètes et des Missions Armées, le GASMA. Elle est réservée par un Groupe d'Action Rapide de notre choix, ou GAR, et j'ai recommandé le votre suite à votre haut taux de réussite et sérieux général en mission. »

Ils acceptèrent les éloges avec un sourire, en silence. Si les quatre amis savaient faire la fête et s'amuser, ils étaient aussi excellents en mission. Chacun avait sa spécialité et complémentait les autres en un tout unifié et efficace. Adam était un bon chef d'équipe et soldat, Marianne était une tueuse de haut rang, Élias un tireur d'élite accomplt, et Annah offrait tout le support et la puissance dévastatrice qu'un Armoniste pouvait employer.

« — Votre mission vous emmène plein sud, dans le territoire Impérial de Meigharra. Annah, tu es familière, ne serait-ce qu'un minimum, avec ce pays, tout comme moi. Tu te souviens sûrement que nous y avons vécu quelques années avec tes parents, après ta naissance. Pour vous autres, j'ignore si elle vous en a parlé, mais vous pouvez donc en déduire qu'Annah est Meigharran d'origine.

— J'avoue que je l'ignorais, remarqua Marianne. Moi et Élias n'avons connu Annah que quand elle a emménagé à Endal, quand nous étions enfants et voisins.

— Et je ne vous ai connu qu'à l'académie militaire, donc de même, conclut Adam.

— Je n'ai vécu là-bas que quelques années à peine, je ne me souviens pratiquement de rien à part quelques images et souvenirs très flous. Et la chaleur. J'avais à peine quatre ans quand on a déménagé, se dédouana Annah, l'air légèrement contrit de ne jamais leur en avoir parlé. Le froid m'a choquée quand je suis arrivée ici.

— Ça n'est pas bien grave, reprit Adrian. Vous n'avez pas besoin de connaître grand-chose du terrain pour votre mission. Vous n'êtes pas une équipe d'élite ou d'agents secrets devant faire tout le travail, vous bénéficiez donc de l'aide de services spécialisés qui sont là pour vous aider. Tout a déjà été préparé pour vous, vous n'avez qu'à suivre les instructions. Bien, commençons. »

Adrian fixa le fond de la pièce de son Oculys et, en une seconde, la lumière se tamisa alors qu'un projecteur holographique s'activait, projetant divers images et documents comportant les visages et informations de plusieurs personnes, à quelques centimètres du mur gris métallique derrière lui.

« — Hier, en début de matinée, les services de renseignement du GASMA ont eu vent d'une tentative réussie d'infiltration réalisée par un groupe d'agents du LINAL sur notre territoire. Bien que les actes terroristes fréquents qui secouent notre Empire prouvent qu'il s'agisse d'un cas loin d'être isolé, nous avons vite défini que ce groupe avait un objectif tout autre. »

D'un imperceptible mouvement de pupille, il fit défiler l'image suivante. Cette fois, ce fut une vue aérienne d'une ville qui apparut. Une maison d'un quartier précis était entourée d'un cercle rouge, en périphérie de la ville, dans les zones pauvres et défavorisées.

« — Nous sommes parvenus à intercepter leurs communications pendant quelques temps et avons une idée générale de leur plan. Fort malheureusement, leur projet à un potentiel bien plus terrifiant que tout acte terroriste que nous pourrions imaginer. Ces hommes sont après une cache de connaissances en Ritualisme. »

Il fit une pause de quelques secondes, pendant laquelle chaque membre du groupe réagit à sa façon. Adam restait majoritairement stoïque, mais cachait sa bouche d'une main, ses yeux fixés sur Adrian. Élias, en comparaison, semblait proprement outré, incapable de cacher ses émotions. Marianne, elle, affichait un air grave, arrivant à paraître encore plus glaciale que d'habitude. Annah, toutefois, malgré tous ses efforts, avait bien du mal à rester impassible : son éducation générale la poussait à ressentir de la révulsion, mais ses yeux pétillaient d'une curiosité ancrée en elle à travers toute sa jeunesse par... Par qui ? Elle l'ignorait. Adrian reprit quelques instants après.

« — Vous n'êtes pas sans ignorer l'horreur du Ritualisme. On vous a enseigné dès votre enfance à quel point cet art maudit pouvait causer de terribles souffrances. Vous n'êtes pas non plus sans ignorer que le traité ARM, ratifié mondialement en l'an six-cent cinquante-huit Après Crash, bannit publiquement la pratique du Ritualisme et punit sa pratique d'une exécution sommaire dans la grande majorité des cas. Le simple fait de posséder de telles connaissances est suffisant pour justifier d'un emprisonnement à vie.»

Dans le monde de Céphalia, qu'il s'agisse des continents d'Asilée ou du Grand Est, la magie avait toujours existé. Si l'Armonie était un art inventé il y a tout juste cinquante-sept ans, le Ritualisme était théoriquement vieux comme le monde. Découvert par Tika Malone en l'an cinq-cent onze A.C., à la sortie du Moyen-Âge, un incident qui survint en Meigharra en l'an six-cent cinquante-sept A.C., près de la capitale locale de Medhira, causa un bannissement mondial de cet art. L'empire Baraldan était particulièrement opposé à ce dernier, ayant subi un traumatisme effroyable par son utilisation sur ses propres terres, alors qu'il était encore en pleine expansion de ses frontières.
Adrian reprit son souffle, et continua.

« — C'est suite à cette décision que l'Armonie a été développée comme nouvel art magique, en remplacement du Ritualisme. Mais il existait, existe et existera toujours des groupes vivant dans l'ombre, qui rêvent de remettre la main sur ces connaissances interdites et de réaliser ces Rituels d'une puissance démesurée, pouvant affecter autant notre monde lui-même que ceux qui y vivent. Ce groupe infiltré espère mettre la main sur ce type de connaissances pour leur commanditaire. On estime que ces faiblard sdu LINAL, perdant progressivement la guerre contre l'Empire, espèrent retourner la situation en mettant la main sur du matériel Ritualiste. Leurs actes terroristes deviendraient infiniment plus dangereux s'ils venaient à accomplir leur mission. On ne peut laisser les Fédéraux avoir un tel avantage. »

Il pointa le bâtiment encerclé sur l'image holographique du doigt.

« — Cette maison se trouve dans la ville de Nereyd, près de Medhira, et est un leurre. Son sous-sol contient en réalité une chambre forte dans laquelle ces connaissances ont été scellées. Bien que l'ordre avait été donné de détruire tout ce qui a lien avec le Ritualisme, certains territoires ne se sont pas exécutés. Meigharra, berceau du Ritualisme, continue à posséder une culture fortement influencée par cet ancien art, et par conséquent, a une certaine tendance à ignorer les directives impériales à ce sujet. Il nous arrive régulièrement de découvrir, par accident, de nouvelles caches de ce genre dans leur territoire, dont même leur gouvernement a oublié l'existence. Des dizaines, peut-être même des centaines de ces trésors maudits dorment sûrement sous notre sol en ce moment même.»

Il fit défiler la projection suivante. Elle était identique, mais affichait désormais plusieurs indications supplémentaires sur la ville, comme le point d'arrivée, les emplacements de plusieurs équipes, dont la leur, et un schéma de l'intérieur de la chambre forte, qui ressemblait à un simple L avec une salle de forme carrée en bout.

« — Votre mission est la suivante : vous partirez cet après-midi en T-NBTA et prendrez vos quartiers dans un hôtel touristique de Nereyd. Vous préparerez votre équipement, réviserez votre plan d'assaut, et vous apprêterez pour demain matin, la date à laquelle nous avons défini que ce groupe entrera en action. Vous serez soutenu, à l'arrière, par un groupe des forces spéciales du GASMA qui s'assurera que ces terroristes ne s'enfuient pas avec ces données, dans le cas, hautement improbable je l'espère, où vous veniez à échouer dans votre mission. Vous entrerez dans le sous-sol, puis dans la chambre forte, et abattrez chacun de ces terroristes jusqu'au dernier, sans pitié ni sommation. Aucun prisonnier, aucun survivant. Nous estimons le nombre de cibles à six, mais ce rapport n'est pas certain. »

Un sourire légèrement sauvage apparu sur les lèvres de Marianne. Élias s'était calmé et était désormais dans une humeur contemplative, tandis qu'Adam, les mains croisées devant la bouche, penché en avant, semblait boire les paroles d'Adrian, imprimant chaque détail des diapositives dans son esprit. En tant que lieutenant de leur GAR, il se devait d'être le plus attentif possible afin de pouvoir donner les ordres adaptés à son équipe sur le terrain. Annah, pour sa part, semblait plus excitée que concentrée sur la situation, bien qu'elle faisait de son mieux pour le cacher.

« — Lorsque vous aurez abattu vos cibles, vous ferez un tour de vérification à l'intérieur des archives afin de vous assurer que rien n'a été dérobé. Vos Oculys s'occuperont de scanner la totalité des documents présents et les compareront avec nos bases de données. Ensuite, vous quitterez la pièce et ferez signe à notre seconde équipe, qui prendra le relais pour la suite des opérations et la destruction de ces données. »

Cette dernière phrase fit grimacer légèrement Annah, qui sentit son cœur s'accélérer. Cette mission était aussi attirante que déprimante à ses yeux. Elle comprenait le danger et le traumatisme causé par le Ritualisme, mais détruire des connaissances, même interdites, relevait du sacrilège à ses yeux.

Adrian releva la tête, les regarda, puis leur demanda.

« — Acceptez-vous cette mission ? »

Adam regarda à sa gauche, vers Marianne, qui lui rendit un signe de tête énergique. Il regarda derrière elle et vit Élias faire de même, un peu plus intimidé. Enfin, il regarda Annah, derrière lui. Celle-ci hésita un instant, les bras croisés, puis finit par hocher lentement, presque à regret. Adam fit face à Adrian, se leva, plaça son poing sur le cœur et dit.

« — Le Groupe d'Action Rapide Härmaak accepte cette mission et promet de tout mettre en œuvre pour apporter gloire et honneur à l'Empire. »

Adrian eut un sourire et hocha la tête.

« — Des questions ? Oui Élias ?
— Un point que je n'ai pas bien assimilé : pourquoi nous envoyer nous si vous avez une équipe de pros du GASMA pour nous surveiller ? Ils ne peuvent pas faire le travail ?
— C'est simple, répondit Adam à la place d'Adrian, c'est parce que je l'ai demandé. Une mission importante pour l'Empire entier ajoutée à notre palmarès n'en sera que mieux pour nos carrières.
— Absolument, approuva Adrian. L'équipe du GASMA était, à l'origine, responsable de l'accomplissement de cette mission. Désormais, ils ne sont qu'une sécurité, et se chargeront de finir la

mission pour vous si vous échouez, ainsi que de détruire les données quand la mission sera achevée.
— Je vois, répondis Élias. Pas d'autres questions.
— Marianne ? Oui ? dit Adrian en la pointant du doigt.
— Niveau équipement, qu'est ce qui nous est fourni ? Mieux qu'un gilet pare-balles j'espère ? Et vu la nature du terrain, je doute qu'Élias puisse nous soutenir avec un fusil de précision longue portée ?
— Ah, toutes mes excuses, j'ai oublié d'aborder ce sujet. Vous serez tous les quatre équipés d'une armure Carapace G1. Pas de Virium pour vous, mais vous devriez quand même pouvoir encaisser plusieurs balles avant de vous faire blesser, et elles seront plus faciles et moins lourdes à transporter dans vos bagages, vu qu'il est possible de les plier. En échange, toutefois, comme nous ignorons quel niveau de protection ces terroristes possèdent, nous avons pu vous obtenir l'autorisation d'utiliser trois fusils Armoniques, modèles ArmAl Prime 2, le top du top. Bien évidemment, Annah n'en a pas besoin, étant un fusil vivant.

Il eut un petit rire, suivi par le groupe, puis reprit.

— Bien entendu, comme Nereyd autorise le port d'arme public, vous n'aurez aucun problème si vous devez utiliser vos armes dans la rue pour vous défendre. Vous pouvez aussi compter sur l'équipement classique : kit de premiers soins, grenades à fragmentation et Armoniques, armes de poing balistique de votre choix, vous connaissez l'idée. Bien que je vous déconseille l'usage de grenades si vous pouvez l'éviter, vous risquez de provoquer l'effondrement des tunnels. L'installation est vieille de près de plus de trente ans et n'a jamais été entretenue.»

N'ayant pas d'autres question, le groupe se leva alors qu'Adrian commandait aux lumières de se rallumer, et à l'écran de s'éteindre. Il contempla le groupe avec un sourire de fierté sous ses traits usés et fatigués, puis hocha la tête.

« — Je vous souhaite bonne chasse. Gloire à l'Empire.
— Gloire à l'Empire », répondirent en groupe les quatre compagnons, avant de quitter la pièce.

*

Alors qu'elle préparait ses affaires dans sa valise de voyage, Annah avait bien du mal à tenir en place. Mentalement, elle était déchirée en deux : cette mission promettait d'être intéressante au possible, mais l'idée de voir tant de savoir, même interdit, brûler et être oublié à tout jamais, lui faisait mal au cœur. Elle n'avait pas le moindre scrupule à l'idée de tuer les Fédéraux, bien entendu, aucun véritable fils ou fille de l'Empire n'en aurait, mais sa curiosité maladive pour l'inconnu et l'interdit la dévorait de l'intérieur. Elle ne savait pas d'où cela lui venait, mais elle avait toujours été ainsi depuis son enfance, et était devenue encore pire une fois ayant quitté le domicile familial avec les hommes en noir : son temps dans leurs installation était flou, mais depuis il suffisait de lui dire non pour qu'elle veuille faire tout le contraire. C'était ainsi qu'avait eut lieu l'incident des drones dont elle avait rêvé cette nuit même, à bien y penser, ce qui prouvait que ce comportement était ancré en elle dès la naissance. Sa mère lui avait acheté un drone pour l'occuper en lui disant de faire attention à ne pas faire de dégâts en s'en servant. Alors bien évidemment, Annah avait tourné ce drone, puis les suivants, en une petite armée de combat capable de se défendre. Elle émit un léger rire en repensant à son rêve.

Il lui fallut encore quelques minutes pour remplir correctement sa valise de vêtements et accessoires divers nécessaires à sa vie de tous les jours. Une seconde valise avait été déposée dans son domicile quelques minutes plus tôt. Celle-ci était renforcée et indiquait clairement sa provenance militaire par les dégradés colorés qui y étaient peints. Un petit écran holographique était projeté par une lentille incrustée sur le dessus de la valise, affichant une fenêtre contenant sa photo, son nom, prénom, âge, et sa base militaire d'origine, une véritable plaque d'identification virtuelle. C'était un conteneur commun dans l'Empire, dont plus d'un quart de la population appartenait à une branche armée. Être vus avec ce genre d'équipement n'attirerait pas l'attention sur leur mission, seule leur entrée dans le pays devait être faite discrètement.

La valise d'Annah contenait son armure Carapace, moins résistante et plus flexible que la seconde génération en Virium qui était de plus en plus déployée sur les champs de bataille. Elle y avait également ajouté son Écritoire, sans lequel elle serait totalement désarmée. Il n'y avait rien de plus pathétique qu'un Armoniste tentant de lancer des sorts en utilisant des post-it ou des affiches publicitaires trouvées dans la rue comme support. Elle vérifia avoir tout ce qu'il lui fallait sur un plan militaire, puis se concentra sur la partie civile de son existence.

Annah n'était pas une femme au sommet de sa féminité. De ce fait, elle ne prit absolument aucun élément non nécessaire à sa mission, se limitant à quelques vêtements, son kit d'entretien pour son bras droit, et quelques bricoles et porte-bonheur sans grand intérêt. De ce fait, elle avait fini ses préparatifs une bonne demi-heure avant le départ de leur

Navette privée. Elle regarda par la fenêtre de sa chambre, pensive. Elle voyait les soldats en plein entraînement dans la cour, actuellement au milieu d'un marathon. Hommes et femmes étaient mélangés sans distinction dans ce chaos galopant et, bien que la majorité des personnes en tête étaient des hommes, certaines femmes étaient loin de se laisser démonter et restaient dans le peloton de tête. De plus, les améliorations cybernétiques comblaient enfin le fossé de capacités naturelles entre les deux sexes, permettant aux femmes d'être respectées et efficaces sur le champ de bataille. Annah savait très bien que Marianne, si elle pouvait participer, serait sûrement dans les premières. Elle savait aussi que si elle-même participait, elle serait en bout de queue, mais fort heureusement elle était dispensée de ce genre d'entraînement la majorité du temps grâce à son rôle de scientifique. Les exercices militaires étaient limités pour les effectifs de recherche, mais toujours existants, ce qui forçait Annah à redoubler de créativité pour les éviter autant que possible quand ceux-ci apparaissaient.

Elle arrêta de se concentrer sur sa flemmardise, pour mieux la mettre en pratique, se vautrant sur son canapé, un bras pendant dans le vide, la tête de côté. Elle alluma la télévision, mais ne la regardait pas vraiment, se contentant simplement d'avoir une animation visuelle constante dans sa chambre. Ses pensées étaient préoccupées par autre chose. Malgré toute sa volonté d'agir en parfaite fille de l'Empire, elle semblait incapable de contenir son hérétique curiosité. Elle ne se l'expliquait pas, mais semblait avoir perdu tout contrôle sur elle-même.

Qu'est ce que je vais bien pouvoir faire ? Se demanda-t-elle. *Des secrets oubliés du Ritualisme... Je ne peux pas laisser passer une occasion pareille. Je pourrais faire tant de bien pour l'Humanité entière avec ces connaissances. Mais je ne peux en parler à personne. Pas mêmes à mes amis. Personne ne comprendrait ma curiosité. Je pourrais finir enfermée, ou même pire, si on découvre mon intérêt. Mon seul espoir est de récupérer quelque chose de digital quand personne ne regarde, et de le copier dans la mémoire de mon Nerval.*

Annah ne possédait, en apparence, qu'un bras Magichrome et un Oculys, mais comme toute personne améliorée technologiquement, le Nerval, l'implant situé à l'intérieur de la nuque, servait de point central au circuit fermé que représentaient les améliorations cybernétiques d'une personne. Le Nerval était relié à chaque implant, chaque prothèse, par une connexion interne, réduisant ainsi les risques de piratage extérieur. Les informations circulaient ainsi facilement d'une prothèse à l'autre, d'un implant à l'autre, et le Nerval servait également de base de données, dans laquelle les informations importantes étaient stockées. Il était par exemple possible d'utiliser un Oculys pour se connecter à distance à une base de données, puis de télécharger ces données de ce dernier directement dans le Nerval, pour usage ultérieur. Certaines prothèses possédaient également des connecteurs ou capteurs longue distance permettant de produire ce genre d'effet, ce qui les exposaient toutefois à des possibilités de piratage. Annah devrait espérer que quelque chose dans cette chambre forte serait suffisamment récent sur un plan technologique pour être compatible avec ses prothèses et implants, qu'elle puisse ainsi télécharger en secret des informations sur le sujet qui l'intéressait tant, malgré le risque.

Son rêve lui revint un instant en tête. Apprendre. Comprendre. Se libérer de leur emprise. Leur emprise ? De quelle emprise était-il question ? L'Empire ? Ce rêve semblait être arrivé à un moment trop idéal pour être un hasard. Le Mentalisme restait un domaine peu pris au sérieux, mais des cas rares de prémonitions avaient parfois été relevés dans l'espère humaine. Devait-elle ajouter ça à ses compétences ? Son rêve était-il un signe cherchant à la pousser à désobéir aux règles absolues de l'Empire ?

Elle s'arrêta un instant, tremblant légèrement, de peur. Elle savait à quel point ce qu'elle projetait de faire était tabou, horrible et interdit. Elle savait à quel point les conséquences si elle était prise seraient terribles. Mais elle ne pensait pas être capable de se contrôler si l'occasion se présentait. C'était comme si quelqu'un avait poussé un bouton en elle. Elle en venait presque à espérer qu'il n'y ait que des archives en papier dans ce sous-sol, pour éviter toute complication ultérieure dans sa vie.

Elle sourit, soudainement, ses émotions dans un état d'instabilité totale. Où serait le plaisir si tout était aussi simple et sans intérêt ? Elle se redressa et se mit assise, tentant de concentrer son attention sur la télévision. Il lui fallait retrouver son calme avant d'embarquer avec ses amis. Elle ne pouvait rien laisser apparaître, ni dans son comportement, ni dans les traits de son visage. Dans une telle situation, face à l'horreur de ce que le Ritualisme avait causé par le passé, même ses amis y repenseraient à deux fois avant de la couvrir, peu importe si ses intentions étaient bénéfiques.

Aux bourgeonnements de l'Empire, il était un groupe résidant en Meigharra, territoire fraîchement conquis par les Baraldans, nommé le Culte de l'Innocent. Ce culte était persuadé qu'une entité nommée l'Innocent, une divinité d'un autre plan d'existence, méritait leur vénération et devait être amenée dans ce monde pour le pacifier et purger l'Humanité de ses vices. Le culte avait capturé et sacrifié plusieurs milliers d'enfants en bas âge, l'incarnation même de l'innocence, en offrande à l'Innocent, justifiant qu'un tel acte libérait les enfants d'une vie qui s'annoncerait emplie de péchés et de corruption, les envoyant par la mort vers la paix éternelle. De même, chaque sacrifice alimentait le gigantesque Rituel d'invocation en Potentiel magique, arraché de leur petit corps.

Le jeune Empire Baraldan, à l'époque, toujours dirigé par son fondateur et premier empereur vieillissant, Ernesto Barald, décida d'intervenir après de nombreux rapports inquiétants, et, assisté par les armées de Meigharra et des pays environnants, mit fin à l'existence du Culte, massacrant chacun de ses membres jusqu'au dernier lors d'une lutte acharnée et sanglante pour les deux côtés. Pire encore, toutefois, fut ce que les soldats découvrirent en atteignant enfin le cœur du Rituel. Nul n'a été capable de décrire avec certitude ce qui les attendait dans cette large pièce, et aucune image n'a jamais été montrée au public, mais l'on sait que ce qui se trouvait ici ne pouvait qu'être défini comme contre-nature. La créature n'avait rien d'innocent, et, heureusement, n'avait pas encore parfaitement traversé la barrière des mondes. Même à moitié piégée, elle fut capable de massacrer près d'une centaine de soldats sans même les toucher, avant que leur feu concentré ne finisse par repousser l'entité dans son plan natal, refermant la faille pour de bon. Aucun des survivants ne parla jamais de ce qu'ils avaient vu, et la majorité furent affectés de violents troubles post-traumatiques. Une partie mit également fin à leurs jours, incapable de supporter la vision dont ils avaient été témoins. On ne découvrit jamais, au final, de quoi en retournait cette invocation, mais les conséquences et l'horrible massacre infantile de cet acte provoquèrent un rejet massif du Ritualisme dans le monde entier, et son bannissement immédiat.

Annah soupira, recentrant ses pensées. Elle se leva et s'étira, accomplit quelques exercices d'assouplissement, puis bailla profusément. Il lui faudrait faire preuve de discrétion et d'agilité, mais en attendant, elle n'avait aucun moyen de faire quoi que ce soit sur ce sujet. Il lui faudrait attendre demain matin. Et gagner la bataille. Elle aviserait ensuite. Chaque chose en son temps.

Son calme retrouvé, elle se souvint d'ajouter une boîte de Novodéine à son bagage "juste au cas où", puis, voyant que l'heure approchait sur son Oculys, s'assura d'envoyer la commande "Extinction générale" à son appartement. Suivant cette dernière, les lampes, la télévision et tout appareil électrique superflu s'interrompit immédiatement. Elle embarqua ses deux valises et sortit de sa chambre. Arrivée dans le couloir, elle s'interrompit un instant, puis, tournant la tête vers la chambre d'Alma, qui devait dormir à poings fermés, elle lui envoya un message simple.

« — Salut Alma, j'espère que tu te reposes bien. Je t'envoie juste ce message pour te confirmer mon départ avec mon GAR pour ma mission. Pas d'inquiétudes, les choses ne devraient pas être trop difficile, tu peux t'attendre à me revoir très vite au labo. J'ai hâte de retrouver ma partenaire favorite. À bientôt ! »

Souriante, elle valida, puis se dirigea vers l'extérieur du bâtiment, vers la piste de décollage des Navettes de la base.

*

« — C'est pas que j'ai peur, c'est juste que je ne suis pas à l'aise dans les airs. Imagine si ça tombe, on a aucune chance ! »

Marianne était légèrement plus pâle qu'elle ne l'était habituellement et se cramponnait à la manche d'Adam, qui était assis à sa droite. En opposition, ce dernier avait le visage légèrement rouge pour sa part, et cela n'était sûrement pas dû à la chaleur dans la pièce. Il tenta de la rassurer.

« — Ne t'en fais, pas c'est un appareil militaire, ils sont vraiment attentifs à son état et les pilotes sont des vrais pros. En plus, les accidents dus aux crash de Navettes sont encore plus bas que les avions de ligne d'autrefois. On est beaucoup moins en danger maintenant que... Et bien que demain quand on sera sous les pluies de balles par exemple !
— Je vois ce que tu veux dire mais je préfère quand même la seconde option. Au moins au combat je peux réagir, je peux écraser la tête du type en face avec ma crosse et vider mon chargeur dans le ventre de son pote. Ici, à part me cramponner et prier je ne peux pas faire grand-chose. »

Adam hésita un moment, bougeant légèrement la main, tremblant un peu, cherchant à réconforter son amie en lui passant le bras autour des épaules, mais craignait que ce geste soit vu comme trop cavalier. Il se contint et resta stoïque dans son siège, continuant à rassurer Marianne autant que possible.

« — Au pire je peux te proposer une activité qui t'occupera, pourquoi ne pas remplir quelques cannettes avec ton Potentiel ? Après tout tu es notre seule Affinité Feu dans l'équipe. »

Il lui tendit quelques cylindres d'alimentation vide et elle les observa un moment, avant de les saisir en soupirant. Elle releva sa manche droite, exposant un minuscule implant sur l'intérieur de son avant-bras, dans lequel il était possible de connecter le bout d'un cylindre. Elle s'exécuta, et dans une situation qui rappelait une prise de sang, laissa le cylindre connecté sur son avant bras alors que son Potentiel se répandait lentement à l'intérieur, visible à travers la texture transparente du chargeur, en une brume rougeâtre.

« — C'est bien pour m'occuper que je fais ça, tu sais que je déteste cette sensation d'aspiration. J'ai tout le temps l'impression que ça va récupérer mon sang et tout ce que j'ai à l'intérieur. Tires-moi dessus autant que tu veux, mais je refuse de me faire tuer par une fichue boîte de conserve.
— Tu dramatises, c'est juste une impression, tu sais comme moi que ces engins sont absolument sans danger. »

Derrière eux, dans deux autres sièges, se trouvaient Annah et Élias. L'humeur était quelque peu différente, bien qu'Élias semblait tout aussi heureux d'être assis à côté d'elle qu'Adam à côté de Marianne. Le duo passait le temps en jouant à un jeu de cartes virtuel après avoir relié leurs Oculys par une connexion sans fil. Du moins, ils essayaient.

« — Annah ? C'est à toi de jouer depuis cinq minutes.
— Hmm ? Oh, désolée. Je crois que je recommençais à m'endormir. Moi les voyages, ça me berce. Le doux mouvement de la Navette, le ronronnement des moteurs, la vue depuis la fenêtre... C'est vraiment relaxant.»

Marianne se retourna un instant et lui adressa un regard noir, auquel elle répondit avec un petit sourire espiègle. Puis, elle joua son tour et attendit la réaction d'Élias. Celui-ci prit la parole, tout en réfléchissant.

« — Hmm. Drôle de stratégie que tu utilises. Je n'arrive jamais à savoir ce que tu as dans la tête.
— Ça n'est pas plus mal ainsi je pense, grimaça légèrement Annah en se souvenant brièvement de son plan secret pour leur mission à venir. Elle se dépêcha de penser à autre chose, comme si quelqu'un pouvait lire son esprit dans les environs.

— Chacun son jardin secret, je comprends, mais pour être franc... Ça ne me déplairait pas que tu t'ouvres un peu plus, tu sais ? Tâtonna-t-il en rougissant légèrement.
— Vraiment ? Je ne sais pas si j'en suis capable. Comprends-moi, c'est pas que je ne veux pas, mais je ne sais juste pas vraiment comment m'y prendre. J'ai déjà bien de la chance de vous avoir en amis, sinon je vivrais une vie de solitude complète.
— Par choix ?
— Par incompétence, plutôt. Je ne sais pas vraiment interagir avec les gens. J'aimerais savoir, pourtant, mais je ne sais jamais... Quel mots dire à quel moment.

Elle soupira légèrement et marmonna une phrase qui poignarda Élias en plein cœur, sans qu'elle n'en ait la moindre idée.

— Vu la situation, je peux te dire que le grand amour, ça n'est pas pour tout de suite.»

Bien qu'elle ne le vit pas, concentrée sur son jeu et sur le fait de ne pas s'endormir, son compagnon de siège semblait vouloir s'arracher les cheveux de frustration. Adam lui adressa un bref regard compatissant. Ils n'avaient pas besoin de mots, la douleur commune à tant d'hommes célibataire les unissait. S'ils avaient eu de l'alcool sous la main, ils seraient déjà en train de vider verre après verre.

Sans qu'aucune des deux femmes ne réalise la situation, Annah joua son tour et remporta la victoire.

« — Oh, bien joué ! Ça nous met à égalité. Tu veux en refaire une ?
— Ça ira merci, je vais faire une petite sieste je pense. Je ne peux pas lutter indéfiniment contre ce délicieux landau qu'est cette Navette. J'ai l'impression de redevenir un bébé bercé pour m'endormir.

Suite à ses paroles, ce qui ressemblait à un grognement de rage s'échappa de la place à l'avant d'Élias, ce qui amusa beaucoup Annah. Après ça, elle s'allongea dans son siège, le faisant pivoter en arrière pour plus de confort, et ferma les yeux. Il ne lui fallut pas longtemps pour s'endormir.

Au début, tout était noir. Une fois encore, elle comprit qu'elle rêvait, progressivement. Elle réalisa également que ses rêves étaient devenus bien plus actifs ces derniers temps, et qu'il s'agissait de quelque chose de surprenant. Toutes ces réflexions, elle était capable de les avoir en dormant, et cela ne l'éveilla en rien. Elle espéra que le rêve ne serait pas trop intense cette fois, n'étant pas seule.

Mais tout restait noir. Il n'y avait rien. Les grincements de la T-NBTA, les murmures et paroles de ses amis, le ronronnement du moteur, tout avait disparu, et ne faisait place à absolument rien d'autre. Tout était ténébreux et silencieux. Ni couleurs, ni forme, ni rien ni personne. C'était une sensation perturbante : elle ne se sentait pas spécialement inquiète du fait de rester prisonnière de son rêve, elle se sentait en sécurité, mais elle commençait également à s'impatienter. Où était son rêve ? S'était-il perdu en route ? N'allait-on lui offrir qu'un sombre silence et rien d'autre ?

Soudainement, la réponse apparut d'elle-même. Face à elle se trouvait un carré vert. Un simple carré, plat, pouvant tenir dans sa main, d'un vert bouteille sombre. Il semblait métallique et ne faisait rien d'autre qu'être là, flottant dans le néant devant elle. Elle tenta de le toucher, et sa main passa au travers. Elle réessaya avec son autre main, robotique, et bien que le résultat fut le même, elle entendit, cette fois, un tintement cristallin. Immédiatement, le noir du rêve fut remplacé par des milliers d'images de toutes les couleurs, défilant à une allure hors du commun, si vite qu'il lui était impossible de les enregistrer mentalement. Lorsqu'elle parvenait à en voir certaines, elle réalisait soudainement qu'il s'agissait de terribles visions, tels des cadavres mutilés, des corps grisâtres et difformes semblant marcher lentement, des formes spectrales terrifiantes, qui bientôt furent accompagnées de l'odeur qu'elle connaissait hélas trop bien de la chair humaine grillée, une manifestation olfactive qu'elle provoquait souvent au combat par sa foudre. Toutes ces visions lui donnèrent la nausée et elle se sentit défaillir, son rêve perdant en consistance autour d'elle alors que des images de cadavres pourris remplis d'asticots l'encerclaient.

Finalement, fermant les yeux, elle hurla.

« — Stop ! »

Elle rouvrit les yeux et, heureusement, tout était à nouveau noir. Face à elle ne restait que le carré vert, toujours flottant dans le vide, attendant. Son rêve continuait à perdre en stabilité, et elle sentait qu'elle s'éveillait doucement. Soudain, une voix retentit, alors que son regard restait absorbé par l'étrange cube.

« — Trouve-le ! Prend-le ! Vide-le ! »

Elle sursauta, ne s'attendant pas à entendre quelqu'un parler. Toutefois, alors que sa conscience revenait vers l'intérieur de la Navette en plein vol, elle réalisa quelque chose : il s'agissait de la même voix que celle de son rêve de ce matin.

Chapitre 5
Transgression

Un mot qui définirait mon amie ? Curiosité. Annah a toujours été fascinée par les possibilités du monde qui l'entoure, qu'il s'agisse de ce que l'on ait déjà découvert ou pas encore. Mais un autre mot lui correspond bien : Rebelle. Car si les lois deviennent des obstacles à son acquisition de la connaissance, elle n'hésitera pas à violer celles-ci pour obtenir ce qu'elle veut. Ceux qui lisent mon ouvrage en ce moment-même craignent peut-être déjà la direction vers laquelle les actions de mon amie s'orientent. Aujourd'hui, toutefois, il n'est nul en Hymne qui n'ait le même mot aux lèvres pour apprécier le fait qu'Annah ait violé un tabou ancestral dans notre société, un tabou qui aurait pu lui coûter la vie : « merci ».
Extrait de « Biographie d'Annah Morgan » d'Alma Hilldar.

La nuit était désormais bien avancée sur Nereyd, une petite ville proche de la bordure Nord de la nation de Meigharra, jouxtant Medhira, la capitale locale. La proximité de l'équateur avec cette région rendait la température élevée et humide, ce qui causait des difficultés certaines aux visiteurs et touristes peu habitués à ce genre de conditions. Il en était ainsi pour Annah et Adam, qui ne parvenaient pas à trouver le sommeil sous la chaleur étouffante qui recouvrait leur hôtel. Il avait été décidé de leur fournir des logements touristiques et bas-marché, sans régulation de température dans les chambres, afin d'éviter la création de toute rumeur concernant leur arrivée auprès des forces armées locales, et la possibilité que celles-ci ne voyagent jusqu'à d'éventuels sympathisants aux terroristes qu'ils étaient venus arrêter. Ainsi, à peine sortis de leur Navette privée, qui s'était posée à un aéroport utilisé par le GASMA pour les voyages « sensibles », ils avaient pris plusieurs taxis jusqu'à leur location, avec pour ordre de prendre une bonne nuit de sommeil après avoir révisé leur plan d'action du lendemain.

Malgré ces directives, Annah, et elle soupçonnait que cela n'était pas limité qu'à elle dans le groupe, avait passé tout son temps à transpirer à grosses gouttes depuis son arrivée. Il lui était impossible, dans ces conditions, de réussir à s'endormir dans son lit désormais moite et qui ne faisait que lui tenir encore plus chaud. Le seul lieu où elle parvenait à trouver un peu de répit était à l'extérieur de la chambre qu'elle partageait avec Marianne, sur le balcon, une légère brise un peu plus fraîche agitant ses longs cheveux brun sombre. Le balcon en question reliait les deux chambres entre elles, et elle avait ainsi rencontré Adam, observant les étoiles, occupé à tailler un morceau de bois avec un petit couteau, cherchant à lui donner une forme vaguement proche d'un

Skwib. Malgré le fait qu'Adam aimait jouer sur son apparence naturelle imposante au combat pour intimider, il en était tout autre dans la vie civile, et sa carrure avait tendance à le rendre trop menaçant naturellement. Il s'était laissé convaincre de s'adonner à une activité créative et d'apparence inoffensive pour adoucir l'image qu'il donnait. C'est pourquoi il tentait tant bien que mal de donner une forme à peu près correcte à sa création, mais n'en tirait surtout que beaucoup de frustration, n'ayant en rien l'âme d'un artiste.

« — Tu ne parviens pas à dormir à cause de la chaleur, ou de la mission ? Lui demanda Annah.

— La chaleur, surtout. J'ai vécu à Endal toute ma vie, je suis habitué au froid, à la neige, aux pluies glacées, au vent du Nord. Je n'arrive pas à m'imaginer vivre ma vie sous un climat aussi chaud.

— De même, j'ai beau être née dans les environs, j'ai perdu l'habitude depuis longtemps. Élias n'est pas mieux, je l'entends râler et se retourner d'ici, et il n'est même pas dans ma chambre.

— Marianne n'a pas ce problème. Pas besoin de la voir dans votre chambre pour savoir qu'elle dort à poings fermés. La fatigue du voyage à du l'épuiser... Et elle doit avoir le sang si froid qu'elle ne doit même pas ressentir la chaleur, ajouta-t-il avec un sourire.

— Tu la connais plutôt bien n'est-ce-pas ? Remarqua Annah avec un sourire taquin.

— Hum... C'est normal en tant que chef de groupe et Lieutenant de notre GAR, je dois connaître les particularités de chacun, bégaya-t-il légèrement en rougissant, tentant de justifier son attraction pour la belle brune. »

Annah lui adressa un petit sourire compatissant, avant de reporter son attention vers le décor environnant. Nereyd était une petite ville, dont l'architecture était bien plus libre et désordonnée que celle des capitales locales de l'Empire, qui étaient bien codifiées. De plus, c'était une cité qui attirait une quantité certaine de touristes Baraldans de toutes origines. La beauté naturelle était amplement préservée, et si la présence de leur mission au lendemain disparaissait un moment de leur esprit, il leur devenait possible de s'imaginer être en vacances loin de toutes leurs obligations tant l'ambiance se prêtait à la relaxation. L'hôtel était entouré de plantes, d'arbres et de végétation en tous genres, créant un véritable mur de verdure qui semblait presque les couper du reste du monde. Il y avait même une piscine, qui faisait de l'œil à Annah depuis quelques temps, malgré le fait qu'elle soit fermée de nuit. Tenter un plongeon de son étage était trop casse-cou pour elle, et elle avait la flemme de descendre et se faufiler dans l'eau.

Croisant les bras sur la balustrade, elle posa la tête sur ces derniers, le métal de son bras droit, plutôt frais, étant une véritable bénédiction pour son front brûlant. Elle resta ainsi un moment, accompagnée uniquement du son du raclement du couteau d'Adam sur sa monstruosité de bois, puis reprit la parole.

« — En écoutant Adrian, la mission semblait plutôt simple et directe. Tu penses que ça sera aussi facile qu'il le présentait ?

Adam marqua une pause dans son œuvre, réfléchissant.

— J'en doute. Rien que le fait qu'ils envoient une équipe des forces spéciales pour nous soutenir... Je comprends qu'il s'agisse d'une mission sensible, vu le sujet, mais... Je ne sais pas, il y a quelque chose qu'on ignore.
— En même temps, on parle du GASMA, rétorqua Annah. Adrian a beau être mon oncle, je ne connais pratiquement rien de ses activités. Il esquive toutes mes question avec beauté. Si le GASMA est impliqué il y a forcément plus que ce que l'on voit.
— Je ne peux qu'espérer que ça ne nous retombera pas dessus. Au moins, après cette mission nous devrions avoir une belle promotion
— Oh... J'espère que ça ne me donnera pas encore plus de travail, je suis bien mieux dans mon labo !

Adam lui adressa un sourire franc.

— Ça ne t'as pas déplu tant que ça n'est ce pas ? Tu as beau t'en plaindre, je sais que tu as pris plaisir à partir en mission à nos côtés.
— Outre le risque de me faire tuer à chaque sortie ou de perdre l'un de vous... Et le faites de devoir tuer d'autres personnes... C'est pas toujours facile, mais au moins j'ai mon lot d'aventures et de bons souvenirs à vos côtés, donc j'admets que ça ne me déplaît pas complètement. »

Cette fois, ce fut Annah qui rougissait légèrement. Elle aimait bien ses amis et aimait passer du temps à leurs côtés, mais elle n'avait jamais vraiment été une femme d'action. Elle avait, à ses débuts, passé de nombreuses nuits éveillée à penser aux vies qu'elle avait fauchées, et au nombre de fois où elle avait évité la mort de peu. Elle savait que ces personnes l'auraient tuée si elle ne l'avait pas fait, mais elle ne pouvait s'empêcher de regretter chaque mort qu'elle avait causée de ses mains. Elle avait également subi son lot de blessures et sans le soutien de ses amis, ainsi que la passion pour la guerre incrustée dans la culture Baraldane, elle aurait quitté le GAR depuis longtemps. Ses intérêts réels se trouvaient dans un laboratoire et dans la recherche, la découverte, l'étude et l'apprentissage d'informations inconnues ou oubliées. C'est pourquoi elle tentait au mieux de limiter le combat à ses formes les moins fatigantes. De ce fait, si elle avait suivis les cours d'entraînement aux armes à feu et savait les utiliser avec une habileté on ne peut plus ordinaire, elle avait puisé plus que tout dans le cadeau que la nature lui avait fait : l'incroyable réserve de Potentiel que son frêle corps possédait, la hissant dans une catégorie de personnes très rares dans l'Empire. Maladie génétique, bénédiction de la Mère Lune ou évolution, personne ne savait pourquoi ce genre de situation arrivait, mais il était prouvé qu'environ un pourcent de la population Impériale, de tous temps, naissait avec une quantité de Potentiel de loin supérieure à la moyenne. Une telle quantité était en principe atteinte après de longues années d'exercices et méditations profondes. Annah faisait partie de ce groupe à l'origine de beaucoup de jalousie, et son nom était sur de nombreuses listes de surveillance, autant pour la protéger que la surveiller. De plus, elle était encore loin d'atteindre sa limite, si limite il y avait. L'important, se répétait-elle souvent, était de ne pas se laisser aller à la paresse et oublier ses exercices.

Affectée par la chaleur et la fatigue, ses pensées lui échappèrent et approchèrent son rêve récent. Le cube vert emplissait son esprit de curiosité. Qu'était donc cet objet étrange ? Il offrait quelques ressemblances à une unité de stockage de données, mais les visions qu'elle avait eues en le touchant avaient été proprement terrifiantes. Perplexe, elle se demandait s'il ne s'agissait pas tout simplement d'une collection médiatique de cadavres et autres horreurs compilée par un quelconque pervers obsédé par des fantasmes inavouables. Elle commençait donc à sérieusement craindre pour la santé mentale de la personne à qui cela avait pu appartenir, ainsi que de la sienne, sentant une véritable nécessité de le récupérer.

Finalement, se redressant, sa température corporelle légèrement plus basse grâce au vent, elle s'allongea dans une chaise longue présente sur le balcon et ferma les yeux.

« — Je vais tenter de dormir ici, on est mieux qu'à l'intérieur. Essaye de ne pas tailler ton bout de bois trop fort, dit-elle en souriant.

— Je vais passer mon couteau en mode furtif, pas de soucis. Repose-toi bien et sois en forme pour demain, on compte sur toi pour ton soutien, comme toujours. »

Elle le remercia d'un hochement de tête et s'endormit rapidement, la fatigue la terrassant finalement. Ses rêves s'orientèrent, sans surprise, autour d'un cube vert sombre métallique, enfermant mille images horrifiantes.

*

Dans un quartier défavorisé de Nereyd roulait une voiture d'apparence des plus mondaines. Le véhicule avançait à un rythme régulier, le moteur à Potentiel ronronnant agréablement à l'oreille, le conducteur attentif aux limitations de vitesse en vigueur. Des quatre occupants, aucun ne parlait. Tous étaient plongés dans une contemplation intérieure. Et bien qu'aucun ne communiquait, tous pensaient à la même chose, qu'il s'agisse du conducteur ou des passagers : ils allaient devoir tuer sous peu.

Tuer. C'était une étape à franchir pour tout soldat Impérial digne de ce nom. La majorité du temps, les nouvelles recrues étaient envoyées régulièrement sur le front de Sacreval dans le but de les plonger dans le cœur du combat et les forcer à arracher la vie d'au moins une personne dans les rangs ennemis. Des survivants, ceux qui échouaient étaient déchargés de la vie militaire. Ceux qui réussissaient étaient conservés et entraînés plus avant. Ceux qui y prenaient plaisir grimpaient vite les échelons pour atteindre un rang supérieur leur offrant un meilleur équipement, apte à leur permettre de libérer leur potentiel destructeur. Sachant qu'un tiers de la population Baraldane est soit composée de soldats, soit travaille de près ou de loin pour l'armée, il n'est pas étonnant que l'Empire irradie d'une telle image sanguinaire.

Du petit groupe qui voyageait actuellement dans le véhicule, tous avaient déjà tué plusieurs fois, bien qu'aucun n'avait jamais été déployé à Sacreval, ayant formé un GAR très rapidement. Leurs premiers morts avaient été réalisés ensemble, et chacun connaissait l'essentiel de l'histoire des autres sur ce sujet, ou presque.

Tous savaient qu'Élias avait toujours été peu réfractaire au fait de tuer un ennemi, et qu'il avait tendance à aborder ce concept par un principe d'autodéfense, pour lui et ses compagnons, avant tout. Toutefois, il n'hésitait jamais à presser la gâchette de son fusil, contrôlant parfaitement ses émotions.

Tous savaient que Marianne avait, depuis le premier mort qu'elle avait causé dans un combat, découvert en elle une nature prédatrice et meurtrière qui lui offrait un plaisir intense à se retrouver dans une situation d'affrontement. Elle cumulait les victimes avec une précision chirurgicale et un sang-froid implacable. Elle décrivait ses sensations comme un courant électrique glacial dans son crâne qui augmentait ses réactions au combat et son désir de déchirer la chair. Personne dans son GAR ne pouvait la battre au combat.

Tous savaient qu'Adam avait accompli son premier mort lors d'une mission de leur GAR, mais qu'il n'avait découvert en lui qu'une froideur et un détachement exceptionnels envers cet acte, plaçant la mission avant tout. Il était du genre à pouvoir exécuter froidement une personne sans en ressentir la moindre culpabilité, et, d'une certaine façon, ressemblait en partie à Marianne à ce sujet. Pour autant, contrairement à elle, il préférait limiter le meurtre au maximum, voyant cela comme un gâchis d'informations à obtenir, et préparait ses plans avec la capture en tête si possible. Il s'entendait bien avec Élias sur ce sujet, mais cette-fois-ci ils n'avaient pas ce choix.

Tous savaient qu'Annah n'aimait pas tuer, même si elle pouvait le faire si nécessaire. Elle possédait un amour profond pour l'Humanité et pour son prochain, regrettait de devoir abattre ses adversaires et préférait amplement éviter l'affrontement quand cela était possible. Ils savaient aussi qu'elle était une éternelle trouillarde et qu'elle préférait se cacher dans sa chambre quand les choses prenaient un mauvais tournant; ils avaient appris à apprécier cet aspect de sa personnalité, sachant que malgré tout elle ne fuirait jamais au combat en laissant ses amis derrière elle. Mais ce qu'ils ignoraient, c'est qu'elle avait tué sa première victime à un âge bien antérieur à la moyenne Impériale.

Annah, après quelques efforts, peut-être à cause de la proximité de sa mission et de l'influence des rêves récents, se souvenait de quelques bribes. Les hommes en noir l'avaient emmenée hors de chez elle après l'incident des drones, loin de sa mère et de sa maison, pendant plusieurs années. Dans un lieu inconnu, tout de métal et de froideur, elle et d'autres enfants avaient été réunis, une petite dizaine au total. Ils avaient été étudiés, entraînés, et, elle s'en souvenait soudainement avec un glaçon dans l'estomac, certains avaient trouvé la mort suite à ces expériences. Elle avait eu de la chance, et une puissance profonde. Elle avait survécu.

Tout cela était flou, mais ce dont elle se souvenait soudainement avec une brutale clarté, c'était l'acte final qui avait conclu son entraînement. On l'avait dirigée dans une pièce isolée où se trouvait une femme, en haillons, sale et ensanglantée, montrant les marques de coups violents.

Elle avait été battue entre ces murs. Un homme murmura à l'oreille d'Annah, tel un démon sur son épaule. Il lui dit que cette femme était un ennemi, un traître qui avait vendu des secrets de l'Empire à leur ennemi. Il lui donna un papier et un crayon, et lui dit de punir la traîtresse. De porter la sentence de ses petites mains. Annah, ne sachant qu'obéir a ces terrifiants hommes, ne tenta pas de se rebeller. Poussée par la peur de finir comme les autres enfants qui n'avaient pas survécu, elle traça à toute hâte une Composition simple et la consuma, carbonisant vivante la captive de sa foudre. Ses hurlements de douleur raisonnèrent dans la tête d'Annah comme si elle se trouvait encore dans cette pièce, comme si elle était encore une enfant. Comment avait-elle pu oublier avoir commis un tel acte ? Avoir tué sans questionner, par peur pour sa vie ? Elle se sentait soudainement malade.

Il semblait apparent, quoi qu'il en soit, que ces hommes avaient été satisfaits d'elle, où elle ne serait pas là pour y repenser. Elle ignorait qui ces gens étaient, mais repenser faisait monter une terrible fureur en elle. La grande question était : pourquoi maintenant ? Quel élément avait causé la résurgence de ces vieux souvenirs ? Elle observait sa main droite qui se crispait toute seule, le métal pressant contre le métal avec une force suffisante pour broyer la chair, demandant le sang, demandant la vengeance. Elle soupira. Elle devait mettre ces visions du passé de côté pour le moment.

Le silence tendu du groupe fit place à une intense concentration quand Adam gara la voiture dans une ruelle adjacente à celle qui était leur destination, s'exclamant qu'ils étaient arrivés. Il était à peine midi. Ce quartier était très pauvre, défavorisé et très dangereux. De ce fait, il était lourdement vide, les rues privées de leur population. Cet état de fait arrangeait grandement l'équipe, qui descendit du véhicule sans un mot dans la chaleur ambiante, ouvrant le coffre, récupérant leurs valises et les ouvrant. Après s'être assuré qu'ils étaient bien seuls, ils enfilèrent rapidement leurs armures Carapaces. Comme on leur avait expliqué, ces versions, bien que couvrant l'intégralité du corps et affichant un air menaçant, étaient au final un mélange de gilet pare-balle classique et d'alliage métallique. Elles étaient capables de stopper les balles de petit calibre, mais ne résisteraient pas longtemps à de l'équipement supérieur. L'avantage, toutefois, reposait sur le fait que les matériaux les constituant rendaient le poids de l'équipement bien moindre, et permettaient également de les enfiler plus rapidement que les secondes générations, tout en lourd Virium et en joints articulés.

Il ne leur fallut qu'une poignée de minutes pour enfiler les armures gris sombre, sortir leurs fusils ArmAl Prime 2 et introduire les cylindres de Potentiel de Feu à l'intérieur, tandis qu'Annah récupérait et accrochait son Écritoire sur son bras gauche, enfilant son gant d'Armoniste sur sa main droite métallique. Elle sentait l'énergie pulser dans son corps, demandant, voire même exigeant, d'être déversée et d'apporter la destruction, après son coup de sang dans la voiture. Elle prit plusieurs grandes respirations pour retrouver son calme, essayant de garder le contrôle sur ses émotions. L'amplification d'énergie dans son bras artificiel était presque terrifiante, surtout au vu de ses capacités naturelles déjà titanesques. Il faudrait qu'elle prenne soin à ne pas se faire s'effondrer le tunnel sur eux.

« — Tout le monde est paré ? »

La voix d'Adam raisonna soudainement, légèrement étouffée par son casque. Malgré le fait qu'ils portaient désormais tous la même armure, il était facile d'identifier chaque membre du groupe : Adam faisait une bonne tête de plus que tout le monde, Élias était plus mince que lui, Marianne et Annah portaient la version féminine des armures qui laissaient légèrement plus de place au niveau de la poitrine, et l'une des deux femmes portait un Écritoire enfilé autour de son bras gauche au lieu d'un fusil. Il était donc simple de déduire qui était qui d'un simple coup d'œil. Accessoirement, pour les moins observants, l'Oculys de chacun se connectait aux senseurs de l'armure et projetait sur le viseur du casque le nom de chaque soldat de l'escouade au dessus de sa tête.

« — C'est tout bon de mon côté, répondit Élias avec une légère tension dans la voix
— Prête. Et impatiente, répliqua à son tour Marianne, stimulée.
— Prête, je vous suis », conclut calmement Annah.

En tant qu'Armoniste du groupe, elle était forcément à l'arrière de la formation. Il lui fallait en effet plus de temps pour attaquer qu'une personne portant un fusil, ce qui réduisait son temps de réaction. Elle était, toutefois, bien plus versatile et infiniment plus destructrice, et une fois protégée, pouvait s'adapter à n'importe quelle situation, qu'il s'agisse de tuer, modifier le terrain ou protéger. Rester à l'arrière la rassurait également : elle n'avait pas le courage pour foncer tête baissée dans le danger, elle laissait ça à Marianne.

L'équipe pris une formation simple : Adam en tête, Élias et Marianne derrière lui sur chaque côté, et Annah à l'arrière, cachée derrière Adam et son imposante silhouette.

À l'instant même où ils s'apprêtaient à se mettre en marche, Adam reçu un message sur son Oculys, qui émit un bip faible. Il consulta la missive et exprima.

« — L'escouade deux est en position et nous couvre. La rue est sous leur contrôle. Nous avons le feu vert. »

Ce dernier fit un signe de la main et commença à avancer, suivis par son groupe. Fusils levés, ils avancèrent dans la ruelle. Annah tenait un feuillet de sort dans la main droite, prête à projeter une lance de foudre sur toute cible qui se révélerait. C'était le genre de Composition qu'un Armoniste s'assurait toujours d'avoir sur lui, l'équivalent de garder son pistolet chargé sur soi en cas de pépin imprévu. Ils progressèrent et sortirent de la ruelle, rejoignant la rue principale où se trouvait leur objectif. Personne n'était en vue, civil comme ennemi. Ils balayèrent les environs du regard et, ne remarquant aucun danger, ils avancèrent à nouveau vers leur objectif. Élias, toutefois, remarqua un des membres de l'équipe du GASMA sur un toit, dissimulé. Un tireur d'élite. Il ne l'avait vu que parce qu'il avait instinctivement cherché une posture idéale pour couvrir l'entrée de la maison ciblée. Il eut un sourire, satisfait de savoir qu'un pro aurait fait le même choix que lui. Les autres, trop concentrés sur la mission, suivirent Adam sans chercher où leur support pouvait bien être embusqué.

Bientôt, ils atteignirent la maison en ruine. Cette dernière était au bout d'une impasse. Les murs étaient recouverts de graffitis en tous genres dont la majorité étaient ouvertement provocateurs, voire obscènes. L'éclairage public était détruit, ce qui ne posait pas de problème en plein jour, et même le sol était sale et usé. Leurs lourdes bottes foulèrent une importante couche de poussière et de gravats, qui avait été, après une indication d'Élias, récemment dérangée par des visiteurs peu concernés par le fait d'être suivis. Le groupe établit un système de communication par leur Oculys afin de se donner des directives sans avoir à parler à voix haute. Ils pouvaient ainsi, au choix, soit parler bas dans leur casque, soit écrire avec leur pupille sur l'écran holographique recouvrant leur œil, pour envoyer des messages à leur groupe ou à une personne en particulier. Adam fut le premier à s'en servir.

« — Élias a raison, quelqu'un est passé il y a peu. Nos cibles sont à l'intérieur.

— Aucune sentinelle dehors, ils sont sûrement tous en bas. Ils ne s'attendent pas à nous voir. Cela nous donne l'avantage, répliqua Marianne. »

Ils avancèrent plus avant dans le bâtiment et furent accueillis par des meubles en ruine rongés par l'usure et les éléments, et un fatras d'objets rouillés et cassés en tous genre recouvrant le sol. La peinture sur les murs s'effritait et la seule indication de vie humaine reposait dans la présence d'une couverture et de quelques canettes vides de plat instantané au sol, indiquant qu'au moins un sans-abri fréquentait ce lieu régulièrement.
Après un balayage visuel de la pièce, ils continuèrent leur avancée. Tout était calme. La seule porte qui quittait la pièce était fermée, mais ne présentait aucun intérêt pour eux. Leur cible se trouvait derrière un grand bar en bois vermoulu et décoloré. Contournant celui-ci, ils arrivèrent sur les lieux du crime : un tapis carmin pâle avait été déplacé, une masse Armonique reposait contre le mur et une partie du sol en béton avait été proprement fracassée par cette dernière, laissant apparaître une trappe métallique sous le sol.

« — Subtil, remarqua Annah.
— Ils sont déjà à l'intérieur, c'est confirmé. Je vais prévenir l'autre équipe, écrivit Adam à ses compagnons.
— Je sors la caméra, suivit Élias. Ouvrez la trappe, très légèrement. »

Annah et Marianne s'exécutèrent tandis qu'Adam envoyait son rapport, puis les rejoignait. La trappe était bien plus lourde qu'elle ne le semblait, et Annah fut heureuse d'avoir son nouveau bras, bien plus puissant que celui d'origine. Son bras gauche aurait aussi bien pu ne pas participer à la manœuvre. Tenant la trappe légèrement entrouverte, elles attendirent, alors qu'Élias s'accroupissait, tenant une minuscule caméra sphérique pouvant tenir dans la paume de sa main, un modèle portable de la caméra embarquée habituelle des Oculys. Cette version utilisait une connexion sans fil, qui, bien que susceptible d'être piratée si repérée, était aussi minuscule et pouvait être lancée, ou roulée dans un coin discret, loin de l'utilisateur, afin de fournir un champ de vision de 360°.
Il introduisit le bout de la caméra dans la légère ouverture de la trappe et la laissa tomber au sol sans un bruit, grâce à son renfort caoutchouteux. Au bout d'une vingtaine de secondes, il leva le pouce pour indiquer qu'il n'y avait aucun risque. Adam hocha la tête puis, après un bref coup d'œil à ses compagnons, tira la trappe de toutes ses forces. En s'y mettant

ensemble, ils parvinrent à la lever sans mal. S'apercevant qu'elle ne restait pas ouverte et qu'elle causerait beaucoup de bruit en retombant, il fut le dernier à s'engouffrer dans le trou et à descendre la lourde échelle qui s'y trouvait, usant de sa force prodigieuse pour la maintenir ouverte. Il descendit enfin dans l'ouverture et, la laissant retomber doucement, la posa dans sa position d'origine sans un bruit.

Le groupe arriva en bas de l'échelle et fut accueilli par une large pièce vide aux murs en béton, recouverts d'une peinture vert pâle écaillée, faiblement éclairée par une vieille lampe électrique crasseuse. Une seule sortie amenait dans le couloir principal, la première partie de la structure en forme de L majuscule qu'ils avaient vue sur les plans du briefing. Depuis leur position, et dans l'absence de porte, il était désormais possible d'entendre des voix parler au loin. Un message s'inscrit sur la discussion de l'équipe.

« — Silence absolu. Élias, caméra. »

Ce dernier hocha la tête et, reprenant cette dernière dans la main, la plaça au niveau du sol juste contre le mur, offrant ainsi une vue parfaite du couloir tout en restant indiscernable d'un gravillon quelconque. Il se tendit immédiatement, arrêtant même de respirer, et leva une main en avertissement. Il écrivit rapidement sur son écran.

« — Patrouille. Un seul. Dos tourné. Carapace G1. »

Quelques secondes après, il utilisa la connexion entre leurs Oculys pour leur faire suivre la vidéo de ce qu'il voyait. Un homme se trouvait, en effet, seul dans le couloir, et y patrouillait lentement. Il venait de finir de marcher jusqu'à l'entrée, à quelques pas du groupe caché dans l'autre pièce, et repartait tranquillement dans l'autre sens, fusil d'assaut en main, ne les ayant miraculeusement pas entendus descendre. Il semblait très décontracté, et ne soupçonnait pas leur présence. Les voix, toutefois, venaient de plus loin.

« — Il faut se débarrasser de lui en silence, écrivit Adam.
— Armure Carapace G1 et BR-12 répliqua Marianne en observant l'image. Un pistolet avec silencieux ne suffira pas.
— ArmAl ? Demanda Élias.
— Trop bruyant. Nous devons garder l'avantage de la surprise.
— Couteau Armonique alors ? Questionna Annah. »

Marianne hocha la tête après un instant de réflexion, puis vint au niveau de son frère, attendant que l'homme se rapproche dans sa ronde. Elle tira un couteau de sa gaine et le regarda, lame vers le haut. Plusieurs petits glyphes étaient gravés sur le centre de la lame, qui était réalisée dans un alliage spécial. Cet alliage était souvent utilisé dans les fabrication mécaniques en tous genres, comme le bras Magichrome d'Annah ou les moteurs de voitures, pour permettre la conductivité de l'énergie Potentielle brute. Le principe de ce genre d'arme était de pouvoir reproduire l'effet d'une Composition Armonique tant que de l'énergie y était introduite, et, étant un des rares matériaux ne se consumant pas sous l'action d'un glyphe alimenté, pouvait produire l'effet en continu tant que du Potentiel lui était fourni. C'était ce procédé qu'Annah et Alma tentaient de reproduire en une encre pouvant être tracée sur la chair.

Le couteau Armonique était une arme de plus en plus fréquente qui avait un effet simple : Marianne testa immédiatement le sien pour s'assurer de son bon fonctionnement. Décrochant le gant de son armure, elle fit circuler son Potentiel de Feu dans la poignée, ce qui infusa l'arme, les glyphes, et, immédiatement, la lame s'auréola d'une enveloppe de flammes. Les glyphes étant gravés dans le but de générer des flammes s'échappant d'autour de l'arme vers l'extérieur, évitant ainsi tout risque que le couteau ne fonde à cause de sa propre température.

Jusqu'à maintenant, dans l'histoire de la guerre humaine, les armes à feu et protections balistiques avaient eu la préférence. Aujourd'hui encore, un fusil d'assaut classique pouvait facilement passer la majorité des protections, incluant une Carapace G1 à courte distance ou avec des tirs bien centrés. Seules les G2 en Virium étaient impénétrables sans gros calibre, mais restaient rares. Pourtant, les visionnaires annonçaient un retour au combat de mêlée dans un futur proche. En effet, les infrastructures et ressources nécessaires à la production en masse de fusils Armoniques, d'armures G2 et de combinaisons Mag se mettaient en place, et bientôt, de plus en plus de soldats se verraient équipés d'une Mag sous leur G2. Ainsi protégés, les balles ne pourraient pas les toucher, et les attaques Armoniques, bien que pouvant faire fondre la Carapace, seraient alors bloquées par la Mag, rendant le moindre soldat difficile à abattre, nécessitant des attaques successives précises de deux types. Une solution simple apparaissait, et elle se trouvait dans la main de Marianne : une lame auréolée d'énergie pour faire fondre l'armure, une lame de métal tranchant pour la combinaison et la chair. Il suffirait d'une frappe forte et précise pour passer outre les protections les plus avancées. Annah suivait l'évolution de ces technologies et elle était sure d'une chose : si les affrontements de mêlée revenaient à la mode, elle raccrocherait immédiatement le manteau et se limiterait au travail en laboratoire.

En embuscade, Marianne attendait. Soudainement, voyant sur l'enregistrement en direct d'Élias que l'homme s'éloignait à nouveau, leur tournant le dos, mais se trouvant à peine à quelques pas d'eux, elle bondit, avec une agilité surprenante pour une personne en Carapace, se jetant en avant en un mouvement gracieux et flexible. Bien qu'il en aurait été tout différent en usant d'une armure métallique G2, forcément très bruyante, la discrétion et légèreté de celle qu'elle portait ne ralentit en rien ses mouvements, et lui permit de courir dans un silence presque total. Elle pénétra dans le couloir principal, tourna sur sa gauche à toute allure et plongea le couteau lame en avant dans la gorge de l'homme, par derrière, sa main tenant la tête de sa victime, couvrant son viseur. Il était impossible de bloquer la bouche d'une personne portant un casque Carapace, la pièce d'armure à l'apparence de casque médiéval étant trop rigide pour cela, elle comptait donc sur le fait d'attaquer la gorge pour l'empêcher de crier, et sur la présence de sa main pour étouffer les sons pouvant sortir du casque. Ce pari fut payant : la lame, englobée de flammes Armoniques, fit immédiatement fondre la rigide texture de l'armure Carapace, tandis que la lame pénétrait directement dans la cible désirée. Les flammes, ensuite, carbonisèrent les cordes vocales de la victime, faisant fondre sa chair de l'intérieur de plus en plus vite. Il ne put que gémir de douleur et marmonner avant d'expirer presque immédiatement, sa tête ne tenant presque plus sur son corps après que la nuque se soit consumée. Tenant son cadavre dans ses bras, Marianne le posa au sol avec délicatesse, sans un son. L'action s'était déroulée si discrètement que les hommes au loin ne s'étaient aperçu de rien, continuant à discuter joyeusement. Le reste du groupe, ayant tout vu sur la caméra, la suivit immédiatement, et ils reprirent leur formation de base.

« — Si l'estimation est bonne, ils sont cinq dans la pièce au bout du second couloir, rappela Élias en se remémorant leur briefing. »

Le groupe avança, remarquant la présence de nombreuses caisses métalliques dans le couloir. La majorité étaient vides, et devaient sûrement avoir contenu des matériaux de construction, où les données qui avaient été stockées dans la chambre forte. Fort heureusement, après un coup d'œil, plusieurs de ces caisses se trouvaient également dans le second couloir, et pourraient servir de couvert pour le groupe. Cela pouvait être également le cas pour leurs adversaires, mais ils ne s'en inquiétaient pas : leurs fusils Armoniques passeraient facilement à travers ce genre de protection en quelques tirs. Une fois encore, ils utilisèrent la caméra pour tenter de voir dans le couloir suivant en plus de détails, et remarquèrent que la situation était bien moins favorable : au bout du second couloir, plus petit, en angle droit comparé à celui où ils se trouvaient, se situait une pièce aux dimensions inconnues, dont seule une ouverture, dont la porte métallique était ouverte, permettait d'apercevoir une partie de la situation. Le fond de la pièce était visible, un mur simple, et plusieurs des terroristes étaient également dans l'ouverture, en train de parler entre eux. Malheureusement, sur les cinq adversaires supposés, deux seulement étaient exposés. Adam réfléchit un moment, puis murmura dans son casque, ce qui écrivit ses paroles aux autres.

« — Je propose une ouverture avec Annah. Tu te débarrasses des deux en vue, puis tu te mets à couvert. De notre côté on se met derrière les caisses et on attend en embuscade. Dès qu'il y a du mouvement en face, on ouvre le feu de notre côté. »

Annah fit la grimace sous son casque. Elle n'aimait pas qu'un plan dépende d'elle, mais elle savait qu'elle était capable d'accomplir ce qu'on attendait d'elle malgré tout. De plus, elle pourrait attendre gentiment à couvert ensuite, ce qui lui convenait parfaitement. Après une courte hésitation, elle hocha la tête, et les autres firent de même. Accroupis, se faufilant discrètement dans le second couloir, ils prirent leurs positions derrière les masses de caisses : Adam et Marianne étaient devant Élias, derrière deux boîtes empilées, l'un contre l'autre, alors que ce dernier était positionné un peu à l'arrière, accroupis derrière une autre caisse, habitué à combattre à grande distance de par son entraînement de tireur d'élite. Annah, enfin, était complètement cachée derrière l'angle du mur du premier couloir, le plus loin possible de l'action, estimant qu'elle serait bien mieux protégée par du béton armé bien solide. Les Armonistes étaient des cibles prioritaires au combat, il lui fallait immédiatement se mettre à l'abri après son action.

« — Donnez-moi un instant pour Composer. Je vous préviens juste avant d'ouvrir le feu. »

Immédiatement, elle leva le bras gauche portant son Écritoire et commença à griffonner des glyphes, la pièce de papier se couvrant de l'encre qui jaillissait de la pointe de l'index de son gant d'Armoniste, utilisé comme stylo. Régulièrement, elle relevait la tête, usant de son Oculys pour calculer la distance qui la séparait de ses deux cibles, définissant la trajectoire, heureusement fort simple, étant en ligne droite. Au bout d'une quinzaine de secondes, elle murmura.

« — C'est bon. Dès qu'ils arrêtent de bouger, je vous préviens et je tire. »

L'un des deux adversaires s'était légèrement décalé et n'était plus aligné avec les projectiles qu'Annah avait prévu. C'était le problème avec l'Armonie : pouvant s'adapter à toute situation quand on lui en donne le temps, mais peu flexible dans une situation changeant dans l'immédiat. Elle attendit un moment, jusqu'à ce que l'homme, riant de bon cœur à une quelconque blague, fasse demi-tour et revienne là où il se trouvait auparavant. Dès que l'instant fut adapté, elle arracha le feuillet de son Écritoire de la main droite et fit circuler son Potentiel magique dans sa paume robotique.

Elle réalisa soudainement que, manquant d'expérience, elle avait oublié le fait que son bras, comprenant en interne une couche d'alliage Mag amplifiant, allait augmenter la puissance de son sort. En effet, l'alliage Mag nécessitait une infusion de Potentiel pour être forgé, et l'origine de celui-ci dictait son fonctionnement. Si le Potentiel était différent dans l'alliage et dans l'attaque Armonique, cette dernière serait parée, ce qui était le principe de toutes les combinaisons Mag classiques. Si le Potentiel était identique, toutefois, l'alliage entrait en résonance et amplifiait l'énergie déployée. Dans le cas d'une armure, cela amplifieraitt une attaque Armonique, la rendant encore plus létale en entrant à son contact, lui permettant de franchir la protection sans la moindre difficulté, et même de frapper des cibles derrière suite à l'amplification. Fort heureusement, chaque Potentiel était unique à son propriétaire, ce qui signifiait qu'une seule personne au monde pouvait passer outre une armure Mag sans difficulté : celle fabriquée par son propre Potentiel. Annah, pour sa part, avait subi une extraction de Potentiel pour forger la couche Mag interne de sa prothèse, ce qui amplifiait la puissance de ses Compositions d'environ trente pourcents comparé à son ancien bras organique. Un détail crucial qui lui avait échappé.

Elle grimaça alors que le papier se consumait, donnant vie à une sphère de foudre bleutée, qui, en à peine une seconde, consuma son gant d'Armoniste, puis fonça en avant, se sépara en deux lances qui fusèrent avec une violence effroyable, causant un son identique à celui d'un violent coup de tonnerre, résonnant fortement dans l'espace clos. L'une des deux cibles fut traversée de part en part en plein ventre, son armure et sa chair pénétrées sans la moindre résistance. La seconde personne, qui s'était légèrement déplacée, fut seulement à moitié touchée, la majeure partie de son flanc gauche fauchée par la seconde lance. Elle s'effondra dans un hurlement strident, qui révéla qu'il s'agissait d'une femme. Les deux lances frappèrent enfin le fond de la pièce avec une puissance telle qu'elles arrachèrent des morceaux de béton, qui tombèrent au sol, creusant un trou profond dans la structure, qui trembla. Les lumières des couloirs et de la pièce clignotèrent et de la poussière tomba du plafond. Annah se sentit confuse d'en avoir trop fait, se remémorant l'avertissement d'Adrian sur l'utilisation des grenades dans cet espace clos, mais ne put s'empêcher d'être heureuse de ce premier test, que sa prothèse avait passé avec un succès total. Elle réunit les restes de son gant, récupéra un stylo de secours de sa poche, et se mit derrière le mur comme on lui avait dit.

Il y eu un flottement de quelques secondes, pendant lequel un silence pesant, uniquement interrompu par les cris de douleurs de la survivante, fut roi. Puis, les Fédéraux dans la pièce se mirent à hurler. Ils n'étaient pas idiots toutefois, et une grenade à gaz obscurcissant détonna dans l'ouverture de la porte, noyant la zone sous une couche de fumée. Ils se précipitèrent hors de la salle, se jetant à leur tour derrière certaines caisses, l'embrasure de la porte étant trop étroite pour s'en servir efficacement de couvert. Ils furent accueillis par plusieurs tirs du GAR, trois lances de flammes jaillissant en ligne et frappant la zone, mais aucune ne toucha d'ennemi, la correction d'image des visières de leurs casques n'étant pas suffisante pour offrir une vue précise de leurs cibles dans le nuage de fumée épaisse. Pour autant, le groupe ne s'inquiétait pas : ils avaient clairement l'avantage, en nombre comme en équipement.

Adam sortit de son couvert un moment pour faire feu plusieurs fois et pour attirer ses ennemis hors de leur cachette de fumée, et fut accueilli par un déluge de balles. Plusieurs percutèrent son armure et le déstabilisèrent, l'une d'elle faisant même voler en éclat le viseur de son casque, envoyant des morceaux brisés dans tous les sens, épargnant heureusement ses yeux. Sa carrure jouait contre lui dans un espace si étroit, le rendant facile à toucher, et il s'effondra en arrière sous les tirs. Il resta immobile un instant, secoué, puis roula sur le côté, atterrissant sur le ventre derrière son couvert. Il poussa le sol de ses deux mains, se propulsant sur ses genoux. Bien que son visage était caché par son casque et la visière rouge sombre, Marianne le regardait, clairement inquiète, la main tendue, pour l'aider à retrouver son équilibre. Il la saisit et s'adossa contre la caisse, fusil contre son torse, calmant sa respiration. Il n'avait mal nulle part, et n'avait donc pas été blessé. A cette distance, son armure avait heureusement pu encaisser. Il envoya un message par communication dans son casque.

« — Annah ! J'ai pu repérer leur position, je vous les transmets, on va se coordonner pour les avoir. Tu peux faire quelque chose pour leurs balles ? Ils ont tous des armes automatiques, si on sort la tête on va essuyer une rafale dans un si petit couloir. »

L'interpellée s'était rapidement mise à l'abri en voyant Adam essuyer une volée : elle se trouvait juste derrière lui, et malgré sa réaction de fuite rapide, deux balles avaient trouvé leur chemin jusqu'à son épaule gauche, et une en plein dans son cœur. L'armure, heureusement, absorba les impacts, mais elle réalisa qu'elle aurait pu mourir ici et maintenant si cette dernière avait eu un défaut, ou si les fusils ennemis étaient chargés de balles perce-armures, et elle se précipita à couvert en tremblant. Recroquevillée, elle espérait que ses compagnons pourraient gérer le conflit sans elle.

« — Pourquoi je continue à les laisser me convaincre de venir avec eux ? Sérieusement ! Ma place est dans un labo ! » marmonna-t-elle en essayant de calmer les battements fous de son cœur.

Voyant soudainement le message qui lui était adressé, elle répondit :

— Essuyer une rafale ? Sans rire, ils m'ont allumée autant que toi ! Je... Donnez moi une seconde, je vais faire quelque chose pour ça. »

Elle croisa les bras, assise en tailleur, en réfléchissant. Une méthode de protection pour son groupe qui lui évitait, à elle, de trop s'exposer ? Elle savait quoi utiliser. C'était l'avantage d'être couarde au combat : on passait beaucoup de temps à réfléchir à de multiples moyens de se garder en vie et en sécurité pour toute situation possible.

Un sort se dessina dans son esprit, une Composition qu'elle avait lancée avec succès dans une opération précédente, et à nouveau, elle leva le bras gauche et griffonna sur une nouvelle page de son Écritoire, tenant entre ses doigts robotiques son stylo de rechange, estimant la distance approximative de mémoire. Pour le sort qu'elle avait en tête, elle avait le droit à une marge d'erreur au vu de la longueur du couloir, et n'était donc pas vraiment inquiète d'un manque de précision. Une fois les glyphes tracés, elle arracha la page, prit cette fois bien en compte la puissance supérieure de sa prothèse, et tendit la main droite, droit devant elle, face au mur opposé, consumant le feuillet qu'elle tenait : hors de question qu'elle expose sa prothèse flambant neuve et hors de prix au feu nourri ! Un cône électrifié bleuté jaillit de sa paume et tourna à angle droit deux fois, passa entre ses amis jusque vers le centre du couloir, puis se répandit entre les deux groupes qui se tiraient dessus et s'étendit progressivement jusqu'à réaliser un véritable mur de foudre qui léchait amoureusement le béton tout autour de lui. L'intensité électrique était telle que les balles des fusils automatiques fondaient ou éclataient en entrant en contact avec le mur, rendant soudainement toutes les attaques ennemies inoffensives. Cela n'empêcha pas Annah de retourner à couvert derrière le mur, au cas où personne n'avait informé leurs ennemis à propos des grenades. Son rôle était terminé, ses amis pouvaient finir le travail, elle ne bougerait pas d'ici. Elle se concentra sur une nouvelle tâche : calmer les battements de son cœur et les relents de panique qu'elle ressentait toujours après s'être fait tirer dessus. Cette fois, au moins, elle n'avait pas été blessée, mais elle ne s'y ferait jamais.

Les terroristes, n'ayant pas réalisé la nouvelle situation, continuèrent à ouvrir le feu de façon continue. Le mur électrique, infranchissable, absorbait leurs projectiles et ne laissait passer que des résidus fondus de métal, protégeant totalement le GAR des attaques. Adam, Élias et Marianne utilisèrent ce répit pour se répartir les trois cibles ennemies par Oculys, chacun prenant le temps de viser un adversaire précis, alors que le mur de fumée se dissipait doucement. Ils ne firent pas feu directement. En effet, deux Compositions Armoniques différentes ne pouvaient se traverser, elles se percutaient, et celle possédant le plus de Potentiel l'emportait. Le mur d'Annah, dont la puissance déjà inhabituellement massive de base, était encore amplifiée par son bras, était infiniment supérieur en énergie aux tirs faible puissance des fusils, qui n'auraient aucune chance de le traverser. Il aurait fallu combiner en une seule des dizaines d'attaques pour simplement espérer passer une fois au travers.

Quand la protection électrique finit par s'effondrer, trois tirs de flammes surgirent dans la seconde, chacune ciblant un adversaire différent. Les armes automatiques s'interrompirent immédiatement, et, sans un cri, les trois hommes qui étaient encore vivants et combatifs quelques secondes auparavant, tombèrent en arrière, carbonisés, leurs protections transpercées et fondues, mort avant même d'atteindre le sol. La coordination des trois fusiliers avait été parfaite, démontrant leur entraînement et leur habitude à travailler ensemble. Il ne resta bientôt plus rien que les cris de douleurs de la femme qui avait survécu à la première attaque d'Annah.

Elle allait se lever pour rejoindre ses amis quand un son soudain signala l'arrivée d'un message pour elle, en dehors du système de communication du GAR. Surprise, elle regarda le message, qui ne contenait en fait qu'une séquence de lettres et de chiffres envoyés par une source inconnue : P4124N014. Elle n'avait pas la moindre idée de ce dont il s'agissait et de qui s'amusait à ses dépends, mais soudainement la tête lui tourna. Elle se sentit incroyablement en danger. En danger mortel, plus encore que lors de cet affrontement. On voulait sa mort. On la surveillait. Peut-être même que ses amis la gardaient aussi à l'œil !

Elle se crispa. Comment allait-elle bien pouvoir trouver ses archives si tout le monde la surveillait ? Elle devait agir avec discrétion. Faire comme si elle ne savait rien de leurs intentions. Elle devait aussi résoudre le problème de son Oculys. Elle ne pouvait rien subtiliser si, suivant le briefing de mission, elle enregistrait toutes ses découvertes. Elle avait réfléchi longuement à ce problème et avait envisagé de feindre une panne, mais le moment était aux grands moyens, il fallait agir de façon décisive.

Elle mit son Oculys en mode veille. Elle n'avait besoin que d'une poignée de secondes. Portant la main à sa hanche, elle saisit son couteau Armonique. L'activant, elle le vit s'auréoler d'arcs électriques bleutés. Vérifiant que ses amis lui tournaient le dos et se redressaient du combat, faisant face aux cadavres, le temps semblant comme incroyablement ralenti, Annah serra les dents et porta le bout du couteau sur son Oculys, brièvement. Il y eu un claquement, une légère décharge qui se répandit dans son corps et lui tendit les muscles, crispant sa mâchoire, lui causant un violent mal de tête, une étincelle, de la fumée, et alors qu'elle se précipitait de ranger son couteau, elle lâcha un cri, de surprise feinte et de douleur bien réelle. Tous se retournèrent, et Élias se précipita à ses côtés.

« — Annah ? Tout va bien ?

— Mon Oculys... J'ai pris une sacrée châtaigne...

— Attends laisse-moi voir... Ah. Oui, là en effet, je ne sais pas ce qu'il s'est passé mais autant commander un nouveau modèle en rentrant.

— Mon bras... J'ai du surcharger mon Oculys pendant le combat en utilisant trop de Potentiel. Comme quand j'ai détruit une partie du mur au début, je me suis plantée avec la différence de puissance et j'ai du prendre un contrecoup. L'Oculys n'a pas du supporter.

— Et ton Nerval ? Questionna Adam, inquiet.

— Hmm une seconde... Non, tout est bon, l'écran holo sous mon bras droit montre toutes les informations des senseurs et la connexion avec le Nerval. Il ne détecte juste plus l'Oculys.

— Ça va alors, je ne te souhaitais pas une opération chirurgicale, même légère, pour remplacer ton Nerval. Bon, tu ne pourras pas trier les données avec nous et tu écopes d'un petit bobo, mais rien de grave, ça prendra juste un peu plus de temps. »

Annah hocha la tête. Son mensonge avait fonctionné, et tout d'un coup cet intense sentiment de menace avait disparu sans prévenir. Tout était redevenu normal. Que s'était-il passé ? Pourquoi avait-elle agi ainsi ? Pourquoi craindre ses précieux amis, se sentir si menacée qu'elle en risque l'électrocution en détruisant son Oculys ? Toute chance de trouver une réponse à propos de l'étrange code et son envoyeur était désormais partie en fumée. Elle reprit son souffle, le cœur battant, et s'avança vers la pièce désormais vide de tout ennemi, en dehors de la femme blessée au début du combat, toujours vivante au sol, ses amis finissant de vérifier les lieux et confirmer la mort des autres combattants..

La blessée était dans un sale état et, de toute évidence, n'en avait plus pour bien longtemps. Elle tenta de lever son fusil d'assaut pour tirer sur Annah : un BR-12 Impérial classique, la même arme que ses compagnons décédés. Sa main tremblante et affaiblie ne pouvant toutefois pas tenir l'arme plus longtemps, elle abandonna cette tentative et s'effondra en gémissant. Annah sortit son arme de poing pour la libérer de son tourment, mais à l'instant où elle s'apprêtait à viser, la femme murmura quelque chose. Elle ôta son casque pour mieux entendre. La blessée semblait surprise.

« — Vous... Cette armure...grise... Vous êtes pas Fédéraux ? »

Annah leva les sourcils, ne sachant pas quoi lui répondre. S'agissait-il d'une autre équipe attendant aussi les terroristes ? Avaient-ils abattus des alliés ? Son sang se glaça. La femme tendit la main, comme voulant prendre la sienne. Annah hésita un instant et la saisit, la sentant tremblante. La blessée sourit un moment derrière ses cheveux teintés argenté, un sourire amer. Elle posa sa plaque d'identification holographique dans la main d'Annah, qui s'activa, révélant uniquement son nom de code, mais ne précisant rien de son identité, ses origines ou de sa faction, les données ayant été simplement effacées. C'était étrange. Des agents ennemis auraient sûrement forgé une fausse identité Impériale avant leur infiltration. Annah ne savait plus quoi penser.

« — Rias c'est ça ? Vous êtes Impériale ? Fédérale ? Parlez-moi, quelle est votre mission ici ? »

La blessée ouvrit la bouche pour dire autre chose, mais n'en eut pas le temps. Une détonation soudaine retentit et une balle lui traversa le crâne, faisant voler en éclat, sans mal à si courte portée, le casque C1, mettant immédiatement fin à ses jours. Du visage de la victime, il ne restait qu'une bouillie sanguinolente fixant Annah du regard. Elle sentit la bile lui monter à la bouche.

« —Pas besoin d'écouter les mensonges de ces foutus Feds, Annah, soupira Marianne, le canon de son arme encore fumant.
— Marianne ! Elle allait parler ! Il y a quelque chose de bizarre, regarde, ils ont des fusils Baraldans mais leur plaque d'identification est vide...
— Des mercenaires, pas d'identité, et un équipement Baraldan pour passer inaperçu chez nous. Tu t'attendais à quoi, un gros panneau « Fédéral » au dessus de leur tête ? S'ils s'étaient amenés avec des F6 ils se seraient fait chopper dès l'entrée de la ville.
— Mais tu n'avais pas besoin de la tuer...
— Aucun survivant, tu as oublié notre mission ?
— Je... Désolée Maria, tu as raison. » bégaya Annah, sous le choc. Elle détourna le regard de l'horreur qu'était le visage de Rias. D'abord une balle en plein cœur, cette crise de paranoïa, et maintenant ça ? Elle ne s'endormirait sûrement pas sobre ce soir après une journée pareille.

Marianne, pour sa part, hocha la tête, tapota gentiment l'épaule de son amie, lui adressant un sourire sympathique, invisible derrière son casque, et se retourna. Elle ôta ce dernier, suivie de ses deux compatriotes. Ils les posèrent, ainsi que leurs fusils, sur une table proche, et Adam signala à la seconde équipe au dehors que l'intérieur était sécurisé. Il reçu pour réponse que l'extérieur l'était aussi, et d'accomplir la dernière étape de leur mission.

*

Quelques minutes s'étaient désormais écoulée. L'adrénaline causée par le combat s'estompait progressivement et, retrouvant un rythme de respiration plus raisonnable, l'équipe entamait son second objectif : un inventaire des différentes ressources présentes sur place, qu'il s'agisse de vieux dossiers en papier ou de conteneurs d'informations virtuelles. Le mur du fond de la chambre forte, qui faisait face à la porte d'entrée, était, heureusement, vide de toute unité de stockage, qu'il s'agisse de conteneurs, coffres ou étagères, ce qui avait évité toute destruction massive d'éléments importants par les premières attaques d'Annah, qui avait proprement fracturé le béton du mur et arraché une bonne partie de la structure. Elle s'en serait voulue d'avoir pulvérisé ce qu'elle était venue chercher. Les deux murs restants, se faisant face, étaient recouverts d'étagères métalliques portant de nombreux documents empilés et classés, couverts de poussière.

« — Dans l'ensemble, la majorité des données n'a pas été touchée, ou en tous cas, elles ont été replacées après usage. » remarqua Élias.

Les compagnons avaient activé leurs Oculys afin de scanner le contenu de la pièce. Ils étaient ainsi en train de faire l'inventaire des différents éléments stockés dans cette salle, leur appareil comparant directement ce qu'ils voyaient avec des images d'archives de plus de trenteans qui leur avaient été fournies. Aucune base de données d'époque n'avait été trouvée, ils en revenaient donc aux bonnes vieilles méthodes des photographies. Jusqu'à maintenant, rien ne semblait avoir été volé.

Annah, de son côté gardait l'œil ouvert, un certain niveau de tension courant dans son corps. Le combat terminé, ses pensées revenaient à son rêve, encore très présent dans son esprit, et à son objectif secret. Elle se remémorait les encouragements de la voix, étrangement familière, issue d'un passé lointain, et pourtant tellement déformée qu'il était impossible de reconnaître son propriétaire. Au bout d'un moment, elle repéra ce qu'elle cherchait depuis un moment : sur une petite table, posée sur une pile de documents, se trouvait... Un petit cube vert sombre. Elle sentit ses entrailles se glacer. Ses rêves avaient donc bien été prémonitoires ? Elle avait entendu dire que certains pratiquants du Ritualisme, dans les temps anciens, pouvaient entrer en transe et voir des évènements du futur ou du passé, mais imaginer qu'une telle situation pouvait lui arriver était surprenant, et légèrement terrifiant. La voix dans ses rêves était-elle celle d'un esprit lié au Ritualisme ? Ou peut-être même celle d'un de ses amis masculins dans le futur ?

Elle jeta un œil à ses amis et elle comprit qu'elle n'aurait pas de meilleure opportunité. Personne ne la regardait, son Oculys était grillé, elle était totalement invisible. Une sensation étrange et stimulante de savoir que l'armée ne la surveillait plus par son implant fit courir son adrénaline à nouveau. Elle se déplaça avec rapidité et en silence vers le cube et le saisit de sa main droite, établissant une connexion avec sa prothèse.

Le cube était un ancien modèle, il était donc nécessaire d'extraire le contenu via un contact direct. Immédiatement, un flux de données massif se téléchargea via son bras et suivirent son lien interne jusqu'à son Nerval, l'implant servant de coordinateur et d'élément de stockage. L'opération ne prit qu'une dizaine de secondes, mais ces secondes furent éreintantes au possible moralement. Finalement, le transfert finit, elle retira la main du cube, tourna la tête vers la suite des documents à recenser, et fit mine d'observer avec dégoût ce qu'elle voyait au cas où ses amis lui lançaient un regard. Personne n'avait remarqué son petit tour, à son grand soulagement.

Curieuse, elle activa le petit écran holographique sous son bras droit robotique. Sans Oculys, c'était son seul moyen d'accéder aux informations du Nerval. Elle trouva son téléchargement récent, et le nom du volumineux document suffit à lui faire éteindre l'écran en urgence : « Enseignements et Rituels de l'Au-Delà ». Cela expliquait les images écœurantes de son rêve. Ou devrait-elle appeler ça une vision prophétique ? Elle avait désormais la preuve qu'il ne s'agissait pas d'un simple rêve, et la voix qui l'avait dirigée ici était bien réelle. Pensant au code qui l'avait également fait agir ainsi et devenir indétectable avant son vol, elle se sentait manipulée de toutes parts. Le petit Nerval dans sa nuque semblait bien lourd désormais, chargé du poids de la connaissance hérétique qu'il contenait.

Soudainement, Annah se sentie prise de vertiges. La réalité autour d'elle semblait instable, tout tournoyait, les dimensions semblaient incertaines. Connaisseuse de certaines substances illicites, elle était familière avec ce genre de sensations, mais était plus que certaine de ne pas être sous influence. Personne ne semblait rien remarquer. A vrai dire, plus personne ne bougeait. Il n'y avait plus de couleur. La réalité s'était arrêtée de fonctionner.

Une fraîcheur intense et une lueur verte soudaine se manifestèrent dans son bras droit, et, elle le sentait, depuis son Nerval. Seules couleurs dans ce monde de gris, Annah s'y rattacha comme à une bouée de sauvetage, incertaine de si elle était toujours éveillée ou retombée dans un soi-disant rêve.

Le monde explosa autour d'elle.

Des monceaux de cadavres déchiquetés, en pièces séparées, l'encerclaient, tombant en une fine poussière dorée. Elle faillit vomir.

Une cité Impériale s'étendait face à elle, jonchée de corps, des éclairs et explosions retentissant partout autour d'elle, une silhouette seule se tenant sur un toit : elle-même. Elle faillit s'enfuir.

Une titanesque créature informe de chair et de métal fusionnés se dressait devant elle, sa puissance psychique terrible écrasant la sienne. Elle faillit s'évanouir. Une terrible brûlure s'était emparée de son corps entier. Elle faillit mourir.

Les visions se dissipèrent, mais intérieurement, Annah comprit un élément, bien qu'elle en ignorait l'origine : elle venait, par son acquisition des archives interdites, de franchir un point majeur du Destin de son espèce, tracé devant elle. Elle, par ailleurs, d'assister à autant de points charnières sur sa route. Elle ne les comprenait pas, mais elle savait désormais qu'elle n'était pas folle, qu'elle n'avait pas rêvé. Elle se sentit plus forte, emplie de la conviction de lutter pour un avenir idéal, bien qu'encore mystérieux à ses yeux..

Tout ceci finit enfin par se dissiper. La réalité reprit ses droits, le monde bougea à nouveau, les couleurs réapparurent, et Annah lâcha un cri alors qu'un éclair de douleur extrême lui traversait le crâne. Elle tomba comme une pierre en gémissant. Avant de perdre connaissance, elle vit les mains tendues de ses amis lui faisant face alors qu'ils couraient à elle. C'était une vision qu'elle trouva terriblement dramatique, comme s'ils cherchaient à la ramener à eux avant qu'elle ne disparaisse totalement. Marianne l'atteignit en première et la réceptionna, lui évitant un choc.

— Annah ? Bon sang ! Elle saigne de l'œil droit, Adam. Les dégâts de son Oculys ont dû l'atteindre en intérieur. Ca pourrait être cérébral. Il faut l'évacuer.

Adam hocha la tête et connecta immédiatement son propre Oculys. Il ouvrit la marche en prévision de pousser la lourde trappe de métal. Marianne et Élias prirent chacun un bras d'Annah qu'ils passèrent sur leur nuque, et la saisirent dans le dos pour la faire avancer avec eux. La blessée ouvrit brièvement un œil, le visage transpirant. Elle murmura, à moitié délirante.

— Élias... On a fini ?
— Hein ? Annah, ça va ?
— Ne bouge pas ma petite, on te sort de là, laisses-toi faire, lui dit Marianne sans pouvoir vraiment cacher l'inquiétude dans sa voix.
— Élias... J'ai chaud...
— Tiens le coup Annah... Quand on sera rentrés je te paierai une crème glacée. En pleine tempête de neige à Endal. Ça te rafraîchira.

— Oui... D'accord...

Elle ne dit plus rien. Dans son esprit, une voix familière retentit, mais elle ne la reconnaissait pas et ne pouvait pas lui répondre.

— ... Accomplis ton destin... Venge-moi... Venge-nous... »

C'était trop pour elle. La mission, le code non identifié, la perte de contrôle, le sabotage de son Oculys, les dégâts internes imprévus, le rêve, la boîte et son horrible contenu, les visions inexplicables du futur, et maintenant cette voix à nouveau? Elle perdit connaissance, écrasée par la masse d'évènements qui survenaient en si peu de temps.

Annah, comme ses amis, n'avait alors aucune idée des changements qui s'effectuaient en elle. Adam et Élias veillèrent à son chevet toute la nuit dans un hôpital militaire local, attendant son réveil. Adam savait qu'elle était hors de danger et juste endormie, mais il se sentait responsable. En silence, ils observèrent alors qu'un nouvel Oculys « Série Noire », financé par le GASMA pour ses troupes d'élite, lui était implanté pour remplacer les restes grillés du sien. Élias soupira, se disant qu'elle aurait été intenable si elle avait été réveillée pour voir ce cadeau.

*

Adrian Morgan se trouvait dans son domicile, un appartement confortable, mais à l'organisation chaotique – non sans rappeler celui sa nièce – , en plein cœur de la ville d'Endal, dans les quartiers de moyenne classe. Il était assis dans son fauteuil en faux cuir, un verre d'alcool fort à la main, la bouteille à moitié vide reposant sur la table basse en verre devant lui. Face à lui, projeté sur le mur, se trouvait une télévision holographique qui, pour le moment, ne faisait que répéter sans cesse toutes les dix minutes les informations du jour. Il n'y prêtait absolument aucune attention, occupé à contempler le plafond dans une transe méditative alcoolisée. Bien entendu, malgré ses abus, Adrian restait un homme endurant, qui avait profité de ces petits plaisirs depuis bien longtemps, et avait développé une tolérance toute particulière aux produits intoxicants. La moitié restante de la bouteille ne passerait pas la nuit, et il ne s'en sentirait pas plus mal pour autant au lendemain.

Pour le moment, il attendait un appel. Il savait que celui-ci aurait lieu sous peu. Il devait rapporter un succès. En temps normal, il aurait été satisfait au possible et aurait été empli de fierté devant la réussite de son plan. Mais cette fois-ci, il sentait un certain sentiment de culpabilité en lui, dont il ne parvenait pas à se défaire. Il tentait, malgré tout, de lutter contre, en vrai professionnel qu'il était, mais pour le moment on ne pouvait pas dire qu'il gagnait.

L'appel eut lieu lorsqu'il s'y attendait le moins, le faisant sursauter. Il connecta son Oculys au téléviseur et accepta la communication. Remplaçant la chaîne d'informations, un homme en costume classieux, assis à un bureau tout aussi huppé, le regardait avec intensité. Son expression était neutre, impassible. L'homme prit la parole en premier, ne laissant pas le temps à Adrian de dire quoi que ce soit.

« — Alors, agent Morgan... Mes excuses, agent Allen ?
— Morgan ira très bien, M. Stenton.
— Vous avez pris goût à votre seconde identité, à ce qu'il semble. Intéressant, mais dangereux. Bien. Dites-moi.

Adrian poussa un léger soupir, posa son verre, puis, prenant sa respiration, releva la tête et répondit.

— Tout s'est déroulé à la perfection. La mission a été accomplie à merveille, les... Terroristes... ont été abattus jusqu'au dernier. L'enregistrement audio de nos agents confirme qu'il n'y a eu aucune fuite quant à leur véritable identité. Annah a eu quelques doutes, vite oubliés.
— Excellent, mais il ne s'agit ici que de la réussite de la couverture. Qu'en est-il du cœur de l'opération ?
— Honnêtement, j'ai eu une frayeur. Annah s'est comme... Figée à un moment, peu de temps après la bataille. Nous avons perdu tout contact avec son Oculys un instant après. L'appareil semble avoir grillé après l'utilisation excessive de Potentiel par son nouveau bras. Peu probable, mais possible j'imagine.
— Cela n'était pas un accident, agent. C'était du sabotage. Mademoiselle Morgan a détruit son Oculys pour que personne ne la voie voler les données pendant son debriefing.
— Et pourtant, vous êtes au courant. Cela ne lui ressemble pas d'agir de façon aussi directe et dangereuse pour sa santé.
— Ne vous en faites pas, il ne s'agit que des résultats de son temps avec nous. Je suis heureux de voir que notre petite fille nous écoute toujours.
— Que voulez-vous dire ? Le GASMA l'a endoctrinée ?
— Et si c'était le cas ? N'oubliez pas qui vous êtes, agent Allen. Vous n'êtes pas son véritable oncle.

— Mes excuses, Monsieur.
— Qu'en est-il des données ?
— Récupérées. Le mouchard dans son bras a confirmé l'enregistrement de données stockées dans son Nerval peu de temps après la destruction de son Oculys. Vu l'absence totale de réaction en dehors de son accident, j'imagine que personne ne l'a vue faire.
— Excellent, excellent. Nos plans se mettent en place, nous avions raison de parier sur cette petite.

Stenton semblait extatique, une vision rare. Son sourire était un mélange de joie et de satisfaction vicieuse. Adrian sentit un frisson lui parcourir l'échine. Bien qu'il l'appelait sa petite fille, cet homme se moquait de l'état d'Annah et du fait qu'elle était encore alitée, ainsi que du fait qu'elle avait évité des dommages cérébraux pas pure chance uniquement. Pour lui, elle n'était qu'un outil depuis sa naissance, un outil cumulant de nombreux points rares qui la rendaient proprement unique.

— Je vous fais parvenir dans l'heure une autorisation spéciale pour notre nouvelle alliée, agent Morgan. Je compte sur vous pour organiser les derniers éléments concernant notre relation à venir. Excellent travail, vous l'avez bien formée. »

Ne lui laissant pas le temps de répondre, Stenton coupa la communication, et le journal télévisé reprit ses droits sur l'écran holographique. Adrian se versa un nouveau verre et le vida d'un trait, la main tremblante. Il était divisé dans ses émotions, coupé en deux dans son ressenti.
Michaïl Allen, de son vrai nom, était satisfait de la mission qu'il venait d'accomplir pour le GASMA. Il était un agent doué, rempli de mauvaises habitudes, mais qui gardait de très bon restes de sa grande époque. Il avait manipulé Annah et ses amis à travers les années sans difficulté. Il avait formé sa jeune protégée, encouragé sa curiosité, stimulé ses tendances à étudier l'inconnu, lui faisant comprendre à quel point marcher en dehors des règles pouvait être stimulant. Le formatage du GASMA avait déjà posé les bases dans son enfance. Tout pour cet instant.
Mais Adrian Morgan, sa fausse identité, s'était attaché à Annah Morgan, celle qui était officiellement sa nièce. La jeune femme voyait dans son oncle une personne digne de confiance, amusante, plaisante à fréquenter, la seule famille qu'il lui restait après l'emprisonnement de son père pour meurtre, et l'abandon de sa mère suite aux interventions

des services secrets dans sa vie et des terribles épreuves qu'elle avait traversé.

Michaïl n'aimait pas voir à quel point il s'était attaché à la jeune femme. Adrian, en lui, sentait un désir protecteur envers elle. Il voulait être sûr qu'elle menait une bonne vie, honorable et bien remplie. Il haïssait le fait de devoir lui cacher la vérité à propos de sa famille, de son père et de son véritable oncle, de leur relation, et de ce qui était arrivé alors qu'elle était encore une enfant, trop jeune pour se souvenir des événements. Il détestait avoir ordonné l'ajout d'un mouchard dans son bras pour la surveiller, elle qui était, à son insu, un plan terriblement important du GASMA.

Et demain, il allait devoir lui mentir à nouveau. Après un instant de réflexion, il se dit qu'une seule bouteille ne suffirait sûrement pas.

*

Annah traînait dans son lit, se relaxant tout en testant son nouvel Oculys. Elle avait repris connaissance la veille au matin et avait été jugée en bonne santé après vérification médicale, mais, encore légèrement faible, on lui intima de prendre le maximum de repos au moins pour un jour. Ce fut facile : elle tombait d'épuisement. Elle dormit tout le long du trajet de retour en Navette, se réveilla assez longtemps pour remonter ses affaires avec l'aide de ses amis, jeter son manteau sur la tête de Wilson, puis se coucher à nouveau encore toute habillée. Son sommeil fut noir et sans rêve, vide, reposant pour son pauvre esprit en surchauffe.

Maintenant éveillée, mettant volontairement de côté les étranges sensations et évènements récents de côté, elle jouait avec son nouveau gadget. Les capacités de l'implant étaient largement supérieures à son ancien modèle. Elle se fit la réflexion qu'il était étonnant qu'un si petit appareil, associé à une résurgence des réseaux sociaux, ait pu causer une guerre civile mondiale quelques décennies avant sa naissance, la célèbre grande Guerre de Division. Des pays entiers furent fracturés de l'intérieur par d'innombrables factions luttant pour le pouvoir, jusqu'à l'apparition d'Ernesto Barald et les bases de son Empire. C'était une leçon importante sur les dangers de la technologie enseignée à tous les enfants.

La matinée était à peine entamée quand sa sonnette de porte la fit sursauter. Elle fut surprise de recevoir un visiteur à cette heure, d'autant qu'il était tout simplement inhabituel qu'on vienne la voir dans sa chambre. Le simple fait d'entendre sa sonnette l'avait choquée, tant ce son était inattendu pour elle, et il lui avait fallu quelques secondes pour identifier son origine. Au moins était-elle toujours habillée de la veille, et non en sous-vêtements.

Elle se dirigea vers la porte, heureuse d'avoir apparemment retrouvé ses forces. En prenant l'heure en compte ainsi que son retour récent, elle estima qu'une seule personne pouvait être à l'origine de cette visite. Aussi, quand la porte s'ouvrit pour révéler Alma, sa voisine de chambre et collègue, elle eut un sourire ainsi qu'une pointe de satisfaction intérieure pour avoir deviné juste. Après tout, pour Alma, qui travaillait de nuit, l'heure actuelle s'agissait de l'équivalent de la fin de journée. Une visite avant d'aller se coucher semblait compréhensible. Ce à quoi elle ne s'attendait pas, toutefois, était à la présence d'un second visiteur derrière sa collègue : Adrian.

« — Et bien, c'est rare de vous voir tous les deux. À vrai dire, je ne savais même pas que vous vous connaissiez.
— Annah, tu vas bien ? Tes amis m'ont dit que tu étais blessée ! Élias était dans tous ses états !
— Je vais mieux Alma, ne t'en fais pas. Et donc ?
— Ah oui ! Et bien, j'ai été surprise aussi, M. Morgan est venu me voir directement. Il semble vouloir nous proposer quelque chose.
— Absolument, mais je préfère ne pas en parler dans les couloirs. Je sais que ta chambre n'est jamais vraiment un modèle d'ordre, mais si tu pouvais accepter de nous accueillir quelques minutes, je t'en serais reconnaissant Annah. » conclut Adrian en souriant.

Annah hocha la tête, bougonnant que l'appartement de son oncle ne valait pas mieux, et les laissa entrer, la porte se refermant derrière eux en un coulissement délicat. Alma s'assit sur le canapé, bientôt rejointe par Annah elle-même. Adrian s'assit sur le coin de la table et les regarda toutes les deux.

« — Pas mal, ton nouvel Oculys, Annah. Je vois que le GASMA t'a à la bonne, c'est un modèle Forces Spéciales, tu sais ?
— Hein ? Je ne savais pas, bon sang ça doit être hors de prix !
— Testons-le. Attrapez.

Il envoya une connexion aux deux jeunes femmes, qui l'acceptèrent, légèrement appréhensives. Leur Oculys leur informa soudainement qu'elles avaient toutes deux reçu un accès spécial : un droit d'utilisation pour un laboratoire privé en sous-sol du bâtiment. Annah fut la première à rompre le silence.

« — D'où vient cette autorisation ? Normalement il n'y a que les Docteurs et les Professeurs qui ont accès à ces laboratoires. Nous ne sommes aucun des deux. Sauf si, bien sûr, tu viens nous annoncer notre montée en grade.

— Ils sont réservés pour les projets personnels ou en petite équipe, plutôt que les projets généraux sur lesquels nous travaillons en ce moment, précisa Alma. Nous ne possédons aucun projet personnel à étudier dans un tel laboratoire. Le projet Tatouage Glyphique est un projet commun.

— C'est le vôtre désormais. Après tout, Annah, tu vas avoir du mal à étudier tes nouvelles données fraîchement volées sans un local adapté et offrant le secret nécessaire, non ? »

Annah se figea totalement pendant quelques instants. Elle fut proprement incapable de réagir, de répondre, ou de prononcer le moindre son. La couleur se draina totalement de son visage. Elle avait été percée à jour. Elle avait fait une erreur quelque part. On allait la mettre à mort pour ça. Elle tenta de bégayer quelque chose à toute vitesse, mais ne parvint qu'à produire un chaos verbal sans queue ni tête. Alma l'observait, perplexe.

« — Calme-toi, il n'y a aucun mal. En temps normal, tu sais très bien ce que tu risquerais pour avoir récupéré de telles informations, mais la situation est... Spéciale.
— Spéciale ? Adrian tu ne comprends pas, ce que j'ai récupéré, c'est...
— Une véritable bombe, je sais. Tu as très bien couvert tes traces, mais le bras du GASMA est long. Ils sont déjà au courant de ce que tu as fait, et y voient une opportunité. Ils avaient envisagé la possibilité que l'un de vous agisse ainsi pendant la mission, mais le fait que ce soit toi rend la situation bien plus simple à gérer, car tu es la plus apte à étudier ce que tu as trouvé parmi ton groupe d'amis.
— Quelqu'un peut m'expliquer de quoi vous parlez ? » Demanda Alma avec une pointe de frustration dans la voix.

Annah prit une profonde respiration, puis, comprenant qu'il était inutile de cacher quoi que ce soit dans une telle situation, se résigna à expliquer les détails de son action à Alma. Son amie sembla outrée tout autant que curieuse, dans une réaction qui n'était pas sans rappeler la sienne à Annah quand elle avait envisagé ce plan pour la première fois. Il ne fallut que quelques minutes à la jeune femme aux cheveux noirs pour retrouver son calme, acceptant la situation avec fatalisme. La raison pour laquelle elle avait été amenée ici par Adrian pour participer à tout ceci était apparente, elles étaient toutes deux bien trop semblables. Finalement, Annah reprit la parole, regardant Adrian dans les yeux.

— Qu'est-ce que tu attends de nous, Adrian ? Qu'est-ce que le GASMA attend de nous ?
— C'est très simple. Nous attendons de vous que vous étudiiez les informations que tu as obtenues, et que vous tentiez de les mettre en application. Nous attendons de vous que vous travailliez ensemble pour redécouvrir des éléments liés au Ritualisme, dans le secret le plus absolu. Le GASMA est intéressé par le potentiel de ta découverte et de ses applications.
— Tu me demandes de devenir l'équivalent des terroristes que nous avons abattus pendant notre mission, Adrian. De violer l'accord ARM et de mettre ma vie en jeu.
— Tu es devenue une terroriste à l'instant où tu as récupéré ces connaissances, Annah. Posséder une bombe est considéré moins grave et moins dangereux que ce que tu as dans ton Nerval actuellement.
— J'aimerais savoir quelque chose : que pouvons-nous attendre de la part du GASMA en échange ? Demanda Alma avec assurance. Si nous acceptons, nous prenons d'énormes risques pour vous. Nous risquons notre vie avec ces recherches.
— Une excellente question, mademoiselle Hilldar. Le GASMA s'engage à vous protéger au mieux de ses capacités en couvrant vos activités, en se débarrassant d'éventuels témoins gênants, et en vous fournissant les ingrédients dont vous aurez besoin dans vos expériences, quels qu'ils soient. Nous vous donnons, par ailleurs, l'accès au laboratoire privé dont je vous ai parlé plus tôt, pour assurer la discrétion absolue de votre projet. Oh, et bien entendu, une augmentation de votre salaire.»

Annah resta silencieuse un moment. Elle se calmait progressivement, et bien qu'elle avait conscience d'être prise au piège, il fallait admettre que la situation pouvait être bien pire. Elle ne faisait pas réellement confiance au GASMA, qui était une entité nébuleuse et secrète au possible. Mais elle faisait confiance à Adrian, qui faisait malgré tout partie de ce groupe. Si lui pouvait lui offrir toutes ces assurances, elle pouvait tenter sa chance et étudier ces mystères qui la taraudaient. Elle se sentit toutefois obligée de préciser quelque chose.

« — Adrian... Je n'ai pas eu le temps d'observer en détails ce que j'ai téléchargé, mais il me semble que ce tome aborde le sujet de la Nécromancie Ritualiste. Si mes soupçons sont fondés, je risque d'avoir besoins d'ingrédients... Difficiles à obtenir.
— Je pense que je vois où tu veux en venir. Des cadavres, c'est ça ? Questionna Alma, qui ne semblait pas spécialement choquée grâce à sa formation en médecine.
— Je ne peux pas être certaine pour le moment, mais il y a de fortes chances en effet. »

Adrian se frotta le menton un moment, pensif. Puis, souriant, il posa son regard fatigué sur les deux jeunes femmes.

« — Je ne pense pas que cela posera de problème. Nous sommes en guerre depuis des décennies, après tout. Nous devrions pouvoir vous obtenir ce genre... D'ingrédients... relativement facilement. Notre offre tient toujours. Soit vous acceptez, soit j'ai pour ordre de récupérer les données que tu as téléchargées. C'est votre choix. »

Il y eut un moment de silence qui dura presque une minute entière. Annah et Alma se regardèrent. Elles avaient été amies depuis leurs débuts dans cette institution. Elles n'étaient peut être pas aussi proches qu'elle l'était d'Adam, Élias et Marianne, mais elles avaient déjà passé de nombreuses heures à travailler ensemble, et à plusieurs occasions, avaient pu discuter et passer du temps en ville pour se divertir. Elles se faisaient suffisamment confiance pour aborder un tel projet, et c'est ce qui finit par les décider.

« — C'est d'accord pour moi, dit Annah, légèrement dépitée. Mais je compte sur toi pour t'assurer que le GASMA tienne ses promesses, Adrian. Si je dois travailler là dessus, je ne peux pas m'inquiéter en continu d'être surprise et fusillée sans sommation.
— J'accepte également, en suivant les même termes qu'Annah, fit suite Alma. Et donnez-nous une augmentation digne de ce nom, s'il y a une chose qu'on peut deviner à propos du GASMA, c'est que vous êtes assez proche de l'Empereur pour vous payer des toilettes en Virium.
— Ah ! Parfait, parfait ! s'exclama Adrian avec un sourire radieux. Vous ne le regretterez pas, j'en suis sur, le GASMA sait se montrer très généreux avec ses agents et leurs projets. Bien entendu, pas un mot de tout cela à qui que ce soit, même à vos amis et familles. Vous êtes

désormais engagées dans un projet top secret qui peut influer sur l'Empire Baraldan entier. »

Les deux jeunes femmes hochèrent la tête. Le poids de cette mission était écrasant pour leurs frêles épaules, mais elles semblaient décidées. Elles n'avaient, de plus, pas vraiment le choix. Adrian se leva et s'inclina légèrement, et, après leur avoir fourni un numéro à contacter pour obtenir toute information nécessaire ou faire une demande d'approvisionnement en ingrédients, leur souhaita une bonne journée, avant de s'éclipser.

Annah et Alma restèrent assises un moment sur le fauteuil, regardant dans le vide, en silence. Alma, ses longs cheveux noirs cascadant devant son visage, semblait particulièrement perplexe. Son esprit scientifique, froid et calculateur, avait été très efficace dans cette situation, lui permettant d'accepter la situation rapidement, mais maintenant que les choses se calmaient, elle réalisait dans quoi elle s'était lancé. Elle se tourna vers Annah, hésitante.

« — La vache Annah, du Ritualisme ? De la Nécromancie ? Sérieusement ? Je savais que tu étais un brin pas nette, rien que me fréquenter et m'apprécier quand je ressemble à un fantôme de film d'horreur, c'est déjà beau, mais à ce point là ? Je ne l'ai pas vu venir.
— Ben... C'est arrivé tellement vite en fait. Ça a commencé avec ces rêves... Plus vrais que nature... Je savais déjà à quoi ressemblaient ces archives avant même d'entrer là bas.
— Attends, tu me dis que tu peux... Quoi, voir l'avenir ?
— Pas très scientifique je sais, mais je n'ai aucune idée de ce qui m'arrive. Après, qui dit que le Ritualisme obéit aux règles de la Science ? On ne connaît rien de ce truc après tout.
— Pas faux. Bon, tu es certaine que cela vaut la peine de risquer nos têtes dans ce projet ? »

Annah garda le silence un moment, tapotant ses doigts les uns contre les autres. Puis, de façon surprenante, elle sourit. Elle tourna la tête vers Alma, ses yeux verts plongeant dans ceux, rouges et artificiels, de sa collègue, et lui dit.

« — J'en suis sûre. Je n'ai pas eu beaucoup de temps pour étudier ces archives, mais ce matin, j'ai pu lire brièvement un article, et ce que j'en ais compris... Ce que j'y ais vu...
— Quoi donc ? Qu'est ce que tu as vu ? »

Un autre silence. Une pause, plus pour le côté théâtral qu'autre chose, selon l'avis d'Alma. Annah souriait toujours.

« — Ces documents contiennent des secrets oubliés depuis longtemps. L'un d'eux pourrait tout changer. Absolument tout.
— Lequel ?
— Le secret de l'immortalité, Alma. »

Cha-p-p-p...itre -13,7⁹ troisième itération//
ERTEALERTEALER

Allongée dans son cocon de ténèbres inchangé depuis bien si longtemps qu'il avait par ailleurs oublié sa propre naissance, l'entité observait le ciel noir étoilé de sa prison.

Il n'y avait rien à faire.

Rien à voir

Rien à dire.

Attendre. Attendre. Attendre.

Tomber dans la folie.

Sombrer si profond dans cette folie jusqu'à en redevenir stable mais doté d'une nouvelle personnalité.

Recommencer.

Son plus grand souhait était de mourir, un souhait qu'il avait évoqué tant et tant de fois, hurlés à l'invisible dos de l'entité qui l'avait créé, hurlé à ses frères et sœurs qui héritaient de rôles les rendant moins dangereux envers leur si magnanime Père. Si un Enfer parfait existait bien, c'était celui-ci : une existence forcée éternelle sans jamais aucune distraction, sans stimuli physique ou psychique.

Mais finalement, après d'autres éternités, quelque chose avait changé. Sur une planète encore non habitée de vie non-animale récemment, il avait senti réagir les enseignements d'un de ses apprentis. Un tel signal s'était déjà manifesté, plus fort, il y a quelques...Secondes ? Années ? Décennies ? Difficile à dire, son apprenti semblait mort, mais son héritage avait été trouvé, et la situation était désormais très différente.

En effet, une grande partie de cette Galaxie était actuellement sous assaut d'une forme de créatures d'ombres qui voyageaient entre les mondes et se nourrissaient de cauchemars. Et Il connaissait son Père, si quelqu'un avait des cauchemars qu'il ne voulait pas voir se réaliser, c'était bien lui, le premier être à être atteint de paranoïa maladive.

De ce fait, son Père étant actuellement concentrée sur cette nouvelle menace, il n'apportait vraiment aucune importance au Fils qu'il avait emprisonné des éons plus tôt.

Il manifesta une petite graine noire desséchée dans la paume de sa main d'ébène, puis murmura, si, si bas, si doucement, car le moindre son pourrait attirer l'attention de son maléfique Père.

La Mort et la Vie, L'Ombre et la Lumière,

Unifiés et opposés depuis le façonnement de la première ère,

Tout comme Lui donna naissance aux étoiles pour illuminer les ténèbres,

Laisse-moi, mon Enfant, t'offrir la Vie à nouveau :

Car tes lames sont nécessaire.

Car une pièce va bientôt devenir maîtresse.

Car vous apporterez ensemble la libération de l'Existence.

Il plaqua la graine entre ses paumes et souffla un nuage noir dessus, bien que le nuage était presque indissociable du reste de la prison non illuminée. Il planta ensuite la graine dans le sol, et celle-ci disparu, jailli de l'autre côté de la prison et s'envola avec une vitesse qui évoquait un profond sacrilège, uniquement possible grâce à inattention de son père : cette graine se dépassait vers le passé, dans le put de faire naître à un endroit précis quelque chose qui n'existait alors pas.

Pour la première fois en quelques millénaires, il eut un sourire. Levant la tête vers le firmament, ils murmura : « En d'étranges époques, la Mort même peut mourir », comme tu l'avais si bien dit mon ami.

Chapitre 6
Strigoys

> « Embrassez le Strigoy, l'ange béni, envoyé par notre Mère la Lune pour ramener à elle ses Enfants égarés. » Telle est la phrase d'ouverture du PapeTiariste Alekzander suite à l'apparition nocturne de la première Créature en Céphalia. Nul ne savait à qui nous avions affaire, mais aux yeux de croyants, leurs anges étaient enfin venus pour eux. Et voici donc une des frappes les plus dévastatrices que les Strigoys aient pu porter avant même le début de leurs terribles actes : semer la discorde dans les préceptes moraux de la population civile mondiale, forçant certains a rejeter leur religion, et d'autres à l'embrasser, puis à l'imposer, introduisant un chaos terrible dans les rouages de la société. Nous étions déjà en guerre entre nous avant d'entrer en guerre contre eux.
> Extrait de « Les Anges de Tiarée » d'*Alma Hilldar*.

Ils arrivèrent dans le silence le plus total, dans la nuit la plus absolue, avec une discrétion qui fit perdurer l'ignorance de l'Humanité à propos de leur existence pendant de nombreuses heures.

Ils arrivèrent dans les cieux, tels un massif oiseau de proie ayant repéré sa cible, galopant sans défense au sol, ignorante du fléau qui s'apprêtait à s'abattre sur elle.

Ils arrivèrent sur le monde de Céphalia, tel un groupe clairsemé d'explorateurs, cherchant les zones les plus riches en ressources, cartographiant le terrain, déterminant la direction optimale à suivre.

Ils arrivèrent en Asilée, dans le Grand Est, sur la Colonne du Monde et en Espérie, les quatre grands continents, de façon simultanée, et avec leur arrivée, le cauchemar commença.

Dans le ciel, d'une seconde à l'autre, ce qui n'était que du vide devint une immense fracture à travers le tissu de la Création elle-même. Il était difficile de définir combien de dimensions cette ouverture traversait, mais de cet espace, soudainement, surgit ce qui ressemblait à la moitié d'une gigantesque sphère métallique. On eût dit qu'une seconde lune, ou au moins sa moitié, venait de surgir d'un trou de ver situé en haute atmosphère. La sphère était de la même taille que Tiarée, la lune orbitant Céphalia, mais la distance qui séparait cette construction métallique du sol était bien inférieure, ce qui, en conséquence, la rendait bien plus petite que la lune.

Et en quelques instants, à travers les quatre continents, d'autres trous de vers s'ouvrirent, de nouvelles fractures violant sans pitié le tissu de l'existence. Plus petites, elles laissèrent surgirent chacune une forme métallique qui n'était pas sans rappeler une sorte de gigantesque chenille, de plus de dix mètres de long et quatre de haut. Avançant en se tortillant légèrement tel un serpent, tout en semblant glisser étrangement à même le sol, comme si ce dernier ondulait sous leur présence, les créatures, faites de plaques d'un épais métal reposant les unes sur les autres, partant de la tête vers la queue, était auréolées d'un tourbillon d'énergie orangée. Tout ce qui entrait en contact avec cette vague d'énergie, qu'il s'agisse d'arbres, d'herbe ou d'animaux terrifiés, furent réduits en une fine poussière grise ou orangée, et cette dernière fut promptement absorbée dans le corps des créatures par l'un des multiples petits orifices qui s'y trouvait.

L'une de ces créatures avait fait son apparition sur le territoire d'Endal. Son visage rond et lisse, comprenant une forme en entonnoir en son centre, au milieu duquel reposait un cristal jaune lui servant possiblement d'œil, tourna dans toutes les directions, comme cherchant quelque chose de précis. Elle continua sa recherche tout en avançant lentement dans une direction choisie aléatoirement, et, soudainement, accéléra son déplacement à une vitesse supérieure à celle d'un homme en plein sprint.

Elle venait de trouver sa cible : Vehna, un petit village côtier à l'Ouest d'Endal.

*

« — Passe-moi la poudre de traçage, cette fois je suis certaine que ça va marcher !
— Il vaudrait mieux pour toi ! Je refuse de décoller des morceaux d'intestins des murs et du sol une nouvelle fois.
— Un simple accident, rien de plus !
— Répété pour la cinquième fois... »

Alma soupira et tendit une fiole en verre contenant une poudre blanche à Annah. Il était minuit passé et les deux associées travaillaient d'arrache-pied sur un projet qu'Annah avait découvert dans ses archives Ritualistes. Elles se trouvaient actuellement à l'intérieur de leur laboratoire privé qui, comme promis par Adrian, leur avait été fourni sans difficulté par le GASMA et leurs multiples contacts infiltrés. Ils avaient également fait suite sur leur promesse de leur fournir des ingrédients nécessaires à leurs expérimentations et, au cours de la dernière année, nombre de cadavres avaient franchi la porte du laboratoire dans des conteneurs réfrigérés.

Les premiers mois avaient été difficiles. Annah avait d'abord dû apprendre à mettre de côté les multiples évènements étonnants, parfois menaçants, qui étaient survenu lors de cette dernière mission. Puis, après un début d'étude, les archives se révélaient être d'un niveau intermédiaire, et impliquaient des connaissances basiques en Ritualisme, qu'elle ne possédait pas. Il avait fallu que les deux compères s'acharnent à comprendre les concepts et éléments qui leur manquaient sans aucun article de référence, et la bonne vieille méthode empirique avait dû faire ses preuves une fois encore afin de leur permettre de fabriquer onguents et élixirs basiques nécessaires aux Rituels les plus simples. Fort heureusement, le GASMA semblait porter un intérêt extrême à leurs expériences et, en dehors d'un rapport régulier sur leurs tentatives, ils ne demandaient rien de spécifique. Ils offraient, toutefois, une vaste collection d'ingrédients originaires de tout Asilée, voire même du Grand Est, bastion du LINAL, ou de la glaciale Espérie, l'inhospitalier continent couvert de neige, mais riche en ressources minérales, du Sud lointain. Les deux amies étaient à la fois reconnaissantes et mal à l'aise de voir jusqu'à quel niveau l'organisation était prête à aller pour les soutenir : on attendait clairement beaucoup d'elles, allant récupérer des ingrédients autant en territoire Impérial que Fédéral, et pour le moment, elles n'avaient, après un an de travail, que bien peu de résultats à fournir.

    Ceci, toutefois, allait changer cette nuit même, si Annah réussissait son expérience. Cette dernière était absolument fébrile. Quelques jours plus tôt, au cours de ses lectures, elle avait abordé un chapitre qui l'avait plongée dans une véritable euphorie, qui n'avait toujours pas pris fin. Elle avait, en effet, découvert que les anciens secrets du Ritualisme incluaient la manipulation de l'Esprit et de l'Âme, et la possibilité de réaliser un transfert d'un corps à un autre, dans le but d'obtenir une forme d'immortalité.

    Cette révélation était si titanesque pour Annah qu'elle n'en avait même pas encore parlé au GASMA. Elle ignorait, pour le moment, si elle le devait. L'immortalité. L'un des plus anciens rêves de l'espèce humaine était à portée de sa main. Alors qu'elle commençait à tracer un symbole complexe avec la poudre sur le torse du cadavre d'une jeune soldate Impériale décédée récemment, la poudre en question s'incorporant à la peau morte jusqu'à devenir pratiquement indélébile, elle s'adressa à Alma.

    « — Cette découverte... Si le Rituel fonctionne, nous allons changer le cours de l'Histoire, avec un grand H. Et de l'Humanité, avec un tout aussi grand H.

    — Si le Rituel fonctionne... La dernière tentative n'était pas vraiment concluante.

    — J'utilise mon bras droit pour tracer les symboles, désormais. La précision robotique est telle que je peux reproduire les sigles projetés

dans mon Oculys par automatisme, sans avoir à bouger le moindre petit doigt moi-même. Mon bras fait tout tout seul.
— C'est d'autant mieux. Tu tremblais tellement la dernière fois que les symboles n'avaient rien à voir l'un avec l'autre.
— Et on a du passer la nuit a nettoyer le labo des viscères, je sais, soupira Annah. Mais quand même. L'immortalité ! Ça ne te fait rien ? Finit les guerres stupides, les massacres constants, les maladies, les catastrophes naturelles !
— Ça n'est pas que je ne veux pas croire en ton joli rêve, mais il y a un léger problème dans ta méthode d'immortalité. Le principe est bien de transférer l'Âme, à savoir la nature profonde d'une personne, et l'Esprit, sa mémoire et sa personnalité, depuis un corps détruit vers un cadavre utilisable, c'est bien ça ?
— Absolument.
— Comment comptes-tu t'y prendre quand toutes les personnes mortes, laissant derrière elles un cadavre inutilisable, ne pourront plus habiter un réceptacle fonctionnel car nous aurons utilisé tous les corps en question ?
— Qu'est ce que tu veux dire ?
— Toutes les personnes mortes depuis longtemps ont vu leur Âme et Esprit, si l'on en croit tes archives, aspirées par le Cycle de la Réincarnation. Nous avons donc de nombreux cadavres fonctionnels. Mais les gens vont continuer à naître et à mourir, et ceux qui vont mourir dans un corps qui peut être réanimé par Potentiel Ritualiste, par exemple de maladie ou vieillesse, le seront. Ceux qui perdront leur corps dans un accident ou la guerre n'auront plus qu'une bouillie sanguinolente sur les bras, ils devront prendre un autre corps fonctionnel. Viendra un moment où nous n'en aurons plus à fournir, surtout avec les tendances guerrières de notre Empire. »

Annah ne répondit pas, plongée dans une profonde réflexion suite aux dires de son amie. Son bras, pour autant, continuait son tracé, et s'interrompit lorsque celui-ci fut achevé. Immédiatement, le doigt robotique plongea à nouveau dans la poudre blanchâtre du petit conteneur, et commença à dessiner un symbole presque identique sur le torse de cette dernière, entre ses seins. Elle frémit sous le contact poudreux, puis répondit.

« — Je n'ai pas toutes les réponses Alma, je l'avoue. Peut-être que nous ne pourrons pas fournir de solution nous-même. Peut-être qu'il nous faudra passer par des technologies de clonage pour créer des corps

habitables et sains. Je l'ignore. Mais pour l'instant, je suis tentée de ne te dire que ceci : chaque chose en son temps. Nous avons notre mission, et nous sommes à deux doigts de l'accomplir.
— Tu as l'air bien sûre de toi.
— Et bien, le cadavre n'a pas explosé, cette fois. »

Le bras d'Annah continua son tracé, reproduisant le symbole affiché sur son Oculys, récupérant les informations, transitant depuis ce dernier vers le Nerval, puis, enfin, dans le bras lui-même, qui agissait en toute indépendance.
Finalement, le tracé prit fin. Pendant un instant, il ne se passa rien. Puis, soudainement, les deux sigles se mirent à luire légèrement en même temps, et Annah sentit comme une légère traction depuis son propre corps vers le cadavre allongé sur la table opératoire. C'était comme si une version fantômatique d'elle-même cherchait à sortir de son propre corps pour se faufiler vers les restes sans vie et les habiter. Fort heureusement, la traction en question était minime et la jeune femme resta en plein contrôle de ses moyens.

« — Ça fonctionne, Alma ! C'est une réussite ! Je le sens, je sens le lien.
Alma saisit un scalpel et s'avança vers Annah, le pointant vers elle avec un sourire sadique.
— Je peux ? Pour la science !
— Ça ira, merci, on se contentera de mon ressenti, se précipita de dire Annah en remuant les mains.

Alma reposa le scalpel en ricanant, puis observa les symboles.

— Donc c'est fait ? Si tu viens à mourir, ton Âme et ton Esprit seront attirés dans ce corps et en prendront le contrôle ? Tu reviendras à la vie ?
— Normalement, oui. Le meilleure moyen d'en être sûres serait de tester cette théorie en... Tuant quelqu'un... Mais je ne suis pas vraiment motivée par l'idée, je l'avoue.
— Je suis certaine que le GASMA se fera un plaisir de nous rendre ce service lorsque nous leur aurons écrit un rapport.
— Je pense qu'il serait sage de ne pas leur donner tous les détails à ce sujet, bien qu'il nous soit impossible de cacher notre progression. D'une façon ou d'une autre, nous sommes sûrement sous surveillance et ils le découvriront tôt ou tard. Ce qu'ils n'ont pas besoin de savoir, c'est que

je possède désormais une seconde vie. Je ne leur fais pas confiance, et je sais que toi non plus. Gardons quelques cartes dans nos manches. »

Elle se baissa vers le corps et le saisit par les épaules. Elle avait été autrefois une belle jeune femme blonde aux formes généreuses. Son corps avait été sélectionné pour l'expérience d'Annah à cause du fait que sa mort avait été récente, due à une crise cardiaque. Remplacer le cœur par une prothèse simple avait été un jeu d'enfant, réparant ainsi le corps et le rendant potentiellement fonctionnel.

« — Je peux compter sur toi pour écrire le rapport ? Je vais remettre le cadavre au frais.
— Pas de soucis, je m'en occupe. Bonne nuit Annah, et... Bon boulot. On progresse enfin !
— Merci ! Ça n'a pas été sans mal, mais oui, à partir de maintenant nous allons avancer de plus en plus.

Désormais seule avec ses pensées, Annah observa le symbole sur sa poitrine. Il continuait à briller légèrement. Elle savait désormais qu'il faudrait un autre Rituel spécifique pour annuler ce lien : aucun risque d'effacer ces symboles en prenant une simple douche. Elle réalisa à nouveau quel type de secret elle venait de redécouvrir, et sous l'appréhension, sous le poids incroyable de cette découverte et de ses conséquences, une grande dose de fierté se manifestait. Annah Morgan, Conquérante de la Mort !

Riant doucement, elle rangea le cadavre de la jeune femme dans un petit compartiment réfrigéré, dans le mur du fond du laboratoire, dans une pièce secondaire opposé à la porte d'entrée. Elle traça un petit signe sous la poignée d'ouverture, afin de se souvenir de quel emplacement hébergeait son cobaye.

Grâce à cette découverte, elle reprenait espoir. Plus le temps passait, et plus la tendance de l'humanité à s'entre-tuer l'emplissait d'effroi et de désespoir. Quel futur les attendait quand il était possible pour une guerre de durer si longtemps qu'elle-même, âgée de vingt-neuf ans, n'en avait jamais connu le commencement ? Combien de centaines de millions de morts cet affrontement avait-il causé ? Ni l'Empire Baraldan, ni le LINAL ne reculaient dans cette lutte, la majorité de leurs ressources y étant dépensées. Des générations entières venaient à la vie pour mourir sur la ligne de front. La découverte d'Annah avait le potentiel de changer tout cela. Car quel intérêt à continuer une guerre où les soldats ne pouvaient pas mourir ? Si elle pouvait améliorer son procédé et créer une vraie immortalité, la guerre perdrait tout son sens. Seulement, ayant désormais appris le rôle du GASMA, qui était d'accomplir des missions de sabotage et de combat en territoire ennemi, elle n'était pas certaine que ce noble but leur conviendrait. Il fallait qu'elle soit prudente. Alors qu'elle finissait de ranger son laboratoire et sortait, verrouillant la porte derrière elle, un son retenti dans l'ensemble de la base, la faisant sursauter. Un son qui n'avait retenti qu'une seule fois à ce jour : lors d'un exercice visant à préparer les troupes de Fort Endal-09 en cas d'urgence grave. Ce son était celui de l'alerte rouge. Les lumières, également, étaient devenues rouges et clignotaient régulièrement, accentuant l'urgence de la situation. Les sirènes se mirent à hurler, et au loin, Annah pouvait presque jurer entendre les sirènes des Forts Endal-12 au Nord de la ville, et Endal-06 au Sud. Aussitôt, un message retentit dans les communication interne de la base. Le message fut également retranscrit à l'écrit sur son Oculys, ainsi que sur celui de chaque soldat de la base.

« — Ceci est une alerte de catégorie Cataclysme. La totalité du personnel du Fort Endal-09 est attendue d'urgence dans la salle de compétition d'intérieur. Ceci n'est pas un exercice. »

Annah avala difficilement, alors que ses jambes se mirent à courir à toute allure vers le gymnase. Une catégorie Cataclysme ne pouvait signifier qu'une seule chose : un danger d'un niveau tel que l'équilibre de Céphalia, le monde entier, était en péril. La menace allait déjà au delà de leur simple survie en temps qu'espèce. Alors qu'elle courait aussi vite que possible, c'est-à-dire moins vite que la totalité des autres personnes qu'elle croisait dans la cour extérieure et qui venaient de derrière elle, elle ne pû s'empêcher de marmonner.

« — J'ai bien choisi mon moment pour découvrir le secret de l'Immortalité... »

*

« — Repos. »

Les milliers de soldats rompirent leur salut et se positionnèrent en silence, mains croisées dans le dos, attendant la suite des événements. Le gigantesque gymnase de Fort Endal-09 était plein à craquer, la totalité des effectifs, combattants ou non, étant présents dans la pièce, et certains débordaient même de la salle. Le briefing était également retranscrit en direct aux multiples garnisons Endaliennes réparties dans tout le pays.

Annah se fit la réflexion que l'annonce qui allait suivre devait être incroyablement grave pour que même les groupes civils, tels les cuisiniers et agents d'entretiens, soient également convoqués. La base entière était vide et concentrée dans cette seule, gigantesque pièce, la seule pouvant accueillir tout ce monde.

Sur le podium au fond de la salle, se trouvait le corps des officiers, et, installé debout face à un micro, le Général Harold Vilfrid, l'autorité suprême locale, attendait le silence complet pour poursuivre ses instructions. Dans son dos, un gigantesque écran holographique venait de s'activer, permettant à tout le monde de voir ce qui allait s'y afficher, qu'ils soient au devant ou à l'arrière de la pièce, comme Annah, qui était une des dernières arrivées, et qui cherchait toujours à retrouver sa respiration. Elle tenta de repérer ses amis, mais en dehors d'Adam, un peu à l'avant, dont la silhouette massive et les courts cheveux bruns clairs étaient faciles à repérer, elle ne réussit à voir personne d'autre. Alma serait trop petite comparée à la majorité des gens présents, et Marianne devait sûrement avoir traîné son frère à l'avant de la pièce. Elle n'eut pas le temps de poursuivre sa petite inspection, la voix du Général retentissant à nouveau.

« — Vous avez été convoqués cette nuit pour vous informer d'une nouvelle gravissime. Notre bien-aimé Empire est actuellement sous le feu d'une invasion d'origine non identifiée. Affichez. »

Suite à sa demande, un déclic eut lieu et l'écran holographique présenta des clichés d'une vue aérienne très haute d'une zone qui semblait recouverte de ruines. Même le sol, dans une grande superficie, ne présentait pas la moindre végétation, il n'y avait que de la terre brune à perte de vue.

« — Cette nuit, à deux heures du matin environ, des attaques d'origines inconnues ont eu lieu en de multiples points de l'Empire. Principalement des villages, ou très petites villes. Ce que vous voyez ici est une vue aérienne du village de Vehna, sur la côte Ouest d'Endal. »

Des murmures retentirent dans l'assemblée. Annah elle-même était perplexe : le village était en bien trop mauvais état, ses structures fragmentées et réparties partout autour de leur base. Le Général leva la main, faisant un signe au responsable de l'écran. Une nouvelle image prit la suite de la première, cette fois plus proche du sol.

« — Lorsque l'attaque a commencé, l'alerte a été donnée rapidement et un escadron de drones d'observation a été déployé par la garnison côtière de Fort Asul. Les drones ont mis quinze minutes à réaliser le trajet. Voici ce qu'ils ont enregistré. »

Cette fois-ci, les bâtiments étaient plus facilement visibles. Les plus perturbants étaient les bases de maisons et de routes qui se trouvaient encore sur place, mais semblaient disparaître soudainement, comme si quelqu'un avait coupé avec une précision chirurgicale la majorité de l'édifice, et oublié seulement un morceau derrière lui. La vision la plus horrible, toutefois, était celle de nombreux cadavres, dont aucun n'était entier. Le sol était recouvert de jambes, de bras et de têtes séparées de torses manquants, remuant un détestable souvenir dans la mémoire d'Annah. On aurait pu croire qu'un tueur fou avait surgi et découpé en morceau chaque personne qu'il avait croisée. Mais plus effrayant encore, le nombre de corps ne représentait clairement qu'un petit pourcentage de la population, désormais absente, du village en ruines.

« — Au début de l'assaut, la chaîne de commandement a cru à une attaque d'origine terroriste du LINAL. Toutefois, aucune arme dans leur arsenal, ni dans le notre, ne laisse croire qu'il soit possible de réaliser des dégâts de cette ampleur, tout en laissant des segment sectionnés avec une telle précision. Quelques minutes après, d'autres informations ont circulé, indiquant que d'autres villages avaient subi des attaques identiques, dans d'autres territoires Impériaux. Et désormais, nos agents infiltrés dans le Grand Est nous rapportent que ces attaques ont également touché le LINAL. »

Un nouveau geste de la main. L'image disparut, et cette fois, ce fut un extrait vidéo animé de quelques secondes, tournant en boucle, qui fut projeté à l'écran. Sur celui-ci, l'on pouvait observer, vu de diagonale, une large créature métallique ressemblant à un énorme ver, semblant à moitié ramper sur le sol, et à moitié réorganiser la terre elle-même sous sa masse, comme déplaçant des couches de terre de l'arrière vers l'avant pour se propulser sans pour autant les toucher. La vision était absolument étrange et incompréhensible, et plusieurs personnes dans l'assemblée sentaient leur tête et leurs yeux leur faire mal en tentant de comprendre comment cette étrange créature pouvait avancer sans avancer.

Au bout de quelques temps, le Général claqua à nouveau des doigts, et le clip vidéo continua au-delà de la limite artificielle qui lui avait été imposée. Soudainement, la créature, continuant à avancer, sembla tourner ce qui lui servait de visage vers le drone, comme une sorte de parabole inversée sertie d'un joyau jaune doré en son centre. De ce visage surgit soudainement un flux orangé, tel un champ d'énergie animé, prenant la forme d'un long tentacule articulé, qui s'envola vers les cieux, s'approchant du drone à toute allure. En quelques secondes à peine, la distance fut franchie, et à l'instant ou le brouillard toucha le drone, la vidéo s'interrompit.

« — Ce que vous venez de voir a été filmé sur le chemin quittant Vehna, vers l'Est. D'autres de ces... choses... ont été filmées en d'autres points d'attaque. Une communication exceptionnelle a été réalisée entre l'Empereur Vasquier et le Président du LINAL, et nous sommes arrivés à une conclusion.

Le Général posa les deux mains sur son présentoir, le visage grave. Annah avala de travers, difficilement, effarée par ce qu'elle voyait.

— Dès cet instant, un cessez-le-feu officiel est désormais en vigueur entre nos deux nations. Certains d'entre vous ont peut-être vu le signe de ce que je vais vous annoncer en levant la tête lors de votre convocation ici. »

Il fit un autre signe, et l'on ouvrit le toit coulissant du gymnase. Dans le ciel se tenait désormais une seconde lune, à moitié camouflée par les nuages. La majorité des occupants du gymnase, qui n'avait pas remarqué cet élément à cause de la forte couverture nuageuse et de la panique de la convocation, lâcha des exclamations de surprise.

« — Soldats, nous sommes désormais en alerte rouge permanente : notre monde vient de réaliser son premier contact avec une forme de vie extra-terrestre, et celle-ci vient de nous déclarer la guerre. »

Annah, comme beaucoup d'autres, resta pétrifiée devant cette révélation. Le silence était si oppressant qu'on aurait pu entendre une mouche voler. Tous regardaient désormais la seconde lune, à moitié enfoncée dans une faille spatiale aux couleurs chatoyantes. Leurs certitudes venaient de s'effondrer, et avec elles, leur cauchemar commençait.

*

Annah était assise dans sa chambre, sur une chaise, la tête dépassant de sa fenêtre. Elle fixait la demi-lune dans le ciel, et la faille dont celle-ci jaillissait. Cette vision lui faisait mal à la tête, mais elle persistait à l'observer. Elle tentait de comprendre, mais elle n'y parvenait pas.

Un autre élément qui participait à sa migraine naissante était la vision qu'elle avait eue des corps découpés en morceaux dans l'enregistrement. Non qu'elle avait l'estomac assez sensible pour souffrir de cette vision, bien qu'elle n'avait rien d'agréable. Mais elle se souvenait très bien des apparitions qu'elle avait vues il y a plusieurs mois, dans la chambre forte. La première vision était celle de corps déchiquetés d'une façon identique. Ça ne pouvait pas être une coïncidence. Elle n'osait en parler à personne, mais Annah avait bel et bien développé des capacités prophétiques, d'une façon ou d'une autre, et l'invasion de ces créatures marquait, à n'en pas douter un nouveau coup du Destin. Elle devait s'y préparere. Elle revint à la réalité et se retourna.

Sa chambre, pour une fois, n'était pas vide. Wilson portait un manteau sur chaque bras, un sur la tête à l'arrière comme une cape, et celui d'Annah, comme à l'habitude, sur la tête couvrant son torse. Bien qu'il ait été ordonné aux soldats de se disperser et de retourner se coucher, la base était animée comme jamais auparavant. Beaucoup de ceux qui étaient stationnés ici étaient encore jeunes et n'avaient jamais vu d'action auparavant, il était donc compréhensible qu'une telle situation attise leur curiosité et dissipe l'envie de dormir.

Ses compagnons du moment étaient plus disciplinés, mais il n'empêchait en rien qu'ils n'obéissent pas non plus à l'ordre d'aller dormir. Adam et Élias étaient installés sur le canapé, observant la télévision, suivant un programme d'informations d'urgence qui montrait des images des multiples régions de l'Empire qui avaient été rayées de la carte, se mettant à jour à chaque nouveau massacre reporté. On comptait d'ores et déjà plus d'une quinzaine de villages ravagés, et les pertes étaient déjà estimées à plusieurs dizaines de milliers de civils et soldats, disparus inclus. Ça n'était pas peu dire que l'Empire entier était éveillé cette nuit.

Marianne, quant à elle, était en train d'observer son arme, travaillant dessus de façon obsessionnelle. Elle semblait déjà prête à en découdre avec ces envahisseurs. Exceptionnellement, Alma était aussi présente, et malgré ses yeux rouges à l'air menaçant, elle semblait très proche de la crise de panique et affichait une expression digne d'un petit animal triste à Annah, comme cherchant à être rassurée par son amie. Ses deux petits pieds pâles et nus se frottaient timidement l'un contre l'autre, renforçant cette image de fragilité. Les deux compagnes étaient devenues très proche ces derniers mois après leurs travaux secrets les unifiant comme un pacte.

Annah aurait aimé pouvoir se rendre ainsi utile, mais ne le pouvait pas. Personne ne le pouvait. Personne ne savait ce qui les attendait. La situation était inédite, jamais vue dans toute l'histoire de l'Humanité. Le premier contact avait été réalisé, et celui-ci déversait déjà le sang de milliers de victimes innocentes.

« — La seule bonne nouvelle dans cette affaire, c'est le pacte de non-agression avec le LINAL, évoqua Adam, les mains croisées devant la bouche, fixant la télévision à tel point que ses yeux étaient injectés de sang. Une première en soixante-cinq ans de guerre.
— En espérant que ce pacte va durer, remarqua Élias. Il n'est pas impossible que des groupes terroristes continuent à ravager nos villes en parallèle.
— Ils feraient mieux de se concentrer sur la véritable menace, cracha Marianne, son arme lustrée à la perfection, jonglant de ses doigts avec les balles qui se trouvaient sur la table.
— Dans l'ensemble, l'Empire et le LINAL devraient pouvoir coopérer, maintint Adam. Après tout, il n'y a rien de mieux qu'un ennemi commun pour souder les rangs. »

Un silence suivit sa déclaration alors que chacun réfléchissait à la situation. Jamais encore leur espèce ne s'était retrouvée face à un ennemi commun. Ils avaient, de tous temps, créé groupes et tribus dans lesquels se réunir et s'opposer aux autres. Telle avait toujours été la nature humaine, un instinct de meute, de communauté. Jamais un ensemble réunissant la totalité de l'espèce n'avait été formé. Et pourtant, au vu de la situation, il semblait qu'il ait été nécessaire de rencontrer une nouvelle forme de vie agressive pour que l'Humanité mette enfin de côté, pour quelques temps, ses tendances auto destructrices. Quelque part, Annah se surprit à ressentir une légère reconnaissance envers les envahisseurs. Il s'agissait de la première interruption de la guerre en plus de soixante ans.

« — Eyh, ça n'aura pas perdu de temps. Voilà que les Tiaristes prétendent connaître la vérité sur ces envahisseurs et soutiennent qu'ils sortent de leur livre saint ! » s'exclama Élias, légèrement amusé.
— Ça ne me surprend pas, soupira Annah. Les religieux ont une tendance certaine à tout rapporter à leurs croyances. Le simple fait que le vaisseau des extra-terrestres ressemble à une demi-lune est suffisant comme signe pour des adorateurs la Mère-Lune. »

Elle se tourna pour observer la télévision et, en effet, un homme y faisait face, vêtu des habits d'un prêtre du Culte Lunaire Tiariste. Cette religion croyait au Mythe des Origines, selon lequel l'Humanité était, en réalité, originaire de la Lune, Tiarée, et non de la planète qu'elle orbite, Céphalia, où leur civilisation se trouvait actuellement. Selon la légende, les premiers humains pouvaient parler avec Tiarée et la considéraient comme leur mère. Vint un jour où la Lune sombra dans une ère glaciaire suite aux actions d'un être mystérieux et maléfique, Élusia, le Fléau. Si la majorité des habitants décidèrent de rester avec leur mère mourante et de combattre les armées maudites d'Élusia jusqu'au bout, certains décidèrent de construire un vaisseau spatial primitif et de tenter leur chance sur la planète proche. Ils s'écrasèrent près du pôle sud il y a plus de sept-cent ans, sur le continent qu'ils nommèrent Espérie, leur nouvel espoir. Toutefois, la température glaciale de ce nouveau continent les força à migrer, à suivre la Colonne du Monde, un massif continent liant les deux pôles dans un assortiment de récifs et de montagnes à moitié immergées, jusqu'à atteindre le continent d'Asilée quatre ans plus tard, au niveau de l'équateur, où ils fondèrent de nombreuses nations qui, six-cent ans après, deviendraient l'Empire Baraldan. Le nouveau calendrier fut créé en rapport avec cet événement, le calendrier A.C. pour Après Crash, et la religion Tiariste fut créée en rapport à ce récit, se répandant au monde entier en quelques décennies. Tout cela restait, toutefois, un mythe. En effet, aucune trace d'un vaisseau n'avait été trouvée en Espérie, bien qu'il soit fortement possible depuis le temps que la carcasse, si elle existe, ait coulé sous les eaux gelées ou soit enterrée sous des monceaux de neige et de glace.

Le prêtre soutenait que ces envahisseurs étaient les « Strigoys », les formes angéliques des braves humains qui avaient affronté et vaincu Élusia, revenus pour récupérer ceux qui avaient fui Tiarée et les ramener chez eux en les libérant de leur forme corporelle. De même, il soutenait que ce qui leur servait de base, cette demi- sphère dans les cieux, était en réalité un morceau de la face cachée de la lune, de laquelle ils pouvaient ainsi descendre en masse.

« — Aussi folle que cette interprétation soit, je dois admettre que le symbolisme de la lune marche plutôt bien pour eux, admit Marianne.

— Scientifiquement parlant ça ne me paraît pas très plausible, remarqua timidement Alma. Et puis, quand on me dit « angélique », je n'imagine pas une grosse chenille en métal qui découpe les gens en tranches. »

Il y eu plusieurs ricanements d'assentiment suite à sa remarque. Pendant une bonne heure encore, le groupe resta ainsi installé, trouvant du réconfort dans la présence des autres. Adam alternait entre regarder la télévision et balayer les autres du regard pour observer leur état mental. Annah et Alma étaient assises sur le canapé, la petite scientifique posant la tête sur l'épaule de son amie. Élias, assis à côté d'Annah, alternait entre regarder les informations et la femme qu'il aimait en secret, sentant soudainement ses tripes se glacer à l'idée qu'il puisse lui arriver quelque chose. Marianne alternait entre s'occuper encore et encore de son arme, et surveiller son petit frère, s'inquiétant de comment il tenait le coup.

Les choses commençaient à se calmer légèrement dans la base et bon nombre de soldats avaient enfin retrouvé leurs quartiers. Exceptionnellement, les officiers étaient un peu plus permissifs, sachant très bien à quel point l'incompréhension et la surprise étaient élevées chez les troupes, mais veillaient tout de même à ce que tous soient parés en cas d'urgence. Au final, les amis d'Annah quittèrent son appartement et partirent se coucher, ne laissant qu'Alma. Cette dernière semblait toujours très inquiète, bien que fatiguée. Elle fixait la télévision, les jambes repliées contre son torse, portant toujours sa blouse de laboratoire froissée au dessus de ses vêtements. Ses tous petits pieds étaient repliés, ses orteils crispés sous la tension. Annah ne put s'empêcher de remarquer son état de stress intense.

« — La situation est inquiétante, mais tu sembles vraiment mal le prendre, Alma. Quelque chose te préoccupe ?
— Le contraire serait étonnant. Imagine qu'une de ces choses se dirige vers nous en ce moment ! Et puis... Je ne parviens pas à comprendre comment ils ont pu... effacer... la totalité des ces villages comme ça. C'est comme si quelqu'un avait gommé des morceaux d'un dessin dont ils n'étaient pas satisfait. Tout trace de vie a disparu et il ne reste que quelques ruines ça et là. Je ne comprends pas la logique derrière ça !
— Si un de ces Strigoys se dirige ici, je pense qu'on aura de quoi le recevoir. Nous sommes une des quatre bases les mieux armées d'Endal, après tout. En plus, ton amie est une des meilleurs Armonistes du pays, ne l'oublie pas. »

Alma releva la tête et fixa Annah avec reconnaissance. Elle afficha un tout petit sourire, très timide.

« — Merci Annah... Tu sais j'ai... Vraiment apprécié de travailler avec toi cette dernière année. Nous avons enfin des résultats. Si ça se trouve, le secret pour vaincre ces créatures est dans tes archives.
 — Qui sait ? Il y a tellement de mystères à y étudier. De quoi s'occuper des années encore. J'ai peut-être fait venir ces créatures moi-même par accident, pour ce que j'en sais.

Le visage d'Alma se décomposa de terreur et Annah s'empressa de lever les mains, paumes vers l'avant, en riant doucement.

 — Je plaisante, je plaisante. Je le saurais si j'étais responsable de ça. Enfin, je crois. Et franchement, ça serait certainement mieux si c'était le cas, je pourrais les renvoyer d'où je les aurais fait venir. Allez, allons nous coucher. Je sens que demain risque d'être une journée... difficile.
 — Annah... Je... »

Alma se dandina sur ses minuscules pieds pâles. Elle était désormais debout, mais elle n'arrivait qu'aux épaules d'Annah même face à elle. Elle semblait presque n'être qu'une enfant terrorisée.

« — Je ne pense pas réussir à dormir cette nuit... Pas toute seule en tous cas....
 — Tu veux rester ? J'ai assez de place pour deux, et on dormira mieux que lors de nos nuits dans le labo, c'est sur. C'est loin d'être notre première fois ensemble.
 — Si ça ne te dérange pas oui, merci, répondit-elle d'une toute petite voix. »

Il ne fallut pas longtemps pour les deux jeunes femmes pour se mettre en sous-vêtements et éteindre les appareils électroniques. Il y eut une hésitation lors de la répartition des lieux de sommeil, mais Alma, dans un élan de courage, poussa Annah dans son lit et l'y suivit, avant de se coller contre son dos, légèrement tremblante. Annah s'amusa légèrement du fait de servir de peluche rassurante pour son amie, puis, décidant de vraiment l'aider à se relaxer, se tourna vers elle et l'enserra dans ses bras, la serrant contre elle. Alma glapit de surprise, mais se laissa faire, laissant un profond soupir lui échapper. Elle se sentait protégée par l'étreinte de son amie, de son bras chaud et humain, et de l'autre, puissant et robotique, vibrant légèrement d'énergie prête à dévaster. Avec le temps, malgré les blagues parfois sadiques qu'elle appréciait tant, Alma avait révélé un côté sensible et fragile à Annah, et les deux amies étaient devenues, progressivement, plus proches que de simple amies, sans pour autant être un couple. Leur relation était étrange, mais Annah voyait Alma avec autant d'affection que si elle était la petite sœur qu'elle n'avait jamais eue, et Alma se reposait sur l'assurance dont Annah semblait toujours déborder dans leurs recherches si dangereuses. Annah ferma les yeux, souriant en sentant la chaleur du petit corps contre elle. Elle s'endormit presque immédiatement, exténuée.

*

Adrian Morgan, ou plutôt Michaïl Allen, avait mal vieilli pendant la dernière année. Bien qu'il était encore dans la force de l'âge, son apparence le rendait bien plus âgé et usé qu'il ne l'était réellement. Pour preuve, ses cheveux, autrefois bruns, commençaient à montrer quelques signes de mèches blanchissantes.

La raison principale de son état, outre les abus excessifs d'alcool et de tabac, était le stress permanent qu'il éprouvait à cause de sa petite protégée, Annah. Lorsqu'elle n'était qu'une simple scientifique travaillant sur des projets militaires classiques, Adrian ne s'en faisait pour elle que lorsqu'elle partait en mission avec son GAR, même s'il savait qu'elle était en de bonnes mains, et amplement capable de se défendre par elle-même, peu importe ses lacunes physiques. Il avait, après tout, secrètement assisté au premier meurtre de la jeune femme, lorsqu'elle n'était encore qu'une enfant, et avait été impressionné par la puissance qu'elle avait été capable de déployer à un si jeune âge. Un talent comme le sien n'était pas unique, mais restait incroyablement rare. Il fallait à un Armoniste adulte de nombreuses années d'entraînement pour atteindre un niveau équivalent, en développant constamment son Potentiel magique par des exercices et entraînements adaptés, et les génies comme Annah pouvaient eux aussi développer leur Potentiel par des exercices similaires, augmentant encore leur force à des hauteurs inégalées.

Aujourd'hui, toutefois, il s'inquiétait énormément pour elle, jour après jour, à cause de son nouveau rôle. Annah était désormais pleinement un projet secret du GASMA, et par dessus tout, jonglait avec des arts interdits mondialement. La moindre fuite d'information pouvait annoncer l'exécution immédiate de la jeune femme et de son amie aux yeux rouges. Si Michaïl Allen était satisfait des résultats que les deux chercheuses fournissaient et de la progression rapide et efficace de leurs études, Adrian Morgan était horrifié par la situation et les risques que sa nièce prenait.

Malgré tout, il n'avait pas le temps de s'en inquiéter, pas aujourd'hui. Une mobilisation était en cours dans la base militaire pour préparer la défense d'un autre village proche, qui était sur le chemin d'un Strigoy. Il était temps pour l'Empire de partir à l'offensive, et plusieurs territoires Impériaux préparaient leur propre attaque, impatients de pouvoir venger leurs morts. Annah et Alma, actuellement en plein travail dans leur laboratoire personnel, ne pouvaient être contactées par aucun soldat, et elles ne répondaient pas aux appels sur leurs Oculys. Cela n'était pas la première fois : usant de leur implant pour leurs recherches, elles avaient souvent tendance à déconnecter la fonction d'appel pour concentrer toutes leur attention sur leur travail. De ce fait, la seule personne qui avait accès au laboratoire et l'autorisation d'y entrer en dehors d'elles, était Adrian lui-même, et comme les deux jeunes femmes devaient participer à l'opération à venir, il se rendait d'un pas hésitant ,dans le but de les prévenir, vers leur laboratoire.

Arrivant devant la porte, il connecta son Oculys à la plaque d'identification murale et, après une seconde, la porte coulissa en s'ouvrant. L'odeur aseptisée si caractéristique de celle que l'on retrouve dans un laboratoire assaillit les narines d'Adrian. Une grande majorité des « ingrédients » demandés par Annah consistait en des cadavres frais et en relativement bon état. Son laboratoire était, de ce fait, une véritable maison des horreurs, contenant de multiples jarres dans lesquelles organes organiques ou synthétiques, et membres divers étaient immergés, ainsi qu'un large cabinet de rangement où placer les corps. Alma, ayant suivi des études médicales, était la plus apte à utiliser ces pièces détachées.

Immédiatement sur sa droite en entrant, il repéra Annah et Alma, en pleine discussion. La première était assise à son bureau, et la seconde était debout à ses côtés, observant un bloc notes sur lequel elle griffonnait régulièrement des informations. Lorsque Annah repéra son visiteur, elle lui sourit avec joie, et ce sourire déchira Adrian de l'intérieur, lui rappelant une fois de plus qu'il la trompait depuis le début.

« — Adrian ! C'est un plaisir de te voir ici, qu'est ce qui t'amène ?
— Un ordre de mobilisation pour vous deux, ainsi qu'une bonne centaine d'autres soldats de la base. Vos amis en font partie aussi.
— Je t'interromps une seconde. Sors ton arme, fais demi-tour, et vise la tête s'il te plaît. »

Adrian se figea sur place un instant, ne comprenant pas vraiment ce qu'elle venait de lui demander. Puis, soudainement, il sentit une présence derrière lui, suivie d'un grognement. Se sentant menacé, entraîné par des dizaines d'années d'expérience au combat, il libéra immédiatement son pistolet de sa hanche et se tourna en reculant, arme pointée devant lui. Ce qu'il vit lui fit monter le goût de la bile dans la bouche.

Un cadavre, animé, debout, bougeant les mains dans sa direction, la gueule grande ouverte, plusieurs blessures béantes au sang coagulé sur son torse évoquant sûrement une mort par balles, tentait de le saisir en gémissant. La créature bavait abondamment et sa mâchoire claquait sauvagement.

« — Ne le laisse pas te mordre, remarqua Annah. C'est un zombie, après tout.

— Quoi, je vais me transformer comme lui sinon ? Demanda Adrian, la voix chancelante, reculant, son arme pointée sur le visage du monstre.

— Non, mais je ne veux même pas imaginer quel type de maladie il pourrait te transmettre. Allez, tire ! En plein sur le symbole blanc sur son front de préférence. »

Adrian remarqua en effet qu'un symbole avait été tracé sur le front de la bête. Il aligna sa visée avec celui-ci et tira, une seule et unique fois. La détonation résonna violemment dans l'espace clos du laboratoire, et força les deux jeunes femmes à se boucher les oreilles alors qu'Adrian grimaçait de douleur.

Le zombie fut arrêté net, un trou en plein milieu du front arrachant la peau, l'os, la cervelle, et effaçant la majorité du symbole, qui perdit sa coloration blanche et devint noir. La créature s'immobilisa un moment, puis recommença à bouger.

« — Ah, note Alma ! La destruction de l'Ancre Spirituelle cause un arrêt temporaire du sujet, mais est insuffisante pour causer son expiration. Il semble que j'aie également perdu tout contrôle lui, ajouta-t-elle en se massant légèrement le front. »

Alma s'empressa de noter les détails en question, alors qu'Annah, cette fois, s'adressait à Adrian.

« — Vise le cœur, cette fois. Ça le détruira pour de bon. »

Il s'exécuta, et, aussitôt fait, la créature tomba au sol, inerte, dans un lent gargouillis. Adrian rengaina son arme, puis, se tournant vers Annah, la respiration toujours accélérée, lui demanda.

« — Bon sang, qu'est ce que c'était que ça ? C'était une sale surprise, gamine ! — Désolée, j'avais besoin de tester le fonctionnement de mes nouveaux zombies. Ces créatures sont des cadavres qui ont été relevés par un Rituel comprenant une mince infusion de Potentiel, et l'ajout de fragments d'Esprit et d'Âme artificiels. Ils n'ont, de ce fait, pas de réelle conscience ou existence, donc je ne torture pas les morts en les ramenant dans ces tristes poupées de chair.

Elle s'approcha du zombie et écarta sa chemise, révélant un autre symbole décoloré au niveau de son cœur, troué de la seconde balle d'Adrian.

— Pour stabiliser ces êtres, nous utilisons deux Ancres. La première contrôle son comportement, qui est ici simplement d'attaquer tout ce qu'il voit, la seconde l'anime et le maintient en... Vie, si je peux utiliser le terme.

— Donc, contrairement aux zombies de fiction, lui tirer dans la tête ne suffit pas ?

— Absolument, au mieux tu le rendrais juste docile. Si je déplace cette Ancre ailleurs, la perte de sa tête lui fera juste perdre ses sens, ce qui pourrait même être contré si on compense ceci par des implants.

— Et pour ce qui est de la méthode de contrôle ?

— Pour le moment, ils ne reconnaissent que les directives les plus basiques : marcher, griffer, mordre, attendre... J'ai déjà quelques idées pour les améliorer. Je peux leur donner des ordres précis par la pensée, ce qui est très pratique, mais il n'y a que moi qui sois capable, pour le moment, d'en créer.

— Au final, ils n'ont pas l'air bien dangereux. Tu es sûre qu'ils serviront à quelques chose ?

— Fais-moi confiance. J'ai déjà plusieurs idées visant à les améliorer. Tu peux me croire, quand j'en aurais fini avec ces petits, ils seront plus efficaces, plus résistants et plus dangereux que des soldats Baraldans, ainsi que d'une loyauté sans faille. Sans compter le fait que maintenant que le Rituel est compris, il sera facile d'en créer à la pelle en un rien de temps. Surtout, n'oublie pas de chanter mes louanges à tes patrons et leur montrer que je leur suis toujours utile ! »

Elle eut un petit sourire taquin et Adrian admit qu'il éprouvait une certaine fierté envers elle. Annah n'était pas dupe. Elle savait que le GASMA ne faisait pas tout ça par pure bonté d'âme pour lui permettre d'étudier un sujet qui lui tenait à cœur. Ils attendaient des résultats, ce qu'elle fournissait activement, mais aussi la possibilité d'appliquer ces nouvelles méthodes de combat de façon généralisée. Si Annah devenait trop gênante, il leur était toujours possible de se débarrasser d'elle, mais confier ce projet à quelqu'un d'autre serait difficile : il fallait trouver une personne possédant une forte quantité de Potentiel, une bonne maîtrise de celui-ci en général, une curiosité d'esprit lui permettant d'aborder le domaine du Ritualisme sans la terreur que cette pratique générait, et un talent naturel pour ce dernier, hérité de ses ancêtres. Annah, de son héritage Meigharran, réunissait tous ces éléments, le dernier en particulier, ce qui la rendait très importante, et assurait par la même la sécurité d'Alma, son amie et collègue. Pour autant, un jour viendrait où Annah achèverait l'étude de ses archives. Quand cet instant se présenterait, il y aurait deux alternatives : lui fournir un nouveau domaine d'étude de Ritualisme, ou se débarrasser d'elle en tant que témoin gênant. Il était donc de tout intérêt pour elle de prouver sa valeur et loyauté à tout moment, ainsi que l'importance de son existence dans son projet. Monnayer le fait qu'elle soit la seule à pouvoir créer la majorité des Rituels qu'elle découvrait était un excellent moyen de couvrir ses arrières.

Finalement, Adrian, s'étant ressaisit, sourit aux deux jeunes femmes, qui finissaient de prendre des notes sur leur test récent, puis s'adressa à elles.

« — Bien, comme je le disais avant cette petite... Expérience... Vous êtes toutes les deux inclues dans une opération contre un Strigoy isolé en route vers un autre village d'Endal. Annah, tu feras partie des groupes d'attaque Armonique longue distance. Alma, tu seras membre du groupe médical et t'occuperas des blessés, car vous pouvez être sûres que nous en aurons. »

Elles hochèrent toutes les deux de la tête. Alma semblait stressée par cette idée, mais apprendre qu'elle serait à l'arrière, dans l'équipe médicale, sembla la relaxer légèrement. Elle n'était pas une bonne combattante, ne pouvais pas compenser avec une formation d'Armoniste comme Annah, et l'idée d'être envoyée au front contre ces monstruosités de métal la terrifiait.

« — Vous partez sur le champ, rendez-vous dans la cour de la base et retrouvez le reste de votre troupe. Bonne chance, et revenez en un seul morceau. »

Chapitre 7
Opération Arvid

Arvid. Un minuscule petit village d'Endal, sans importance, sans spécialité locale, sans garnison, un assemblage de cahutes comme on en trouve un peu partout dans la campagne. Notre mission ici était alimentée par le désir de notre sang Impérial, bouillonnant de rage et de fierté, de faire tomber l'alien sous nos coups. De lui apprendre la peur. Au final, c'est nous qui apprendrions beaucoup; notre plus importante leçon allait être que nous ne savions rien. Et pour celle qui s'avérerait, dans le futur, la plus importante de nous toutes, Annah, viendrait le désespoir le plus absolu. Ainsi approchait l'épreuve qui vérifierait la solidité de la forteresse de son Esprit face aux frappes impitoyables du Destin.
Extrait de « Biographie d'Annah Morgan » d'Alma Hilldar.

Eckhart Hylivaltraüss réalisait sa marche matinale, sa canne s'enfonçant régulièrement dans la terre humide, l'aidant à marcher vers sa destination, qui n'était autre que son point de départ. Peu à son habitude, sa promenade était sans objectif réel, et il ne faisait que se changer les idées et s'aérer l'esprit en attendant le chargement d'une T-NBTA spécialement affrétée pour lui et l'escadron des Valithurja Verkoren.

L'apparition des Strigoys avait plongé le monde dans le chaos le plus total. Bien que les dégâts aient été, pour le moment, limités à un nombre raisonnable de villages et de garnisons, les morts et disparus augmentaient en nombre à chaque instant, et de plus en plus de larves géantes mécaniques étaient repérées alors que le temps passait. En deux jours à peine, leurs effectifs à travers le monde semblait avoir doublé, et récemment, Sylona, une ville de taille raisonnable en Ernésie, le cœur même de l'Empire, avait été ciblée par deux de ces monstres, qui en avaient ravagé plus des deux tiers avant de se replier. La vitesse avec laquelle ils avaient attaqué et rasé des quartiers entiers, surprenante pour de tels engins, avait empêché toute contre-attaque ordonnée, et les deux entités s'étaient enfuies avec leur sanglante récolte, bien que nul ne comprenait encore ce qu'ils récoltaient exactement, et comment ils s'y prenaient.

Fidèle à sa promesse et bien trop heureux d'enfin pouvoir arrêter le cycle sanglant avec son vieil ennemi, le LINAL avait suspendu toute attaque vers Sacreval, et l'Empire avait fait de même envers les territoires proches afin de concentrer son imposante puissance militaire vers cette nouvelle menace. Bien que le climat entre les deux nations restait tendu, les combats avaient pris fin et il était inutile pour Eckhart de rester sur place à la frontière, dans un lieu qui ne présentait aucune ville ni village, ces derniers semblant être les cibles favorites des Strigoys. Il estimait qu'il serait plus utile de diriger les Valithurs au combat face à une de ces créatures, et, peut-être, d'acquérir la gloire d'être la première personne à vaincre une de ces entités, une étape indispensable dans le but de les comprendre pour mieux les repousser de leur monde.

 Finissant sa marche, il approchait de la Navette peinte d'un noir de nuit, observant ses quatre énormes moteurs cylindriques pouvant pivoter, permettant à l'engin de voler autant à la verticale qu'à l'horizontale. Habituellement, les T-NBTA classiques ne possédaient que deux moteurs, mais ce modèle était unique, fabriqué pour les Valithurs eux-mêmes : deux fois plus de puissance moteur, une taille doublée pouvant contenir l'équipe au grand complet, une pléthore de fusil et canons pouvant tirer toutes sortes de projectiles, une connexion constante aux Oculys de tous les Valithurs et au système militaire Impérial, tel était le joyau de ce groupe d'élite : « Le Poing de Baral », une navette de transport pouvant aussi assurer une domination aérienne absolue.

 Malgré le bijou d'ingéniérie devant lui, l'esprit d'Eckhart était fixé sur des éléments qui n'avaient aucun rapport avec ce que ses yeux observaient. Il était proprement aveugle au monde qui l'entourait, et ne faisait que regarder les éléments alentours par pure habitude physique, sans objectif réel. Il se concentrait totalement sur les Strigoys, et sur les stratégies à adopter face à eux. Le problème, toutefois, restait dans le fait que les combats n'allaient commencer qu'en ce jour même, et qu'aucun Strigoy n'avait encore été attaqué, hormis par quelques forces armées locales, telles des agents de police sous-équipés ou des militaires pris par surprise, donc les armes à feu n'avaient, du peu de rapports de survivants récupérés, même pas été capable d'atteindre leur cible. Que ce soit car les balles étaient déviées avant d'atteindre leur cible, ne pouvaient pas en percer le blindage, ou tout autre phénomène non découvert, restait encore à définir. Il était terriblement frustrant pour Eckhart de manquer à ce point d'informations. En grand partisan du principe que "L'information est le pouvoir", il aimait avoir des renseignements sur ses adversaires, des détails exploitables sur le terrain, et imaginer la stratégie à appliquer. Tout cela était proprement impossible pour le moment, et bien qu'il espérait avoir une épiphanie soudaine qui lui permettrait de piéger une de ces monstruosités, tout cela restait vain.

 Enfin, il arriva à l'arrière de la Navette, dont la trappe d'embarquement était ouverte et reposait sur le sol, offrant ainsi une montée vers l'intérieur de l'appareil. De chaque côté du chemin de terre qui y menait se trouvait une ligne de Valithurs, au garde-à-vous, attendant les ordres. Juste entre lui et le véhicule, au milieu de ses troupes, se trouvait Usköl Loekth, le chef d'escadron. Eckhart laissa son regard balayer chacun des membres du groupe. Il était fier de ces hommes. Il avait sélectionné chacun d'eux en personne. Il les avait entraînés, leur avait inculqué de multiples arts de la guerre, anciens comme récents. Il en avait fait de magnifiques machines à tuer, et chacun d'eux possédait une dévotion totale envers lui. Et de tous ces hommes dévoués à sa cause, il s'approcha de celui qui l'était le plus, prenant la parole.

« — Commandant Loekth. Je vois que l'escadron Valithurja Verkoren est fin prêt. Vos hommes ont conscience du danger vers lequel nous nous précipitons, je présume ?
— Absolument, Général.
— Et je présume tout autant qu'ils sont impatients de se frotter à notre ennemi ?
— Comme jamais, Général. Plusieurs de mes hommes ont déjà perdu leur village natal dans ces attaques. Même le LINAL ne leur a pas causé un tel désir de vengeance, et pourtant, ça n'est pas faute d'avoir essayé.
— Excellent. Assurez-vous d'être équipés et parés à tout instant. Il se pourrait que nous ayons à combattre à n'importe quel moment. Tout dépendra de la position de notre future cible. »

Usköl frappa son cœur de son poing et se précipita vers ses troupes, qui rompirent la formation de salut. Sa voix tonna au dessus du brouhaha ambiant, donnant ordres et directives. Eckhart, pour sa part, n'avait pas besoin de beaucoup pour voyager. Comme il évitait désormais les combats, il ne se contentait de transporter qu'une simple arme de poing en cas de besoin, mais ne se faisait aucune illusion sur son efficacité face à un Strigoy. De tous ces hommes, il serait le plus exposé et sans défense. Il avait l'intention d'établir un quartier général temporaire à l'intérieur même de la Navette, et avait ainsi fait installer un petit bureau, fixé à même le sol, afin de pouvoir y établir un plan de bataille si le temps lui était donné. En cas d'urgence, il suffirait au vaisseau de décoller pour le mettre à l'abri des créatures.

En quelques minutes à peine, l'escadron fut paré, et les Valithurs entrèrent dans la T-NBTA. Ils s'installèrent dans les sièges répartis en quatre colonnes espacées, bouclèrent leurs ceintures et s'apprêtèrent au décollage. En quelques instants, l'engin s'envola, emportant avec lui l'une des plus puissantes armes de l'Empire Baraldan vers ce qui pouvait être leur dernière bataille.

*

Pour changer, Annah râlait à cause de l'effort physique qu'elle devait fournir. Ses jambes lui faisaient mal et son paquetage, bien que plus léger que la majorité des soldats aux côtés de qui elle marchait, était suffisamment lourd pour lui tirer sur le dos. Elle avançait aux côtés de ses compagnons, la cible qu'ils avaient repérée étant encore à plusieurs kilomètres de distance. Tant que les rangs étaient respectés, il était autorisé, pour le moment, aux soldats de se déplacer en groupes d'amis pour échanger à propos de leur mission. Le Strigoy était le seul danger dans les environs, et était surveillé en permanence par des drones en haute altitude, permettant un certain relâchement de l'attention des troupes. C'est pour cette raison que leur GAR était actuellement réuni, et qu'Alma avait temporairement quitté le groupe médical.

« — Jusqu'à maintenant, les seules personnes qui ont tenté d'arrêter un Strigoy n'avaient que des armes balistiques. Rien de plus que des agents de l'ordre ou des soldats. Un bon fusil Armonique a sûrement plus de chance de leur faire du mal, soutenait Marianne.
— Si on ne part du principe qu'ils n'ont qu'un blindage simple, dans ce cas tout dépend du métal. Si c'est un métal connu, aucun soucis, il fondra sans mal, mais si c'est aussi extra-terrestre qu'eux, on pourrait avoir des surprises, répliqua Élias.
— Surprise ou pas, tant qu'on tire suffisamment dessus je suis sûre que ça finira par passer à travers, soutenait Marianne avec un grand sourire aux lèvres.
— Si la réponse est Armonique, nous avons une dizaine d'Armonistes dans la compagnie. Ça devrait permettre un beau feu d'artifice, ajouta Annah en souriant, à bout de souffle.
— N'oubliez pas les blindés non plus, fit Adam d'un mouvement de pouce vers les sept véhicules qui accompagnaient leur groupe. »

La compagnie qui avait été déployée pour affronter leur cible était composée d'un peu plus d'une centaine de soldats de Fort Endal-09. À leurs côtés se trouvaient trois chars DC-AO, chacun équipé de deux canon, un à obus et un à projectiles Armoniques explosifs, trois véhicules de transport de troupes TTM customisés, équipés chacun d'une position protégée par un blindage au sommet du véhicule, à travers lequel deux canon mitrailleurs, un balistique et un Armonique, pointaient vers l'avant, parés à déverser un torrent de projectiles variés, et un dernier véhicule qui, bien qu'identique au TTM classique, servait actuellement de quartier général motorisé. Les six véhicules de combat avançaient en forme de pointe de flèche, tandis que le véhicule de commandement se trouvait protégé derrière eux. Les soldats marchaient à l'arrière.

« — D'ailleurs Adam, tu n'es pas sensé être dans le véhicule de commandement, en tant que Lieutenant ? Tu pourrais t'éviter la marche, toi, remarqua Annah avec une pointe de jalousie.

— Je pourrais, mais nous avons déjà établi le plan de bataille autant qu'il est possible de le faire pour le moment. Nous manquons d'informations plus détaillées. Je les rejoindrai quand nous approcherons et que les drones nous enverront les données détaillées. En attendant, je préfère passer du temps avec mes chers compagnons et souffrir de marcher dans la boue avec eux. »

Il lui sourit et elle soupira, regardant ses bottes salies. Elle ajouta le fait qu'elle devrait prochainement les laver à la liste des corvées qu'elle subissait actuellement ou qui viendraient dans un futur proche. L'une des corvées en question serait de prochainement attaquer une forme de vie extra-terrestre extrêmement meurtrière, et bien qu'elle se sentait moins en danger que la majorité des soldats grâce à son petit secret qui lui permettrait une réincarnation dans son laboratoire en cas de mort soudaine, elle préférait éviter d'habiter un cadavre et de devoir gérer toutes les complications et interrogations qui s'en suivraient. Revenir à la vie dans le corps d'une morte était un moyen simple de hurler à toute la base qu'elle était coupable d'un acte de Ritualisme et la forcerait à fuir à toute allure. Ne décidant d'écouter que son sens de la survie, elle se résolut à rester bien à l'arrière de la formation et utiliser le plus possible de sorts d'artillerie pour éviter qu'on ne la remarque. Tous ses collègues connaissaient sa puissance, son niveau de Potentiel faisant d'elle la plus puissante Armoniste du Fort Endal-09. Personne ne broncherait face à ce qu'elle prenne un rôle de bombardement longue distance dans le but de pulvériser tout ce qui se trouverait face à elle.

Enfin, après une quinzaine de minutes, on leur ordonna l'arrêt de la marche. La formation se trouvait au sommet d'une petite colline, avec une excellente vue sur la zone légèrement boisée qui se trouvait plus bas. À leur droite, vers le Nord-Est, se trouvait, quelques kilomètres plus loin, le village d'Arvid, une petite communauté comptant environ trois cents personnes, ainsi qu'un nombre quelque peu anormal de chats errants. Au Sud-Ouest, au loin, une petite forme mouvante indiquait que leur cible approchait : le Strigoy était en route vers Arvid et avait l'intention d'en faire un festin. La compagnie était arrivée juste à temps et pouvait faire ses préparatifs.

Aussitôt, des dizaines de soldats se précipitèrent vers les TTM et en sortirent avec de longues plaques métalliques. Il s'agissait des barricades déployables qui étaient régulièrement utilisées dans les affrontements avec le LINAL : suffisamment blindées pour bloquer les balles de fusils d'assaut, il s'agissait des mêmes modèles que ceux utilisés régulièrement à Sacreval. Installées verticalement, elles déployaient automatiquement des pieds métalliques qui les ancraient alors dans la terre, évitant qu'elle ne puisse bouger. Assez hautes pour cacher totalement un homme à genoux, elles étaient un moyen facile, efficace et économique de protéger les soldats au front, surtout ceux démunis d'armures Carapaces.

Pour l'occasion, on leur avait également fourni du matériel de pointe. Outre lesdites armures Carapaces G2 en Virium que plusieurs soldats méritants, dont Marianne et Élias, avaient reçu, cinq autres soldats avaient reçu l'honneur de piloter les tous premiers prototypes d'armures Titan. Pesant un poids digne de leur nom, ces protections massives, d'une épaisseur et résistance à toute épreuve, étaient impossibles à soulever pour un homme seul. Il était auparavant nécessaire d'enfiler un exosquelette spécial qui pouvait servir à aider le soldat à soulever les membres massifs de l'armure. L'allure absolument intimidante de l'engin rappelait celle d'un chevalier des temps anciens, mais d'une carrure sans égale et dont tous les angles avaient été travaillés pour augmenter le côté agressif et intimidant visuellement. Le casque à lui tout seul suffisait à impressionner, représentant un crâne épais blindé fusionné au torse, aux yeux rouges luisants. Même les attaques Armoniques avaient du mal à passer à travers cette imposante armure, qui incluait une couche de protection Mag entre deux couches de blindage en Virium. L'armement n'était pas en reste, incluant plusieurs canons à gros calibre fixés aux poignets, le côté droit étant réservé aux fusils balistiques, le gauche aux fusils Armoniques. Pour parachever le tout, un ensemble de petit lance-roquettes se trouvait au niveau des épaules de l'Armure, permettant d'ajouter quelques explosions à son arsenal déjà imposant. C'était le summum de la protection humaine, et tellement chère et complexe à produire qu'il était rare d'en voir plus d'une ou deux sur un champ de bataille. Toutefois, une fois déployées, presque rien ne pouvait les arrêter, et le pilote d'une armure Titan pouvait à lui seul affronter plusieurs dizaines de soldats sans difficulté. Le fait que cinq de ces prototypes aient été ajoutées à l'arsenal de la compagnie prouvait à quel point le commandement militaire souhaitait obtenir leur première victoire. D'autres assauts similaires avaient lieu en parallèle et leur équipement était tout aussi impressionnant.

Bientôt, tout fut en place pour le combat. Plusieurs rangées de barricades formaient une succession de murs de métal difficilement franchissable, surtout sous des tirs intenses. Les véhicules étaient positionnés à l'arrière, parés à faire feu de tous leurs canons. Les Titans étaient présents entre ces deux lignes de défense. Enfin, tout à l'arrière, sur une colline, se trouvaient les tireurs d'élite, ainsi que la dizaine d'Armonistes, Écritoires en main, parés à faire feu. Le groupe médical était installé derrière la colline par laquelle l'armée était arrivée, caché par le terrain, hors du trajet vers Arvid, et avait déjà établi plusieurs tentes afin de fournir les premiers secours aux blessés à venir.

Pendant quelques temps, tout fut calme. Le Strigoy avançait à un rythme soutenu, relativement rapidement, mais mettrait encore quelques minutes à les atteindre. Annah attendait dans l'angoisse avec ses collègues Armonistes, rédigeant plusieurs Compositions explosives en préparation, histoire de pouvoir se concentrer sur les attaques une fois le combat débuté. Elle avait d'ores et déjà choisi un point de référence à partir duquel elle attaquerait la cible, après que le combat ait débuté pour ne pas attirer l'attention sur elle, et avait donc déjà toutes les données de distances nécessaires à ses préparatifs. Son nouvel Oculys était incroyablement plus rapide et précis que son ancien modèle, et semblait répondre à la moindre de ses pensées. Elle était très contente de ce nouveau pas vers la suprématie cybernétique qu'elle désirait pour son corps.

Marianne était dans la deuxième ligne de barricades, vers la droite de la formation, et était en train d'admirer avec excitation l'armure Titan qui se trouvait juste derrière elle. Il était clair qu'elle aurait donné n'importe quoi pour pouvoir piloter cet engin elle-même. Elle avait déjà oublié l'honneur d'avoir reçu une Carapace en Virium face à ce magnifique engin de guerre. Annah pouvait presque voir les étoiles briller dans ses yeux, même à cette distance.

Élias était proche d'Annah, fusil de précision en main, dans son élément maintenant qu'il pouvait procéder à du tir longue distance dans un espace ouvert. Bien que certains prototypes de fusils Armoniques de tir longue distance avaient été mis au point, possédant glyphes et réservoirs d'énergie supérieurs permettant un tir d'énergie plus puissant que les fusils classiques , la perte d'énergie progressive qui avait lieu lorsque le projectile voyageait dans les airs réduisait la distance efficace de l'arme.Les fusils balistiques à munitions perce-blindage comme il possédait actuellement avaient encore de beaux jours devant eux.

Alma était aux côtés du groupe médical et attendait aussi calmement qu'elle le pouvait, inquiète du possible massacre qui pourrait survenir bientôt. Elle prenait garde à rester camouflée, avec le reste de son équipe, derrière la colline proche qui les séparait de la bête. Si la créature les découvrait, ils n'auraient aucun espoir de fuite ou de défense.

Enfin, Adam était retourné dans le véhicule de commandement, qui se trouvait juste derrière un DC-AO dans la formation de véhicules. De cet endroit, il participait, avec ses collègues et les officiers plus haut gradés, à établir le plan de bataille et à se préparer à réagir à la situation en temps réel.

Malgré cette stratégie simple, mais efficace, personne n'aurait pu s'attendre à ce qui allait suivre. Le Strigoy était désormais relativement bien visible, sa large forme serpentiforme avançant toujours vers eux. Soudainement, la créature leva son œil unique cristallin. Un reflet jaunâtre en surgit alors que l'entité observait les troupes en face. Puis, d'un seul coup, elle se remit à avancer, puis disparut quelques secondes à peine, comme le temps d'un clignement de paupière, avant de réapparaître... Juste en face des troupes. En un instant, le Strigoy était désormais à portée de tir, directement en face des soldats. La panique s'installa immédiatement, personne ne s'étant attendu à un tel déplacement venant d'une entité à l'apparence si pataude. C'était comme si la créature avait franchi l'espace qui les séparait par pure téléportation.

L'ordre fut immédiatement donné de faire feu à volonté, et il ne fallut pas attendre longtemps pour qu'il soit suivi. En réalité, certains soldats avaient déjà ouvert le feu, par pure panique, avant même que l'ordre ne retentisse, mais personne ne pouvait vraiment leur en vouloir. La masse titanesque du Strigoy les dominait de haut, son œil jaune les dévisageant, et un horrible cri retentit de l'intérieur de la bête, tel un crissement aigu qui vrillait les oreilles des participants.

Une pluie de projectiles se précipita vers la bête, majoritairement des balles, des obus et boules de feu explosives des DC-AO, mais également quelques tirs de fusils Armoniques, de longues langues de flammes fusant à travers l'air. Tout s'écrasa sur le monstre, la recouvrant d'impacts. Et pourtant... C'était comme si rien ne pouvait l'atteindre. Une onde d'énergie orangée tournoyait constamment autour de son corps, émanant du métal qui le constituait, et chaque projectile, peu importe sa nature, s'y enfonçait sans causer de dégâts. Il fallut un instant pour que le groupe de commandement ne réalise, grâce à des vues ralenties réalisées par les drones d'observation ainsi que les Oculys des soldats, que les projectiles, peu importe leur origine, se désagrégeaient immédiatement au contact de l'aura orangée. Ils devenaient alors comme de la poussière, grisâtre pour les projectiles, d'un orange brillant pour les tirs Armoniques, tel autant de lucioles, qui virevoltaient follement dans l'onde de protection de la bête, avant d'être absorbée à l'intérieur de son corps par l'un des multiples petits orifices qui s'y trouvait, alors que la poussière grise des munitions retombait au sol, rejetée par le monstre. Le chaos était toutefois trop grand pour que les officiers puissent déduire quoi que ce soit de la situation. Leur seul espoir était de continuer à tirer jusqu'à passer à travers la protection de la créature.

Les Armonistes entrèrent dans la danse et lâchèrent de véritables bombes élémentaires, certaines si grandes qu'elles cachaient facilement la moitié du Strigoy. Les soldats reculèrent, pour mettre de la distance entre eux et le monstre autant que pour éviter d'être pris dans les détonations Armoniques. Annah participa également, le monstre étant, heureusement, relativement dans la zone qu'elle avait calculée auparavant, ses explosions de foudre occultant en taille et violence celles de ses compatriotes. Mais là encore, ces détonations étaient absorbées, transformées en nuées de petites lucioles jaunes, et ingérées par la bête.

Puis, soudainement, le Strigoy hurla à nouveau, de son terrible cri aigu et strident. De son étrange cristal, il les observa... Puis il attaqua. C'était comme si une partie de son aura émanait soudainement de son œil jaune, sous forme d'un long tentacule orangé et éthéré. Le tentacule fouetta l'extrémité gauche des deux rangs de barricades, à l'horizontal, et tout ce qui entra en contact avec cette forme d'énergie se dispersa en particules grises et orangées, ces dernières absorbées par le tentacules jusque vers le corps du Strigoy. Qu'il s'agisse des barricades en métal, des soldats derrière, de leurs protections, armures Carapaces comme gilet pare-balles, de leurs fusil et équipement, tout fut dissout sans limite aucune. Le tentacule ayant frappé au dessus du niveau du sol, un certain nombre de jambes et de pieds ayant perdu leur propriétaire se trouvaient encore au sol, ensanglantés. Certains soldats avaient eu le temps de se jeter en arrière ou sur les côtés, et hurlaient maintenant de douleur, certaines parties de leurs corps absorbées et proprement sectionnées.

La panique s'intensifia immédiatement. Les tirs devenaient de plus en plus répétés, les armures Titan déchaînant leurs batteries de missiles sur leur cible, mais rien ne parvenait à passer au-delà de la protection invisible de la bête, les explosifs se dissipant avant même de détonner. Comprenant qu'enchaîner les même attaques serait inutile, Annah décida de mettre à parti le temps gagné par l'infanterie en tentant d'autres attaques plus imaginatives, comme un tir courbé qui revenait en arrière et frappait la bête par derrière, mais cela fut paré, tout autant que les frappes sur le côté. Elle soupçonnait, toutefois, que le dessous de la créature pouvait offrir une cible adaptée, au vu du fait que celle-ci ne s'enfonçait pas dans le sol en le consumant, mais elle n'avait aucun moyen d'atteindre cette zone, le sol n'étant pas conducteur. Elle se mit en tête de proposer de miner le terrain la prochaine fois qu'ils engageraient un Strigoy.

Alors qu'elle s'apprêtait à lancer un nouveau projectile de foudre, elle s'interrompit soudainement. Le massif tentacule d'énergie frappa en ligne droite, telle une lance, et pénétra le tank DC-AO de front sans effort, consumant le blindage, l'équipe à l'intérieur, puis ressortant par l'arrière...Et continuant sa route à travers le moteur du véhicule de commandement, s'enfonçant à moitié à l'intérieur. Son cœur rata un battement. Sans réfléchir, jetant son feuillet au sol sans hésitation, elle se précipita à toute allure dans la cuvette, dévalant la pente de la colline, roulant au sol en perdant l'équilibre, immédiatement suivie par Élias, qui venait de voir la même scène.

Une partie seulement du moteur du véhicule de commandement avait été touché, et prenait désormais feu. Elle se précipita aussi vite que ses jambes pouvaient la porter, ignorant sa fatigue, inquiète comme jamais : Adam. Adam était dans ce véhicule.

Elle croisa plusieurs équipes médicales qui évacuaient des soldats amputés de leurs membres, se faufilant à l'arrière des véhicules pour éviter le meurtrier tentacule. Elle assista, effarée, à la destruction immédiate d'une armure Titan, proprement consumée par un simple contact, comme si elle n'avait été faite que de poussière. Si même une telle protection ne pouvait rien face à un Strigoy, que pouvaient-ils faire pour simplement leur résister ?

Enfin, elle atteignit l'épave du véhicule de commandement. Elle entendit un cri de douleur, qui lui allégea l'esprit autant qu'il la pétrifia de terreur, car il s'agissait bel et bien de la voix de son ami. Il était donc toujours en vie, mais ayant vu le type de blessure que le Strigoy causait, elle craignait le pire.

Elle se précipita dans l'épave et eu la surprise de voir qu'elle n'était pas seule : plusieurs équipes médicales étaient déjà là, et Marianne avait également quitté sa position pour venir ici. Elle tenait la main d'Adam dans la sienne, des larmes coulant sur son beau visage habituellement si impassible, désormais dévoré par l'inquiétude, alors qu'Élias, paniqué, attirait l'attention d'Alma et de plusieurs porteurs équipés d'une civière.

« — Adam ! Adam ! Reste avec moi ! Tiens bon, s'il te plaît. Je t'en prie, tiens bon ! »

Marianne faisait son possible pour aider Adam à garder conscience au milieu de ses grognements et cris de douleur. Enfin, Annah fut suffisamment proche pour réaliser l'horreur de la situation : son compagnon n'avait plus de jambes. Il ne restait plus que deux moignons sanguinolents, au dessus de ses genoux, autour desquels des garrots avaient déjà été réalisés. Elle se précipita vers lui et saisit son autre main, aidant Marianne à le garder conscient. Alma, de son côté, dirigea son équipe immédiatement, et en quelques secondes, Adam fut tracté hors du véhicule en feu, vers la section médicale. Marianne les suivit. Élias regarda Annah, le sang d'Adam maculant ses vêtements.

« — Qu'est ce qu'on fait Annah ? On y retourne ?
— Ça ne sert à rien, on ne peut pas vaincre cette saleté. On va tous se faire exterminer si on reste ici.»

Le capitaine n'était plus qu'un cadavre sanguinolent dont manquait le torse et la tête. Seules les décorations de son pantalon d'uniforme donnait la confirmation qu'il s'agissait bien de lui. Les derniers officiers en vie prirent la relève et ordonnèrent une retraite immédiate et un abandon du combat.

Un groupe de soldats s'attela immédiatement à la tâche de récupérer les précieuses données de l'affrontement de l'épave du véhicule. Les morts ne seraient pas tombés pour rien s'il était possible d'apprendre quelque chose de cette débâcle.

L'Oculys des combattants afficha immédiatement le code confirmant la retraite, ainsi que les coordonnées du point de rendez-vous. Annah et Élias décidèrent de se faufiler hors du véhicule avant d'avoir des ennuis pour abandon de poste, et se précipitèrent vers la section médicale, alors que les soldats survivants fuyaient à toute vitesse vers le point de regroupement. Il ne restait aucun véhicule en état de fonctionnement, aucune armure Titan, et moins de la moitié des effectifs avait survécu à l'affrontement. Le carnage était total.

De loin, Annah observa une dernière fois le Strigoy. Celui-ci était entouré de milliers de lucioles orangées, dont l'origine étaient autant des soldats réduits en pièce que des attaques Armoniques qui l'avaient touché. Elle se sentit défaillir en voyant à quoi ressemblait le champ de bataille, et tomba à genoux, horrifiée, une main devant la bouche. L'entité était immaculée, sans la moindre égratignure, et des morceaux humains sanguinolents étaient jonchés partout au sol. Les véhicules étaient en ruines, certains encore fumant, d'autres détruits de façon si parfaite qu'il ne restait aucun composant capable de brûler. Les barricades étaient toutes découpées ou trouées, tachées de sang, et les cinq armures Titans étaient absentes du champ de bataille, consumées avec leurs pilotes. Et alors que tout le monde se repliait de cette scène d'apocalypse, le Strigoy reprit son chemin initial, écrasant les restes sur sa route de son immense masse, se dirigeant vers le village d'Arvid et ses trois cents victimes à venir. La créature semblait ne même pas se formaliser de cette interruption, et son déplacement lent et relaxé paraissait presque provocateur.

Une scène s'imposa, un rappel soudain d'un passé récent.

« Des monceaux de cadavres déchiquetés, en pièces séparées, l'encerclaient, tombant en une fine poussière dorée. »

Elle faillit vomir.
Mais elle parvint à résister.

Annah, à genoux, entourée des ruines fumantes de la bataille et des cris de douleurs des blessés, la main d'Élias sur l'épaule, plongeant à nouveau dans la terrible vision qui lui avait été offerte dans ce sous-sol maudit, ne pouvait rien faire d'autre que pleurer d'effroi devant ce qui annonçait la fin de l'Humanité toute entière.

*

Outre la destruction de la compagnie qui avait tenté de l'arrêter, le Strigoy était parvenu à rompre l'insouciance du GAR Härmaak. Adam était stabilisé, présent aux côtés d'autres blessés dans un hôpital de fortune établit près du récent champ de bataille, mais restait inconscient, ses deux jambes consumées. Marianne n'avait pas quitté son chevet un seul instant, même pendant l'opération qui visait à fermer ses blessures, et tenait sa main dans la sienne, comme craignant de le voir disparaître si elle venait à le lâcher. Son visage, habituellement froid, était dévasté, et des traces de larmes continuaient à le recouvrir. Élias, pour sa part, explorait le champ de bataille avec d'autres soldats, à la recherche d'éventuels survivants et de matériel récupérable, écœurés par les membres tranchés qui recouvraient le sol, seuls restes des personnes qui avaient été happées par le terrible tentacule destructeur.

Quand à Annah, elle était repliée sur elle-même, son esprit en lambeaux. D'eux quatre, peut-être à cause de son enfance perturbée et des terribles choses qu'on lui avait fait faire, elle avait toujours été la plus préoccupée par l'état général de l'espèce Humaine, par les sombres extrémités vers lesquels ils pouvaient se diriger, par la guerre qui les obsédait depuis bien avant leur naissance, et par les menaces qui pouvaient un jour mettre fin à leur existence. C'était une des raisons qui faisait qu'il avait été si simple de l'orienter dans le domaine de la Science : outre sa curiosité naturelle, elle estimait pouvoir faire beaucoup de bien pour l'Humanité en travaillant dans ce domaine. De ce fait, elle avait été affreusement secouée par les événements de la journée. L'impuissance absolue des meilleurs armes de sa bien aimée science face à un seul Strigoy, le massacre qui s'en était suivi, et la connaissance que des dizaines de ces créatures étaient en ce moment même en train de dévorer leur civilisation, l'avaient plongée dans un profond désespoir. Le fait que sa vision des corps découpés et ensanglantés était désormais validée, et confirmait ses capacités incontrôlables de voyante, en rajoutait sur ses épaules, lui faisant craindre les prochaines étapes.

Malgré la perte du véhicule de commandement qui servait de poste de communication, ces dernières avaient été rétablies via satellite et connexion simple par Oculys. C'était un système loin d'être optimal, qui limitait terriblement la quantité d'informations pouvant être reçues et envoyées, mais cela suffisait pour apprendre l'essentiel : les nouvelles étaient effroyablement mauvaises. Sur la dizaine d'autres missions qui avaient été déclenchées à travers l'Empire pour attaquer des Strigoys isolés, toutes avaient échoué. Seules quatre autres équipes avaient pu se replier partiellement, les six autres ayant été exterminées jusqu'au dernier soldat. Pire encore, à titre expérimental, on avait décidé de déployer le KlangCult, un escadron de légende en Endal, une fierté locale militaire qui utilisait toutes sortes de véhicules de combat lourd et archi-lourd. La mobilité n'étais pas à leur avantage, mais les gros canons étaient leur spécialité. Malheureusement, ils n'eurent pas plus de succès, et avec la totale destruction du KlangCult et les difficultés de manœuvre des véhicules dans les multiples autres combat contre les Strigoys, il devenait clair que l'infanterie et l'aviation, ayant l'agilité de leur coté, seraient sûrement les plus à même de soutenir la lutte... En partant du principe qu'ils arrivent à passer l'indestructible protection des créatures.

Pas un seul Strigoy n'avait été blessé dans ces affrontements. L'Empire avait perdu plus d'un millier de troupes en ce jour, qu'il s'agisse de fusiliers, d'Armonistes ou même de techniciens et médecins, près de cent véhicules d'attaque, et chaque ville ou village qui devait être défendu était tombé par la suite, ce qui ajoutait facilement plusieurs milliers de pertes civiles. C'était sans compter les régions qui n'avaient pas été défendues, ne faisant pas partie des opérations de combat de la journée, mais qui avaient été consumées quoi qu'il en soit. Le carnage était effroyable à imaginer, et il avait eu lieu en moins d'une journée.

Les seuls ennemis que l'Humanité avait affrontés sur Céphalia n'étaient que d'autres humains. Leurs techniques de combat découlaient toutes de ces centaines d'années d'expérience en affrontements, à travers l'évolution technologique des armes et protections, l'apparition des véhicules, des armes à feu, puis des armes Armoniques. Ils n'avaient jamais affronté un ennemi issu d'un autre monde, et leurs stratégies, si maîtrisées, si travaillées, étaient inutiles face à ces créatures.

Annah essuya ses larmes. Elle savait qu'elle ne pouvait pas rester inactive, mais pour le moment, ses émotions étaient trop intenses. Elle ne parvenait pas à se calmer. Elle s'en était bien sortie, comparé à d'autres comme Adam, ou à tous ceux qui avaient perdu la vie, mais ses pleurs n'étaient pas dirigées envers ses propres malheurs. Elle pleurait pour ses compatriotes, pour son espèce toute entière, et pour tous les innocents fauchés en ce jour. Là ou d'autres se préoccupaient de se regrouper, de tenter de nouvelles offensives ou découvrir la faiblesse de l'ennemi, elle avait vu que ces actions seraient totalement inutiles et uniquement un moyen de masquer la vérité : ils étaient impuissants.

Pendant plusieurs dizaines de minutes encore, elle resta seule, baignant dans une profonde dépression. Puis, finalement, un petit embryon d'espoir se manifesta en elle. Elle avait toujours ses archives Ritualistes. Elle n'avait pas encore exploré la moitié des connaissances qui s'y trouvaient. Peut-être qu'une solution pourrait s'y trouver ? Une nouvelle arme ? Un moyen de permettre aux morts de revenir à la vie, comme une version améliorée de son Zombie, et de continuer à combattre, de gagner du temps, jusqu'à, un jour peut-être, découvrir le point faible des Strigoys ? Après tout, elle avait trouvé un moyen de se ramener elle-même à la vie si elle venait à mourir, n'était-il pas possible d'en faire de même pour ceux qui étaient déjà tombés ?

Elle se redressa, doucement, retrouvant difficilement son équilibre, son corps affaibli par le drain de Potentiel qu'elle avait usé en combat et la faiblesse de son état d'esprit. Une fois stable sur ses deux pieds, elle se mit plusieurs claques au visage pour se réveiller et retrouver un peu de courage, oubliant sur le coup que sa main droite était robotique et bien plus dure. La douleur la rappela à l'ordre et lui fit se sentir à nouveau en vie.

La vie. Elle était encore là. Elle avait survécu son baptême du feu contre ces horribles créatures. Malgré sa terrible blessure, Adam avait également survécu, tout comme ses amis. Ils étaient encore là, tous les cinq, et tant qu'ils étaient ensemble, ils n'abandonneraient pas. Annah se résolut à retourner travailler sur son projet secret avec Alma dès que possible. Elle doutait que ses Zombies puissent avoir la moindre utilité dans cette situation, mais le monde des morts, des Esprits et des Âmes semblait vaste en possibilités. Elle avait besoin de se raccrocher à cet espoir, pour elle, et pour l'Humanité. Si ces créatures étaient insensibles aux attaques matérielles, elle frapperait depuis l'immatériel !

Finalement, elle descendit la colline, jetant un dernier regard attristé vers Arvid. Le village, au loin, était en flammes, et une épaisse fumée noire s'élevait au dessus de la cime des arbres. Il était trop loin pour entendre les cris, mais l'horreur de ce qui s'y passait n'était que trop évidente. Elle fit de son mieux pour chasser ces pensées de son esprit : ils n'avaient aucun moyen d'arrêter cette extermination. Ils ne pouvaient que prier qu'un maximum de civils pourrait fuir et survivre.

Elle atteignit la tente médicale où se trouvait Adam et entra. Comme elle s'y attendait, Marianne n'avait pas bougé. Annah s'approcha d'elle et posa ses mains sur les épaules de son amie. Celle-ci frémit légèrement, tourna la tête et, acceptant sa présence, regarda à nouveau son compagnon endormi.

« — Je n'aurais jamais cru qu'il risquerait sa vie avant moi. C'est moi qui suis toujours au cœur du combat. C'est moi qui devrais être en danger, pas lui. C'est notre chef, c'est notre travail de le protéger, et le sien de nous commander.

— Personne n'aurait pu le protéger de ce qui l'a attaqué, Maria, tu le sais aussi bien que moi. Personne ne peut arrêter ces horreurs. Pas pour l'instant, en tous cas. Et je connais assez Adam pour savoir que s'il pouvait choisir, il préférerait perdre tous ses membres plutôt que de te laisser te faire blesser.

— Il ne devrait pas... Je suis une de ses soldats. Je dois le protéger.

— Tu sais bien qu'il ne te voit pas comme un simple soldat. Tu le sais, n'est-ce-pas ? Surtout toi.

— Je le sais... Je ne voulais pas l'admettre. Ce genre de sentiment... Sur le champ de bataille, c'est un risque que je ne veux pas prendre. C'est une peur que je ne veux pas connaître.

— Tu ressens déjà ces sentiments, peu importe tes efforts. Regarde-toi dans un miroir, et dis-moi que tu ne ressens rien pour lui. Mon avis de scientifique analyste ? Vous ne pouvez pas y échapper, ni toi, ni lui. Il t'attend, depuis longtemps. Sois là pour lui quand il se réveillera, d'accord ?

— Je n'irais nulle part tant qu'il sera inconscient... Merci, Annah... Je crois... Que je vais avoir à lui parler après tout ça. De lui, et de moi. De nous.

— Je suis contente de l'entendre. La vie est déjà bien trop courte, et au vu de la situation elle risque de l'être encore plus. Oh, et appelle-moi quand il se demandera quelles jambes lui installer pour remplacer les siennes, je t'assure que je lui trouverais les meilleures. Il sera mieux que neuf ! »

Marianne lui adressa un petit sourire timide, et Annah la serra dans ses bras. C'était perturbant pour elle de voir son amie, une vraie femme de glace et d'acier, aussi fragilisée. Sa colère envers les Strigoy ne fit que s'amplifier d'autant plus. Ces créatures détruisaient plus que les vies, elles détruisaient les esprits des survivants. Même les fiers et puissants combattants Baraldans étaient réduits à des loques tremblantes à cause de ces créatures.

Elle sortit et croisa brièvement Alma. Dépassée par les soins qu'elle devait apporter, elle n'eut pas le temps de discuter avec elle, mais Annah lui procura l'aide qu'elle pouvait lui fournir, aussi maigre que cette aide puisse être. Elle avait malgré tout quelques bases de formation médicale également et pouvait être une parfaite assistante. Finalement, alors que les choses se calmaient, elle se mit assise sur une souche proche, se perdant dans ses pensées.

Quelques minutes s'écoulèrent, pendant lesquelles la jeune femme fut seule au monde. Il n'y avait plus d'afflux de survivants. Les dernières équipes de récolte de ressources venaient de rentrer. Tout était fini, pour de bon. Le Strigoy se gorgeait de la population du village, et les survivants bandaient leurs plaies du mieux qu'ils le pouvaient. Le temps semblait s'être suspendu, et elle ferma les yeux, appréciant le calme soudain de la situation, les sons de la nature autour d'elle, les discussions lointaines des équipes médicales, l'absence des hurlements de douleurs qui avaient enfin cessé.

Puis tout s'emballa à nouveau. Quelqu'un cria au loin. Mais ces cris, cette fois, semblaient être un mélange de joie et de panique. Plusieurs soldats se mirent à cavaler à toute allure dans le camp, et bientôt, tous les bras disponibles se mirent à aider à regrouper l'équipement et les blessés. Annah s'interrogea sur ce qu'il se passait, et alors qu'elle s'apprêtait à questionner un Armoniste proche, Élias la trouva et l'aborda. Son expression était grave et sérieuse, ce qui n'était pas une bonne façade pour son ami habituellement toujours si jovial et blagueur.

« — Annah ! Je te cherchais. Nous avons du nouveau, et ça n'est pas rien.

— C'est ce qu'il m'a semblé, en effet. Dis-moi que le Strigoy ne revient pas nous achever, par pitié.

— Rien d'aussi catastrophique, je te rassure. Du moins, pas pour nous. Nous avons deux bonnes, et une très mauvaise nouvelle. Tu veux que je commence par quoi ?

Elle fit la moue.

— Je me serais bien passée de l'affreuse nouvelle, j'ai eu ma dose pour la journée, mais j'imagine qu'elles sont livrées ensemble. Commence par les bonnes, s'il te plaît.

— Bien, pour commencer, maintenant que nous avons perdu tous nos véhicules et sommes remplis de blessés et en sous-effectif, on nous

envoie des T-NBTA. On sera de retour à la base dans quelques heures à peine.
— C'est une bonne nouvelle, en effet. J'éviterais de commenter sur le fait que je suis contente d'éviter de rentrer à pieds, surtout vu la situation d'Adam... Désolée, il ne me reste que l'humour noir. Continue s'il te plaît.

Cette fois, un sourire espiègle apparu sur le visage de son ami, ce qui lui convenait vraiment mieux.

— On a possiblement trouvé un point faible dans la défense des Strigoys.

Les yeux de la jeune femme s'ouvrirent comme des soucoupes sous la surprise. Elle saisit son ami par les épaules et le secoua dans tous les sens.

— Quoi ? Sérieusement ? Où ? Comment ?
— Du calme ! Le nouveau Capitaine et plusieurs gradés étaient en train de revoir les enregistrements de la bataille, et ils ont remarqué à un moment qu'une balle était parvenue à passer à travers la protection du monstre et percuter son blindage. Bien sûr, ça n'a eu aucun effet, mais nous avons la confirmation qu'il est possible de passer à travers !
— Mais comment ? Qu'est ce qui a permis à cette balle de traverser ce champ d'énergie ?
— Ils ont observé la scène au ralenti, en détail et sous tous les angles possibles. La balle a franchi une zone recouverte de particules de projectiles. Leur théorie, pour le moment, est que quand le champ d'énergie est surchargé de ces particules, donc quand le Strigoy a bien... Mangé... Si tu me permets le terme... Le champ d'énergie devient saturé localement et ne fonctionne plus pendant un bref moment.
— En simplifié, il faut concentrer les attaques à un point précis encore et encore pour surcharger le champ d'énergie avec les attaques absorbées, jusqu'à pouvoir passer à travers ?
— C'est l'idée. Notre équipe est la seule à avoir découvert cette faiblesse, donc les responsables de Fort Endal-09 sont pressées de nous revoir avec les enregistrements, comme tu peux l'imaginer.
— Ce qui explique le déploiement rapide de T-NBTA pour nous extraire, acquiesça Annah en souriant. Bon. C'est une bonne nouvelle, et un bon début dans le but d'espérer abattre un de ces monstres.

Maintenant que tu m'as remonté le moral, détruis-le et donnes moi la terriblement mauvaise.

Cette fois, le visage d'Élias devint extrêmement sombre. L'inquiétude était évidente sur ses traits.

— Une autre attaque de Strigoys se prépare. Au moins six d'entre eux ont été détectés en train de converger vers la même cible. On estime qu'ils seront à portée d'ici une douzaine d'heure, en pleine nuit.
— Six ? C'est un record. Leur cible doit être importante.
— Tu n'imagines pas à quel point.

Annah inspira profondément, se préparant au pire, puis le regarda dans les yeux.

— Dis-moi.

Il fit de même, la réponse semblant tout aussi ardue à prononcer pour lui. Serrant les poings, tremblant légèrement, il répondit.

— Endal. »

Chapitre 8
Le siège d'Endal

L'Empire Baraldan est constitué de vingt-trois nations. Vingt-quatre, si l'on compte la toujours-changeante Sacreval, désir éternel des deux puissances en guerre. Il existe de ce fait plus d'une vingtaine de capitales, toutes possédant un niveau d'indépendance suffisant pour gérer leur territoire, mais toujours liées à Ernésie, la Capitale Impériale. Chacune de ces villes est fortifiée à l'excès, emplie de troupes, de véhicules, de bombes, et d'armes Armoniques en tous genres. Pourtant, face à six Strigoys, notre fier Empire évacuait déjà en urgence ses populations civiles. Jamais n'avons-nous été confrontés à une menace qui nous humilia autant. Et à en croire les dires d'Annah, nous serions fous d'imaginer que pire encore ne nous observait pas avec une faim insatiable, loin dans les étoiles.
Extrait de « Biographie d'Annah Morgan » d'Alma Hilldar.

Il s'était écoulé une année entière pendant laquelle Annah n'avait plus expérimenté d'activité étrange et inexplicable dans ses rêves. La voix, qui l'avait guidée vers les archives Ritualistes, ne s'était plus jamais manifestée par la suite, et elle n'avait jamais identifié qui était à l'origine de ces murmures dans ses songes. Il en était de même pour le code étrange qui lui avait fait perdre le contrôle de ses actions.

Toutefois, cette fois-ci, elle remarqua qu'elle rêvait, et la sensation familière d'être partiellement consciente et en contrôle pendant son sommeil lui sembla fortement nostalgique. Pour autant, son songe semblait bien loin de ce qu'elle aurait pu désirer voir : il était une pure manifestation de sa conscience troublée par les événements actuels.

Elle se tenait, seule, debout sur une corniche en pierre surplombant une vallée. Le monde entier était en flammes, et le ciel lui-même était rouge, reflétant l'embrasement du sol plus bas, alors que braises et fumées toxiques montaient vers les cieux. Un léger vent, chaud, amenait jusqu'à ses narines l'odeur des feux, consumant matériaux et cadavres sans distinction, lui donnant la nausée. Les feux consumaient Asilée.

Alors qu'elle observait la situation plus bas, elle réalisa qu'ils avaient perdu. Elle était là, perchée sur son point d'observation, et ne pouvait rien faire d'autre qu'assister à la mort de l'espèce humaine. Les villes étaient en ruines, les capitales consumées, le sol débarrassé de toute trace de végétation ou de vie animale. Il n'y avait que de la terre morte à perte de vue, seulement recouverte de ruines. Et des dizaines, des centaines de Strigoys, grouillaient dans tous les sens, à la recherche d'un repas sanglant, certains dont elle n'avait même jamais vu l'apparence jusqu'à ce jour, titanesques comparés aux désormais classiques chenilles de métal.

Elle savait que c'était un rêve, mais ne pouvait s'empêcher de réagir à une telle vision de destruction. Elle tomba à genoux, le désespoir l'emplissant à nouveau, les larmes roulant sur ses joues. Sa foi dans le fait de de trouver un moyen de repousser ces monstres avait été vaine. Elle avait échoué. Ils avaient tous échoué. Elle était la dernière humaine en vie. Une sensation inexplicablement familière.

Soudainement, elle sentit une présence. Quelque chose remua la trame de son rêve et apparut à ses côtés. Quoi que soit cette entité, elle ne lui était pas inconnue, et il semblait qu'elle pouvait désormais la voir en détails de bien meilleure façon qu'autrefois. Elle réalisa, quelques secondes avant même qu'elle ne s'exprime, qu'il s'agissait de la voix. Elle était enfin de retour. Elle émanait autrefois de ce qui était une sphère verdâtre, mais cette fois-ci, étrangement, un visage se dessinait légèrement à sa place, ainsi qu'une forme humaine qui y était attaché, difficilement visible, instable dans son apparence. Annah pensa, pendant un temps, qu'elle avait affaire à un fantôme. Fixant son attention sur le visage, elle réalisa, tout aussi étrangement, que l'homme ressemblait étonnamment à son oncle, Adrian.

« — Ne rêve pas de cela, Annah... Ton Destin... Tu as le pouvoir de t'en libérer, et nous avec... Ne rêve pas de ce que tu pourrais être... Rêve de ce que tu vas devenir... Rêve de ce que tu veux être... Crois en la gloire qui t'attends. Je peux tout voir. Ton futur lui-même vient à ton aide.»

La majorité de ces paroles étaient pour le moins étranges, mais emplissaient la jeune femme de courage. Elle hocha la tête. Elle ne souhaitait pas que ses rêves soient aussi atroces. Elle souhaitait une meilleure option, des opportunités de vaincre. Elle souhaitait un futur, pour elle, comme pour son espèce. Contre les Strigoys, mais aussi unifiés en une seule et même race, la race Humaine. Elle était lasse de l'éternel conflit opposant l'Empire au LINAL. Elle concentra toute sa volonté sur ce désir : qu'on lui permette d'avoir un avenir. Elle souhaita l'espoir, et l'espoir lui fut offert.

Le monde entier trembla soudainement, avec violence, comme si le cauchemar qui la maintenait dans sa poigne tentait de résister face à son acte de rébellion. Un mugissement effroyable retentit, à mi-chemin entre un cri et un grincement, poussé par une invisible créature issue de son esprit, responsable de ses tourments et de son désespoir.

Enfin, la trame de son rêve se craquela, telle les fissures qui recouvraient le monde et permettaient le passage des Strigoys, ou l'ouverture qui avait permis l'arrivée de la demi-lune métallique. Tout vola en éclat, et pour un moment, elle assista à ce qu'était l'essence même d'un rêve, au tourbillon de couleurs démentiel qui se mélangeait, changeait régulièrement de formes, de teinte, s'agitant follement au rythme des émotions ressenties par leur propriétaire. Pendant un instant, fugace, il lui sembla que les rêves étaient bien plus complexes en nature que de simples réminiscences du temps passé éveillé. Qu'ils avaient une vie propre, une origine inconnue. De nouveau, elle concentra son espoir. Elle concentra son désir pour un futur.

Soudainement, des images surgirent, apparaissant et disparaissant à toute allure, ne faisant aucun sens pour elle. Elle vit un château médiéval, enneigé, assiégé par les ténèbres. Elle se vit crier dans une fissure flottant dans l'air, face à son visage. Elle se vit sur un monde de métal, ressemblant à une énorme cité à l'architecture monstrueuse et cyclopéenne. Elle se vit, dressée, seule, face à une titanesque monstruosité mi-organique, mi-métallique, un simple couteau en main. Elle se vit frapper, frapper et frapper encore. Elle vit une terrible, une effroyable révélation. Elle se vit morte, mais en vie. Elle se vit humaine, telle qu'elle avait toujours été, et pourtant elle était désormais tel un ange de flammes et de lumière, une vision envoûtante et unique. Elle se vit vieillir en restant jeune, parfois faite de chair, parfois faite de métal. Alliés et ennemis se pressaient autour d'elle, unifiés par un nouveau but, la suivre ou l'éliminer. Elle visita un pays qui n'existait pas, prit la direction d'une ville qui n'avait jamais été construite. Et, telle une nuée orangée de lucioles, tourbillonnant follement en tous sens, créant des merveilles d'architecture et de technologie, se révélait à elle le futur de l'humanité.

Et bien qu'elle ne comprenait pas ce qu'elle voyait, bien que tout cela ne faisait aucun sens et ne fournissait aucune explication quant à sa destinée, elle sentait l'espoir émaner de ces images. Elle sentait qu'il existait un chemin à suivre, un chemin étrange qui semblait se superposer à un autre. Ces images semblaient tenter de lui montrer plusieurs existences parallèles. Elle se sentit brièvement perplexe. Avait-elle déjà fait tout cela autrefois dans une vie antérieure ? Le ferait-elle dans le futur ? Comment était-ce possible ?

« — Suis ta voie, Annah. Nous nous reverrons bientôt. Tu comprendras. Deviens la Déesse que tu es destinée à être. »

La voix semblait gagner en force grâce à sa présence. Le spectre, verdâtre, était désormais plus visible, plus stable. Quelque chose en elle l'alimentait, et il n'avait désormais plus besoin de faire des pauses au milieu de ses phrases pour reprendre son souffle. Même sa voix ressemblait à celle d'Adrian, désormais. Son inconscient avait-il choisi

cette apparence, car son oncle avait tout été là pour elle, et pour la guider ?
Sur ces nombreuses interrogations, Annah vit son rêve prendre fin. Elle était à nouveau dans le noir, seule, humaine, sans couleur, sans voix, sans compagnie. Mais contrairement à avant, un cadeau lui avait été offert, un cadeau qui allait de pair avec son désir de trouver une solution dans le Ritualisme, et la lueur de ce don brillait dans sa poitrine, avec force, répandant sa douce chaleur dans son corps jusqu'alors glacé de terreur.
L'Espoir.

*

Annah s'éveilla dans son lit, dans son appartement, dans la capitale d'Endal, lentement secouée par une petite main fraîche. Sa conscience lui revient immédiatement, ses sens restaurés. Son rêve avait éveillé son esprit avant même sa sortie du sommeil, et elle se souvenait clairement d'où elle était, quand, pourquoi, comment, et surtout, de ce qu'il y avait à faire.

Elle se mit immédiatement assise dans son lit, avec une telle rapidité que la personne qui l'avait réveillée eut un très léger sursaut et se crispa légèrement, comme prête à sauter à l'action. Annah l'observa en détails.

Il s'agissait d'une jeune femme, plus jeune qu'elle, et dont les traits semblaient si enfantins qu'elle pourrait facilement passer pour une adolescente, bien qu'elle n'avait que cinq ans de moins qu'Annah. La majorité de son visage était, toutefois, cachée par un foulard devant la bouche, et une capuche par dessus la tête, faisant partie d'un long manteau noir. Sa tenue entière était créée dans le but de la rendre aussi discrète que possible dans l'ombre, et de camoufler le plus possible son apparence. Seul son nombril, étrangement, était visible.

Les deux yeux, l'un naturel, ambré, et l'autre artificiel, vert jade, complètement fusionné à son Oculys par des plaques de métal entourant son orbite, fixaient Annah avec une certaine tension, incertaine de la situation suite à son réveil brusque. Quelques mèches de ses cheveux, teintés en vert sombre, tombaient devant son visage. Cet élément avait surpris Annah lors de leur première rencontre, la culture Impériale n'étant pas très adepte de la coloration artificielle des cheveux, mais il arrivait toujours qu'une personne, à l'occasion, adopte une couleur non naturelle. Au moins, la jeune femme avait sélectionné une coloration sombre et discrète plutôt que très claire et attirant le regard. Elle se souvint un instant de Rias, la jeune terroriste qu'elle avait blessée lors de la mission à Nereyd, et ses cheveux argentés, bien trop visibles.

Ne la connaissant que depuis une poignée d'heures à peine, qu'elle avait avant tout passé à dormir pour se remettre de la bataille récente, elle n'avait pas questionné la jeune femme sur la raison de cette teinture, estimant qu'elles n'étaient pas encore assez familières pour cela, bien qu'au vu de leur relation professionnelle, les choses évolueraient certainement rapidement.

« — Quelque chose à signaler ? Un danger ? Je n'ai rien senti. »

Elle balaya la pièce du regard, rapidement, efficacement, une main posée sur un pistolet semi-automatique à sa ceinture. Elle observa la fenêtre un moment, puis la porte, puis, finalement, après un tour complet du propriétaire, revint vers Annah. Cette dernière lui sourit en secouant la tête.

« — Non, rien, pas d'inquiétudes. Mes excuses, Sina, j'ai juste eu un rêve assez intense. J'ai repris conscience tellement vite que j'ai dû te surprendre. »

La dénommée Sina hocha la tête, compréhensive, et n'ajouta rien de plus, se relaxant juste ce qu'il fallait, mais restant aux aguets. Annah se leva, s'étira, observa que la nuit tombait par la fenêtre, et commença à s'habiller. Dans la cour intérieure de la base militaire, des soldats cavalaient en tous sens, préparant tout ce qu'ils pouvaient préparer. Les survivants de la bataille contre le Strigoy étaient revenus en Navette quelques heures plus tôt. On les avait laissé prendre un peu de repos avant la bataille de la nuit. Malheureusement, les nouvelles étaient mauvaises, et peu de monde s'attendait à une victoire. La rumeur de la découverte d'une faiblesse dans la protection des Strigoys ne suffisait pas à écarter la terreur qui emplissait désormais la ville, qui avait sombré dans un chaos progressif que les autorités avaient bien du mal à canaliser.

« — Bien, en avant. Une petite marche m'éclaircira les esprits. J'imagine que tu viens avec moi ?
— C'est ma mission. Je dois jouer la garde du corps pour le « projet secret d'importance capitale du GASMA ». Interdit de m'éloigner.
— Projet secret d'importance capitale ? Tes patrons ont vraiment une grande estime pour moi, à ce que je vois. M'envoyer une de leur meilleure assassin comme garde du corps, c'est un vrai honneur. »

Elle se garda d'ajouter qu'il s'agissait aussi d'une excellente façon de la faire disparaître si elle venait à devenir problématique. Elle jeta un regard par la fenêtre de sa chambre, qui donnait sur la ville en proie au chaos.

— Enfin, vu l'état dans laquelle Endal se trouve, j'imagine que c'est d'autant mieux d'être protégée.
— Je déconseille de quitter la base militaire et d'aller en ville.
— Je sais, mais j'ai un ami à rejoindre. De plus, comme la dernière bataille semble avoir terrifié tes patrons, je n'ai pas l'autorisation d'être déployée sur le front cette nuit. Je ne peux qu'observer de loin, et m'enfuir dans une Navette spéciale si la ville tombe.
— Ce qui a de fortes chances d'arriver.
— En effet. Autant m'éloigner du front et de la base pour avoir l'occasion de fuir si nécessaire. De plus, si possible, j'aimerais voir une dernière fois la cité où j'ai passé l'essentiel de ma vie avant qu'il n'en reste que des ruines. »

Il y avait un peu d'amertume dans la voix d'Annah, mais étrangement, la petite pointe d'espoir qui se trouvait toujours en elle depuis son rêve lui permettait de rester rassurée. Elle semblait ne pas réussir à vraiment croire qu'Endal allait tomber, malgré le fait que toutes les preuves pointaient vers cette issue.

Elle récupéra son long manteau gris aux bordures blanches à long col tenu par le fidèle Wilson, l'enfila par dessus un gilet noir et un pantalon gris sombre, et mit également ses bottes de combat. Après un court instant de réflexion, réalisant qu'elle allait sortir en soirée, dans le climat nordique glacial, elle ferma son manteau, le col de ce dernier cachant sa bouche et le bas de son nez, les protégeant du froid tout en lui donnant un air plus impérieux. Elle se dirigea vers l'extérieur de sa chambre et attendit Sina, qui se faufila avec une discrétion absolue, aux côtés de celle qu'elle devait protéger. Son déplacement faisait autant de bruit qu'un souffle de vent, ce qui, comparé à l'absence de discrétion absolue d'Annah, dont les bottes martelaient le sol en produisant un écho, causait une remarquable opposition entre les deux.

Sina Crowley. On lui avait présenté la jeune assassin à son retour de la bataille pour Arvid. Il semblait que les massacres récents des missions contre les Strigoys avaient versé une véritable douche froide sur les ardeurs des dirigeants du GASMA. La branche nordique d'Endal avait reçu des ordres du quartier général d'Ernésie : Annah devait être protégée, dans l'intérêt du programme Ritualiste secret qu'ils avaient développé, et pour lequel elle fournissait des résultats dépassant toute espérance. Les informations récentes de ses rapports officiels sur ses progrès en matière de résurrection avaient causé un raz-de-marée chez les dirigeants de l'organisation, et avaient fait d'elle l'une des personnes les plus importantes de l'Empire, même si bien peu étaient au courant de ce fait. On avait donc envoyé un garde du corps pour assurer sa protection... et la garder sous contrôle. Malgré son jeune âge et son apparence encore plus jeune, Sina était réputée comme étant une garde du corps et une assassin de qualité, qui pourrait s'assurer de protéger Annah de toute menace avant même que la menace en question ne fasse un geste agressif envers elle. Sauf si, bien sûr, il s'agissait de Strigoys.

Alors qu'elles atteignaient l'extérieur, elles observèrent un moment les troupes. Il y avait bien plus de personnes qu'à l'accoutumée qui se déplaçaient en tous sens, véhicules compris, et pour cause : les six Strigoys arrivaient de l'Ouest de la ville. Fort Endal-09 était donc la première et dernière ligne de défense de la capitale, recevant ainsi des renforts massifs des trois autres bases, après quoi, si la ligne de front tombait, la bataille deviendrait un affrontement urbain désespéré au milieu des rues et des quartiers défavorisés en périphérie.

« — Entrer en ville sera dangereux, insista Sina. D'après les rapports récents, le centre d'Endal est en proie à une évacuation de masse des résidents. Les quartiers Est, Nord-Est et Sud-Est sont débordés de véhicules cherchant à fuir, et les rues sont bouchées à leur maximum. Le système d'alimentation routier est poussé à ses limites. De plus, on reporte de très nombreuses agressions de véhicules dans les quartiers défavorisés. En conclusion, entrer dans la ville en périphérie Ouest sera moins dangereux, grâce à l'absence de véhicules à piller, mais le risque restera présent.

— Ça sera l'occasion de gagner ton salaire, alors. Et puis, je suis pas non plus sans défense. Allez, suis-moi. »

Le duo quitta la base militaire en ébullition. De multiples véhicules se dirigeaient vers la ligne de front estimée, apportant matériel, munitions et barricades. Bien qu'il avait été établi que ces dernières étaient inutiles sur un plan défensif face aux terribles tentacules d'énergie, il était au moins supposé qu'il était possible de se cacher derrière pour que les Strigoys ne voient pas les soldats avant qu'ils n'ouvrent le feu, sans oublier les débris et explosions à venir. D'autres véhicules, de leurs côtés, apportaient un équipement déployé pour tester une nouvelle stratégie qui pourrait, après l'observation de nombreux soldats, dont Annah, prouver une possible utilité : miner le terrain. Les Strigoy ne détruisant pas automatiquement ce qui se trouvait en dessous d'eux, il était possible que certains rampent sur les mines et reçoivent des dégâts.

Pendant qu'elles marchaient, suivant la route et approchant de la ville, les instincts de Sina se mettant en marche et la faisant surveiller les alentours avec une attention toute particulière, Annah, de son côté, avait allumé la télévision via son Oculys, et observait les informations du moment. Son groupe d'amis lui manquait quelque peu : Adam était toujours à l'hôpital, inconscient, et recevrait, dans le futur, une greffe de prothèses de jambes. Marianne refusait de quitter son chevet, agissant comme s'il était mourant, et avait déjà reçu une autorisation exceptionnelle pour ne pas participer à l'engagement de cette nuit. Élias, de son côté, recruté pour ses talents de tireur d'élite, était l'un des participants d'un projet spécial de défense, et était situé sur un bâtiment élevé de la périphérie vers où Annah se dirigeait. Alma, pour sa part, avait pris un peu de repos, mais s'était levée avant son amie pour participer aux préparatifs des équipes médicales, dont elle faisait toujours partie. Le nombre de blessés s'annonçait autrement plus important que lors de la bataille pour Arvid, et nombreux étaient ceux qui craignaient que les garnisons de la ville ne comptent plusieurs milliers de nouveaux amputés avant la fin de la bataille, à condition que la victoire soit leur.

Se concentrant sur les informations, Annah soupira en voyant le spectacle qui lui était présenté. Elle pouvait comprendre la fuite des civils. Tous savaient se battre, sans aucune exception, la culture martiale avancée qui régnait dans l'Empire s'assurait que chaque personne traverse un entraînement militaire une fois en âge, et en sorte pleinement apte à combattre, faire feu et se défendre. Mais il y avait une différence entre un groupe de combattants spécialisés dont cela était le métier, et une armée constituée de miliciens n'ayant jamais tiré sur une cible vivante ni même été en situation de combat réelle. Non, cela ne désolait pas Annah, contrairement au comportement des factions religieuses d'Endal, qui, elles, étaient réellement la source de son dégoût.

En effet, un nombre important de Tiaristes, croyant au Mythe des Origines, et au fait que les Strigoys étaient des envoyés de leur mère la Lune, Tiarée, afin de les ramener à elle, s'opposaient farouchement à la bataille qui allait être menée. Beaucoup estimaient qu'il s'agissait d'un sacrilège de s'opposer ainsi aux anges bénis de la Lune, et qu'il ne suffisait pour eux que d'attendre l'arrivée des Strigoys et de s'offrir à eux et a leux rayons tentaculaires divins afin d'être libérés de leur forme corporelle et d'atteindre le paradis que leurs ancêtres avaient autrefois quitté avec leurs vaisseaux colonisateurs il y a presque huit-cent ans. Annah, pour avoir vu l'horreur du massacre de la bataille récente, avait bien du mal à voir le moindre plan divin dans les carnages que causaient les Strigoys. Sina regarda par dessus son épaule et perçut quelques éléments du journal télévisé, avant de soupirer.

« — Foutu gâchis de neurones, ces Tiaristes. Il paraît qu'une partie des soldats qui pourraient défendre la ville ont été envoyés pour calmer les émeutes.

— Vraiment ? C'est un sacré gâchis, tu as raison là-dessus. Chaque soldat, chaque balle compte pour passer à travers les protections de ces monstres.

— On devrait peut-être réunir tous les Tiaristes qu'on peut trouver et les jeter en pâtures à leurs anges adorés. Ils pourront se rendre utile, au moins.

— J'aurais tendance à vouloir te donner raison, mais ces pauvres gens ne réagissent ainsi que par ignorance. Ils n'étaient pas au front avec nous. Causer leur mort empêcherait toute chance de les voir un jour grandir mentalement et devenir meilleurs.

— Le méritent-ils vraiment ? Ils nous causent beaucoup de problèmes, et mettent la défense de la ville en péril.

— Je pense que la majorité des gens méritent une seconde chance, s'ils sont sincères dans leur démarche. Ces croyants n'ont juste pas conscience de l'horreur véritable de ce qu'ils vénèrent. S'ils avaient été là, à Arvid, je pense qu'ils réagiraient différemment. Ceux qui s'obstinent par contre...Ceux qui voient dans ce carnage une libération de la prison de la Vie... Je crois qu'il n'y a rien à en tirer.

— Mon opinion est peut-être un peu extrême, reconnut Sina, mais je n'ai jamais été une religieuse. C'est, à mes yeux, un vrai gâchis d'intelligence de s'obstiner à croire en ces mythes.

— En tant que scientifique, je suis plutôt d'accord avec toi, mais je dois admettre que la foi... peut parfois aider à traverser des étapes difficiles dans la vie, peu importe en quoi on croit, répondit Annah, pensive, se remémorant ses rêves et visions. Après tout, croire en quelque chose, même sans preuve, peut donner une véritable force.

— Le problème vient quand on commence à imposer ses croyances au reste des gens qui n'en ont rien à faire, répliqua Sina. Comme ces idiots de Tiaristes font en ce moment en mettant la défense d'Endal en péril.

— Sur ça, je suis d'accord. Chacun devrait être libre de croire en ce qu'il veut, tant que cela reste sa croyance et qu'il ne l'impose à personne d'autre. »

Les deux femmes finirent leur discussion et retombèrent dans un silence soudain. Elles sentaient un danger. Elles avançaient désormais dans la rue principale des quartiers défavorisés, qui était occupée par un large groupe de manifestants Tiaristes, criant des slogans devant les caméras des journalistes. Mélangés à ces personnes, plusieurs groupes cherchaient à causer des problèmes, brisant des vitrines de commerces de la ville. Le chaos dévorait Endal.

« — De ce côté, indiqua Annah d'un signe de main, pointant vers une ruelle.
— Je passe devant. C'est le genre de coupe-gorge que j'espérais qu'on éviterait, pour être honnête.
— Je ne pense pas que les responsables du projet auquel Élias participe passent par ici pour apporter les ressources nécessaires, mais je ne connais pas d'autre chemin. »

Bien évidemment, il ne fallut que quelques pas avant que les ennuis ne les trouvent. Un groupe de trois hommes se dressa devant elles, l'air menaçant. Ils avaient des foulards devant le visage pour cacher leur identité, et un air dangereux dans les yeux. Ils portaient des sacs à dos bien gonflés, sûrement remplis de leurs larcins du soir.

« — Qu'est ce qu'on a là ? Questionna l'un d'eux d'une voix traînante. Un joli petit couple perdu ? »

L'homme observa Sina, son regard se portant un moment sur ses formes qui, bien que juvéniles, restaient agréables à l'œil. Son nombril exposé, particulièrement, retint l'attention de l'homme. Il n'était pas difficile de deviner son train de pensées. Ses deux compagnons s'approchèrent en ricanant.

« —Il ne manquait plus que ça, soupira Annah.
— Bougez. Nous avons à faire. Nous n'avons pas le temps pour des abrutis dans votre genre. » martela Sina.

Sa voix était glaciale au possible. Annah, positionnée derrière elle, observa les légères contractions de ses muscles alors qu'elle se préparait, imperceptiblement, à l'action. Elle était curieuse de voir sa garde du corps à l'œuvre.

« — Je te les laisse. Je risque de ne pas avoir le temps de Composer, ils sont trop près, et si j'utilise mes Compositions toutes prêtes, je vais les faire fondre en même temps que la moitié de la ruelle. »
— Je croyais que vous saviez vous défendre ? Taquina Sina.

— Je sais me défendre. Je ne suis juste pas très douée avec le concept de riposte proportionnée. », marmonna Annah.

L'assassin haussa les épaules, puis se mis en position de combat. Immédiatement, la tension augmenta de façon perceptible dans la ruelle. L'homme de tête se jeta sur elle en premier, lançant son poing en avant. Elle le saisit de sa main gauche, pivota sur sa droite et décocha un coup de coude directement dans celui de l'homme, le faisant glapir de douleur. D'un deuxième tournoiement, elle leva la jambe droite et lui propulsa le pied dans le bas du dos, avec force. L'homme vola en avant et percuta le mur, étroit, de la ruelle, tête la première. Il glissa doucement au sol en gargouillant.

Un deuxième homme se jeta vers elle en hurlant, tentant de l'assommer d'un coup de barre de fer porté vers le bas. Avec agilité, elle lui saisit le bras et l'accompagna dans son mouvement, usant de son propre poids pour lui faire faire un tour complet dans les airs et le faire tomber sur le dos. Sonné, il ne fut pas capable d'esquiver le poing qui lui atterrit en plein visage.

Elle fit enfin face au dernier opposant, qui se préparait à la recevoir. Elle lui fonça dessus et décocha trois, quatre, cinq coups de poing en succession rapide, droite et gauche, vers le visage. L'homme, en position de protection, para absolument tout, les avant bras protégeant son visage. Il ne bougea pas et resta ainsi. Sina profita de l'occasion pour saisir la tête et les deux bras de l'homme avec ses propres bras, l'immobilisant, avant de lui balancer un coup de genoux dans une zone extrêmement sensible du corps masculin. Il se replia avec un couinement de douleur, relâchant sa garde alors que ses mains se précipitaient instinctivement vers son entrejambe, et fut accueilli par un second coup de genou en plein visage. Bientôt, le calme retomba dans la ruelle, uniquement interrompu par les grognements de douleurs des trois anciens agresseurs.

Annah s'approcha de sa garde, quelque peu impressionnée.

« — Et bien, c'était quelque chose. Ils n'ont pas tenu plus de quelques secondes. J'aimerais énormément voir un match entre toi et Marianne, quand elle sera à nouveau d'humeur combative. Contre Adam ou Élias, aussi, ça pourrait être intéressant.

— Je ne peux m'empêcher de remarquer que vous ne vous êtes pas portée volontaire pour un duel. »

Annah grimaça.

— Si je peux utiliser mon Armonie, je gagne. Sinon, ces trois idiots feront mieux que moi. »

Sina eut un petit ricanement, puis fit signe à Annah. Elles reprirent leur route, cette fois-ci sans incident, et finirent par atteindre le bâtiment où Élias était posté. Plutôt que d'arriver par la porte d'entrée principale, qu'Annah avait totalement ratée à cause des multiples véhicules de transport garés devant l'entrée de la rue qui permettait de la rejoindre, elles atteignirent la porte de service, à l'arrière, et pénétrèrent la structure par celle-ci. Une fois à l'intérieur, elles furent accueillies par plusieurs soldats et ingénieurs faisant des allers-retours jusque sur le toit, portant des caisses de matériel avec eux. Personne ne leur prêta grande attention, leurs vêtements suffisant à montrer qu'elles n'étaient en rien des casseurs ou civils, mais bien affiliées aux forces armées.

« — Allons directement sur le toit, proposa Annah. Élias devrait s'y trouver.
— Sur quel projet travaillent-ils ici, exactement ?
— Je ne sais pas vraiment. J'ai entendu dire qu'il s'agissait d'une histoire de fusil à haute précision et grande puissance de feu, mais j'ignore les détails. Allons lui demander. »

Elles gravirent les escaliers de ce qui était autrefois une clinique, encore emplie de lits désormais vides de leurs patients et de nombreux casiers de médicaments en tous genres. Annah eut une pensée pour son cocktail médical favori et soupira, pensant qu'elle aurait apprécié un peu de relaxation chimique en cet instant d'Apocalypse. Elle était tout de même fière d'avoir réussi à diminuer ses abus ces derniers mois, mais parfois les souvenirs de son enfance revenaient, et là...

Finalement, elles finirent sur le toit, et furent accueillies par une vision des plus singulières : quatre long fusils de précision étaient alignés, et tous étaient reliés par un assemblages de fils conducteurs, à des machines de plus grande taille, juste à côté. Élias était en train d'observer un de ces fusils, qui semblait bien plus massif qu'une arme classique. Il eut un sourire quand il vit Annah approcher.

« — Je ne m'attendais pas à te voir cette nuit. Tu es au courant que le point de réunion des Armonistes n'est pas ici ?
— Je sais, mais ils ne me laissent pas participer à la bataille de ce soir. On m'a juste dit de rester le plus loin possible du combat, alors je me suis dit que je pouvais venir voir comment tu allais. »

Élias rougit légèrement en entendant cette phrase. Il se sentit heureux de savoir qu'Annah s'inquiétait pour lui et qu'elle avait fait tout ce chemin juste pour venir le voir, encore plus quand elle aurait pu simplement s'arrêter à l'hôpital pour voir Marianne et Adam.

— Eh bien... Je suis content que tu sois là, je l'avoue. Mais comment ça, interdit de participer ? Tu es une des meilleures Armonistes de la ville, on a besoin de toute la puissance de feu possible ce soir.
— Secret défense, je ne peux rien dire, désolée. On me met sous protection. D'ailleurs, je te présente Sina Crowley, ma garde du corps. »

L'interpellée concentra un instant son attention sur le duo, hocha simplement la tête pour toute salutation, et continua à observer les équipes militaires procédant à leurs réglages, ainsi que l'environnement direct, mémorisant toute zone dangereuse potentielle.

« — Secret défense ? Une garde du corps ? Qu'est-ce que tu as encore fait, Annah ?
— Désolée, je ne peux vraiment pas t'en parler, on me l'a interdit, pour ma sécurité. Mais je peux te promettre une chose : reste avec moi et tu assisteras à une vraie révolution un jour.
— Rester avec toi ? Tu n'as pas besoin de demander, c'est toujours un plaisir. Je n'en demanderais pas plus pour le moment. Après tout, on a plus urgent à gérer cette nuit.
— En parlant de ça, qu'est-ce que vous faites exactement ? »

Il se tourna vers les prototypes de fusils avec un sourire. Les armes étaient posées sur des trépieds à l'air solide, fixés au sol, permettant de pivoter et d'ajuster la visée, mais la taille et le poids des armes, ainsi que leur forme quelque peu rectangulaire, rendait évident le fait que la maniabilité n'était pas leur point fort.

« — Ah, ça ? Ce sont des canons électriques. Modèle Béhémoth. Tu connais le principe ?
— Tu veux dire, ces fusils capables de tirer des projectiles propulsés par une force électromagnétique ?
— Absolument. Ces gros appareils à côté sont les générateurs qui fournissent le courant pour accélérer la balle. Un autre prototype a tenté d'utiliser du Potentiel de Foudre à la place du courant classique, mais l'électricité produite faisait fondre la balle, et l'alliage Mag était bien trop

fragile pour faire des munitions dignes de ce nom. Du coup, ce sont les premiers fusils longue portée de précision pour tireur humain, usant du courant classique. Normalement, on est plus proche du canon de navire de guerre pour ce type d'équipement. Mon fusil habituel, le LP Sitten, est largement moins encombrant, mais la puissance est incomparable.

— Et qu'est-ce que vous espérez faire avec ces armes ?

— Pas grand-chose si on ne parvient pas à passer la protection énergétique des Strigoys, j'avoue. Certains responsables du projet espèrent que la vitesse extrême du projectile arrivera à franchir le champ d'énergie avant qu'il n'entre en action. D'autres veulent juste s'assurer qu'on ait une arme puissante et précise pour percer leur blindage quand on aura saturé leur protection d'autres attaques.

— Je vois, et ils t'ont recruté pour t'en occuper ?

— Moi et quelques autres. Les meilleurs tireurs d'élite de la ville ont été réunis sur plusieurs bâtiment de ce genre. Au total on a une vingtaine de ces fusils répartis sur le front Ouest.

— Je ne peux qu'espérer que ça nous apporte l'avantage dont on a désespérément besoin.

— Nous sommes censés nous coordonner avec des observateurs sur le terrain qui nous indiqueront quand les ennemis seront sensibles aux tirs. Tout se jouera en une histoire de secondes. »

Annah s'éloigna sans un mot et observa d'un peu plus près les fusils en question. Elle était meilleure biologiste qu'ingénieure en armes à feu, mais s'y connaissait suffisamment pour comprendre ce qu'elle voyait. Elle connaissait, par ailleurs, la théorie de fonctionnement de ce type d'armement, et observait les générateurs qui allaient alimenter les Béhémoths lors du tir. Clairement, la puissance de ces armes serait amplement supérieure à un tir de fusil de précision classique, tellement que des équipes de réparation étaient prêtes à intervenir si une arme se fissurait sous sa propre puissance. Elle observa les munitions et constata qu'elle n'apprécierait vraiment pas de se trouver en face de la lunette de visée d'un de ces monstres. Elle ne pouvait qu'espérer que ce genre d'arme suffirait à percer la protection métallique du corps des Strigoys.

« — Ça ne te dérange pas si on reste ici, Élias ? Nous n'avons pas grand-chose à faire en attendant la bataille, et comme il nous est interdit de combattre, autant rester à distance, en sécurité.

— Aucun problème... En tous cas, je pense. Tant que vous ne gênez pas les préparatifs vous êtes les bienvenues pour ce qui est d'observer. »

Il tenta de prononcer ces paroles avec nonchalance, mais il était facile de voir ses joues rougir légèrement en réalisant qu'Annah allait rester à ses côtés une bonne partie de la nuit. Cette dernière ne sembla rien réaliser, mais Sina leva les yeux au ciel devant la complète ignorance dont faisait preuve celle qu'elle devait protéger.

*

C'est vers quatre heures du matin que les Strigoys apparurent à l'horizon. La puissante sirène de la ville, utilisée normalement pour les dangers naturels ou les attaques militaires enemies, signala à l'armée de prendre leurs positions. Comme auparavant, lorsque leur cible, Endal, fut à leur portée de vue, ils se mirent aussitôt à accélérer de façon intense, rampant au sol à toute allure, comme un banc de requins se précipitant vers sa proie exposée. Face à eux, plus de quatre mille soldats avaient établi leurs positions, des dizaines de véhicules se préparaient à défendre les environs, et les toits des bâtiments de la périphérie d'Endal étaient occupés par des escadrons entiers d'Armonistes, parés à faire pleuvoir des projectiles d'énergie sur leurs ennemis. Les différents groupes, équipés de fusils longue portée, attendaient également que les premiers Strigoys puissent être touchés, tandis que les utilisateurs de fusils électriques attendaient le bon moment, leurs armes générant tant de chaleur à cause de l'électricité et de la friction du projectile, qu'elles ne pouvaient supporter de nombreux tirs répétés. Chaque projectile devait compter.

Les protecteurs d'Endal ne pouvaient être mieux préparés, bien qu'une partie non négligeable des troupes chargées en temps normal de défendre la ville se trouvait répartie à travers le territoire, participant à des procédures d'évacuation, diminuant ainsi leurs effectifs. Ils avaient toutefois fait le maximum, et leur seul espoir aurait été de recevoir des renforts d'autres garnisons d'Endal, ou même d'autres nations Impériales. Malheureusement, chacune était désormais également en proie à l'assaut de Strigoys, et bien qu'aucune attaque, pour le moment, n'était aussi grave que celle qui menaçait Endal, les perturbations locales étaient suffisantes pour forcer les troupes régulières à se concentrer sur leur territoire plutôt qu'un autre. Bien que l'Humanité était unie face à cette menace, l'unité Impériale elle-même semblait déjà commencer à se désagréger alors que des dizaines de conflits isolés avaient lieux aux quatre coins de l'Empire, grignotant progressivement sa prodigieuse puissance militaire. Une victoire était nécessaire rapidement pour redonner de l'espoir aux défenseurs d'un monde agonisant. Nombre de soldats d'Endal avaient conscience de ce fait, ce qui ajoutait d'autant plus à leur motivation de survivre et vaincre... Bien que personne ne savait comment s'y prendre.

Quand les ennemis s'approchèrent suffisamment pour être visibles même sans augmenter la portée de vision avec les Oculys, les soldats commencèrent à s'agiter, décalant et réorganisant les barricades. Les points d'arrivée des Strigoys étaient approximatifs jusqu'à maintenant, et ils avaient établi un front unis de protections derrière lesquelles se cacher. Maintenant que leurs adversaires étaient là, toutefois, ils s'étaient aperçus que les créatures étaient plus séparées les unes des autres qu'anticipées, et que laisser les protections comme elles l'étaient actuellement causerait un trou dans la défense aux extrémités. Bien que cela allait ajouter de nombreuses ouvertures dans la ligne de défense, il était indispensable d'avoir de quoi bloquer, au moins quelques minutes, chaque Strigoy dans son avancée. Les véhicules suivirent le mouvement des troupes au sol, étendant leur alignement.

« — Les Mjols ne devraient pas tarder à ouvrir le feu, non ? Questionna Annah.

— En temps normal, ils devraient déjà tirer, répondit Élias. Mais la théorie qui a été avancée, comme quoi l'on pouvait surcharger le champ d'énergie des Strigoys en les attaquant autant que possible a changé le plan de bataille. Les véhicules d'artillerie sont dans la ville et attendent de faire feu en même temps que tout le monde. Tirer maintenant ne ferait que gâcher des munitions, et endommager le champ de mines. Les particules des missiles seraient dissipées longtemps avant que ces bestioles n'arrivent à portée.

— Ah ! C'est vrai qu'ils ont pris nos remarques en considération alors. Espérons que cela aura un effet.

— Le plan de bataille devrait reposer sur ces informations, si tout se passe bien. Chaque groupe a pour objectif de ralentir son Strigoy et le surcharger jusqu'à le rendre vulnérable. Ils ont hésité un moment avec la possibilité de tout concentrer sur un seul et ignorer les autres pour maximiser les chances d'en détruire un, mais cela exposait la ville et les flancs de l'armée.

— Espérons que les troupes assignées suffiront. »

Le trio attendait, Sina silencieusement positionnée à côté d'Annah, gardant un œil sur les effectifs proches en cas d'une attaque soudaine qui, bien que très peu probable, pouvait toujours être possible dans son esprit d'assassin et de garde du corps. Les deux amis, eux, observaient la situation, calmement : Annah n'avait pas à attaquer ni intervenir, et bien qu'elle possédait son Écritoire, elle ne prévoyait pas de désobéir aux ordres et de s'en servir, sauf en situation de défense. Élias, pour sa part, était encore loin de recevoir l'autorisation de faire feu, et les autres tireurs d'élites discutaient également entre eux en observant l'approche des monstres.

Bientôt, les Strigoys entrèrent dans le champ de mines. Il ne fallut pas longtemps pour que l'un d'entre eux, celui qui était le plus à gauche des six créatures qui leur faisait face, ne déclenche l'une des bombes enterrées dans le sol. L'explosion fut violente et le son de celle-ci se répercuta dans toute la région. Le Strigoy fut secoué dans tous les sens, la fumée fusant de sous son corps alors que la détonation se dissipait. Les cinq autres s'arrêtèrent et attendirent. Des acclamations s'élevèrent soudainement dans toute la zone de défense, et leur origine apparut immédiatement sur les Oculys du trio, qui comprit d'où venait la joie soudaine : la bête avait été blessée.

Des clichés pris à travers les nuages de fumée par des centaines d'Oculys de soldats et de nombreux drones montraient que la partie inférieure du corps larvaire était désormais pliée, endommagée, le métal noirci par l'explosion. Le Strigoy, malheureusement, était toujours en vie, et sa structure n'était pas abîmée au point de percer le métal, mais celle-ci était lourdement déformée par endroits, preuve qu'ils n'étaient pas invulnérables. Ce simple état de fait était suffisant pour transformer la bataille en une semi-victoire : il était possible de blesser un Strigoy. Ce simple succès montrait à quel point l'Empire était désespéré d'obtenir une victoire.

Malheureusement, les célébrations furent de courte durée. Le monstre blessé émit un ensemble de sons stridents qui firent grincer les dents des défenseurs de la ville. Les autres lui répondirent, dans leur étrange langage, et immédiatement, les entités commencèrent à observer le sol. Surgirent alors les étranges tentacules d'énergie, qui se précipitèrent et commencèrent à labourer le terrain devant eux. La majorité des mines furent immédiatement détruites et consumées, transformée en une fine poudre grisâtre qui tomba de l'aura d'énergie qui entourait les créatures après avoir remonté tout le long des tentacules destructeurs. Creusant leur chemin en ligne droite, les cinq Strigoys en bon état furent capables d'esquiver tout danger et approchèrent de plus en plus des lignes de défense. Celui qui était blessé faisait de même, mais bien plus lentement, et avançait moitié moins vite que les cinq autres, traînant à l'arrière. Son champ d'énergie, également, semblait affaibli : certains observateurs remarquèrent qu'il semblait désormais plus fin et instable que les autres, et son tentacule plus court.

« — Notre stratégie a échoué, mais nous avons quand même porté un grand coup, commenta Annah.
— Il semble que le Strigoy de gauche soit endommagé. Il va mettre un moment avant de rejoindre ses compatriotes et d'être à portée. Peut-être que le flanc gauche devrait porter assistance aux alliés proches. Je vais faire les réglages nécessaires pour les soutenir.

Élias s'éloigna d'elles et s'attela à la tâche. Les autres tireurs d'élite faisaient désormais de même, orientant leurs fusils Béhémoth sur leurs lourds trépieds, en direction des bêtes en approche. Quelques secondes plus tard, un message du commandement leur fut adressé, leur demandant de faire exactement cela, ce à quoi ils répondirent d'un sourire commun.

Et soudainement, l'enfer se déclencha. Les cinq Strigoys, suffisamment proches, utilisèrent une fois encore leur mystérieuse capacité de téléportation. Ils se retrouvèrent en plein devant les barricades, leurs énormes yeux jaunes cristallins observant leurs adversaires. En quelques secondes, des dizaines de soldats furent consumés d'un simple balayage de tentacule d'énergie. Des cris retentirent, et, la surprise se dissipant, fit place à des sons d'armes se déchargeant. La bataille avait enfin débuté. Les fusils et les tanks CAM et DC-AO vidaient leurs réserves sur le Strigoy le plus proche, chacune des cinq cibles subissant un tir soutenu de multiples origines. Les tirs d'artilleries des Mjols n'eurent jamais l'occasion de débuter, les monstres étant désormais trop proches des formations alliées pour risquer de faire feu. La créature blessée et ralentie devint la nouvelle cible et commença à subir un barrage de tirs soutenus, qui, bien que visuellement très impressionnant, ne sembla pas la perturber outre mesure, bon nombre d'ogives se dissipant avant même d'exploser en touchant l'aura du monstre.

Malheureusement, pour l'instant, tout cela n'apportait rien de bon aux défenseurs. Le manteau d'énergie protecteur des Strigoys ne se remplissait pas suffisamment de particules, les balles et obus se changeant en particules grises qui tombaient immédiatement au sol, ne restant pas assez longtemps pour surcharger l'aura des monstres. Il n'y avait que les tirs de fusils Armoniques qui causaient la présence, pendant plusieurs instants, de particules dorées qui étaient ensuite absorbées par le corps des créatures au bout de quelques secondes d'immobilité relative.

Les entités étaient, toutefois, désormais assez proches pour être attaquées par les Armonistes. Ces derniers commencèrent à Composer, et leurs attaques illuminèrent bientôt le ciel, tombant à angle droit avec une précision parfaite sur les différents attaquants. Les détonations, contrôlées afin d'éviter de toucher des alliés, créaient une certaine quantité de particules dorées qui, également, restaient un moment autour du corps des Strigoys. Mais malgré tout, tout cela était insuffisant et chaque bête restait proprement invincible, tout en massacrant encore et encore les défenseurs, balayant leurs rangs, dissolvant les soldats, détruisant les véhicules. La moitié des fronts étaient déjà sur le point de s'effondrer et de se replier pour se réorganiser.

Annah observait la situation avec un mélange contradictoire d'effroi et de profond sentiment de confiance. Elle n'était que spectatrice dans la situation qui se déroulait sous ses yeux, et ressentait une certaine jalousie pour les autres Armonistes, son Potentiel se déchaînant dans son corps, impatient d'être relâché, d'être envoyé au combat. Son corps tremblait légèrement, comme électrisé de l'intérieur. Sina le remarqua et s'approcha d'elle, lui murmurant.

« — Tout va bien ?
— Oui... Je ne supporte juste pas d'être mise en arrière de cette façon.
— Le désir de combattre est donc si présent en vous ?
— Habituellement non, je n'apprécie pas vraiment les affrontements. C'est aussi pour ça que je t'ai laissé gérer les choses dans la ruelle. Mais ceci est plus qu'un affrontement, ceci est un instant majeur dans notre histoire. Cette bataille toute entière est un poids qui va tomber dans la balance qui décidera du destin de l'Humanité, et je hurle intérieurement d'impuissance, car il m'est impossible d'aider à faire tomber ce poids du bon côté de la balance.
— J'ai quelques difficultés à comprendre ce que vous tentez de dire. Pourquoi cette bataille serait-elle plus importante qu'une autre, en dehors du nombre important de participants et de la cible de nos ennemis, une capitale Impériale ?
— Je n'arrive pas à mettre le doigt sur la raison. Je le sais, au fond de moi. C'est ici que tout se joue. Si nous échouons ici, notre race va s'éteindre. Si nous réussissons, nous serons victorieux.
— Vous semblez plus proche du Prophète que de l'Armoniste en cet instant. Est-ce la fameuse force de la foi dont vous me parliez plus tôt ?
— Possiblement. Peut-être que cela a à voir avec les mystères qui m'entourent et me rendent si importante ? Ou peut-être que je me fourvoie totalement et que je ne fais que m'imaginer des délires sans queue ni tête ? Même moi, je l'ignore. »

Pour autant, elle eut un sourire rassurant à l'égard de sa compagne. Sina, qui ne laissait filtrer aucune émotion sur son visage, se contenta de hausser les épaules avec désinvolture. Elle semblait ne pas vraiment se préoccuper du destin de la ville, tant que sa mission était accomplie. Intérieurement, toutefois, elle éprouvait bien plus d'inquiétudes qu'elle ne se permettrait de montrer. De même, elle était toujours légèrement soupçonneuse envers Annah elle-même. Qui était-elle donc pour mériter une telle protection, autant sous la forme d'un garde du corps, que par un éloignement du combat ? Pourquoi donc le GASMA désirait-il sa survie à ce point ? Cela faisait désormais quelques temps que Sina tentait, discrètement, d'enquêter sur sa propre organisation, et sa mission récente ne faisait que renforcer ses doutes et méfiances sur le bien fondé de ce groupe. Mettre ainsi la vie d'une personne au dessus de tout le reste, l'organisation ne se préoccupant pas le moins du monde d'Endal et ayant déjà évacué ses quartiers locaux, était extrêmement suspicieux. Pour le moment, toutefois, elle n'y pouvait pas grand-chose, et en dehors des remarques parfois étranges et nébuleuses d'Annah, elle n'avait rien remarqué d'anormal dans son comportement, en dehors d'une tendance certaine à la paresse. Quelque part, elle était presque contente de l'entendre si frustrée de ne pouvoir assister aux manœuvres : cela prouvait qu'elle n'était pas un cas désespéré.

La situation, toutefois, ne se prêtait pas à des réflexions de ce genre. La bataille plus bas devenait terriblement catastrophique, et les cinq premières lignes de défense se repliaient désormais, désorganisées et démoralisées, leurs rangs brisés, pour tenter de se reformer plus loin, derrière la seconde ligne qui continuait à faire feu. Le sixième groupe, tout à gauche, commençait à peine le combat alors que le Strigoy blessé arrivait enfin à leur niveau, les tirs d'artillerie prenant fin, n'ayant eu, comme anticipé, absolument aucun effet. Annah remarqua soudainement que ce dernier avait fait tout ce chemin en rampant, à une vitesse moindre, plutôt qu'en se téléportant.

« — Intéressant. On dirait que l'explosion de la mine a dû endommager ses systèmes de transferts à courte portée. Sa mobilité est aussi extrêmement diminuée comparée aux cinq autres.

— Cela n'est clairement pas le cas des autres, en effet. Regardez. »

Les Strigoys en question poursuivaient leurs cibles en fuite sans aucune pitié, se téléportant régulièrement dans leur dos pour les massacrer par derrière et éviter de se faire semer. Leurs sauts spatiaux devenaient de plus en plus rapides et fréquents, ce qui causait de nombreux soucis aux véhicules et Armonistes, lents dans leurs attaques, pour les toucher avant qu'ils ne disparaissent à nouveau. L'infanterie parvenait à s'adapter, mais sa faible puissance de feu et la facilité avec laquelle elle se faisait désintégrer, rendait cette rapidité d'action négligeable. En une vision proprement infernale, le sol était jonché de cadavres en pièces et de morceaux sanguinolents découpés, ainsi que de ruines de véhicules, certains en flammes, d'autres non. Le reste des troupes se regroupait désormais en un demi-cercle défensif compact, harcelé de tous les côtés par les cinq Strigoys.

« — Les choses ne se passent pas bien. Je ne comprends pas. Où est l'opportunité ? Où est notre chance ? »

Annah marmonnait en se rongeant les ongles d'inquiétude. À cette allure, les troupes ne pourraient pas tenir plus d'une dizaine de minutes. Ses yeux s'orientèrent sur le sixième Strigoy, celui qui était endommagé. Elle l'observa avec une attention toute particulière, et soudainement, son visage s'ouvrit de surprise. Elle avait remarqué quelque chose, probablement grâce au fait que celui-ci, abîmé, avait des fonctions réduites comparé aux cinq autres. Elle connecta son Oculys au réseau militaire, saturé d'ordres et de demandes de soutien, pour tenter de faire entendre sa voix, bien qu'elle n'en avait en rien le droit.

« — Concentrez les attaques des Armonistes sur le Strigoy blessé, en un point identique ! Les particules dorées restent beaucoup plus longtemps dans son champ d'énergie, il est possible de le saturer ainsi ! »

Il n'y eut, toutefois, aucune réponse. Elle répéta plusieurs fois son message. Une réponse automatisée lui fut envoyée.

« — Vous n'avez pas le niveau d'accréditation suffisant pour diffuser sur le canal militaire. Vous êtes désormais interdite d'accès. »

Elle lâcha un juron bien senti. Le fait qu'elle soit protégée du combat se retournait contre elle : elle ne faisait pas partie de la mission. Elle avait pu rejoindre le canal militaire grâce à son Oculys Forces Spéciales, mais n'avait aucun pouvoir sur le fait de donner des directives. Par désespoir, elle diffusa sur un canal général, à onde large, cherchant à atteindre le plus de personnes possibles. Sina l'observait avec surprise, mais ne pouvait rien faire pour l'aider. Quand à Élias, il était désormais en train de faire feu sur un des Strigoys que l'armée avait tenté de frapper en majorité afin de passer outre ses défenses, mais la bête était bien trop rapide pour la majorité des projectiles.

Avec désespoir, Annah continua à diffuser, encore et encore. Elle vit certains Armonistes réorienter leurs tirs vers la créature blessée, et, en effet, les particules dorées augmentaient en nombre autour d'elle, mais cela restait insuffisant, ces dernières se faisant absorber, bien que plus lentement que les autres. Il semblait évident qu'il fallait concentrer tous les efforts sur cette cible, mais nul ne pouvait plus l'entendre.

La majorité des troupes avaient maintenant été décimées et il ne restait plus assez de puissance de feu pour passer à travers les protections des cinq Strigoys. Le sixième, lentement, avançait à travers la défense Sud, bien qu'il rencontrait plus de difficultés que ses compagnons. Annah tomba a genoux, sentant le désespoir l'envahir à nouveau. Le poids de ses visions passées pressa de nouveau sur ses épaules.

« Une cité Impériale s'étendait face à elle, jonchée de corps, des éclairs et explosions retentissant partout autour d'elle, une silhouette seule se tenant sur un toit : elle-même. »

Elle faillit s'enfuir. Mais elle résista.
Et soudainement, elle se figea de terreur. Un contact se pressait contre son cou, un contact glacé. Instinctivement, elle savait de quoi il s'agissait. Elle réussit à jeter un œil à Sina, et la vit au sol, haletante, tentant de se relever. Une voix retentit dans son oreille, chuchotée, presque inhumaine, plus artificielle que réelle.

« — Vous êtes à l'origine de toutes ces communications non autorisées sur le réseau militaire ? »

Annah ne savait pas quoi répondre. Elle avait identifié le contact métallique comme une lame prête à lui trancher la gorge. Sina, si puissante et efficace, avait été mise hors combat sans un son, et personne d'autre n'avait remarqué quoi que ce soit, concentrés sur la débâcle plus bas. Osant le tout pour le tout, elle répondit.

« — Euh... Oui ? C'est moi... Mais il faut m'écouter, j'ai... »
Elle n'eut pas le temps de poursuivre. Elle sentit un impact dans sa jambe gauche, juste assez fort pour la faire plier le genou au sol, mais pas assez pour briser quoi que ce soit. La lame avait disparu. Annah fut enfin capable de lever la tête vers son agresseur, et ce qu'elle vit la terrifia : une silhouette féminine toute en armure de Virium noire, mince, presque médiévale en apparence. Intimidante. Noble. Une longue cape rouge sombre le long du bras gauche. Un casque orienté vers elle, l'interface rouge brillante agressive qui cachait les yeux fixés sur son visage. Un

chevalier maléfique sorti d'anciennes légendes. La fine lame qui avait été posée sur son cou quelques secondes plus tôt avait déjà regagné son fourreau, sans un son.

« — Mon Maître souhaite vous parler. Comportez-vous dignement, Armoniste. »

Annah voulut formuler une question, mais elle n'eut pas le temps de quitter son esprit qu'une réponse lui parvint sur son Oculys. Un appel privé. Elle sursauta, et activa immédiatement la discussion. Le visage d'un homme aux longs cheveux d'un blond presque blanc, aux traits sévères, lui apparut.

« — Général Eckhart Hylivaltraüss. Et vous êtes ? »
Annah sursauta à nouveau. Eckhart Hylivaltraüss était une légende dans le monde des Armonistes. Il maîtrisait des glyphes connus de lui seul et était l'un des seuls à avoir appris à utiliser une seconde Affinité au-delà de l'Affinité de naissance que toute personne possédait. Il était également un Général d'exception.

« — Je... Annah Morgan, Armoniste.
— Mademoiselle Morgan, je vous prie de pardonner les méthodes cavalières de Neula, mais nous nous trouvons actuellement en approche rapide d'Endal à bord du « Poing de Barald », et nous avons capté une pluie de messages des plus intéressants provenant de votre Oculys. Son modèle avancé n'a toutefois pas facilité votre localisation. Pourriez-vous nous en dire plus ?
— Vous me croyez ?
— J'ai actuellement une vue aérienne parfaite du champ de bataille, jusqu'au moindre soldat réduit en morceaux. Notre défaite est une certitude. Tester votre théorie pourrait bien être notre dernière chance. Je possède un contingent d'Armonistes professionnels à mes côtés, et nous approchons rapidement en Navette. Exposez en détails votre idée : si vous parvenez à me convaincre, nous vous assisterons. Sinon, Endal sera perdue. »

Annah avala avec difficulté, observant la combattante impassible à ses côtés, se demandant ce qu'il lui arriverait à elle si elle ne parvenait pas à convaincre Eckhart. L'homme n'était pas réputé pour faire dans la dentelle, et sa gardienne ne faisait que confirmer cette impression. Puis, soudainement, un calme serein se répandit en elle. Elle comprit qu'il s'agissait de l'Instant. Le moment absolu où tout serait décidé. La minute qui allait suivre déciderait du destin de l'Humanité toute entière et ce poids reposait sur ses frêles épaules. Elle se décida à décrire au mieux possible les observations qu'elle avait réalisé afin de se rendre le plus sincère possible.

« — Oui Général. Ma théorie est simple. Je soupçonne fortement que les Strigoys sont attirés par le Potentiel magique dans le corps humain, et dans les formes de vie en général. Cela explique pourquoi ils nous dévorent, mais se désintéressent des machines détruites, des bâtiments et des corps morts qui ne génèrent plus de Potentiel. De ce fait, le Potentiel qui entre en contact avec eux se transforme en particules dorées qui restent un moment autour du Strigoy avant d'être dévorées, là où les matières mortes, comme les balles, sont immédiatement déversées au sol en poussière grise. Nous savions que surcharger l'aura d'un Strigoy de particules permettait de passer sa protection, mais nous ignorions que seules les particules dorées comptaient, ainsi, par ailleurs, que leur origine.

Elle fit une petite pause, déployant et tournant la caméra de son Oculys vers les tireurs d'élite et le Strigoy blessé en arrière plan. Neula était derrière eux, les bras croisés. Ils ne l'avaient même pas vue.

— Nous avons ici des canons électriques à longue portée pour tenter de percer leur blindage une fois cette situation atteinte. L'un des Strigoys est endommagé, et semble fonctionner moins efficacement que les autres. Il absorbe les particules bien moins rapidement, ce qui permettra de le surcharger plus longtemps. Il n'est également plus capable de se téléporter et d'esquiver nos attaques. Tous les éléments sont réunis pour tenter notre chance. »

Eckhart hocha la tête, silencieux, puis se tourna vers un homme à ses côtés. Ce dernier était massif, en armure Carapace en Virium, dont la couleur correspondait à l'intérieur de la Navette où ils se trouvaient, semblant varier régulièrement suivant le décor l'entourant.

« — Qu'en pensez-vous, Commandant Loekth ?
— Une théorie intéressante, et qui semble logique, Général. Il ne nous reste que quelques minutes avant que la majorité des défenseurs de la ville ne soit exterminée. Autant tester sa validité.
— Très bien, vous m'avez convaincu, approuva Eckhart après un court silence. Mademoiselle Morgan ? Nous n'avons pas le temps de

localiser votre position précise, même avec Neula à vos côtés. Nous sommes en approche rapide. Veuillez tirer un projectile Armonique simple dans les airs au dessus de vous, et prévenez vos tireurs d'élite de viser le Strigoy blessé. Nous arrivons. Neula, protégez-les.
— À vos ordres, Général ! » s'exclama Annah avec joie tandis que la servante d'Eckhart saluait respectueusement.

Annah saisit immédiatement une Composition Armonique qu'elle avait sous la main depuis un long moment, la base absolue de toute Armoniste : la lance d'énergie. Il n'était pas rare pour un Armoniste de se promener avec plusieurs de ces feuillets dans la poche en cas d'urgence. Elle leva la main, à la verticale, visant directement au dessus d'elle, et, le poids du Destin lié à cet instant écrasant son cœur de l'intérieur, projeta son énergie dans la page, qui se consuma. Une demi-seconde plus tard, un tir électrique bleuté massif jaillit dans les airs, à la verticale, tel un éclair d'orage inversé, un excellent moyen de signaler sa présence en pleine nuit. Quelques secondes à peine après, elle vit une Navette de couleur noire, au moins deux fois plus grande que les modèles habituels, survoler Endal et approcher d'eux jusqu'à atteindre leur position. Annah en déduisit que Neula avait traversé la ville en courant sur les toits pour la rejoindre après avoir capté sa transmission, plus rapidement encore et plus précise que la Navette, et fut effarée des capacités de ce véritable monstre de technologie humaine. Sina, l'air défait, s'approcha en boitant légèrement de celle qu'elle devait garder, fusillant la chevalière d'ombre du regard.

Alors qu'Annah indiquait aux tireurs leur nouvelle cible, l'escadron Valithurja Verkoren au grand complet, plus d'une centaine de soldats, sauta de la nacelle arrière du « Poing de Barald », atterrissant sans mal au sol, leurs armures compensant la dizaine de mètres de chute sans aucun mal, leur permettant de se réceptionner sans douleur. Ils se répartirent sur plusieurs bâtiments qui entouraient Annah et son groupe, et, leurs massives arbalètes en main, qui semblaient presque vouloir intimider les fusils électriques en taille, équipèrent tous en même temps un feuillet sur la pointe des projectiles.

« — Les Valithurs, murmura Annah. Je ne les avais jamais vus en action, dit-elle en pensant enfin à se relever, titubant jusqu'à l'épaule de sa gardienne.
— Incroyable. » ajouta Sina, son visage a moitié caché, habituellement inexpressif, affichant un air de révérence.

L'homme massif qu'Annah avait vu auparavant s'avança vers elle, alors que tous les Valithurs se mettaient en position et visaient le Strigoy, sans le moindre mouvement dans leur posture. Neula se tenait à ses côtés, silencieuse, une main sur la poigne de sa lame.

« — Mademoiselle Morgan. Je suis le Commandant Usköl Loekth. Je dirige l'escadron Valithurja Verkoren. Nous allons nous occuper de suralimenter cette bête avec nos attaques. Je vous mets en charge de juger quand faire feu, et en donner l'ordre aux tireurs d'élite. Pensez-vous pouvoir vous en occuper ?

— Je le peux, Commandant. Je vais les prévenir de ce pas. Nous vous suivrons, attaquez dès que vous le désirez. »

Annah se précipita vers les quatre tireurs, Sina la suivant de près. Elle s'accroupit à leurs côtés.

« — Visez le Strigoy blessé. Dès que j'en donne l'ordre, faites feu sur lui. Vous trois seulement. Élias, retiens ton tir par sécurité.

— Très bien ! J'attendrai ton ordre. »

Il hocha vigoureusement la tête et patienta, tandis que les trois autres maintenaient leur visée sur la bête, le doigt sur la gâchette, parés à faire feu. C'est à cet instant que, sur le canal de discussion utilisé par les Valithurs, auquel Annah avait été apparemment conviée, sûrement autant pour l'informer que pour l'impressionner, l'ordre fut donné par Usköl.

« — Valithurs. Tirs en colonne explosive, un mètre de la cible, détonation cinq secondes. Feu. »

Une première volée de traits s'envola dans la nuit et atterrit tout autour du Strigoy. Une poignée fut immédiatement consumée par l'aura d'énergie de la créature, entrant en contact avec elle, les tirs ayant été trop haut, ou légèrement décalés. Mais sur la centaine de projectiles, la majorité atterrirent autour du monstre, comme ordonné. Au bout de quelques secondes à peine, tous s'activèrent et libérèrent des colonnes d'énergie verticales, telles des explosions en forme de tube, dirigées vers le haut. Un mélange de feu et de foudre absolument meurtrier s'envola vers les cieux, et les multiples attaquent emplirent la bête, qui les absorbait continuellement, d'un nombre incalculable de petites particules dorées. Leur nombre était tellement élevé que la créature en semblait entourée, la poussière se répartissant autour de la totalité de son corps pour se faire de la place, la rendant pratiquement invisible derrière ce manteau d'or. Le niveau de surcharge de son champ d'énergie était tel que des particules tombaient au sol, la créature endommagée étant incapable de les absorber à cette allure. Les soldats du sixième front de défense reculaient, leurs oreilles agressées par le véritable spectacle lumineux, crissant violemment sous le son des flammes et des éclairs.

« — Maintenant ! »

Trois détonations assourdissantes retentirent pratiquement au même moment : les trois projectiles des fusils de précision. Volant à une allure telle qu'ils étaient invisibles à l'œil nu, ils passèrent tous les trois la protection du Strigoy et le percutèrent, deux au niveau du corps, un au niveau de ce qui lui servait de tête. La créature frémit, et alors que le torrent de particules diminuait, enfin absorbé par son corps, la visibilité fut restaurée, et il apparut que les trois projectiles avaient causé des dégâts importants à la bête. Les impacts avaient, en effet, violemment endommagé la couche blindée de l'entité, déchiquetant le métal par endroit et le déformant. Malheureusement, aucun des tirs n'avait percé, la résistante de la bête étant bien trop massive.

La créature, toutefois, semblait savoir d'où l'attaque était venue. Elle orienta sa tête en coupole vers l'origine des tirs, le joyau doré brillant activement, le tentacule se rétractant dans le corps de la bête, qui tenta à nouveau d'avancer vers eux, lentement, ignorant soudainement les troupes et les véhicules qui étaient encore autour d'elle.

Annah activa la discussion sur le canal.

« — Ça a fonctionné ! La prochaine fois sera la bonne. Valithurs, faites feu une fois encore, je vous prie.

— Valithurs, chargez... Feu ! Fit écho Usköl en un rugissement d'excitation sanguinaire. »

Une fois encore, les traits volèrent et se répartirent un peu partout autour de la créature, qui avançait lentement. Elle en dévora à nouveau certains, d'autres atterrirent un peu derrière elle, et les soldats, heureusement, s'enfuyaient dans toutes les directions pour éviter le Strigoy autant qu'un autre éventuel feu d'artifice d'origine inconnue. Grâce à cela, lorsque les feuillets s'activèrent à nouveau, seul le monstre fut pris dedans. Il se remplit à nouveau, très vite, devenant de plus en plus couvert de particules, son œil doré fixant ses ennemis. Son tentacule d'énergie se dissipa, comme sectionné par le champ d'énergie surchargé.

« — Élias, je compte sur toi. Vise on œil. Quand tu ne le verras plus et qu'il sera recouvert, tire ! Il ne bougera pas la tête, ne t'en fais pas. Il est fixé sur nous. Prends juste en compte qu'il avance à vitesse constante. »

Il hocha la tête, silencieux, ajustant sa visée. Pendant un instant, pour Annah, ce fut comme si la Création entière retenait son souffle. Le temps s'arrêta un moment, et le poids tombait désormais, s'apprêtant à toucher l'un des deux côtés de la balance. Humanité. Strigoy. L'un des deux camps allait bientôt émerger victorieux de cette situation.

Soudainement, le temps reprit son cours, accélérant progressivement comme si la vitesse revenait au monde entier, et les particules dorées recouvrirent la totalité de la bête, tel un cocon brillant, cachant son œil ainsi que tout le reste. Ayant mémorisé le point qu'il devait viser, Élias pressa la gâchette sans la moindre hésitation, prenant en compte la vitesse de déplacement de la bête. Son projectile vola à toute allure et percuta sa cible.

La réaction fut tout autre. Un intense bruit de verre brisé se répercuta, en écho, entre les bâtiments, surpassant même le son des sortilèges Armoniques qui n'étaient pas encore dissipés. Soudainement, toutes les particules dorées qui auréolaient le Strigoy tombèrent au sol en même temps, inertes, tel des monceaux de sable. Les sortilèges prirent également fin, et bientôt, il ne resta plus que la bête elle-même, son cristal doré fissuré, troué, tombant en morceaux. Le monstre frémit un instant et lâcha un mugissement strident, puis, de l'œil détruit, émergea soudainement une forme orangée étrange, comme une sphère d'énergie pure reliée à d'autres plus petites sphères par des filins de cette même énergie. La manifestation flotta quelques instants dans les airs, désolidarisée de son corps, avant de se fragmenter, de se dissiper en fumée orangée, semblant se diriger vers la demi-lune flottant dans le ciel, puis ne laissa finalement plus aucune trace.

Et finalement, du Strigoy, il ne resta qu'une simple carcasse métallique, vide et sans vie. Le poids tomba dans la balance et, enfin, replaça le côté de l'humanité à égalité avec celui des envahisseurs.

Les cinq autres Strigoys, immédiatement, mirent fin à leur carnage. Leurs yeux dorés se tournèrent vers leur compagnon tombé, et, d'un apparent commun accord, ils se replièrent, se téléportant à toute allure pour s'éloigner de la ville. En quelques secondes à peine, hagards, ahuris, les soldats survivants se retrouvaient uniquement entourés de silence, le vacarme de la bataille soudainement absent, le danger écarté pour de bon.

Bientôt, toutefois, le silence fut brisé quand tous virent la carcasse encore fumante de la créature. Des cris, des acclamations retentirent de partout, émanant de bien moins de gorges qu'il n'y en avait au début de la bataille, mais si étourdissants qu'on eut pu croire que même les morts hurlaient leur joie. Annah s'effondra de soulagement, les genoux tremblants, et serra Élias dans ses bras, ce dernier rougissant violemment. Tout allait changer, désormais. Elle ignorait pourquoi, mais elle en avait la certitude.

La victoire était leur. Endal était sauvée.

Chapitre 9
Adaptation

La Vie. La Mort. L'Entre-deux. Tous ces concepts nous obsèdent depuis la nuit des temps, et c'est pour y apporter une réponse que nous avons imaginé des idées telles que la Déesse Lunaire Tiarée, ou le principe de réincarnation. Céphalia, et plus spécialement Asilée, est un lieu inondé par la mort. Les Baraldans vivent pour le combat et la gloire de mourir au front embellit leur lignée plus que n'importe quelle autre distinction civile. Depuis l'arrivée des Strigoys, le nombre de morts avait augmenté de façon titanesque, et il devenait urgent de trouver une issue à la situation avant que l'Humanité entière ne s'effondre. C'est en cet instant que mon amie posa les premiers pas sur son futur si peu ordinaire, avide qu'elle était de nous apporter des réponses à ces questions ancestrales.
Extrait de « Biographie d'Annah Morgan » d'Alma Hilldar.

    S'il était une activité à laquelle Annah ne s'était pas attendue à devoir s'adonner, il s'agissait bel et bien de couture. Pour autant, elle s'attelait à la tâche avec sérieux, et même une certaine impatience : non pour l'œuvre, primaire, qu'elle réalisait avec une légère maladresse, mais pour la fonction que l'assemblage aurait une fois complété.

    L'objet ressemblait, à sa base, à un diadème en métal simple de couleur cuivrée, aux formes quelque peu tribales : au lieu d'un simple cercle faisant le tour du crâne, le style général était bien plus ondulé, des branches se dirigeant de façon circulaire vers le haut et le bas en alternance. Le serre-tête, toutefois, n'était qu'une minuscule partie, nécessaire, mais inintéressante, de l'ouvrage. Le plus intriguant reposait dans ce qui y était attaché : à l'endroit ou se tenait la place réservée au visage, et ce jusqu'aux oreilles, était attaché un large morceau de tissu blanc rectangulaire. Celui-ci couvrait également la position de la bouche, devant laquelle on trouvait un symbole rouge sang aux formes ésotériques, tout en traits et en runes. Un autre de ces symboles, quelque peu différent, était étendu au niveau des yeux tel un bandeau, et deux autres se trouvaient sur les côtés de la tête, devant chaque oreille. Les quatre éléments étaient reliés par de fins tracés précis et élégants, donnant l'impression qu'un visage démoniaque avait été dessiné.

    Lorsque Annah finit de la réaliser, elle observa sa création avec un certain sentiment de fierté. L'art de la couture n'était pas au programme de sa formation scientifique, et elle n'étais pas le genre de jeune fille à s'intéresser à ces choses durant son enfance. Le résultat était donc quelque peu limité en qualité, mais il serait largement suffisant pour le rôle qu'elle lui réservait. Elle était, de ce fait, plutôt satisfaite de ce qu'elle avait réalisé, ignorant les quelques imperfections matérielles avec aisance, ainsi que le fait que cet objet était parfaitement hérétique envers les croyances de l'Empire.

Impatiente, elle saisit le diadème et l'enfila autour de sa tête, dégageant ses cheveux en arrière. Elle laissa le voile blanc tomber devant son visage et ses oreilles. Les symboles s'alignèrent avec les différents orifices de son visage qui donnaient lieu aux sens de la parole, de la vue et de l'ouïe. Alors, le monde, qui était devenu obscur à cause du tissu qui cachait ses yeux, changea imperceptiblement, puis de plus en plus rapidement. N'importe quelle personne a sa place aurait alors subi un contrecoup tel que l'évanouissement aurait été l'étape suivante, mais Annah avait passé les dernières semaines à raffiner son esprit par des techniques de méditations centenaires créées par Tika Malone en personne et consignées dans l'archive secrète oubliées de tous et toutes. Ces dernières avaient eu un effet important sur sa résilience mentale et son endurance face au stress, à un tel point qu'elle ne ressentit pas la moindre gêne lors de la transition de ses sens.

L'environnement commença par s'éclairer. Les contours des meubles et équipements de son laboratoire se dessinèrent, de plus en plus précis, jusqu'à reproduire totalement ses capacités visuelles naturelles, à l'exception de la coloration. Elle en fut légèrement surprise, non car cela était inattendu, mais car lire à propos de ce sujet dans ses archives et assister à la réalité était une sensation bien différente. Le monde était teinté d'une palette de gris, et les ombres étaient faites de variances de vert pâle à sombre. Bien que les murs de son laboratoire étaient blancs, ce qui ne causait de ce fait pas un changement majeur, elle savait que même une pièce colorée de façon vive aurait une teinte quasiment identique.

Elle ne put refréner un frémissement d'excitation. Sa création avait fonctionné : ce qu'elle voyait n'était autre que le monde des morts : la dimension parallèle connectée à la réalité connue des vivants, le domaine des Âmes et des Esprits. Elle avait fait de la possibilité de visiter ce lieu de mystères son objectif depuis quelques temps maintenant. Un Ritualiste mieux entraîné qu'elle aurait était capable de visualiser ce monde sans artifice, mais elle n'était pas encore arrivée à ce niveau de maîtrise, et comme une telle personne, à sa connaissance, en tous cas, n'existait plus, elle avait dû fabriquer cette fenêtre elle-même après s'être rigoureusement préparée au choc mental causé par le franchissement des sphères.

Comme elle l'avait espéré, un précédent Rituel de détection lui ayant révélé la présence d'une entité dans les environs, elle repéra quelqu'un, là où, quelques instants auparavant, elle était totalement seule dans le laboratoire, Alma étant toujours occupée avec les innombrables blessés du siège d'Endal. Des cadavres très frais -et relativement entiers- du champ de bataille lui avaient été apportés, une occasion en or sur laquelle le GASMA s'était précipitée à sa demande, ces soldats ayant expiré à peine deux jours plus tôt. Annah avait demandé des corps aussi frais que possible dans l'espoir de pouvoir produire le résultat actuel. Les autres cadavres n'étaient en rien perdus, servant à un autre de ses projets en cours reposant sur la création de soldats zombifiés de meilleur qualité. Elle se leva de son bureau, lentement, et s'approcha de l'entité.

    Il s'agissait d'un jeune homme, qui avait été tué au combat lors du siège. Il avait survécu quelques minutes à ses blessures, mais, ayant perdu ses deux jambes et une partie de son torse, il s'était vidé de son sang en quelques instants. Visuellement, l'entité était telle qu'elle apparaissait de son vivant : même âge, mêmes particularités physiques. Plus intéressant encore, son apparence était entière, recomposée, malgré l'état mutilé de son corps désormais stocké dans un des tiroirs réfrigérés au fond du laboratoire.

    On eût dit une ombre, constituée de fumées d'un vert sombre. Au cœur de sa poitrine et à l'intérieur de son crâne, deux lueurs d'un vert plus clair pulsaient avec intensité, des confirmations visuelles des découvertes d'Annah sur l'Âme et l'Esprit. Cette vision lui rappela celle qu'elle avait vu de son oncle, dans son rêve récent. Il y avait, dans cette apparition envahissant ses songes, un mystère qui l'intriguait à chaque fois qu'elle y pensait. Était-il possible que l'entité ne soit pas Adrian, mais qu'Annah applique l'apparence de son oncle de façon inconsciente à une créature bienveillante cherchant à la guider, comme il l'avait tant fait ? Ou s'agissait-il d'un piège qui lui était adressé ? Elle espérait que ses progrès lui apporteraient bientôt une réponse.

    Décidant de mettre son nouveau matériel à l'épreuve, elle s'avança à nouveau, légèrement. Le spectre ne l'observait pas. Il restait le regard fixé sur l'armoire de cadavres, apparemment obnubilé par son propre tiroir. Il n'avait aucune raison de s'intéresser à elle : aucun humain, en temps normal, ne pouvait voir les morts, et ces derniers se faisaient vite à cette notion, à leur plus grand désespoir. Celui-ci fut donc surpris quand il entendit la voix d'Annah s'élever à son attention, amplifiée grâce a la rune tracée devant la bouche de la jeune femme.

    « — Je vous salue, Spectre. Pouvez-vous m'entendre ? Me comprenez-vous ? Essayez de me répondre. »

L'entité sursauta et sa consistance, vaporeuse, frémit un moment, comme manifestant sa surprise. Elle tourna la tête, son visage presque caché par la luminosité qui s'échappait de son crâne. Ses traits, bien que ressemblant à son corps humain, étaient également faiblement squelettiques, laissant légèrement transparaître son ossature.

« — Quelle sorcellerie est-ce là ? Je vous entends. Vous n'êtes... Pas morte, n'est ce pas ?
— Non, en effet. Mais vous l'êtes.
— Je suis au courant, oui. Je me fais doucement à cette idée.
— Je vous entends et comprends grâce à ma création, dit-elle en pointant vers sa tête. Je pense avoir beaucoup à apprendre de vous et de vos compatriotes.
— Vraiment ? Et que pourriez-vous bien attendre des morts, si ce n'est qu'ils reposent en paix ?
— Un savoir qu'eux seuls possèdent, je présume. Un savoir qui pourrait être utile aux vivants.
— Je ne sais que ce que je ressens, et je ressens une profonde amertume.
— Quelle en est la cause ?
— Selon vous ? Je suis mort.
— Vous êtes mort en brave, en défendant Endal. Vous vous êtes battu avec honneur, et vous faites partie des milliers qui nous ont offert la victoire.

Le spectre soupira. Un léger nuage de brume verdâtre se matérialisa hors de ses lèvres éthérées, comme si la température du monde des morts était négative.

— À quoi bon la bravoure ? À quoi bon l'honneur ? Ceux qui se battirent vaillamment ont fini au même endroit que ceux qui ont fui avec lâcheté, abattu dans le dos. Ici gisent les dignes soldats, les terribles criminels, les monstrueux violeurs, les aimables parents. Je le sais, je les ai vus. Même ici, certains continuent à s'attaquer inutilement. Nous sommes tous ici. Il n'y a aucune différence.

Annah se frotta le menton, intriguée.

— Êtes-vous en train de dire que les croyances les plus ancestrales de l'Humanité envers le Bien et le Mal et ses conséquences dans l'au-delà sont des mensonges ?

— Je ne sais que ce que je vois, et je vois que ce monde est loin des Paradis et Enfers que l'on nous vendaient. Mais qui sait, cela changera peut-être quand mon tour viendra.
— Votre tour ? Que voulez-vous dire ?
— Notre vraie mort. Il nous faut apprendre à lâcher prise. Il faut que nous laissions derrière nous notre personnalité, notre existence et nos expériences.
— Comment pouvez-vous avoir cette certitude ?
— D'autres esprits plus vieux m'ont parlé. Et...Une fois en ce lieu, débarrassés de notre cerveau, nous atteignons un niveau de compréhension plus pure. Notre Esprit est libéré de ses entraves de chair.

Annah resta silencieuse, n'osant pas l'interrompre. Elle craignait que sa voix ne puisse briser la tirade du spectre. Elle se concentrait, à la place, faisant son possible pour noter mentalement tout ce qu'elle apprenait. Il continua.

— Voyez-vous, tant que nous nous accrochons à ce que nous étions, tant que notre Esprit survit, nous sommes ancrés dans ce monde. Nous sommes attirés par les restes de notre existence. Certains, comme moi, n'arrivent pas à abandonner leur corps. D'autres hantent les rues des villes et les habitations des vivants, observant ce qu'ils ne peuvent plus ressentir, s'accrochant à des fragments de sensations. Mais avec le temps, nous oublions. Nous oublions tout, que nous le voulions ou non, prisonniers de ce monde, statique, vide, sans saveur.
— Et quand tout est oublié ? Que se passe-t-il ?
— Notre Esprit disparaît. Cela peut prendre des jours, ou des décennies, suivant la force mentale de la personne concernée. J'ai rencontré un homme mort depuis l'an six-cent cinquante-six, lors de la conquête d'Endal par l'Empire, et il erre toujours dans cette garnison.
— Mais cela fait au moins soixante-dix ans !
— Oui, il semble être incapable de lâcher prise tant qu'Endal ne sera pas libérée de l'Empire, ce qui n'est pas prêt d'arriver. Mais lorsque nous parvenons à abandonner nos attaches, alors notre Âme est seule restante. Elle est attirée vers l'origine de la vie, vers la Roue de la Réincarnation.
— La réincarnation est donc une réalité ?
— On me l'a assuré. C'est à ce moment que nous naissons à nouveau, les comportements profonds et naturels stockés dans nos

Âmes se manifestant les premiers. Bon, impulsif, colérique... Notre Esprit, lui, est influencé par tout le reste : notre vie, nos proches, notre environnement, ce qui nous arrive alors que nous grandissons, ce que nous faisons de notre temps... Et c'est ainsi que nous revenons à la vie. Voilà bien toute l'ironie de la situation : nous ne faisons que désirer de ressentir la vie à nouveau sans pouvoir la toucher, mais elle ne nous est offerte que lorsque nous l'avons abandonnée bel et bien.

    Annah ne sut quoi répondre. Cet interrogatoire ne se passait pas vraiment comme elle l'avait espéré. Plus exactement, elle obtenait bien plus de réponses qu'elle n'aurait pu le désirer : c'était le contenu de ces dernières qui était des plus dérangeant à entendre. Cette non-vie dans un monde en stase, gris, sans saveur ni couleur, sans croiser personne d'autre que les autres morts, sans compagnie réelle, à simplement observer les vivants jusqu'à sombrer dans l'oubli, qu'on ait été bon ou mauvais, qu'on ait été courageux ou couard...

    Elle trembla un instant, tentant de garder l'équilibre, son esprit, bien qu'entraîné et froid, assailli par ces révélations et leur terrible poids, le masque runique pesant soudain bien lourd sur son visage. Il n'y avait aucun jugement divin. Aucune religion ne prédominait. Aucun paradis pour les bienvaillants, aucun enfer pour les maléfiques. Tiarée, la Lune-mère, n'était nulle part. L'être humain était livré à lui-même, pris dans un cycle sans fin. Un cycle de mort et de réincarnation qui l'horrifiait, qui la dégoûtait, lui donnait envie de vomir, de hurler, de frapper. Bien que nullement Tiariste, et bien qu'ayant ainsi une confirmation purement scientifique sur le sujet, la révélation était suffisante pour déstabiliser Annah. Le choc de la connaissance, la puissance du savoir, une fois de plus, la terrifia.

    C'est alors qu'elle comprit. Elle comprit pourquoi le Ritualisme avait été interdit. Elle comprit le danger qu'il y avait à découvrir les réalités enfouies de la Création par cet art si dangereux, pouvant aisément violer les lois de la réalité. Elle comprit le danger d'une telle arme entre les mains d'une personne comme elle, attirée par l'inconnu et l'interdit. Le Culte de l'Innocent et leurs sacrifices humains n'était qu'une manifestation possible de ce que le Ritualisme pouvait causer, mais n'avait sûrement rien été de plus qu'une excuse idéale pour bannir sa pratique mondialement avant que la trame de la réalité ne s'effondre sous les fouilles des Ritualistes.

    Elle se demanda si le GASMA avait simplement conscience des risques qu'ils prenaient avec leur nouvelle recrue ? Partager une telle révélation auprès de la population, preuves à l'appui, aurait des conséquences telles que la société entière pourrait s'effondrer de ses appuis, libérée de la morale, de la foi, et de toutes les notions qui dictent la bonne conduite à avoir aux humains. Si les gens savaient que la vie après la mort existait, que la réincarnation était réelle, et qu'il était possible d'agir comme le pire des monstres sans conséquences dans l'au-delà, l'Enfer et le Chaos dévoreraient l'Humanité. Annah deviendrait le symbole de l'effondrement de Céphalia.

Elle chassa au mieux ces pensées, estimant qu'il valait mieux ne rien dire du tout pour le moment. Retrouvant son calme et n'ayant plus rien à demander a l'esprit, elle le remercia, s'inclina légèrement en salut, et ôta son diadème. Elle fut aussitôt prise d'un léger mal de tête, probablement dû à sa première visite de la Sphère Immatérielle. Elle remercia, toutefois, son entraînement mental régulier des dernières semaines, sans lequel les conséquences auraient été bien plus dramatiques.

Elle rangea sa nouvelle création dans un tiroir de son bureau, saisit un calepin par la même occasion, et coucha en notes les connaissances qu'elle venait d'acquérir. Elle s'assura de les enfermer dans un tiroir, à l'abri du regard, encore grandement terrifiée par ce qu'elle venait de rédiger. Au bout de quelques minutes de réflexion, elle se leva et sortit de son laboratoire, fermant la porte derrière elle. Elle croisa immédiatement sa protectrice, qui montait la garde devant le seuil. Interdite d'y pénétrer, elle occupait son temps en s'assurant que nul ne pouvait se rendre dans ce sanctuaire secret, qui aiguisait toutefois sa curiosité. Elle passait de longues heures à se demander à quoi Annah pouvait bien travailler pour mériter un tel traitement d'honneur du GASMA.

« — Ah Sina, tu tombes bien. J'ai un rendez-vous avec l'équipe de projet. Quelques idées à tester en rapport avec la carcasse de Strigoy. Tu n'as pas besoin de me suivre, mais tu le peux si tu le désires.

— Je vois. Je serai à vos côtés dans tous les cas, telle est ma mission. Même si je doute fortement que qui que ce soit souhaite s'en prendre à la sauveuse d'Endal.

— C'est peu probable, oui. Sauveuse d'Endal... Voilà qui sonne bien, n'est-ce-pas ? Quel dommage qu'il faille garder mon coup de génie secret pour me garder loin des projecteurs. Point de célébrité pour moi. Et puis, Élias mérite aussi amplement sa part de mérite, tout comme les Valithurs.

—Vous restez celle qui a découvert le point faible de l'ennemi. Cela compte pour beaucoup.

— En effet, mais d'un autre côté, s'ils n'avaient pas été là pour agir, personne ne m'aurait écoutée. Nous sommes tous des sauveurs. Quoi qu'il en soit, à propos de cette réunion, je pense que nous en aurons jusqu'à la fin de l'après-midi. »

Sina se contenta d'acquiescer d'un signe de tête. Comme toujours, les ordres comptaient avant tout pour elle, et tant que celle qu'elle devait protéger ne lui interdisait pas de la suivre, elle l'accompagnerait, encore plus après la défaite cuisante qu'elle avait subie aux mains de Neula récemment. Annah ne distingua pas, toutefois, le rapide coup d'œil curieux que l'assassin porta dans son dos, vers la porte du laboratoire. Les deux jeunes femmes se mirent alors en marche, vers la réunion qui allait probablement décider du futur de l'Empire.

*

Allongé dans son lit, dans sa chambre d'hôpital, incapable de se lever maintenant qu'il avait perdu ses jambes, Adam se contentait de regarder l'édition récente du journal télévisé, Marianne assise à ses côtés. Le journaliste parlait actuellement des conséquences du siège d'Endal, le sujet prédominant de ces derniers jours. Son discours était concentré sur la fierté générale qui régnait dans la population, et pour cause : l'Empire avait abattu un Strigoy en premier, avant le LINAL. Malgré la trêve actuelle, plus d'un demi-siècle de guerre ouverte ne pouvait disparaître aussi facilement, et une importante rivalité existait toujours entre les deux nations, bien qu'il était rassurant de voir que les actes terroristes avaient pris fin. Les Baraldan voyaient dans cette victoire contre les envahisseurs une confirmation de leur supériorité martiale sur leurs voisins. Les deux amis exultaient également depuis l'annonce de cette victoire, et leur fierté était décuplée depuis qu'ils avaient appris le rôle majeur qu'Annah et Élias avaient joué. Cela suffisait presque à dissiper leur frustration de ne pas pouvoir avoir réalisé ce haut fait tous les quatre ensemble. Les détails précisant que le Strigoy vaincu avait été lourdement endommagé au préalable, et que les autres créatures auraient pu continuer à détruire la cité au lieu de se replier, étaient toutefois grandement ignorés dans le but d'éviter un effet « douche froide ».

Plusieurs coups retentirent discrètement sur la porte de la chambre d'Adam. Entendant ce son, il leva la tête et, fixant le seuil, s'exprima.

« — Entrez. »

Ce simple mot suffit à servir de validation. La porte coulissa avec discrétion, laissant la voie libre aux visiteurs. Deux femmes entrèrent immédiatement. Il connaissait bien la première, mais n'avait jamais vu la seconde.

« — Annah ! Ça fait plaisir de te revoir.
— Bonjour Adam. Je suis contente de te voir réveillé. Je suis venu te voir une poignée de fois, mais tu étais encore inconscient.
— Je n'ai ouvert les yeux que récemment. Merci d'être passée, dans tous les cas. J'ai été choqué d'apprendre que Marianne n'a pas quitté mon chevet depuis l'accident, tu te rends compte ? »

Un son retentit dans une petite pièce adjacente, qui se révéla être les toilettes. La porte s'ouvrit brusquement, et une Marianne aux joues rouges de gêne, une vue plus que rare, surgit soudainement, bégayant à moitié.

« — Je ne pouvais pas laisser mon supérieur sans supervision dans son état !
— Je dois avouer qu'elle est une bien meilleure subalterne que toi ou Élias. Rends-toi compte, elle m'a même apporté des plats qu'elle a cuisinés elle-même pour remplacer la bouillie infâme qu'ils nous servent ici. »

Annah observa Marianne, qui était de plus en plus gênée, avec de grands yeux surpris.

— J'ignorais que tu étais une si bonne cuisinière, Maria.
— Et bien, sans nos parents... Après l'attentat du LINAL, quand nous étions enfants... C'est moi qui me suis occupée de moi et d'Élias. J'ai vite appris à cuisiner un minimum, et beaucoup d'autres choses. Alors vu que je pouvais être utile à Adam...
— Je vois, tu es pleine de surprises, moi qui te prenais pour une brute, je suis choquée ! »

Marianne se contenta de grommeler dans son coin sans répliquer, trop gênée pour offrir une répartie digne de ce nom. Adam, de son côté, orienta son regard vers la seconde femme, vêtue tout de noir, le visage à moitié caché, qui était posée contre le mur du fond, observant régulièrement la porte d'entrée et les fenêtres de la chambre, surveillant les différents accès. Son comportement avait un côté inquiétant, comme si une menace quelconque allait surgir à tout instant, et qu'elle se préparait à la contrer. Il regarda à nouveau Annah, l'air interrogatif.

« — Qui est ton amie, Annah ? Je ne l'ai jamais vue.

— Moi de même, renchérit Marianne, observant l'assassin d'un air méfiant, son instinct lui chuchotant que cette femme était dangereuse.

— Je n'ai pas encore eu le temps de vous la présenter. Elle se nomme Sina. Sina Crowley. Suite à un projet secret dont je ne peux absolument rien dévoiler - inutile donc de supplier, Élias a déjà essayé - le GASMA a décidé de me faire surveiller autant que de me protéger. C'est son travail.

Sina s'inclina légèrement en salut, posant le poing sur le cœur face à Adam. Elle savait qu'il était un gradé, et lui adressait donc son respect.

« — Sina Crowley, à votre service. Et je préfère être considérée comme une garde du corps plutôt qu'un mouchard.

— Vous semblez être aux aguets. Vos mouvements, l'attention que vous portez à votre environnement...

Sina hésita un instant avant de répondre.

— Je ne suis pas vraiment sensée le crier sur tous les toits, mais on m'a informée à votre sujet avant ma mission, Lieutenant. Je sais que vous êtes digne de confiance. Je suis un agent d'élite du GASMA, garde du corps, assassin, spécialiste en contre-assassinat. Je suis habituée à être déployée dans les territoires du LINAL pour abattre une cible précise, ou protéger des dignitaires Impériaux d'agents ennemis. J'apprécierais fortement, bien entendu, que cette information ne sorte pas de cette pièce. Un assassin est plus efficace quand la moitié de l'Empire n'est pas au courant qu'il en est un. »

Adam et Marianne hochèrent la tête. La requête était sensible et logique, et Sina prenait un risque en leur avouant son véritable rôle. Sans le soutien préalable d'Annah sur la confiance qu'il était possible d'accorder à ses amis ainsi que les éléments de son briefing, la jeune agent aurait sûrement évité de révéler son véritable emploi. Finalement, Adam fixa à nouveau son regard sur Annah, la questionnant du regard.

« — J'ai entendu certains détails à propos de tes exploits récents, murmurés dans les chaînes de commandement. J'ai cru comprendre que c'est grâce à tes déductions qu'Endal est toujours en un seul morceau ?

— On peut dire ça, mais je n'ai pas tout fait seule. Sans les Valithurs, nous n'aurions pas réussi. Et c'est Élias qui a porté le coup fatal. Je crois même qu'il va recevoir une promotion pour avoir été le premier Impérial à tuer un Strigoy. Eckhart Hylivaltraüss lui-même a témoigné de son tir décisif, après tout.

— Il le mérite, c'est mon frère tout craché ! Claironna fièrement Marianne.

— Aucune promotion pour toi, Annah ? Questionna Adam.

— Pas officiellement. Je n'ai pas suivi le cursus nécessaire pour devenir Professeur, et c'est un prérequis obligatoire avant de pouvoir atteindre ce rang. De plus, mes nouveaux employeurs préfèrent me garder dans l'ombre, donc il a été décidé de cacher ma participation. Mais on m'a quand même engagée pour tout autre chose : je suis exceptionnellement membre de l'équipe de recherche et d'étude du cadavre de Strigoy. Ah, et j'ai eu droit à une augmentation de plusieurs centaines de Barals, ça ne fait pas de mal.

— Félicitations ! J'en déduis que vous cherchez un moyen de détruire plus de Strigoys et de purger Asilée de ces monstres ?

— Et comment ! Je veux dire, la méthode que nous avons utilisée à fait ses preuves, et les Valithurs, ainsi qu'Élias et l'escadron de tireurs d'élite sont en train de voyager un peu partout pour reproduire cette stratégie. Ils ont déjà abattu plusieurs autres machines, mais c'est franchement peu pratique de devoir déployer la totalité des Valithurs et des tireurs d'élite pour avoir une chance de détruire une de ces créatures. Nous avons eu des échecs récents en utilisant cette méthode : le « Poing de Barald » a pris une attaque directe récente qui l'a crashé au sol pour plusieurs jours. Si ca n'avait pas été les Valithurs a bord, nous aurions perdu une équipe entière.

— Surtout qu'ils sont limités dans leurs déploiements face à des centaines d'envahisseurs, ajouta Marianne. Ils ne peuvent être qu'à un endroit à la fois, et affronter un seul Strigoy à la fois. Si une autre attaque comme celle sur Endal a lieu ailleurs, nous risquons de perdre une capitale pour de bon. C'était déjà un miracle que les Strigoys aient fui Endal après avoir perdu l'un des leurs.

Annah se mit assise sur une des chaises présentes dans la pièce, tandis que Sina, silencieuse, se contentait d'écouter la conversation, tout en restant aux aguets. Une fois installée, elle expliqua.

— Pour être franche, personne ne me croit vraiment quand je l'évoque, et je ne peux pas leur en vouloir, n'ayant aucune preuve

concrète à apporter, mais je suis convaincue que ces Strigoys ne sont pas fais pour le combat. Perdre un des leurs les a déstabilisés.
— Qu'est ce qui te donne cette conviction ? Demanda Adam, intrigué. Mes jambes sont une bonne preuve qu'ils sont efficaces au combat, tout comme les monceaux de cadavres démembrés à ce jour.
— Justement, ils sont très dangereux, mais à portée faible, limitée par leur tentacule. Ils ne peuvent attaquer qu'une zone à la fois, sont relativement lents, et accumulent et absorbent cette poudre dorée qui, nous le savons maintenant, est une forme solidifiée de Potentiel. Ils laissent derrière eux cadavres et bâtiments en ruines après avoir sucé leur énergie. En comparaison avec des fourmis, personnellement, je les trouve plus proches de l'ouvrière que d'autre chose.

Elle fit une pause, reprenant son souffle, puis continua. Les autres restaient silencieux, voyant qu'elle avait beaucoup à leur raconter.

— De même, nous avons étudié le comportement des Strigoys à travers les enregistrements de la bataille d'Endal. Pendant le chaos de l'affrontement, les troupes ont été perturbées quand ils ont commencé à se téléporter un peu partout et esquiver les attaques. Mais en observant les données, nous avons réalisé que leurs mouvements étaient identiques et suivaient toujours le même enchaînement. C'était difficile à réaliser dans le chaos d'une bataille nocturne, mais évident après une observation plus précise, et les enregistrements d'Arvid, d'Endal et de dizaines d'autres affrontements sont identiques sur ce sujet. Entre leur corps de métal et leur comportement programmé, ces créatures semblent, à mes yeux, de plus en plus proches d'une intelligence artificielle simple.

— Ce qui voudrait dire qu'il serait donc possible de continuer à leur tirer dessus en prévoyant d'avance vers où ils vont se déplacer dès qu'ils commencent à se téléporter de lieu en lieu, plutôt que de tirer dans le vide en espérant les toucher ? Questionna Marianne.

— Déjà oui, nous aurons l'avantage la dessus si ils ne changent pas leur programmation en route. Mais il faut aussi prendre en compte que si nous venons bien à les qualifier de machines, alors analyser leurs programmes d'attaques, de mouvements, de sélection de cible, tout cela nous fera mieux comprendre leurs actions et nous guidera dans notre réplique face à eux.

— C'est une belle avancée, reconnut Adam. Mais je suis sûr que vous avez d'autres idées, n'est-ce-pas ? Après tout, tu parlais tout à l'heure de faciliter la lutte contre ces entités, plutôt que de devoir utiliser constamment les Valithurs et les fusils Béhémoth.

Annah afficha un grand sourire de satisfaction et hocha vivement la tête.

— Oh que oui. La proposition est, à vrai dire, venue de Sina. Nous n'y aurions pas pensé sans elle, tant l'idée semble simple, presque idiote, et pourtant absolument géniale.

L'interpellée rougit légèrement sous sa capuche, baissant timidement les yeux, peu habituée à être félicitée de cette façon. Peut-être aussi se demandait-elle si Annah la félicitait ou se moquait gentiment de son idée.

— Nous allons recycler le corps métallique du Strigoy pour fabriquer des munitions. Des balles de fusil de précision, pour le moment, pour que nos soldats restent à l'abri, mais à long terme nous envisageons des balles de tous calibres pour tous types d'armes à feu, lorsque nous aurons collecté quelques corps en plus.

Adam et Marianne semblèrent perplexes. Ils observèrent Annah, intrigués. Marianne fut la première à prendre la parole.

— Quel intérêt ? Je croyais que tout était immédiatement consumé par leur champ d'énergie défensif ?

— C'est ce que nous pensions, mais si tout était consumé, leur propre corps métallique le serait avec tout le reste. Nous avons identifié que leur corps était forgé dans un métal absolument inconnu, plus résistant que tout ce que nous connaissons à ce jour. Même le Virium est une rigolade en comparaison. Nous avons de grandes difficultés à identifier de quoi il est constitué. Clairement, ce matériau n'est pas originaire de notre monde, et nous en sommes à nous demander s'il est même originaire de notre dimension. Mais nous savons qu'il est en temps normal constamment enrobé du champ d'énergie des Strigoys, et qu'il n'est jamais détruit par ce dernier. Aussi, nous allons expérimenter ce projet de munitions à partir de ce nouveau métal, nommé Strigium, à peine quelques chargeurs pour commencer, et si cette théorie se confirme, nous serons capable de tirer directement à travers les protections des Strigoys et les abattre en quelques balles bien placées.

— C'est en effet une idée simple, mais tellement simple qu'elle a de bonnes chances de fonctionner, reconnut Adam. Après tout, les plans simples sont souvent les plus faciles à mettre en place : plus un plan est complexe, plus le nombre d'éléments pouvant le faire échouer est élevé.

— Toutefois, j'imagine que fabriquer ces balles ne doit pas être facile, vu la résistance du Strigium ? Questionna Marianne.

Annah fit légèrement la moue. Clairement, ce sujet avait posé quelques problèmes au groupe de recherche.

— C'est peu de le dire. Aucune forge traditionnelle n'a été capable d'entamer ce métal. Nous avons du recourir à une forge Armonique renforcée par un alliage Mag pour supporter la chaleur, mélangeant des doses de Potentiel de Feu et de Potentiel de Terre afin de les fusionner artificiellement, ensuite infusé dans des glyphes de fluidification permettant de générer une lave Armonique qui sert à chauffer la forge. Même du feu Armonique ne suffisait pas. Et comme vous le savez, un élément généré par du Potentiel est bien plus puissant que son équivalent naturel. Mais au moins, maintenant que nous savons que cette méthode fonctionne, il ne nous reste qu'à prouver la théorie, augmenter le nombre de cadavres de Strigoys et les envoyer vers d'autres nations Impériales pour qu'ils alimentent leurs propres troupes en munitions.

— Et ainsi équiper des armées entières, s'exclama Marianne avec joie, frappant un poing dans la paume de sa main. Plus on en tuera et plus nous aurons de soldats pouvant en tuer encore plus. Il était temps qu'on puisse enfin répliquer !

— Cela reste encore une théorie, remarqua Annah, prudente. Nous n'avons pas confirmé l'efficacité de ces nouvelles munitions pour le moment. Nous avons prévu une mission d'interception ce soir pour les tester. »

Le silence s'installa quelques instants. Adam restait calme et pensif, stockant toutes ces informations nouvelles dans sa mémoire. Marianne, pour sa part, ayant entendu l'annonce de son amie sur un combat proche, semblait avoir du mal à tenir en place dans sa chaise. L'action lui manquait, après tant de temps passé dans une chambre d'hôpital. Les autres s'attendaient presque à la voir se précipiter pour se porter volontaire. Enfin, Annah reprit la parole, après quelques minutes d'un silence uniquement perturbé par la faible voix émanant de la télévision, questionnant son ami.

« — Dis-moi Adam... Au sujet de tes jambes. Tu as déjà fait ton choix ?
— Tu veux dire, quel genre de prothèses je vais me faire installer ? »

Elle hocha la tête, curieuse. Elle joua un moment avec les doigts de son bras droit, l'exposant face à lui, leur faisant faire des mouvements impossibles pour une articulation humaine, comme pour se vanter de son amélioration. Il lui répondit avec un sourire amusé.

« — J'ai vite songé à ce sujet après avoir repris connaissance. Inutile de se lamenter sur ce que je n'ai aucune chance de retrouver, il ne s'agit pas d'une entorse, mes deux jambes ont été proprement désintégrées. Il n'y avait rien à récupérer. Au moins, la coupure est nette et propre, idéale pour installer une prothèse. Comme tu sais que je n'ai jamais vraiment travaillé mon Potentiel, je me suis orienté vers des Technochromes plutôt que des Magichromes.
— Et il n'a pas fait semblant, ajouta Marianne. Tu verrais les modèles qu'il a choisis. Imposant !
— Mon image de géant en a pris un coup sans mes membres inférieurs. Mes futures jambes seront massives autant en apparence qu'en résistance et en puissance de frappe.
— Et n'oublie pas les orteils griffus, se vanta Marianne comme s'il s'agissait de sa propre amélioration future.

Annah eut un petit rire amusé.

— Tu ne pouvais pas faire plus différent que moi. Là où je choisis la magie, tu prends la technologie. Là où je choisis l'agilité, tu prends la force. Tu devrais te faire amputer des bras et compléter la collection en les remplaçant aussi par des Technochromes blindés, histoire de compléter l'apparence de monstre massif.
— Hum... Ça n'est pas une si mauvaise idée que ça, tu sais ?

Adam se frotta le menton, l'air pensif, ignorant du mieux qu'il le pouvait le regard outré que lui lançait Marianne en imaginant son ami perdre encore plus de membres qu'actuellement. Finalement, les trois compagnons éclatèrent de rire, et continuèrent à parler de tout et de rien, se régalant du plaisir de leurs retrouvailles. Bien que peu de jours étaient passés depuis la blessure d'Adam, les événements récents avaient été si précipités qu'il leur semblait qu'une éternité s'était

écoulée depuis la dernière fois qu'ils avaient pu prendre un peu de temps pour parler. Ils passèrent donc ces plusieurs heures, sous l'œil vigilant de Sina, qui ne participait que rarement, et malgré l'absence d'Élias, à échanger sur de nombreux sujets, avant qu'Annah ne se décide à les quitter.
Il était temps d'apporter la colère de l'Empire aux Strigoys.

*

Plus de trois semaines s'étaient écoulées depuis le premier test des nouvelles munitions en Strigium. Le résultat avait été retentissant : les projectiles avaient franchi la protection d'énergie de leur cible sans mal, et leur force de pénétration, supérieure à une balle classique, avait permis de fracturer, puis briser l'œil cristallin de la bête en à peine quelques tirs. Le blindage de la bête en lui-même restait imperméable, mais il suffisait désormais de viser et détruire le point faible d'un Strigoy en quelques balles bien placées pour en tuer un. Désireuse de ne pas traîner derrière son frère, c'était Marianne qui avait accompli ce test avec succès : elle s'était bel et bien portée volontaire, finalement. Le frère et la sœur étaient ainsi rentrés dans la légende comme les Fléaux des Strigoys. Suite à cette incroyable victoire pour le projet, Annah et son équipe avaient été félicités d'autant plus, et leur technique de fabrication de munitions avait été répandue à travers tout l'Empire, puis, bientôt, au LINAL également, principalement par fuites d'informations et espionnage plutôt que par un don volontaire.

L'Empire avait alors commencé une contre-attaque de grande ampleur. Plusieurs centaines de Strigoys rampaient sur le continent d'Asilée, tout autant dans le Grand-Est, et plusieurs dizaines faisaient progressivement leur apparition en Espérie, le continent lié au pôle sud, le supposé berceau de l'Humanité dans le Mythe des Origines où les vaisseaux colonisateurs se seraient écrasés en l'an 0 A.C.. Ce lieu était bien moins peuplé que les deux autres terres, en majorité à cause de son climat glacial et inhospitalier, mais de nombreuses exploitations de ressources minières et bases scientifiques s'y trouvaient malgré tout, et en conséquence, une présence humaine minimale était nécessaire, ce qui finit par attirer l'attention des créatures.

L'Empire profita de cette occasion, et de l'accumulation progressive de cadavres de Strigoys permettant la production d'une quantité de munitions de plus en plus élevée, pour envoyer plusieurs régiments lutter contre l'invasion surnaturelle dans leurs territoires Espériens. Par la même occasion, plus rapides que le LINAL, ils profitèrent de la destruction de certains de leurs propres avants-postes miniers pour capturer les zones concernées et les voler à la fédération de pays, trop occupée à défendre ses terres pour y faire attention. Comme toujours, l'Empire était sur l'offensive tandis que le LINAL se repliait sur ses frontières, même lorsqu'une trêve était en place entre les deux puissantes nations. L'Empire n'avait aucun scrupule à voler, reconstruire et défendre des zones minières qui n'étaient pas les siennes de base. La loi du plus fort restait reine.

Suite à ces multiples semaines d'affrontement, l'Empire avait déjà accumulé plus de trois cent cadavres de Strigoys, et l'époque pourtant encore récente pendant laquelle l'idée même d'érafler le corps d'un seul de ces monstres était impossible avait désormais disparu de tous les esprits. Tuer un Strigoy était désormais aussi simple que de réunir un groupe de soldats équipés de munitions en Strigium et de faire feu sur le point faible du monstre, parfois avant même que celui-ci ne repère les tireurs embusqués. Il suffisait ensuite d'attacher la carcasse à deux T-NBTA-801 pour transport lourd, et de ramener ce cargo à la base équipée la plus proche, afin de pouvoir entamer sa conversion en munitions.

La répartition des balles en Strigium était désormais suffisamment égalisée dans l'Empire pour permettre à chaque territoire de se défendre, et le nombre de Strigoys détruits augmentait de plus en plus rapidement à chaque nouveau jour, tout comme les profits renouvelés des producteurs d'armes à feu balistiques, qui avaient auparavant commencé à perdre du terrain avec l'apparition d'armes Armoniques supérieures en tous points. Le modèle de carabine coup par coup Winfield 220, un grand favori des amateurs d'armes à feux pour sa solidité, son efficacité et son apparence moderne séduisante, avait trouvé un succès incroyable auprès de l'armée régulière, et les industries Winfield nageaient dans les profits. Pour autant, la quantité d'envahisseurs restait relativement égale, de nouveaux monstres remplaçant régulièrement ceux détruits, et maintenant que les troupes étaient équipées convenablement, il apparaissait évident au commandement militaire qu'il faudrait bientôt frapper un grand coup si l'on espérait un jour mettre fin à cette invasion constante : sur la demi-lune de métal, toujours suspendue de façon menaçante dans le ciel, le quartier général même des envahisseurs.

Cette décision fut précipitée par un événement qui survint un peu plus d'un mois après la décision par Annah et son équipe de produire les premières munitions aptes à détruire un Strigoy. Une des multiples équipes classiques qui s'étaient formées pour chasser les créatures s'était déployée dans les contrées sauvages d'Endal. La journée était glaciale, causée par la période de fin d'automne, l'hiver approchant enfin, et une fine neige ne cessait de tomber depuis le début de la matinée, recouvrant le sol d'un manteau blanc et intouché par toute trace de vie.

Bien que le peloton, formé d'une trentaine de soldats, avançait avec une certaine célérité, prouvant par là même leur habitude à combattre les intempéries du Nord, ils restaient légèrement inquiets par l'absence totale de traces d'animaux dans la couche de neige. Il semblait que les Strigoys chassaient tout ce qui vivait, humain ou animal, tout possédant ne serait-ce qu'une pincée de Potentiel à dévorer était une cible, et la forêt dans laquelle ils se trouvaient semblait avoir été désertée. Tout le monde avait vu la vidéo, filmée par un drone, d'un essaim de Skwibs sauvages se jetant, toutes griffes et crocs dehors, à l'attaque d'un Strigoys, en vain, se dissolvant au contact du champ d'énergie du monstre. La Nature n'avait pas de moyen de répliquer face à ces envahisseurs, et perdait du terrain. Cela donnait l'impression aux soldats de n'être que les seuls formes de vie aux alentours, et l'absence absolue des sons naturels rendait l'expérience étouffante au possible, comme si la flore enneigée se refermait sur eux, les isolant même des rayons du soleil sous leur cime clairsemée, certains arbres n'ayant pas encore achevé la perte de leur feuillage.

Malgré ce sentiment éreintant, les soldats avançaient avec professionnalisme. Une faille s'était ouverte dans les environs, avait été repérée par satellite, et des drones avaient été dépêchés pour reconnaître le terrain. Deux Strigoys avaient été détectés, se rendant en direction d'un village qui avait, par trois fois déjà, été protégé d'une attaque. Le fait qu'à chaque tentative, une seule bête avait été envoyée, mais que désormais deux s'en prenaient à la même cible, avait interpellé le Lieutenant en charge du peloton. Il avait l'impression que les Strigoys amplifiaient leur attaque en espérant pouvoir vaincre, là ou une seule créature n'avait pas suffi, en augmentant leur nombre, plutôt qu'en cherchant un autre village. Ce comportement, presque automatisé, renforçait les observations qui avaient été faites après le siège d'Endal : une étude minutieuse des téléportations à courte distance des attaquants avait révélé une tendance marquée à toujours pratiquer des déplacements dans la même direction, un même nombre de fois : une fois en arrière sur leur droite, puis en arrière loin sur leur gauche et enfin en avant et légèrement sur la droite, arrivant à l'avant de leur point de départ en succession rapide, gagnant ainsi progressivement du terrain par sauts rapides. Dans le chaos de la bataille, les soldats n'avaient pas pu remarquer cet élément, mais il était désormais possible d'utiliser ce comportement contre les Strigoys pour prévoir leur déplacement en cas d'affrontement à courte portée, une stratégie couronnée de succès lors d'une chasse qui avait failli mal se finir une semaine plus tôt par un autre peloton de traque. La nécessité de déployer des tireurs d'élite avait ainsi diminué, bien qu'ils restaient gages de sécurité.

Pour faciliter leur approche, les Navettes de transport T-NBTA avaient posé le groupe entre le village qu'ils devaient défendre et leurs deux cibles. Il leur suffisait d'avancer un peu jusqu'à les rencontrer de front, les abattre, puis évacuer la région avec leur cargo fraîchement vaincu. C'était une stratégie simple utilisée aussi souvent que possible, les Strigoys étant difficiles à rattraper même en courant, et impossibles à abattre de dos. Lorsque le Lieutenant jugea qu'ils étaient suffisamment proches, il ordonna aux tireurs d'élites de se mettre en position. Une dizaine d'hommes et de femmes s'allongèrent dans la neige, fusil chargé et pointé vers leur cible, attendant patiemment. Armés de carabines, les autres soldats se répartirent dans les environs, patrouillant par sécurité afin de s'assurer que les Strigoys n'aient pas dévié de leur chemin et ne leur arrivaient pas dans le dos.

Au bout d'une dizaine de minutes, les deux cibles furent en vue. Ils avaient initialement prévu de charger cinq fusiliers par cible et d'abattre les deux en même temps, mais les monstres se déplaçaient en file indienne, ce qui rendait impossible la tâche de tirer sur le second. Ils attendirent donc que le premier soit à portée, et bientôt, cinq détonations retentirent. Tous les projectiles touchèrent, ce qui était bien plus que nécessaire : le cristal doré vola en éclat au bout de la deuxième balle et la forme allongée, constituée d'énergie pure, s'échappa comme à chaque fois de la carcasse métallique désormais sans vie, avant de se dissiper. Le second Strigoy apparut soudainement devant le premier, s'étant téléporté à l'avant de son compagnon. Le Lieutenant se fit la remarque que ce dernier n'avait, apparemment, pas été programmé pour s'enfuir dès la mort d'un de ses alliés, comme ceux du siège d'Endal, mais de continuer son attaque jusqu'au bout quoi qu'il arrive. Il nota cet élément, qui indiquait la présence possible d'un contrôleur capable de modifier le comportement des Strigoys. Un élément possiblement inquiétant pour leur stratégie de prédiction basée sur l'analyse de la programmation des entités.

Deux tireurs ouvrirent immédiatement le feu, mais, sous la surprise, ne touchèrent pas le cristal. La créature entama alors sa série de transferts à courte portée, tout en avançant, tentant de rendre les attaques des soldats restants moins précise. Mais cela fut sans effet : le peloton connaissait la danse et cette programmation n'avait pas été changée, contrairement aux inquiétudes du Lieutenant. À l'instant où ce dernier finit sa séquence et s'immobilisa une poignée de secondes avant de la recommencer, il fut accueillit par une volée de projectiles qui le perfora et le détruisit immédiatement, le rendant aussi inerte que son compagnon.

En temps normal, la mission du peloton aurait été achevée à cet instant. Ils auraient fait signe aux T-NBTA-801 de s'approcher, auraient commencé à attacher les carcasses avec de solides câbles métalliques, puis seraient rentrés à la base pour prendre une pause bien méritée avant leur prochain déploiement. Mais il en fut autrement pour ce groupe.

Alors que la tension s'effondrait et que leur méfiance se relâchait, persuadés d'avoir abattu la menace immédiate, les soldats commencèrent à réunir leur équipement. Soudainement, une faille s'ouvrit juste derrière les deux Strigoys. La fracture, qui fendait le tissu même de la réalité, était gigantesque, bien supérieure à toutes celles qui avaient été observées lors de passages de Strigoys par le passé. La taille était si immense qu'il était possible, sans mal, d'observer l'autre côté de la faille, et d'y voir un environnement entièrement artificiel et métallique, composé de structures étranges tout en blocs et fossés : la surface de la demi-lune de métal.

Mais ce qui retint le plus l'attention du peloton, c'est ce qui venait de traverser le passage. Dressé sur six monstrueuses pattes métalliques se terminant par de gros crochets acérés labourant le sol, évoquant les articulations et la forme générale de celles d'une araignée, haut de plus d'une dizaine de mètres, se trouvait un véritable titan. Au centre, là où se rejoignaient les pattes, se situait une version différente du Strigoy habituel : si la forme de larve géante était toujours présente, la queue de cette dernière était, toutefois, repliée au dessus de ce qui lui servait de crâne, évoquant un scorpion prêt à l'attaque, pointant son dard à l'avant, un dard constitué d'un cristal doré qui ne pouvait être qu'une mauvaise nouvelle. De plus, la créature ne possédait pas un, mais deux yeux, également en cristal doré, qui semblaient capables de bouger dans de multiples directions, de façon indépendante l'un de l'autre, et pouvaient même remonter son corps jusque dans son dos, semblant nager dans une couche de Strigium liquide.

La panique saisit immédiatement le peloton, et les tireurs d'élite se remirent en position, déployant en urgence leur équipement. Au sol, plus bas, cinq nouveaux Strigoys surgissaient en rampant au sol du même portail gigantesque, qui resta ouvert même après que sa monstrueuse cargaison ne soit sortie. Le Lieutenant hésita un instant à ordonner la retraite, mais ils étaient la seule ligne de défense entre ce groupe et le village, et il ne doutait pas de la capacité de ses troupes à abattre les cinq Strigoys. Le problème reposait dans le danger de cette nouvelle unité gigantesque, jamais vue auparavant.

Les Baraldans furent les premiers à engager le combat, et plusieurs balles filèrent, fauchant immédiatement deux Strigoys sur les cinq présents. Bien que la première volée semblait être un début de victoire pour les Impériaux, leur exaltation fut de courte durée. En effet, l'énorme créature se mit à attaquer, et si les Strigoys larvaires étaient limités en portée par leur tentacule d'énergie, cela n'était pas son cas. De chaque œil doré se mit à surgit un projectile d'énergie, ressemblant vaguement à une sphère orangée à moitié transparente, rappelant une énorme goutte d'eau causant un effet de loupe. Ces deux projectiles volèrent sans être ralentis un seul instant par l'air ou par les arbres sur leur trajectoires, consumant tout ce qu'ils rencontraient, et s'écrasèrent dans les rangs des tireurs d'élite, en massacrant la majorité. Quelques secondes après, deux autres projectiles suivirent et finirent les survivants, privant le peloton de tout moyen d'attaque à longue distance. L'effet était le même que celui des tentacules d'énergie, mais il n'y avait aucune récolte de particules ici : tout retombait au sol et rien n'était conservé. Cette créature était purement faite pour abattre ses ennemis.

Désormais démunis de tireurs d'élite, les Impériaux ne possédaient plus que leurs Winfield 220 chargés de balles en Strigium. Les armes Armoniques avaient été abandonnées, ne pouvant percer les protections de leurs cibles, et la stratégie de combat contre les Strigoys reposait sur l'utilisation d'armes à longue portée permettant d'éviter leurs tentacules d'énergie. Il restait tout à fait possible de combattre à plus courte portée, mais pas sans risque. Une vingtaine de personnes contre trois Strigoys et une créature inconnue était une opération suicide sans espoir aucun de succès. En effet, si les trois monstres classiques pouvaient être abattus avec ces fusils même avant d'arriver à portée, la créature géante était une autre paire de manche. Elle pouvait les atteindre largement avant que les balles ne la touchent.

Il ne restait, hélas, qu'une seule possibilité au Lieutenant : ordonner la retraite en urgence et rapporter leurs informations à leurs supérieurs. L'apparition d'un nouveau type de Strigoy devait être signalée, ainsi que ses capacités d'attaques. Ainsi, alors que le groupe fuyait à toute allure sous la nuée de projectiles tirés par la gigantesque créature, causant un carnage dans les effectifs du peloton, les drones de reconnaissances filmèrent tout du massacre, impassibles devant les terribles images qu'ils enregistraient dans leur mémoire, tout en suivant leurs propriétaires.

Du peloton, seul trois hommes, deux femmes et le Lieutenant avaient survécu. Les informations qu'ils rapportèrent furent bientôt validées par d'autres rapports identiques, originaires d'autres champs de bataille. Tous étaient unanimes : les Strigoys avaient soudainement augmenté en nombre, et une nouvelle classe, simplement nommée « Soldat Strigoy », avait fait son apparition en de nombreux lieux. Cette version semblait, d'après les observations, uniquement concentrée sur la protections des Strigoys larvaires, désormais identifiés comme Récolteurs, et se contentait de faire feu sur tout ce qui était plus ou moins agressif tandis que leurs congénaires accomplissaient leur sanglante besogne de collecte humaine.

C'est à cet instant que l'Empire réalisa la terrible réalité : ce que les Strigoys avaient déployé jusqu'à maintenant, les terribles monstres carnassiers presque invulnérables qu'ils affrontaient depuis si longtemps, n'avaient été que de simples ouvriers récoltant des ressources. Désormais, les soldats venaient de rejoindre le champ de bataille. Quelqu'un, quelque part, remarqua que les Soldats Strigoys avaient été déployés mondialement à l'instant même où le cinq-centième Récolteur mordait la poussière, et cette information avait d'autant plus terrifié la population en cimentant le comportement mécanique de leur adversaire.

La courte période de succès qu'avait connue l'Humanité était arrivée à son terme. Le cycle boucla à nouveau, amenant le monde plus proche encore de l'extinction.

Chapitre 10
Manipulations

Sina m'assure aujourd'hui qu'il n'y a aucun mauvais sang entre elle et Annah. Il eut été pourtant compréhensible de ressentir une certaine haine envers la personne qui vous trompe et vous conduit à votre mort, mais le cas de la jeune assassin est tout aussi hors du commun que celui d'Annah, désormais voyante à plein temps, possédée d'une mission divine. Je ne sais qu'une chose : j'espère ne jamais avoir à faire un choix aussi cruel que celui qui fut imposé à Annah en cette soirée : trahir son amie ou laisser l'Humanité mourir.
    Extrait de «Biographie d'Annah Morgan» d'Alma Hilldar.

« — Mes ordres sont strictes, je suis désolée, mais je ne peux pas vous permettre de vous joindre à eux. Vous êtes trop importante.
— Ils auront besoin de moi. Je l'ai vu. Tu ne peux pas me retenir, Sina. Tu ne le dois pas, j'ai un rôle à jouer là-haut !
— Vous êtes la seule à croire à ces... visions dont vous parlez. Ces ressentis. Ces images. Comprenez que c'est bien faible pour moi en comparaison des ordres que l'on m'a donné. Retournez dans votre chambre, s'il vous plaît.»

Annah s'apprêtait à dire quelque chose d'autre, mais s'interrompit. Argumenter ne servirait à rien. Sina était inflexible. Cela faisait désormais deux mois qu'elles vivaient ensemble, et si leur amitié s'était renforcée depuis, elle connaissait bien assez sa gardienne pour savoir que ses ordres étaient au dessus de tout le reste. Pour autant...
Elle prétexta un soupir de frustration et s'éloigna, lui tournant le dos, se dirigeant vers sa chambre en souriant, quittant la porte de son laboratoire devant laquelle elles venaient d'argumenter. Pour toute la discrétion de l'assassin, la scientifique n'avait pas manqué de remarquer la grande curiosité de celle-ci pour ce qui se déroulait derrière le seuil qu'elle devait garder quotidiennement. Annah avait décidé de jouer gros. Il lui fallait une diversion pour distraire l'attention de Sina le temps de rejoindre son GAR et les effectifs de l'opération Lune Argent.
Ce qu'elle fit en oubliant délibérément de verrouiller la porte de son laboratoire à cause de la frustration.
Il ne fallut pas longtemps à Sina pour réaliser que la porte était encore ouverte. Il lui fallut, toutefois, quelques instants en plus pour décider de la marche à suivre. La nuit tombait et les effectifs scientifiques se rendaient à la cafétéria pour leur repas du soir, ce qui

219

permettait à ces couloirs éloignés d'être virtuellement vides de tout témoin. S'agissait-il de l'opportunité qu'elle avait attendue depuis tout ce temps ? Sina Crowley était un agent exemplaire du GASMA, en apparence tout du moins, mais elle avait entendu parler de déploiements et missions de certaines branches de son organisation qui coïncidaient, étrangement, avec des attentats terroristes qui avaient eu lieu sur le territoire impérial. Elle avait d'abord soupçonné que ces missions antiterroristes avaient échoué, mais personne ne semblait jamais inquiété par la situation. Plus perturbant encore, personne ne posait jamais de question. Sa spécialité étant d'assassiner des cibles du LINAL, on ne lui avait jamais donné aucune mission étrange de ce genre, mais ses interrogations augmentaient avec le temps à propos des possibles secrets que son organisation dissimulait.

    Et maintenant, on la reléguait au rang de garde du corps pour une scientifique travaillant sur un projet top secret, elle, une tueuse professionnelle. Elle savait ce que ça voulait dire : on attendait d'elle qu'elle élimine tout témoin gênant qui découvrirait ce qui se passait dans ce laboratoire, et ce en toute discrétion. Annah n'était pas réellement en danger et ne le serait probablement jamais, aucune atteinte envers sa sécurité n'avait été réalisée pendant les deux mois de sa présence ici. Ce rôle de garde du corps n'était qu'une couverture.

    Cette révélation n'avait eu de cesse de la faire se questionner de plus en plus à propos du GASMA. Elle s'était religieusement accrochée à ses ordres pour garder un sentiment de stabilité, mais elle avait la sensation grandissante que le camp dans lequel elle se trouvait n'était pas celui qu'elle pensait être à la base. Elle avait voulu, depuis longtemps, pénétrer le laboratoire interdit pour découvrir de quoi il en retournait. L'occasion se présentait enfin.

    Elle vérifia la situation alentour. Personne dans le couloir. Alma ne viendrait pas avant plusieurs heures prendre sa relève. Elle avait l'opportunité qu'elle désirait. Silencieuse comme une ombre, elle se faufila avec habileté au-delà du seuil qui glissa silencieusement sous l'impulsion de son Oculys. Elle effacerait les traces de son intrusion en repartant.

    Entamant sa fouille des quartiers interdits, elle fut accueillie par un bureau simple couvert de paperasse et de multiples étagères et tables débordants de bocaux emplis ingrédients divers et variés, une majorité d'origine végétale ou sous forme poudreuse, mais aussi certains, remarqua-t-elle avec une certaine inquiétude, clairement d'origine organique, voire humaine.

Elle repéra un objet insolite sur le bureau : un étrange diadème couvert d'un voile blanc, sur lequel de multiples symboles rouges étaient peints. Les connaissances de Sina en Armonie étaient limitées aux simples glyphes inscrits sur les couteaux Armoniques, mais elle avait eu l'occasion de voir certaines inscriptions à plusieurs occasions. Cela ne ressemblait à aucun glyphe qu'elle ait jamais vu, ni même à la structure visuelle d'une Composition Armonique. Ses entrailles se glacèrent légèrement, son instinct semblant lui hurler qu'il ne découlait rien de bon de cet engin.

Elle saisit l'objet et l'approcha de son visage pour l'observer de plus près. Elle le retourna, comme pour l'enfiler, et bien qu'elle le tenait à bout de bras, sa vue s'aligna un bref instant avec l'arrière du tissu blanc, activant l'effet sur son champ de vision. Pendant une brève seconde, elle se sentit devenir aveugle, ses yeux comme surchargés de stimuli visuels au point de rendre son environnement flou et blanc, les lumières gagnant en intensité, sa tête devenant effroyablement douloureuse, le sang cognant au niveau de ses tempes. Elle tomba au sol en couinant faiblement, perdant l'équilibre, et le diadème roula à ses côtés, hors de vue.

Ne s'étant jamais préparée mentalement à cette épreuve comme Annah l'avait fait par de longues semaines de méditation, Sina ignorait qu'elle était passée à côté d'un terrible drame. Si elle avait enfilé l'objet, elle aurait pu sombrer dans l'inconscience, voire dans un coma léger, et même conserver des séquelles neurologiques et visuelles. Elle resta allongée un moment au sol, ses sens se rétablissant doucement.

Quelques minutes plus tard, elle se sentit assez forte pour se lever, la douleur refluant dans son crâne. Elle tituba, s'appuyant sur le bureau d'Annah, cherchant son équilibre. Enfin rétablie, elle s'inclina, ramassa le diadème sans y jeter le moindre regard par sécurité et le posa là où il s'était trouvé avant qu'elle ne le prenne. Cette expérience ne faisait que renforcer ses craintes et sa méfiance: certes, une Composition Armonique de Lumière pouvait aveugler une personne, mais pas avec une telle intensité. Le reste des symptômes n'était pas non plus naturel, et l'Armonie ne fonctionnait pas en regardant des glyphes non alimentés en énergie. Quelque chose d'autre était à l'œuvre ici.

Elle fouina un moment dans les papiers et notes couverts d'une écriture étonnamment élégante pour une personne aussi brouillonne qu'Annah. Ce qu'elle lisait semblait parler d'éléments en rapport avec les concepts de mort, de vie, d'âme et d'esprit, ainsi que de dimensions alternatives, mais de très nombreux mots dont elle ignorait jusqu'à l'existence rendaient la compréhension du document impossible. Elle en fit tout de même plusieurs images grâce à son Oculys, qu'elle stocka dans son Nerval au cas où. Elle pourrait toujours relire tout cela à tête reposée plus tard dans ses quartiers.

Elle remarqua que, face à la porte, contre le mur, ce qu'elle avait pris pour de grands casiers gris métalliques étaient en réalité plus proches de grosses boîtes fermées. Elle tenta d'en ouvrir une, sans succès, ne trouvant aucun mécanisme. Son Oculys détectait un point de connexion, mais la cible était verrouillée par un code qu'elle ne pourrait pas pirater : il s'agissait de matériel du GASMA, trop bien crypté pour son équipement actuel. Elle tapota sur l'une des boîtes et eut la sensation d'entendre un léger gémissement pendant un instant, mais resta incertaine. Il ne se reproduisit pas, et elle l'attribua à son imagination et au stress qui s'accumulait sur ses épaules devant cette infiltration bien plus éprouvante qu'elle ne l'avait envisagé.

La seconde pièce du laboratoire était couverte, sur le mur du fond, de ce qui ne pouvait être qu'une armoire à cadavres gigantesque. Au moins une vingtaine de casiers se trouvaient ici, et l'odeur aseptisée était horriblement forte à son odorat amélioré. Une table d'opération se trouvait au centre de la pièce, nettoyée et prête à l'usage, ainsi que plusieurs prothèses Magichrome bas budget posées sur un chariot.

Elle pivota vers la gauche et sauta soudainement en arrière, terrorisée, se réceptionnant au sol avec agilité malgré tout, démontrant tout son entraînement. En une fraction de seconde, son pistolet semi-automatique atterrit dans sa main depuis sa gaine sur la cuisse et visa le torse de la créature qui lui faisait face. Quelques secondes s'écoulèrent, avant qu'elle ne réalise que sa cible était immobile, bien qu'elle la suivait des yeux, et menottée dans une boîte métallique ouverte, semblable à celles dans l'entrée.

Il ne pouvait s'agir que d'un zombie, comme dans les films. Un cadavre humain réanimé. La créature était décolorée, sa peau tendue, décharnée, étirée sur ses os et muscles, tachée de sang séché, ses vêtements déchirés en multiples endroits. Un de ses bras avait été remplacé par une prothèse Magichrome simple, le genre de modèle qui valait à peine mieux qu'un membre naturel, mais toujours capable de mieux conduire le Potentiel que la chair. Ses doigts se pliaient et dépliaient régulièrement sans but. Sur son visage, par dessus son front et descendant jusqu'à la lèvre supérieure de sa bouche, contournant son nez et descendant sur les joues tel un masque, un énorme implant métallique recouvrait la chair en décomposition. Deux fentes couvertes par une visière rouge couvraient les yeux. Le nez, la bouche et le menton étaient recouverts par ce qui ressemblait étrangement à un morceau de masque à gaz, mais l'apparence de l'engin semblait trop technologique et évoluée pour une fonction aussi basique que celle de filtrer les gaz nocifs. La créature reniflait l'espionne avec curiosité, et celle-ci théorisa que ces masques amplifiaient l'odorat des Zombies.

Le choc initial passé, Sina réalisa que la créature la fascinait au plus haut point. Elle ignorait pourquoi, mais la terreur qu'elle aurait dû ressentir en assistant à la présence d'un cadavre animé était remplacée par une véritable curiosité. Elle aurait aimé en apprendre beaucoup plus sur les capacités de celle qu'elle devait protéger à relever les morts de cette façon. L'art de la résurrection était-il aussi à sa portée ? La seule chose qu'elle savait, c'est qu'aucun, absolument aucun art Armonique ne pouvait animer les morts. Il ne restait qu'une seule explication plausible.

    Annah était une Ritualiste. Et le GASMA la couvrait. Pire, au vu de leur matériel omniprésent dans le laboratoire, ils la finançaient. Il s'agissait de trahison de l'Empire au plus haut niveau, juste en dessous d'une tentative d'assassinat de l'Empereur lui-même. Sina prit un enregistrement vidéo de la créature, observant ses faibles mouvements, pouvant ainsi utiliser cette pièce à conviction comme preuve que cette créature était bien vivante, contre toute attente.

    Enfin, c'en fut trop pour elle. Sa visite n'avait duré qu'un quart d'heure, mais cela lui suffisait amplement. Elle se précipita à la porte d'entrée, l'ouvrit, s'assura que personne n'était présent dans le couloir, sortit du laboratoire et, oubliant presque d'effacer son entrée des données de l'interrupteur de la porte, s'empressa de pirater cet élément pour cacher ses traces. Ceci fait, elle laissa le laboratoire comme elle l'avait trouvé, déverrouillé, et se précipita au pas de course vers l'extérieur de la base. La protection d'Annah était devenue bien secondaire dans son esprit. Elle n'avait plus qu'une idée en tête : trier ses informations et contacter la station d'informations d'Endal la plus proches pour leur livrer tout ce qu'elle avait découvert. Au diable ce qui arriverait à son amie, son sens de l'honneur prenait le pas sur le reste.

*

Annah avait été heureuse de la rapidité avec laquelle Sina avait mordu à l'hameçon. N'écoutant que sa paranoïa, elle avait installé une micro caméra dans une des fioles d'ingrédients qui faisaient face à la porte d'entrée de son laboratoire. Dans un œil humain conservé, pour ajouter le discret à l'absolument dégoûtant.

    De ce flux de données, elle avait pu voir Sina pénétrer son laboratoire depuis sa chambre, observant depuis son Oculys, alors qu'elle préparait son équipement pour l'opération à venir. Tout s'était bien passé. Sa gardienne avait commencé son enquête et était bien trop préoccupée par ce qu'elle voyait pour faire attention à Annah. Avec de la chance, cela prendrait juste assez de temps pour que l'Armoniste rejoigne une des Navettes d'embarquement à l'extérieur pour ensuite atteindre le point de regroupement.

Depuis quelques nuits, des images de plus en plus vivaces s'imposaient à ses rêves. Des visions d'un futur en ruine, d'un fléau terrible se répandant sur le monde. Une sensation d'urgence l'envahissait. Cette même impression, lors du siège d'Endal, que la situation était d'une importance capitale, que la balance s'apprêtait à basculer d'un côté ou de l'autre, mais à un niveau incomparable à la fois précédente. Elle n'avait qu'une certitude : peu importe le prix à payer, elle devait participer à l'opération à venir. Elle devait être parmi ceux qui allaient poser pied sur la demi-lune des Strigoys et tenter de découvrir et détruire leur commandement. Elle ignorait pourquoi, mais elle le devait. Rien ne devait l'arrêter, elle était désormais persuadée que le destin de l'Humanité toute entière dépendait de sa présence. Elle avait gardé tout cela pour elle, de peur qu'on l'accuse d'avoir des délusions de grandeur. Elle ne se voyait pas comme une élue qui devait sauver le monde, simplement comme un engrenage qui devait être à sa place au bon moment pour que la machine fonctionne, tout comme chaque soldat armé serait là pour abattre le plus de Strigoys possible et ouvrir une voie. Sina était un obstacle à ce bon fonctionnement, ainsi, désormais, que le GASMA. Leur désobéir était son seul choix.

Elle fut vite parée et équipée. Sa tenue classique : son long manteau gris à haut col et sa tenue militaire gris et blanche habituelle lui suffiraient et l'identifieraient rapidement comme scientifique militaire. Elle avait pris son Écritoire dans un sac en bandoulière. Le reste de son équipement lui serait fourni sur place, à elle comme au reste de la gigantesque armée qui se réunissait en ce moment même. Elle se précipita dans le couloir, ferma sa porte, et hésita un instant à laisser un message à Alma à propos de ce qu'elle allait faire. Elle se résolut à lui en envoyer un plus tard juste avant son départ, pour éviter que son amie ne panique et ne contacte Adrian, qui la forcerait alors à être ramenée à la base militaire au dernier moment. Elle ne pouvait se permettre la moindre erreur dans sa fugue.

Elle se précipita dans les couloirs relativement vides, les scientifiques occupés à la cantine à savourer leur repas du soir. De sa caméra, elle confirma que Sina s'aventurait dans la seconde pièce du laboratoire. Elle n'avait pas de caméra dans cette zone, et ne pouvait également qu'espérer que sa gardienne n'abattrait pas Z06, le zombie sur lequel elle travaillait actuellement. Relever les morts devenait de plus en plus simple pour la Ritualiste, au point qu'elle pouvait visualiser un futur très proche où il deviendrait possible de réanimer les cadavres en groupes. Toutefois, sans installations plus avancées et équipes médicales dédiées, adapter les zombies en machines de guerre prenait un temps considérable, Alma étant la seule capable de procéder aux opération rudimentaires visant à insérer les divers implants et prothèses sur les corps. Z06, comme ses cinq frères, était de ce fait d'une valeur certaine, bien qu'il était facile d'imaginer que, dans un futur proche, avec plus de moyens, d'équipement et d'employés, il serait facile de produire des centaines d'unités de combat par semaine. Ainsi, même la mort n'arrêterait plus la machine de guerre Impériale. Elle laisserait les autres s'arracher les cheveux sur la moralité de l'acte.

Atteignant l'extérieur du complexe, elle frissonna légèrement. La température restait très fraîche, et continuait à descendre avec la tombée de la nuit. Aucune chute de neige n'était attendue, mais il faisait assez froid pour que du givre apparaisse sur les surfaces humides. Malgré tout, alors qu'elle se rapprochait du centre de la base militaire, elle sentait une augmentation de la chaleur ambiante. Celle-ci était due à l'énorme concentration de troupes et de véhicules en activité, dont les moteurs ronronnaient doucement. De nombreuses Navettes de différents modèles se trouvaient encore ici, certaines ayant déjà décollé, d'autres étant encore en train d'être chargées de troupes et de matériel.

Sachant de source sûre que son GAR avait déjà quitté la base militaire et atteint le point de regroupement, elle ne s'embarrassa pas des détails. Elle entra avec un groupe de recrues dans une des T-NBTA qui allait décoller, comme si elle était supposée être ici. Personne ne l'arrêta, ni même ne vérifia son identité. L'importance de la mission Lune Argent était telle qu'on recrutait à tour de bras sans même se poser de question. De plus, sur toute la base, Annah était la seule à bénéficier d'une protection spéciale et d'une interdiction de participer au combat. De nature très isolée, elle n'était connue que d'une minuscule poignée de personnes, et ceux qui savaient son nom associé à cette protection active étaient tout aussi peu nombreux. Cela lui permettait un voyage relativement confortable et sans grande inquiétude quand au risque de se faire découvrir. L'excessive prudence du GASMA à son égard se retournait à son avantage.

Toutefois, alors que la T-NBTA désormais chargée commençait à décoller, ses deux moteurs latéraux s'orientant perpendiculairement au sol, et qu'Annah prenait de l'altitude, elle perçut, grâce à un zoom de son Oculys, une silhouette sombre et agile se précipitant hors de la porte de sortie la plus proche de son laboratoire. Après une étude de quelques instants, elle fut certaine qu'il s'agissait de Sina. Celle-ci se précipitait hors de la base militaire, en direction de la ville. Il ne fallait pas être devin pour savoir quelle était sa prochaine étape.

Comme tout bon agent Impérial ayant flairé l'usage du Ritualisme, elle se précipitait pour dénoncer aux autorités et journaux et fournir toutes les preuves nécessaires. Annah afficha un sourire alors que son cœur battait à tout rompre d'excitation. Ce sourire, toutefois, affecté par des mois d'amitié franche, était teinté de tristesse.

Il était désormais trop tard pour identifier dans quelle Navette Annah se trouvait, et la faire rapatrier. C'est pourquoi elle prit le risque calculé de contacter Adrian par un message texte, évitant la version audio et vidéo qui aurait immédiatement pointé où elle se trouvait et accéléré les choses contre elle.

« — Bonsoir Adrian. Je t'envoie ce message avec inquiétude. Suite à ma négligence, j'ai laissé la porte de mon laboratoire non verrouillée. J'ai vu depuis mon bureau, dans ma chambre, par les caméras de sécurité, que Sina en a profité pour rentrer et fouiner dans mes expériences. Elle a découvert le pot aux roses. Il faut contacter le GASMA de toute urgence avant qu'elle ne nous dénonce aux autorités ! »

Elle relut le message, le jugeant suffisamment dramatique, et y ajouta une trace de la direction dans laquelle elle avait vu Sina s'enfuir. La réponse ne se fit pas attendre.

« — Ne t'inquiète pas, nous avons nos moyens. Notre projet est en sécurité. Sois plus prudente à l'avenir, nous ne pouvons pas nous permettre ce genre de négligence. »

Annah relut le message une seconde fois avec satisfaction. Elle se sentait légèrement coupable de jeter Sina aux loups de cette façon, mais elle n'avait vraiment aucun autre choix si elle voulait participer à cette opération.

C'est ainsi que deux amies, se pensant Maîtresses de leur Destinée, se trahirent mutuellement au même moment, chacune croyant en ce qui était juste et bon pour leur monde, tentant au mieux d'ignorer les pointes de regret et de culpabilité en leur sein.

Chapitre 11
Opération Lune Argent

Et si vous aviez le choix ? Suivre le Destin qui vous a été assigné à la naissance, devenir un héros et sauver votre espèce de l'extermination, lui offrant cependant à peine quelques décennies de survie, ou bien vous opposer au chemin qui vous a été tracé, vous dresser seul contre l'adversité, et ouvrir une nouvelle voie, inconnue, incertaine, pour laquelle vous devrez tout abandonner. Que feriez-vous ? Auriez-vous le courage ?
Extrait de « Biographie d'Annah Morgan » *d'Alma Hilldar.*

Annah marchait au milieu des milliers de recrues qui participaient à l'affrontement à venir. Partout, les voix retentissaient autour d'elle, dans une cacophonie ambiante.

« — Et on se met à couvert derrière quoi là haut ? Ils nous laissent même pas prendre de barricades.

— Et à quoi elles vont te servir tes barricades contre ces trucs ? Ils vont les faire fondre et toi avec.

— Donc on est tous en tas prêts à crever ?

— Calmez-vous les gars. Les scans ont montré que la demi-lune entière est en Strigium. Vous avez l'embarras du choix pour vous planquer.

— Toute la lune ? Les chefs doivent l'avoir mauvaise de pas pouvoir fondre tout ça. »

Elle eut un petit sourire en écoutant les conversations. Le moral était relativement haut pour le moment. Elle espérait que cela durerait, mais elle avait une puissante certitude au fond d'elle. Cette aventure apporterait quelque chose, quoi que ce soit. Elle changerait l'histoire humaine à un niveau jamais atteint à ce jour. Et aussi égocentrique que cela puisse paraître, sa présence était nécessaire, elle en était persuadée.

Mais elle savait aussi qu'elle n'arriverait pas à vaincre seule. C'est pourquoi elle rejoignit ses amis et se mit assise auprès d'eux, posant son paquetage et son fusil.

« — Je n'aurais pas cru que tu serais capable de participer, Annah, remarqua Adam, sa titanesque stature, encore augmentée grâce à ses nouvelles jambes artificielles, reposant sur une caisse, mais lui permettant malgré tout d'atteindre la taille d'une personne normale.

— Je peux t'assurer que ça n'a pas été simple. J'ai dû ruser pour venir. Mais je le devais. Je ne pouvais pas rater ça, ni laisser mon GAR participer à une mission pareille sans moi.

— C'est inhabituel de te voir si motivée pour une bataille, toi qui es pourtant la première à fuir et te mettre à couvert quand les choses deviennent dangereuses, railla Élias. Pour être franc... J'aurais préféré que tu restes à l'abri à la base.

— Un fusil de plus ne fera pas de mal vu ce que nous allons affronter, intervint Marianne avec son froid et sa désinvolture habituelle. Au moins, tu n'as pas séché les entraînements aux armes à feu, Annah. Ils vont t'être utile, vu que ton Écritoire ne servira probablement à rien.»

L'interpellée rougit légèrement, ce qui assombrit son beau visage de façon très exotique. Élias n'en fut pas en reste, mais ne trouva pas les mots à prononcer pour complimenter son amie. Pour tout dire, cela n'était sûrement pas le moment idéal.

Le lieu de rassemblement de l'opération Lune Argent était en plein bourdonnement constant. Aussi étonnant que cela puisse sembler, la base temporaire avait été établie, de nuit, dans une énorme plaine de la nation Impériale de Vostfjord, voisin sudiste direct d'Endal. Des milliers et milliers de tentes et compartiments militaires couvraient la totalité de la plaine.

Le plan de bataille avait été distribué aux troupes peu de temps auparavant, et, dorénavant, tout n'était plus qu'une question de patience, à peine une demi-heure, avant que les festivités ne commencent.

Annah prit le temps de relire la projection holographique du programme de bataille sur son Oculys, tandis que ses trois amis s'assuraient du bon fonctionnement de leurs armes. On leur avait distribué des Winfield 220, aptes à tirer des balles en Strigium, et ils n'étaient pas aussi bien habitués à des armes à si petite cadence de tir, ou à plus faible portée dans le cas d'Élias. Ils redoublaient donc de vigilance quant à leur bon fonctionnement, d'autant plus quand aucun outil de survie ne leur serait utile là haut à part leur fusil.

L'opération Lune Argent voyait la participation de soixante dix-mille unités d'infanterie, Baraldans comme du LINAL, ainsi que de milliers de transports de troupes motorisés. L'artillerie et les véhicules d'assaut avaient été prouvés inefficace très tôt dans l'affrontement, et l'apparition des Soldats Strigoys avaient rendu les attaques aériennes pratiquement suicidaires, leurs tirs longue distance fauchant sans mal les Navettes C-NBTA, dont les armes étaient de toute manière inutiles. L'Empire avait ,de ce fait, été limité à l'utilisation de satellites de reconnaissance s'occupant de scanner continuellement le quartier général des envahisseurs de métal.

Seul restait le problème de la route d'invasion. En effet, la demi-lune argentée qui leur servait de base était continuellement en plein vol, dans les cieux, débordant de la faille dimensionnelle dont elle avait à moitié émergé. Une tentative d'approche aérienne par drones et Navettes s'était révélée désastreuse, causant la destruction de la totalité des unités envoyées par des systèmes de défense anti-aérien capable de tirer des centaines de projectiles d'énergie à la seconde, pouvant ronger sans mal les structures métalliques des véhicules. Un assaut fantassin terrestre restait la seule option, et la seule manière de procéder devrait être en usant de la méthode même que les Strigoys utilisaient pour se déplacer. C'était la raison pour laquelle l'armée se tenait actuellement dans la plaine qui jouxtait Vostria, la capitale de Vostfjord. Une seconde armée, inférieure en nombre, d'environ cinquante mille soldats, mais renforcée par des véhicules et des mines en défense avaient pris place pour tenir la capitale, qui avait été annoncée récemment comme une cible d'une attaque massive de Strigoys. Des dizaines de collecteurs et de soldats se dirigeaient désormais vers Vostria, parés à dévorer toute trace de vie qui s'y trouvait.

L'idée, bien que simple, était ingénieuse. Utilisant Vostria comme un appât irrésistible de part le nombre de civils ainsi que la quantité de troupes la défendant, l'armée du projet Lune Argent attendrait que les troupes ennemies avancent suffisamment, avant de s'engager dans la faille terrestre que ces créatures ouvraient pour voyager entre le sol et leur lune. Une fois ceci fait, les couvertures satellites guideraient les GAR, utilisés comme troupes d'élites, vers le quartier général des Strigoys, avec l'objectif de décapiter leur commandement, alors que la majorité des troupes tiendrait le portail et que Vostria ferait durer la bataille aussi longtemps que possible, sans pour autant détruire jusqu'au dernier Strigoy, car cela reviendrait à causer la fermeture de la faille et empêcher les troupes de redescendre par ce chemin. Annah réalisa alors que les défenseurs de Vostria avaient pour objectif d'utiliser leurs vies, soldats comme civils, comme cibles pour les Strigoys, mais étaient interdits de vaincre totalement la menace tant que l'opération Lune Argent ne serait pas achevée, quitte à se sacrifier pour faire durer la bataille. C'était un rôle terriblement cruel que le leur, mais fort malheureusement nécessaire.

Annah éteignit son Oculys et regarda dans le vide un moment. Soudainement, une douleur intense lui prit au front, lui déchirant l'intérieur du crâne, tel un coup de tonnerre. Elle lâcha un gémissement, alors que se succédaient dans son esprit les images familières d'une créature de chair et de métal presque sphérique. La douleur se dissipa et, tentant de reprendre son souffle, tout en camouflant cet évènement à ses amis pour ne pas les inquiéter devant la force grandissante et incontrôlée de ses visions, elle se redressa doucement, saisissant machinalement son Écritoire. Elle l'avait pris avec elle dans le cas où ils viendraient à rencontrer de nouvelles entités Strigoys qui n'étaient pas immunisées à l'Armonie, mais elle était actuellement la seule Armoniste potentielle de toute l'armée. Elle avait été acceptée uniquement car elle appartenait au GAR Härmaak, qui opérait par quatre, et car elle avait suivi rigoureusement l'entraînement au tir, contrairement à celui de mêlée.

Enfin, une alarme retentit, couvrant la totalité du campement. Des milliers de soldats se mirent en route à toute allure vers les Transports de Troupes Mécanisés. Chacun de ces véhicules pouvaient embarquer jusqu'à vingt soldats, et la première vague de l'attaque serait entièrement remplie de ces derniers, chargés jusqu'au dernier. Cela permettrait, par le millier de TTM disponibles, de déployer près de vingt mille soldats en tête de pont avant même, avec de la chance, que l'alerte ne puisse être donnée du côté des Strigoys. Les TTM feraient alors demi-tour et continueraient à charger les troupes pour un deuxième déploiement. Après celui-ci, ils se retireraient du champ de bataille, les dix mille troupes restantes étant à cet instant suffisamment couvertes par leurs prédécesseurs pour pour franchir la faille à pied. Un tel acte était supposé être sans danger réel, plusieurs drones ayant tenté la manœuvre sans problème.

Adam s'immobilisa un moment alors qu'il recevait une communication sur son Oculys. Il hocha la tête dans le vide, puis se redressa et s'adressa à ses compagnons.

« — Nous faisons partis d'un groupe d'élite contenant cinq GAR différents : Härmaak, Byorn, Hjort, Orn et Vilvin. Nous n'avons travaillé avec aucun d'entre eux, mais on m'a assuré qu'ils étaient tous des professionnels de notre niveau. Comme les autres GAR, on nous confirme que notre mission est bien une mission d'infiltration et d'assassinat.

— Attends Adam, une seconde, tu es en train de dire qu'ils nous donnent la mission de tuer leur chef ? s'exclama Élias.

— Ah ! Une cible digne de nous ! Explosa Marianne de joie.

— C'est le cas oui. Au total, nous avons une dizaine de groupes différents comme le notre qui ont tous pour mission de s'infiltrer pendant que les troupes régulières attirent l'attention des Strigoys, protègent la faille et en abattent le plus de cibles possible.

— Vu comme ça je préfère être dans l'équipe d'infiltration que de filer au hachoir, bougonna Élias.

Ce n'était guère une pensée courageuse, mais aucun d'entre eux ne trouva à y redire. Saisissant leurs fusils, ils se dirigèrent vers les TTM, attendant leur tour, alors que le premier chargement de vingt mille soldats se mettait en route.

*

Un deuxième son de sirène retentit. Cela signifiait que les Strigoys étaient désormais à portée de la capitale, et que l'affrontement allait commencer. Ils avaient totalement ignoré l'armée d'invasion, comme espéré.

Le canal militaire se mit à jour avec une information qui fit froid dans le dos : le groupe d'attaque de Strigoys avait été rejoint par deux autres groupes encore plus larges qui, dans une démonstration de stratégie militaire inhabituelle venant des machines, avaient pris la capitale de Vostria en tenaille. Les troupes tentaient tant bien que mal de réorganiser les défenses, et un déploiement d'urgence de plusieurs dizaines de milliers de soldats venant de Volkör, nation impériale côtière directement à l'ouest de Vostfjord et au sud d'Endal, était en route. Vingt mille autres soldats du LINAL qui avaient été postés en réserve dans les environs étaient également en route vers Vostria, dans le but ironique de la protéger de ce qui était la vague d'assaut de Strigoys la plus titanesque jamais enregistrée depuis le début de la guerre : plus de mille cinq-cents récolteurs et huit-cents soldat arachnoïdes répandaient un véritable barrage de mort sur les troupes et fortifications. Les premiers rapports faisaient état d'un massacre jamais vu de toute l'histoire de l'Empire de Barald. Même les guerres les plus sanglantes de l'Histoire Humaine semblaient faire pâle figure en comparaison.

Les batailles récurrentes et victoires répétées contre les envahisseurs avaient causé une augmentation constante de leur nombre, ce qui avait précipité l'opération Lune Argent, et le siège d'Endal, pratiquement perdu face à cinq collecteurs, semblait désormais bien loin dans tous les esprits. Les Strigoys semblaient désormais innombrables. Même avec les renforts en route pouvant effectivement doubler le nombre de défenseurs de la ville, Vostria semblait être dans un péril sans issue. La seule chose qu'il était possible de faire désormais, était de gagner le plus de temps possible pour l'opération Lune Argent, et de détruire un maximum de machines, ou de mourir en essayant.

*

Les premiers TTM franchirent la massive faille sans aucune difficulté. Le véhicule de tête entra à une vitesse faible, n'étant pas totalement certain de ce qui l'attendait derrière : les imageries de terrain obtenues par les satellites affichaient trois principaux styles architecturaux : de longues routes lisses métalliques et brillantes reliant de multiples failles ouvertes, délivrant des troupes Strigoys à travers tout Asilée. D'étranges constructions ressemblant à des trous gigantesques s'enfonçant dans le sol métallique, une route également métallique faisant le tour de celle-ci et s'y enfonçant telle une lente spirale. Enfin, ce qui aurait dû être le sol normal était essentiellement constitué de multiples cubes métalliques de différentes tailles et élévations, qui joueraient probablement en leur faveur. En effet, il n'était pas rare de voir des blocs pouvant servir de couvert ou des tranchées serpenter aléatoirement le long de la demi-lune d'argent, et il avait été confirmé que la totalité de la lune était faite de Strigium, et donc imperméable aux attaques des envahisseurs.

Le premier TTM envoya le signal, et bientôt des centaines d'autres véhicules franchirent la porte. Pour le moment, tout était calme. Les soldats débarquaient sans aucun mal et prenaient position à couvert derrière les blocs métalliques ou dans les tranchées, s'apprêtant à l'apparition de Strigoys à tout instant. Enfin, les vingt mille premiers soldats furent débarqués, et les TTM vides purent partir chercher leur deuxième chargement, incluant les GAR qui devraient procéder à l'infiltration.

Les minutes qui suivirent furent terribles pour les nerfs des troupes sur place. La totalité de leur environnement était grise, à l'exception de l'énorme faille spatiale rougeâtre depuis laquelle la demi-lune jaillissait. Orientés comme ils étaient, à l'extrémité, il était encore impossible de voir clairement ce qui se trouvait de l'autre côté, mais certains juraient avoir vu des étoiles et des bouts d'espace, quoi que cela signifie.

Soudainement, un soldat poussa un cri d'alarme, pointant vers le haut. Des milliers de fusils se dressèrent, prêts à faire feu de leur puissantes balles. Ils avaient finalement été repérés.

Flottant plusieurs dizaines de mètres au dessus d'eux se trouvait une gigantesque sphère métallisée, légèrement aplatie. Elle n'était pas sans rappeler les légendes des vieilles soucoupes volantes. La différence reposait dans la nuée de tentacules métalliques qui remuaient en tous sens autour de la créature, et du fait qu'au bout de chaque tentacule se trouvait un des terribles cristaux jaunes, à la fois point d'attaque destructeur et point faible.

« — Bon sang mais qu'est-ce que c'est que ça ? s'exclama un soldat. »

D'autres s'apprêtèrent à lui répondre, mais soudainement, les tentacules de la créature se mirent à bouger en tous sens à toute vitesse. Les cristaux s'illuminèrent.

« — Elle va faire feu ! S'exclama un gradé. Feu à volonté ! Explosez-moi ça ! »

Au moment même où la créature tira son premier projectile, des lignes rouge s'allumèrent un peu partout sur les blocs et routes métalliques de la lune. Ce qui ressemblait a une transmission de sons hachurés incompréhensible fit écho sur toute la surface de la base. Quoi que le message veuille dire, cela avait tout l'air d'une alarme.

Le premier projectile eut le malheur de toucher le premier TTM de la seconde vague, qui franchissait le portail à vitesse confortable, s'attendant à une arrivée sans risque. Le tir frappa tout l'avant du véhicule et le consuma, puis détona au sol, le retournant sur le coté, les soldats à l'intérieur ballottés en tous sens, retenus par leurs ceintures. Les trois TTM qui suivirent furent pris par surprise et percutèrent leur collègue décapité, s'écrasant en plein dedans. L'un des véhicules explosa, tuant sur le coup son chargement humain.

La scène avait été presque instantanée et avait, pendant un temps, tétanisé les troupes sur place. Elles se reprirent et commencèrent à ouvrir le feu sur la créature volante non identifiée, mais atteindre les cristaux avec leurs fusils coup par coup alors que les tentacules bougeaient en tous sens, faisant pleuvoir des dizaines de projectiles mortels, était une tâche des plus difficile. Au bout de quelques minutes, une centaine de soldats avaient déjà été réduits en cendre, et à peine la moitié des cristaux avaient été détruits par le feu nourri, mais imprécis. Fort heureusement, le barrage occupait suffisamment la bête pour qu'elle ne se préoccupe plus des TTM, qui larguaient leur précieux contenu à l'arrière des lignes. Le combat dura encore quelques minutes et, après presque une autre centaine de victimes, le monstre tomba enfin au sol, son dernier cristal détruit, le fantôme doré évacuant son corps métallique brisé.

Les GAR se mirent immédiatement en avant, se faufilant dans les tranchées pour ne pas attirer l'attention, quitte à dévier légèrement de leur objectif : un énorme bâtiment ovale qui dépassait du niveau du sol, contrairement aux autres qui semblaient s'enfoncer à l'intérieur de la lune. En même temps, les informations des multiples Oculys sur la nouvelle créature, dénommée « Méduse », commencèrent à circuler. Mouvements des tentacules, vitesse des projectiles, rayon d'explosion des impacts, tout était revu à toute allure, échangé d'un Oculys à un autre comme un gigantesque réseau interconnecté, afin que chacun possède les dernières informations à jour des ennemis affrontés. D'autres apparaîtraient sûrement, mais ils seraient accueillis de façon plus adaptée.

Le GAR Härmaak et leurs compagnons s'enfoncèrent à leur tour, silencieusement et avec l'agilité digne d'un groupe de vétéran, dans les tranchées serpentant aux alentours. Les derniers TTM finirent de vider leur hommes, apportant les effectifs à un peu moins de quarante mille. Les dix mille restant étaient déjà en train de traverser la faille d'eux-même.

A peine les soldats eurent-ils le temps d'étendre le champ de défense autour de la faille que leur prochaine action fut décidée pour eux. En effet, les multiples fossés dans le sol desquels jaillissaient des routes serpentiformes n'étaient en rien des constructions artistiques. Ils étaient bel et bien des nids, et de ces nids jaillissaient désormais des dizaines, des centaines de Strigoys. Pour l'instant, il ne s'agissait, fort heureusement, que de Récolteurs, mais d'ores et déjà au loin, des Soldats faisaient leur apparition.

Pour l'instant, l'armée humaine avait l'avantage. Les Récolteurs avaient une portée trop courte pour atteindre les soldats, qui pouvaient, de leur coté, tirer joyeusement sur leurs cibles, éclatant cristal après cristal sans la moindre difficulté grâce à la précision de leurs fusils et la puissance de leurs balles en Strigium. Il y eut bientôt une bonne centaine de carcasses sur le chemin vers la faille, mais leur nombre ne semblait jamais réduire. Tout au contraire, il augmentait à chaque seconde, alors que plus encore de Strigoys émergeaient des souterrains de la lune, et que d'autres souterrains commençaient également à déverser leurs armées. L'inquiétude commença à gagner les rangs des troupes humaines. L'encerclement semblait également être un risque croissant, des ennemis apparaissant progressivement dans leur dos, forçant la ligne de défense à devenir un cercle entourant la faille.

Ils n'avaient eu aucune perte depuis dix minutes désormais, mais le nombre de Récolteurs était si élevé qu'il en devenait difficile de les toucher. Et que se passerait-il si ceux-ci continuaient à jaillir encore et encore jusqu'à dépasser l'armée humaine en nombre ? Jusqu'à dépasser le nombre de munitions qu'ils possédaient ?

Mais, au final, comme le hurla un haut gradé, tout ceci n'avait aucune importance. Leur mission n'était pas de gagner cette bataille, simplement de faire diversion, gagner du temps, et si possible, survivre. Ils devaient tenir la ligne, ou mourir en essayant.

*

Annah était, étrangement, la seule à se sentir complètement calme dans la situation actuelle. Elle ne voyait pas vraiment comme les autres membres des GAR réagissaient, mais elle était en discussion fermée par Oculys avec ses amis, et il était facile, même sans observer leur visage nu, de voir quelle était leur principale préoccupation.

Adam, comme toujours, était dans une situation de concentration extrême. Chef de leur groupe, il se devait de rester attentif à la moindre perturbation, et ordonner les meilleurs directives possibles.

Élias, de son côté, était dans son élément. Concentré à l'extrême, sa vision était acérée, affûtée, et son fusil serré dans ses mains, prêt à l'emploi et à faire feu au moindre problème. Tireur d'élite entraîné, son regard se portait plus loin que n'importe quel autre membre de ce groupe de vingt personnes, du moins quand les tranchées et les étranges blocs de métal ne bloquaient pas son champ de vision.

Marianne, froide comme la glace, ne réalisait aucun mouvement superflu. Elle avançait avec presque plus d'automatisme que les machines qu'ils affrontaient. Elle n'était pas sans lui rappeler légèrement Neula, la gardienne d'Eckhart, qui l'avait presque égorgée à Enda. Son fusil était posé tranquillement dans sa main droite, et sa main gauche tapotait le manche de son couteau Armonique. Elle était, à l'évidence, impatiente de tuer, et ne portait qu'une attention limitée à la discussion en réseau de ses amis.

Annah, pour sa part, ne ressentait rien de tout cela. Elle était comme en état de grâce. Elle avait la profonde certitude que rien ne pourrait la toucher, que rien ne pourrait la vaincre dans sa mission. Son Destin semblait tout tracé, et elle semblait presque capable de le découvrir. Elle mènerait son GAR à leur destination, à n'en pas douter. Chaque nouveau pas réalisé renforçait un peu plus sa certitude. Elle ne pouvait rien dire pour les membres de Byorn, Hjort, Orn et Vilvin, mais pour Härmaak, elle savait qu'ils survivraient à cette épreuve. Ils verraient le Maître des Strigoys. Tout serait alors expliqué à ce moment.

Le petit groupe continua un moment sa marche, sans réelle difficulté. Härmaak était au centre de la formation, Byorn et Orn ouvraient la marche, tandis qu'Hjort et Vilvin la refermaient. Chaque groupe de quatre vétérans était attentif, et ceci fut payant quand ils rencontrèrent deux Récolteurs dans la tranchée qu'ils empruntaient. Le groupe de Byorn ouvrit immédiatement le feu sur la créature à gauche, qui périt rapidement sous les balles perce-cristal. Le monstre de droite fut plus rapide et attaqua de son tentacule dévoreur en fouettant vers le côté dans le but de faucher Orn d'un mouvement. Le GAR se projeta d'un seul homme derrière un des blocs de métal qui se trouvaient dans la tranchée. Plus haut qu'un homme et plus large que les quatre qui y trouvaient refuge, même équipés d'armures Carapace première génération, le bloc était fait de Strigium pur, comme cette lune entière. Le tentacule frappa et s'arrêta contre l'obstacle, incapable de continuer plus loin. La technologie des Strigoys se retournait enfin contre eux.

Il ne fallut qu'un instant à Härmaak pour abattre ce second ennemi. Ce petit interlude terminé, ils se remirent en route, approchant peu à peude leur objectif. Ils furent, à un moment, obligés de sortir de leur tranchée pour en rejoindre une autre, et le spectacle qui s'offrit à eux était effarant.

Au loin, devant eux, se trouvait l'énorme faille rougeâtre qui fracturait et connectait ces deux mondes ensembles. Et si Annah et d'autres s'étaient attendus à voir la surface d'une planète derrière celle-ci, ce qu'ils observèrent était singulièrement différent. En effet, la demi-Lune sur laquelle ils se trouvaient n'était, en réalité, que le bout final de ce qui ressemblait à un gigantesque grappin dont les deux extrémités perçantes maintenaient la faille constamment ouverte. La ressemblance à une demi-Lune courbée vers l'extérieur de la faille était évidente vu du sol, mais de là où le groupe se trouvait, il était possible de voir de longs câblages métalliques issus de la gigantesque base sur laquelle ils avaient pied, passant le portail et s'éloignant en direction d'une lointaine planète métallique de taille titanesque.

Il avait été jusqu'à maintenant impossible de percevoir ce qui se trouvait au-delà de la faille. La seule manifestation d'origine Extra-Terrestre vécue par l'Humanité était l'apparition de la demi-Lune de métal, mais ce qui se trouvait derrière était une inconnue. Peu importe la méthode d'observation, de l'œil au télescope jusqu'au satellite, on ne voyait qu'un simple liséré rouge ondulant. Mais, désormais proches de l'ouverture, l'effet était dissipé, et il était maintenant possible d'assister à cet outrageant spectacle qu'était celui de se tenir à quelques centaines de mètres d'un bond dans l'espace alors qu'un grappin géant broie le tissu de votre réalité sans pitié aucune.

De ce fait, certains membres des GAR semblaient avoir soudainement du mal à tenir droit sur leurs jambes, mécaniques ou non, en observant le fait qu'ils marchaient sur une construction pratiquement plongée dans l'espace, sans la moindre protection visible pour les empêcher d'y être aspirés. Ils finirent par faire demi-tour et se précipiter dans la tranchée suivante, leur santé mentale semblant en avoir pris un coup trop violent pour oser rester ici plus longtemps.

Repartant sur le droit chemin, le groupe accéléra d'autant plus en entendant soudainement, même à cette distance, de plus en plus de cris de douleur sortant de gorges humaines. Leur temps était compté.

*

Au niveau de la défense de la faille d'entrée, tout ne se passait pas bien. Pendant quelques temps, même l'arrivée de Soldats Strigoys avait été gérable sans grande difficulté, et à part le tir occasionnel qui désintégrait un groupe de soldats qui n'était pas à couvert, les pertes étaient raisonnables.

Tout commença à se compliquer quand un petit génie de l'autre côté de la faille se dit qu'il était vraiment dommage de laisser tous ces cadavres de Strigoys ici quand ce matériau était si rentable, si utile et disponible partout. La faille étant extrêmement grande, il était possible de faire franchir des T-NBTA-801 volant à très basse altitude pour éviter toute contre-attaque aérienne, charger quelques cadavres de monstres, et les ramener de l'autre côté. Les TTM pouvaient aussi participer en s'y mettant à plusieurs, tractant des carcasses grâce aux chaînes enroulées à l'arrière.

Cette proposition avait été suivie d'un moment de flottement par l'état major, avant d'accepter devant la situation de plus en plus intenable du groupe de défense: les cadavres de Récolteurs étaient désormais si nombreux qu'il devenait pratiquement impossible de tirer sur ceux à l'arrière. Il fallait attendre qu'ils montent sur leurs collègues détruits, ou pire, se téléportent derrière, fauchant alors au passage un groupe de soldats avant d'être abattus. Rétablir la ligne de vision, au moins partiellement, était nécessaire. Comme détruire les cadavres était hors de question, même en amenant de l'artillerie lourde, ils pouvaient au moins se concentrer sur certains points en faisant le ménage et en extrayant des cadavres jusqu'à la base. Les premières minutes de cette opération nettoyage se déroulèrent sans grande difficulté, mais bien vite, la façon dont tout avait été commandé sans réelle organisation, par simple avidité, commença à causer des problèmes. Plus d'un soldat avait failli se faire écraser par un TTM de passage en essayant d'atteindre un couvert, et plusieurs Soldats Strigoys avaient visé juste, abattant certains véhicules de tirs bien placés, usant de leur hauteur sur le champ de bataille.

Le carnage atteignit son apogée quelques minutes plus tard. Les ruines de TTM couvraient de plus en plus le terrain, ainsi que les restes de soldats découpés, certains encore agonisants. Ici et là, certaines troupes parvenaient à causer des actes qui redonnaient du courage aux défenseurs. Un cas particulier fut celui du déploiement d'une nouvelle arme, un lance-roquette nouvelle génération, le Jermander-2, tirant des projectiles dont la couche externe était en Strigium fin. L'avantage de ces munitions était qu'elles pouvaient franchir les champs de force des Soldats Strigoys et exploser une fois logés dans une de leur pattes, ou dans leur corps gélatineux de métal liquide. Bien que cela ne détruisait pas l'ennemi, l'explosion suffisait à arracher une patte ou à déformer le corps principal, terrassant temporairement la cible, ce qui permettait à une poignée de soldats de l'achever sans grand mal. Plusieurs de ces situations s'étaient reproduites et les soldats avaient regagné en courage malgré la pluie de projectiles. Le mur de cadavres de Récolteurs, les entourant en un cercle presque parfait, ralentissait l'escalade des Soldats, et malgré la pluie intense de projectiles d'énergie, beaucoup rataient leurs cibles, cachés derrière les étranges cubes de métal.

Hélas, c'est à cet instant qu'un vol d'une dizaine de Méduses décida de venir renforcer le portail. Il semblait aux dirigeants de la défense de la faille que les Strigoys renforçaient leur armée progressivement à intervalle régulier, comme franchissant un cap d'alerte toutes les quelques minutes. Si cela était vrai, le commandement s'inquiétait lourdement de ce qui viendrait dans l'étape suivante. Les Méduses étaient déjà presque trop à gérer pour leur défense. Les Soldats avaient l'avantage de la hauteur, leurs tirs étaient inclinés, et pouvaient percuter des obstacles. Les Méduses, toutefois, pouvaient voler sans mal au dessus du champ de bataille, et leurs tentacules pouvaient se plier en tous sens et faire pleuvoir des projectiles explosifs à la verticale. Il était impossible de se défendre face à ce raid aérien.

Des cinquante-mille combattants qui avaient franchi la faille, plus de dix-mille avaient déjà perdu la vie. L'arrivée des Méduses risquait de rendre la situation d'autant plus catastrophique. Mais, en fiers Baraldans, ils tiendraient la ligne jusqu'au dernier, et aucun soldat du LINAL n'accepterait la fuite, encore moins face aux rapports effroyables du massacre qui avait actuellement lieu en plein Vostria, la capitale tombant un peu plus en ruine à chaque seconde. Ils mourraient aux côtés de leurs anciens ennemis pour défendre leur monde plutôt que de se déshonorer ainsi.

Et c'est alors que la menace suivante arriva.

*

« — On y est. C'est... Ce qui leur sert de porte j'imagine ? », questionna le chef du GAR Byorn, se trouvant devant ce qui ressemblait à un étrange champ de force opaque et orangé.

Adam approcha prudemment à son tour. Il toucha le champ de force de la crosse de son fusil et fut partiellement rassuré de sentir une résistance. Dans leur esprit, tout ce qui était fait d'énergie et orangé avait tendance à consumer tout ce qui le touchait. Toujours un peu inquiet, il appuya sa main gantée sur la porte, sans réaction à part l'impression de toucher un mur. Il regretta toutefois partiellement son armure Carapace. Face aux armes de leurs ennemis, on avait jugé inutile de les charger de protections superflues et coûteuses.

« — Quelqu'un a une idée de comment on ouvre ça ? » demanda-t-il.

Plusieurs des membres des divers GAR tentèrent différentes approches. Certains tapotèrent le champ de force, d'autres touchèrent les contours à la recherche d'un mécanisme. L'un d'entre eux osa même tirer une balle, et se fit réprimander pour son manque de discrétion. Rien n'y fit. Annah, toutefois, eut une intuition. L'énergie orangée, dans son esprit, n'était pas liée qu'à la destruction, mais aussi à autre chose. Elle tapota son Écritoire en questionnant Adam du regard.

« — Annah ? Tu veux dire... Pas bête, essaye. »

Leur communication aurait pu, toutefois, être améliorée. Adam s'attendait à ce qu'Annah tire un projectile de foudre dans le champ de force. Il l'avait, toutefois, mal jugée. Elle se contenta de poser délicatement sa main robotique sur le mur d'énergie orange et d'y envoyer sa propre énergie, comme si elle alimentait un glyphe. Se faisant, elle imita, sans réellement le savoir autrement que par pur intuition, l'acte d'ouverture de ce sanctuaire que devaient accomplir les Récolteurs lorsqu'ils entraient : alimenter de Potentiel la porte pour l'ouvrir en dissipant le champ de force. Et, en effet, celui-ci disparut sans un bruit.

« — Bien vu ! Bon, on entre en formation. Prudence et discrétion, on ignore tout de ce qui nous attend.

— J'aurais aimé avoir des scans de cette structure avant d'y entrer, chuchota un membre de Hjort.

— Comme nous tous, approuva Adam, mais les satellites n'ont rien pu faire. Quelque chose bloque toutes nos tentatives. Peut-être notre cible.
— On attend les autres GAR ? Questionna Élias.

Adam secoua la tête.

— Pas le temps. On a aucun signe d'eux, soit ils sont encore en approche, ont trouvé un autre accès, soit ils sont morts. Dans le meilleur des cas, ils trouveront cette porte et nous suivront.
— Nous sommes vingt et ce bâtiment à l'air d'uniquement s'enfoncer dans le sol. Tant que ça ne ressemble pas à une ruche, cela devrait suffire. » observa un membre de Vilvin en jetant un œil à l'intérieur avec prudence, remarquant que la construction était en fait une sorte de gigantesque coupole opaque et vide, en dehors d'une route descendant dans les profondeurs de ce qu'ils avaient pensé être une Lune.

Ne trouvant rien à redire à ça, le groupe s'enfonça dans les profondeurs du quartier général ennemi. Les premières minutes furent affreusement tendues, en partie dû au silence et au vide complet des lieux. Il n'y avait aucun garde, aucun bruit, rien d'autre qu'une route métallique descendant en colimaçon autour d'un massif pilier de métal central. C'était comme une descente directe vers le cœur de la structure. Une longue descente, alors que les minutes s'écoulaient dans un silence étouffant.

Enfin, ils arrivèrent en une vaste salle cubique. Le lieu était fort étrange : toujours aussi métallique, mais baigné d'une lueur orangée puissante. Ils atteignirent le sol, et réalisèrent qu'il n'y avait qu'un chemin pour sortir de ce lieu. Toutefois, la route à suivre était entourée de ce qui ressemblait à de nombreux caissons métalliques, desquels émanait la lumière orangée.

« — Je sens une quantité de Potentiel absolument monumental là dedans, chuchota Annah, seule Armoniste du groupe.
— Du Potentiel ? Humain ? » questionna Élias, horrifié.

Elle hocha silencieusement la tête, préférant ne pas décrire les multiples sources qu'elle continuait à sentir. Elle préféra fermer son esprit. Combien de milliers, de millions de personnes avaient péri pour remplir ces conteneurs ? Combien d'animaux ? Combien d'humains avaient été récoltés, leurs vies, leurs rêves et leur Destinée interrompus, tranchés dans le vif par les terribles tentacules dévoreurs ?

Le groupe se secoua, tentant de se débarrasser de l'horreur qui les envahissait. Cela ne faisait, après tout, que confirmer ce qu'ils savaient déjà : ces êtres récoltaient le Potentiel, peu importe sa source. Ce massacre devait prendre fin.

Soudainement, un boucan terrible retentit. Ils sautèrent tous en panique, chaque GAR se précipitant dans une direction différente, se cachant derrière les conteneurs géants. Au fond de la pièce, un mur s'ouvrit, révélant être en réalité une porte. Plusieurs créatures entrèrent en volant au dessus du sol, ressemblant à des Méduses, mais leurs tentacules semblant adaptés pour saisir des objets. Ils ne possédaient qu'un seul cristal sur leur corps, comme un seul œil. Les détruire était facile et tentant, mais les GAR firent preuve de professionnalisme : ils étaient là pour un seul objectif, et ne pouvaient se permettre de se faire repérer.

Les Méduses se saisirent de dizaines de conteneurs de Potentiel avec leurs tentacules. Fort heureusement, ceux qui cachaient les GAR étaient loin, les groupes ayant couru naturellement à l'opposé de l'origine du son qui avait surgi. Les tentacules s'illuminèrent en orangé alors qu'ils drainaient le Potentiel qui se trouvait dans les gigantesques boîtes. Après en avoir vidé un certain nombre, la petite flottille se remit en route dans la direction d'où ils étaient venu, et les soldats réalisèrent qu'ils pouvaient voir une partie de la gigantesque faille à l'arrière. Ils avaient une vue parfaite vers la planète d'origine des Strigoys, mais aussi réalisaient qu'ils étaient à quelques mètres de tomber dans la zone spatiale entourant cette dernière. Plusieurs titubèrent et prièrent de façon fervente pour que la technologie de gravité qui les gardaient à l'abri ici ne tombe pas soudainement en panne.

Enfin, alors que les Méduses s'attachaient aux câbles qui reliaient la demi-Lune à la planète et entamaient le voyage de retour, le panneau se referma et le silence se rétablit.

« — Bien. On sait désormais comment ils ramènent le Potentiel récolté chez eux. Maintenant, à nous d'arrêter ça, appuya fortement Adam pour tirer tout le monde de sa transe.

— Bien dit, approuva le chef de Byorn. On prend la tête pour ce couloir, suivez-nous de près. »

*

La défense externe était en train de s'effondrer. Le sol était jonché des corps découpés des victimes, et le sol métallique baigné dans le rouge profond du sang de ceux qui étaient tombé. Les vagues infinies de Récolteurs et de Soldats mettaient déjà à mal les troupes régulières, mais l'arrivée des Méduses avait causé le chaos total dans les rangs. La seule chose qui maintenait une quelconque forme dans le champ de bataille, c'était le gigantesque cercle de cadavres de Récolteurs. Au niveau des troupes, toutefois, toute coordination avait été détruite. Les soldats étaient répartis en petits groupes indépendant, parfois mélangés de Baraldans et de membres du LINAL. Les origines n'avaient plus aucune importance. Tout ce qui comptait, c'était de détruire un monstre de plus, d'éviter un projectile de plus, encore et encore, jusqu'à la mort. Les réserves de munitions commençaient à s'épuiser et plusieurs TTM dédiées uniquement à réalimenter les troupes faisaient des voyages incessants.

La bonne nouvelle, c'était que le nombre de cadavres de Strigoys qui avaient été ramenés de l'autre côté de la faille était si élevé que les réserves de Strigium futures étaient assurées. Un assaut d'une telle ampleur pourrait être renouvelé sans mal et la production de munitions n'allait pas cesser de si peu, bien au contraire.

La mauvaise nouvelle, c'était que le nombre de TTM avait été grandement réduit par des tirs ennemis, interrompant finalement la cupidité du commandement dans la récolte de ressources. De même, les T-NBTA-801 n'osaient désormais plus traverser, étant devenues des cibles bien trop faciles pour les Méduses et les Soldats. Les restes découpés ou enflammés de véhicules ajoutaient au chaos du champ de bataille, certains soldats les prenant naturellement pour des couverts, se rappelant trop tard qu'ils pouvaient être dissous aussi facilement qu'eux d'un seul tir.

Désespérés par le fait de tenir un peu plus longtemps la ligne, le commandement avait déployé un nouveau prototype de troupes : des unités de combat maniant des exosquelettes d'armures Titan, sans les armures en question, bien trop coûteuses et parfaitement inutiles face aux Strigoys. L'avantage, toutefois, était une agilité supérieure à un humain non amélioré, et la capacité à porter un arsenal plus lourd. Ainsi, sous les bras droit et gauche, l'Exo portait un canon mitrailleur chargé de balles en Strigium. Le nombre d'Exo était limité à une vingtaine, simplement à cause du fait qu'ils consommaient une quantité de munitions largement supérieure à ce qui était, à ce jour, nécessaire dans un affrontement face aux envahisseurs, ces derniers n'ayant autrefois jamais déployé un tel nombre de combattants. De plus, le Strigium étant une matière limitée, il était difficile d'en produire assez pour que les Exos soient rentables. Enfin, sur l'épaule droite, les Exos étaient également équipés d'un des lance-roquettes Jermander-2 qui pouvait percer les champs de force et d'un système de recharge automatique pouvant permettre jusqu'à cinq tirs.

Au final, les Exos n'étaient que des soldats portant un squelette métallique amélioré leur offrant une meilleure agilité et la possibilité de faire pleuvoir une pluie de projectiles sur leurs ennemis, mais la nécessité de toucher les cristaux dorés restait présente, et le ratio de munitions face au nombre de Strigoys détruit restait faible. Leur puissance de feu aida toutefois à stabiliser légèrement la situation, permettant la destruction de plusieurs Méduses en quelques instants, nettoyant les cieux avant de s'attaquer aux Soldats Strigoys.

C'est après ce déploiement de la part des humains que les envahisseurs jouèrent leur pièce suivante sur l'échiquier. Un nouvel adversaire débarqua sur le champ de bataille, annoncé par de nombreux cris coupés courts suite à une terrible explosion. Tous regardèrent brièvement dans la direction de ce terrible boucan, qui avait couvert jusqu'à la cacophonie de la bataille, et ce qu'ils virent les terrifia.

Le nouvel arrivant ressemblait, à ce qu'ils pouvaient voir, à un Récolteur classique, mais d'une taille telle que son corps dépassait de loin la hauteur du mur de cadavres métalliques. La forme en goutte d'eau allongée du géant trônait, invincible, au dessus du mur de ses alliés, et de larges tentacules métalliques rampaient déjà, saisissant les restes détruits et les lançant dans les rangs humains tels de gigantesques projectiles de trébuchet. Bien entendu, le corps principal n'était pas en reste : des dizaines de cristaux dorés couvraient sa « tête » en métal liquide, bougeant en tous sens, tirant ce qui ressemblait à des rayons continus d'énergie désintégrante. Les traits ne s'arrêtaient jamais, ils se déplaçaient sans fin d'une direction à l'autre, vaporisant des dizaines de soldats à chaque instant. Les Exos concentrèrent leurs attaques sur la nouvelle cible, mais nombre de leurs balles n'arrivèrent même pas jusqu'à la cible, ricochant sur les cristaux, ou, chose incroyable, fondant à moitié dans les rayons à haute intensité. Tout aussi terrifiant était le fait que, bien que le sol était fait en Strigium, les rayons laissaient une marque fondue partout où ils passaient.

Une fois de plus, les humains avaient perdu l'avantage contre les Strigoys : une nouvelle arme inconnue venait de faire son apparition, et leur armement n'était pas suffisant pour le repousser.

Comme si cela ne suffisait pas, tout contact avec les GAR était perdu depuis une bonne quinzaine de minutes déjà. Certains espoirs voguaient avec le fait qu'un groupe avait perdu contact au niveau de la structure principale, estimant qu'ils pouvaient être à l'intérieur, mais que tout signal était coupé, comme lors des tentatives d'analyse des satellites.

Mais quand le haut commandement s'aperçut de l'arrivée de deux autres géants et du véritable massacre qui s'abattit sur leur armée en déroute, il ordonna la retraite progressive. L'opération Lune Argent avait échoué.

*

Quelques minutes avant l'apparition des Géants Strigoys sur le champ de bataille, les GAR pénétrèrent la pièce finale de cette bien étrange structure. Ce qu'ils y virent était tout autant déroutant que le reste : une pièce carrée, vide, de taille moyenne, comportant en son centre uniquement un simple artefact : une énorme sphère métallique, un assemblage de plaques de métal légèrement séparées les unes des autres, pulsant légèrement de l'intérieur d'une énergie orangée désormais familière, au rythme étrangement dérangeant de celui d'un cœur humain. De multiples lueurs orangées s'échappaient et revenaient dans la structure en un va-et-vient constant, donnant la sensation que cet engin était le centre de la structure. Peut-être même des Strigoys en eux-même. Une fois encore, un souvenir remonta dans la mémoire d'Annah. Une titanesque créature informe de chair et de métal fusionnés se dressait devant elle, sa puissance psychique terrible écrasant la sienne.

Elle faillit s'évanouir. Elle résista.

« — C'est...ça ? Leur chef ? Questionna Adam, perplexe.
— En tous cas, c'est la seule chose qui y ressemble que nous ayons vue, pointa Élias. On devrait peut être approcher ? »

Ils n'en eurent pas le temps. Ce qui ressemblait à une onde de choc se répercuta dans la pièce, et les vingts agents tombèrent au sol, se tenant la tête. Seule Annah parvint à se relever. La sensation était douloureuse, mais son entraînement à maîtriser le Ritualisme, ses séances répétées de méditation et le renforcement de son esprit avaient porté leurs fruits.Il s'agissait d'une attaque psychique pure, mais elle avait réussi à en parer au moins une partie. Voyant ses compagnons se tordre de douleur au sol, elle hurla à la créature.

« — Qu'est ce que vous êtes ? Pourquoi faire tout ça ? Pourquoi nous tuer ? »

Il y eut un grognement étrange issu de la sphère, puis deux petits panneaux métalliques de celle-ci s'ouvrirent, laissant deux tentacules de chair orangée surgir à toute allure. Annah tenta faiblement d'esquiver ce qu'elle voyait venir comme une attaque, mais n'y parvint pas. Fermant les yeux, agrippant son fusil, s'attendant à mourir désintégrée, elle se sentit soudainement saisie, attirée et rapprochée de la créature.

Arrivée à un mètre à peine de l'entité, une troisième plaque se souleva et un rayon de lumière se répercuta sur elle, l'analysant des pieds à la tête. Plusieurs détonations retentirent soudainement à l'arrière : Élias, malgré la douleur, le sang coulant de son nez, s'était redressé pour défendre celle qu'il aimait en secret. Son fusil en main, il tirait encore et encore sur la créature. Malheureusement, aucune balle ne parvint à faire le moindre dégât, ricochant sur les plaques de métal. La créature semblait proprement insensible aux attaques, et ne possédait aucun cristal jaune à détruire.

« — Lâche-la... Saloperie d'alien... » grogna-t-il avant de s'effondrer finalement, trop faible.

Annah regarda Élias avec extrême inquiétude, puis reporta son regard sur l'entité, qui n'avait pas bronché sous l'assaut. Elle sentit une voix dans son esprit, distordue, étrange, incompréhensible. La créature semblait l'étudier, touchant son corps avec curiosité, testant la résistance de son armure de combat. La captive mit à profit le temps gagné pour lever son fusil et viser la chair exposée de la créature. Avant qu'elle ne puisse tirer, toutefois, un tentacule surgit et frappa l'arme de plein fouet, le lui arrachant des mains. D'évidence, la créature avait analysé le potentiel offensif des armes à feu suite aux nombreuses pertes qu'elle avait subie à cause de ces dernières.

Décidant de se débarrasser de ces entraves, Annah essaya de saisir son Ecritoire, en vain. Celui-ci était tombé en arrière auprès de ses amis. Cela n'était peut-être pas plus mal : son esprit hurlait de douleur et la concentration nécessaire à établir une Composition risquait d'être hors de sa portée, ayant des résultats catastrophiques. Elle opta donc pour la bonne vieille solution.

Tirant une Composition simple toute prête de lance d'énergie d'une des poches de sa ceinture, elle y insuffla son Potentiel avant de pointer le monstre du doigt. En un instant, un torrent de foudre jaillit, frappant avec force et à courte portée le blindage métallique de la créature. Un grésillement surgit et les tentacules la libérèrent. Elle roula au sol, sa tête douloureuse, son corps affaibli, s'éloignant légèrement de son ennemi.

Elle observa les dégâts, non sans une certaine mesure de satisfaction. Le métal qui avait été frappé avait fondu lourdement et il était désormais possible de voir une sorte de mixture gélatineuse en dessous de celle-ci, dans laquelle un sang orangé nageait en tous sens. Et au centre...se trouvait un cristal jaune, nageant dans le liquide.

Reposant à quatre pattes, Annah réfléchissait à comment s'y prendre. Elle avait perdu son fusil, son Écritoire, et ses Compositions déjà prêtes seraient sûrement inutiles : utiliser la plus simple de son arsenal l'avait déjà drainée de ses forces. De plus, l'électricité relâchée par son attaque n'avait en rien entamé la texture gélatineuse, qui semblait y être immunisée, à l'image d'une combinaison Mag. Son propre fusil ayant été lancé à travers la pièce, elle commença à se tourner vers ses amis pour récupérer une de leurs armes, quand une seconde onde de choc surgit. La douleur déchiqueta son esprit avec violence. Elle encaissa, une fois encore, mais, à la limite de la conscience et de la folie, son esprit empli de visions et d'images démentes, de visions de planètes en flammes, de civilisations entières en proie à la destruction, de vagues infinies de monstres de ténèbres, de créatures d'ombre titanesque obscurcissant le soleil et écrasant des cités sous leurs pieds, elle ne put que réagir dans l'urgence du moment, le souffle coupé par l'oppression terrible de ces images. Elle se tourna vers Marianne : comme elle l'espérait, son amie, véritable dure, était toujours relativement consciente, bien qu'en très mauvais état. Annah tenta de respirer au mieux qu'elle le pouvait, son champ de vision toujours envahis par des ombres menaçantes, sa trachée comprimée sous l'angoisse. Elle cria, avec le peu de forces qu'elle possédait :

« — Marianne ! Ton couteau ! Lance ! »

L'interpellée grogna, afficha un sourire carnassier soudain et s'exécuta. Même dans son état, le couteau atterrit avec une précision incroyable juste devant Annah, manche en avant. Elle le saisit et se retourna. S'agrippant sur les plaques de métal du corps de la bête, elle se hissa en grognant de douleur, des vertiges menaçant de la faire tomber. Elle se concentra. Sur ceux qui étaient tombés face aux Strigoys. Sur les villes qui avaient été rasées. Sur leur monde qui était à deux doigts de tomber dans le chaos. Sur les cinquante-mille braves soldats qui donnaient leur vie à la surface. Sur le double encore qui protégeaient la capitale servant d'appât. Elle se concentra sur cet océan de carnage, de sang, de guerre et de folie que même une Impériale ne pourrait supporter sans flancher. Elle se concentra sur le fait que ces monstres ne voyaient aucune valeur dans la vie humaine, des larmes coulant de ses yeux en pensant à toute cette souffrance. Des ressources. C'est tout ce qu'ils étaient pour les terribles Strigoys.

La rage la prit aux tripes avec une violence incroyable, dissipant la douleur dans son esprit. Elle leva le couteau, et dans un hurlement de colère, le planta dans la membrane gélatineuse. Si elle pouvait activer la fonction du couteau Armonique derrière la membrane, elle pourrait griller cette créature de l'intérieur !

Elle frappa, et frappa et frappa encore, enragée. Le sang orangé de la créature gicla sur son beau visage, dans ses cheveux, les recouvrant de leur coloration brillante, avant de tomber au sol. Les blessures étaient de plus en plus nombreuses et le sang giclait désormais en fins jets continus. Elle s'apprêta à envoyer son Potentiel dans le couteau, à mettre fin à ce cauchemar.

« — Bois ! »

Elle se tendit en arrière, lâchant un cri de surprise, alors que son esprit entier était soudainement envahi par une présence différente, et pourtant étrangement familière. Boire. Elle devait boire. Elle sentait une impulsion à obéir, à accomplir cet acte. Tout en dépendait. Le monde entier reposait sur ce geste si simple. C'était là la conclusion de ses longues visions du futur.

Ayant pratiquement perdu le contrôle de son corps et de ses pensées, Annah colla ses lèvres contre une des plus grosses blessures de la bête, et commença à boire, gorgée après gorgée, le sang orangé. Elle le sentait descendre au fond de son estomac, elle le sentait, brûlant, bouillonner en elle, la température de son corps augmentant à un niveau extrême. Elle sentit sa peau se craqueler légèrement, progressivement, comme la terre d'un désert brûlant et desséché, se mettant à son tour à émettre une lueur orangée par ses nouvelles blessures. Elle sentait une douleur augmenter de plus en plus en elle, mais elle continuait à boire. Il fallait qu'elle le fasse. Le Fléau d'Ombres approchait. Chaque goutte comptait. Chaque goutte augmentait... Quoi ? Elle l'ignorait, mais elle savait qu'elles avaient leur importance.

Pour chaque goutte de sang embrasé qu'elle avalait, la structure de la réalité autour d'elle semblait s'en retrouver affectée. Elle sentait le tissu de la Création se distordre et s'étirer, une distorsion de plus en plus intense qui secouait les environs, alors qu'un grondement intense s'éveillait. Annah ignorait de quoi il s'agissait, mais elle continua sans se poser plus de question que nécessaire.

Dans son esprit se tordaient des visions étranges. Elle voyait un monde de métal, couvert de milliards de Strigoys. Elle voyait une énorme couche d'ombre se répandre, des armées de créatures surgir de celle-ci, charger et déchiqueter les êtres de métal, ignorant leur champ d'énergie destructeur. Elle sentit l'urgence de trouver des ressources, du Potentiel, de créer plus de soldats. Une nouvelle planète avait été trouvée, riche en énergie, prête à la récolte : Céphalia.

Enfin, elle n'y tint plus et s'effondra en arrière, son corps malmené tombant au sol, grillant doucement sur place. La douleur était terrifiante. La dernière de ses visions s'était accomplie : une terrible brûlure s'était emparée de son corps entier.

Elle faillit mourir.

Elle résista.

La créature semblait s'être calmée, peut-être à cause de sa blessure, et ses amis étaient tous évanouis. Il ne restait qu'elle, haletante de douleur. La distorsion spatiale secouait les environs avec une force effroyable. Pourtant, rien ne bougeait, le Strigoy, Annah, ses amis, tout le monde restait immobile au sol, impuissant, alors que l'air lui-même vibrait avec folie.

Puis, soudainement, tout se figea. Il n'y eut plus aucun mouvement, plus aucun bruit. La douleur avait disparu. Les pulsations du monstre Strigoy s'étaient interrompues. La distorsion s'était dissipée. Le monde entier disparut à son tour. Annah, décharnée, desséchée, flottait désormais dans le vide, dans un monde d'un blanc pur, sans repère, sans haut ni bas, sans droite ni gauche.

Soudainement, face à elle, apparut... elle-même. Mais pas tout à fait. Cette version semblait plus âgée, et une terrible blessure lui déchiquetait le torse. Elle fut la première à prendre la parole.

« — Et bien... Je ne m'attendais pas à ça. Le Rituel n'indiquait rien de ce genre dans ses effets. Peut-être une conséquence de ce que tu viens de faire ?

— C'est vous... C'est vous qui m'avez dit de boire... Pourquoi ?

— Pour une seconde chance. Pour l'Humanité. Je sais, dit ainsi, cela semble grand et dramatique, mais après des décennies de réflexion, je ne suis pas parvenue à trouver la moindre autre occasion où nous aurions pu changer les choses. Si importante est notre mission que le Destin lui-même agit à travers nous.

— Je ne comprends pas.

— Je devrais commencer par le commencement, j'imagine. Je suis toi, Annah. Mais je suis toi d'un futur lointain, de quarante ans plus tard. Durant ces quarante années, j'ai continué à travailler avec le

GASMA et je suis devenue leur spécialiste secrète du Ritualisme. J'ai découvert bien d'autres domaines que la Nécromancie. Ironiquement, j'ai découvert bien trop tard la maîtrise de la magie du Temps.

— Le futur ? Quarante ans ? Tu veux dire qu'on a survécu ? On a gagné ?

— Oh oui, nous avons gagné. Nous avons transpercé le Maître Strigoy de notre couteau, et nous avons grillé l'intérieur de son cœur avec notre foudre. En quelques secondes, tous les Strigoys se sont éteints, et la guerre était gagnée. Tu es devenue une légende, une héroïne dont le nom était connu de tous. Des rues, des stades de Joute portaient ton nom. La base lunaire des Strigoys s'en est retournée tout naturellement dans leur monde, laissant la faille jusque là maintenue ouverte se refermer, les soldats de la mission Lune Argent ont tous pu se replier à temps après avoir perdu un tiers de leurs effectifs environ, Vostria a survécu à la bataille, mais en très mauvais état. L'opération a été une victoire resplendissante. Tous t'ont accueillie en héroïne. La Championne de l'Humanité.

— Alors... Pourquoi me faire agir différemment ? Pourquoi m'avoir fait boire ce liquide ? Il est en train de me tuer !

— La mort ne veut plus dire grand-chose pour toi, n'est-ce-pas ? Tu en ressortiras plus forte, j'en suis sûre. J'ai étudié un extrait des fluides quasi dissipés du Maître Strigoy, et je pense que leur potentiel est indescriptible. Quant à la raison de ce choix, observe par toi-même. »

Annah assista alors à une démonstration des souvenirs de son autre incarnation : une vague d'ombre sans fin se répandant sur le monde, des armées infinies de créatures terrifiantes et impitoyables, des massacres mille fois plus rapides et dévastateurs que tout ce que les Strigoys avaient jamais fait, jusqu'à la dernière bataille sur un fort médiéval en ruine, dans le nord d'Endal, aux côtés d'Adam et Élias, vieux et usés par la guerre.

« — Je n'avais pas espéré pouvoir te montrer tout cela. Le Rituel de base ne permettait que d'envoyer une commande vers le passé à une seule cible. Je pense que tes nouveaux pouvoirs, bien que tu ignores tout d'eux pour le moment, ont réagi à notre connexion, ainsi qu'à l'intense modification de notre Destinée que tu viens de réaliser, créant ainsi un espace temporaire où nous pouvons échanger. Quant à ce que tu as vu, il s'agit du Fléau d'Ombre. Quarante ans après la victoire contre les Strigoys, le statu quo avait reprit son droit. Le LINAL et l'Empire étaient à nouveau en guerre, tout était normal. Jusqu'à leur arrivée. En quelques semaines, ils nous ont exterminés jusqu'au dernier. Je ne sais pas comment ils nous ont trouvé, ma théorie est qu'ils ont suivi la piste des Strigoys. Quoi qu'il en soit, nous n'avions aucune chance. Nos corps étaient trop faibles, seules nos rares armures en Strigium pouvaient résister leurs maudites piques et griffes de ténèbres, et nos esprits, emplis de terreurs, fragiles et peu évolués, étaient soumis à l'influence maléfique de leur brouillard d'ombres, leur servant à assembler nos pires cauchemars et à leur donner vie pour les lâcher ensuite sur nous. La Nature nous avait fait trop faibles pour leur survivre. Même nos plus puissantes machines de guerre sont tombées, ou ont été corrompues de l'intérieur alors que les pilotes sombraient dans la démence.

— Tu parles pourtant de Destinée. N'est-ce-donc pas possible d'altérer à nouveau notre Destinée pour vaincre ces êtres ?

— Ces créatures sont libérées des limitations du Destin car elles sont toutes Morte-Vivantes. C'est pourquoi ce concept ancestral ne peut rien faire pour les arrêter, et chaque personne qui tombe face à eux les rejoint, brisant l'emprise du Destin un peu plus. Ma théorie est que le principe meme de Destin à décidé d'agir à travers moi dans le but de violer l'une des plus anciennes loi : le Temps. Et ce faisant, créant la première championne de l'Humanité libre de la Destinée à son tour, la première humaines Morte-Vivante.

— C'est...Beaucoup à enregistrer. Et donc, tu m'as fait boire ce liquide pour changer la donne ? Tu penses qu'il est possible de modifier le futur ?

— Je n'ai aucune idée de comment cela fonctionne, nous ne savons presque rien du Temps en lui-même, même des archives interdites que j'ai lues. Ce que je sais, toutefois, c'est que nous sommes tous enchaînés au Destin. Chacun de nos pas, de nos actes, a été prévu et anticipé par un Concept créé à l'aube des temps, au-delà de notre compréhension. Le Fléau d'Ombre, toutefois, en tant que Morts-Vivants, est libéré de ces entraves, et s'est présenté comme la fin de la Création, la dévorant sans relâche. Il n'y avait que la version de moi, également Morte-Vivante, dans une existence parallèle, qui avait étudié le Temps, qui pouvait revenir en arrière et te dire de faire tienne la puissance des Strigoys, ce qu'aucune autre de nous n'avions fait. Cette nouvelle énergie...utilises la intelligemment et rien ne te sera impossible.

— C'est...C'est de la folie ! Le Destin ? Le Fléau d'Ombre ? Qu'est ce que je suis sensée faire ? Je suis juste une simple scientifique, j'ai juste eu la chance de tomber sur ces connaissances interdites ! Je suis une alcoolo et je me drogue régulièrement, tu crois que j'ai une tête de héro ?

Elle vomit soudainement une mixture rouge-orangée semi-liquide et reprit son souffle.

— Je ne peux pas te répondre, désolée, je n'en sais pas bien plus que toi. Si j'étais à ta place, et je le suis d'une certaine façon, j'utiliserais mes nouvelles capacités pour interroger le Maître Strigoy pour en savoir plus sur la raison qui les as poussés à venir ici. En buvant son sang, tu es devenue une entité à mi-chemin entre Humain et Strigoy. Si mes théories sont juste, le tuer serait une terrible erreur. Découvre la vérité à son sujet, Annah. »

La jeune Annah carbonisée hocha doucement la tête, sans répondre, perdue dans ses pensées. Enfin, le monde blanc autour d'elles perdit en consistance et commença à s'effondrer. Bientôt, elle fut de retour face à l'abominable sphère géante, bavant des jets de sang orange au sol, tremblotante.

Alors que le corps d'Annah semblait tomber en poussière petit à petit, elle sentait une puissance monumentale, divine, s'éveiller en elle. C'était au-delà de tout ce que l'Armonie et le Ritualisme pouvaient faire. En cet instant, elle avait l'impression qu'elle aurait pu détruire le monde entier d'un geste de la main. Malheureusement, ces dernières étaient en train de s'effriter...

« — Ah. Il semble que vous êtes revenue à vous, être de chair.

Elle sursauta. Le Strigoy venait de lui parler en langue Impériale. Comment cela était-il possible ?

— Vous comprenez notre langue ? Vous êtes intelligents ?
— Maintenant oui. Grâce à vos actes, être de chair.
— Qu'est ce que vous voulez dire ? Je ne comprends pas.
— Je suis l'unité 000000000001, nom de code « Maître ». Je suis le contrôleur de la Légion. Tous sont liés à moi, et je suis lié à tous. Ceux qui tombent au combat passent par moi et sont renvoyé à une autre existence par ma volonté.
— Alors c'est vous ! Vous êtes à l'origine du massacre de notre race, des actes qui ont ravagé notre monde !
— Cette déclaration est seulement en partie vraie. Il vous faut comprendre, être de chair, que si nous remontons quelques minutes dans le passé, l'entité que je suis ne possédait encore aucun concept

d'individualité. Ce concept m'échappe toujours légèrement pour le moment, et je suis sûr que la majorité de mes compagnons sont dans la même situation de perplexité. Le Maître, voyez-vous, a été créé pour vaincre les ennemis de nos Créateurs, pour contrôler nos forces, et pour récolter du... Potentiel, c'est bien ainsi que vous dites ?

— Essayez-vous de me dire que vous étiez de simples machines sans conscience il y a encore quelques minutes ?

— C'est exact, être de chair.

— Mon prénom est Annah.

— C'est exact, Humaine Annah. Nous avons été programmés dès notre construction pour envahir d'autres mondes et les vider de leurs ressources, afin d'alimenter notre civilisation toujours grandissante. Nos Créateurs ont disparu depuis longtemps, mais toujours, la Légion suit les préceptes avec lesquels elle a été programmée. Nous envahissons, nous récoltons, nous repartons.

— Je devrais te tuer sur le champ.

— J'incite l'Humaine Annah de ne rien en faire. Il existe une menace dont elle ignore l'existence, que l'extermination de la Légion ne ferait que renforcer.

— Tu parles de ce fameux Fléau d'Ombre ? »

Le Maître palpita un instant en silence, ses lumières brillant avec intensité en réaction à ce nom. Ses blessures s'étaient déjà refermées, ses plaques de métal a nouveau en place, et seules les légères ouvertures entre ces dernières laissaient échapper sa si singulière lueur orangée.

« — En effet. Voyez-vous Humaine Annah, la Légion est en guerre contre le Fléau d'Ombres depuis des décennies. Nous avons besoin de ressources constamment pour reconstruire de nouveau corps aux servants...Aux...Frères...Tombés au combat.

— Mais nous vous avons infligé de nombreuses pertes. Est-ce-que cela valait vraiment la peine au final ?

— C'est une question difficile que voici. Sur un plan purement mathématique, qui est l'ancienne façon dont mon être était réglé pour penser, oui. Car pour toutes les pertes que vous nous avez infligées en quelques mois, nous en perdons le double chaque jour dans nos mondes d'origine.

— Par la Lune... »

Annah réfléchit un moment, faisant de son mieux pour ignorer les violentes crampes qui la saisissaient. Elle avait l'impression de comprendre. Dans sa vie antérieure, elle avait tué le Maître Strigoy, désactivant l'espèce entière. Le Fléau d'Ombre avait alors vaincu, s'était gorgé des restes, puis avait cherché une nouvelle cible. Ils n'avaient eu alors qu'à remonter la piste de la faille aérienne des Strigoys pour trouver un nouveau monde à dévorer : Céphalia. Cela leur avait pris quarante ans, mais ce fut une victoire absolue pour les seconds envahisseurs.

« — ...Et sur un plan non mathématique ?
— Je pense que je ressens regret et horreur face à tout ce que la Légion a accompli dans tant de mondes, le vôtre inclus. Nous avons tué, tant tué, mais nous n'étions pas programmés pour le comprendre. Nous étions programmés pour voir des ressources là où se trouvaient des vies. Des vies telles que celles de nos Créateurs.
— Et maintenant ? Qu'est ce qui a changé ?
— Vous, Humaine Annah. Mon sang est désormais en vous, et tout comme il vous offrira de nombreux bénéfices, si tant est que vous surviviez à son ingestion, il m'a offert un lien direct avec vous et votre prodigieuse civilisation. Et à travers moi, chaque membre de la Légion ici déployé, du Frère Collecteur au Frère Titan, comprends désormais l'importance de la Vie, une notion que nos Créateurs ne nous avaient fournies qu'envers eux-mêmes. Vous nous avez donné une seconde existence, nous faisant don de votre sens moral et de la façon dont vous percevez votre environnement. Vous êtes notre nouvelle Mère-Créatrice.
— Je suis quoi ? Bon sang... Et le reste de votre Légion, dans votre monde d'origine ? Seront-ils prêts à accepter votre changement ? »

Le Maître ne répondit pas immédiatement, semblant se figer un instant, ses lumières s'amenuisant quelques temps. Puis, soudainement, un choc puissant secoua la station Strigoy.

« — Qu'est ce que c'est que ça ? Questionna Annah, titubant au sol, sa peau noircie tombant en poussières petit à petit.
— Un refus, répondit le Maître. Le reste de la Légion originelle nous conçoit comme corrompus et dangereux. Ils tentent de bloquer notre retour. Nous avons besoin de votre aide, Humaine Annah.
— Mon aide ? Qu'est ce que je peux bien faire ?

— Vous avez bu mon sang. Vous avez le pouvoir. Je le vois en vous. Il se mélange à votre Potentiel et vous fait évoluer.
— Il me tue, aussi, dit elle en crachant du sang au sol. Elle tomba en boule, la douleur trop intense pour bouger.
— Nos Créateurs, tout comme vous maintenant, ne possédaient pas un Potentiel neutre, mais un Potentiel Entropique. Leur énergie naturelle est présente dans le cycle de reproduction de la Légion, mais nous ne pouvons l'utiliser comme nos Créateurs le faisaient. En buvant mon sang, vous êtes devenues plus proche de nos Créateurs. Vous pouvez utiliser l'énergie Entropique à votre tour.
— Que...Me permet-elle de faire ?
— Elle fonctionne en plusieurs étapes de maîtrise : destruction, altération, création. Son potentiel est sans limites.
— Puis-je faire cela aussi ?
— Oui et non. Ces capacités sont désormais vôtres, mais pour un temps limité. Boire mon sang vous a surchargée. Vous pouvez détruire, comme le frère Récolteur et le frère Soldat. Vous pouvez aussi altérer, mais cela est temporaire. Votre énergie ne cesse de grandir et ne pourra pas être contenue par votre corps bien longtemps. Il vous faut un nouveau corps, puis il vous faudra réapprendre à Altérer et Créer.

Annah eut une nouvelle quinte de toux. Sa peau était zébrée de fissures dont une lueur orangée filtrait. Elle sentait la panique la gagner. Sa mort semblait proche. Elle espérait que ses préparatifs dans son laboratoire suffiraient.

— Très bien, que dois-je faire ?
— Vous pouvez me détruire, et ainsi détruire la totalité de la Légion, ici et ailleurs. Ou vous pouvez temporairement sceller ma mémoire et personnalité pour me permettre de rentrer avec mes Frères sur le monde de la Légion. Nous nous emploierons alors à les éveiller à leur tour dans le futur. Nous ne reviendrons pas vous attaquer, vous avez ma promesse. Dans les deux cas, le pouvoir est entre vos mains.
— Si je vous renvoie, que-va-t'il arriver aux soldats à la surface de la station ? Et aux Strigoys un peu partout sur notre monde ?
— La même chose pour les uns que pour les autres : abandonnés dans un monde qui n'est pas le leur, sans espoir de retour. Je peux toutefois vous promettre que tous ceux d'entre vos compatriotes qui survivront, seront protégés par mes soins. Quant à ceux de la Légion qui resteront ici... Sans lien avec moi ils ne seront plus que des créatures sauvages de destruction. Je vous conseille de les éradiquer.

Annah s'allongea sur le dos et regarda brièvement ses amis. Ils semblaient reprendre connaissance progressivement. Elle regarda le Maître à son tour. Elle repensa à toutes les victimes humaines de ce massacre. Ne criaient-elles pas vengeance ? Ne voulaient-elles pas la mort de l'alien et de ses armées ? Méritaient-ils vraiment une chance, le droit de rentrer chez eux ? Elle était heureuse de ne pas avoir son masque de vision spectrale avec elle. Elle n'osait imaginer combien de fantômes étaient en ce moment à ses côtés, hurlant, exigeant qu'elle ne mette les Strigoys à mort.

Elle ferma les yeux, ignorant les larmes qui se mirent à couler sur ses joues. Pourquoi elle ? Pourquoi une telle responsabilité offerte à une simple scientifique dans un laboratoire ? En quoi était-elle idéale pour définir du Destin du monde ? Avait-elle même le droit de changer de telles choses ?

« — Toutes ces visions, murmura-t-elle, ces sensations, ces impressions que je devais être là à tous prix. J'ai été contrôlée à chacun de mes pas, de mon enfance jusqu'à maintenant. Par l'Empire, par le GASMA, par l'armée, par mes visions, par le fantôme d'Adrian, et finalement, par moi même d'un avenir lointain. Je n'ai jamais décidé un seul instant de ma propre voie. Elle avait raison, j'étais enchaînée à ma Destinée, nous le sommes tous. Et cette fois... »

Elle se redressa, couteau en main, approchant la lame de la chair du Maître Strigoy. L'entité ne disait rien.

« — ... Cette fois alors que la liberté de choisir m'est enfin offerte, je choisis la voie du chaos et de l'espoir. Je choisis la voie que nul n'a vue, la voie qui n'est pas encore écrite, qui dépends entièrement de mon geste pour venir à la vie. Je refuse d'être le jouet du Destin, d'être le pivot sur lequel notre extinction repose ! Je choisis de vous renvoyer chez vous ! »

Elle jeta le couteau au sol, l'arme dont le destin était de tuer le Maître, et celui-ci vola en morceaux face au rejet d'Annah, alors qu'un terrible grincement retentissait, et que le tissu même de la Réalité semblait se déformer, le concept de dimensions perdant tout son sens pendant quelques instants. Annah était en train d'ouvrir une nouvelle trame dans l'Histoire, une phase différente qui n'avait pas encore été définie par le Destin, et son acte violait avec sauvagerie la structure de la Création entière.

Elle posa ses mains carbonisées sur la chair pulsante du Maître.

« — Jusqu'à ce que vous reposiez pied sur votre monde, vous oublierez tout ce qui s'est écoulé dans la dernière heure. Ce monde est vide de ressources. Les êtres qui y vivent sont tous morts. Votre mission ici est accomplie. Rentrez chez vous.
— Nous nous reverrons, Créatrice Annah. Merci. »

Une puissante lueur orangée jaillit des doigts d'Annah et pénétra le Maître. La demi-Lune toute entière se mit a trembler. Il ne s'agissait pas, cette fois-ci, des complaintes de la Réalité, mais bien d'un tremblement plus classique: la station commençait à quitter la faille et se préparait a rentrer dans son univers d'origine. La jeune femme sourit. Le Maître et ses Strigoys étaient temporairement redevenus ce qu'ils avaient toujours été, mais ignoraient totalement les humains sur la station.

Elle se redressa en titubant, son corps en lambeaux, et s'approcha de ses amis avant de s'effondrer dans les bras d'Élias qui accourait vers elle.

« — Annah ! Hurla Élias les larmes aux yeux. Qu'est ce qu'il t'a fait ?
— Rien que je n'ai pas désiré, maintenant ou dans quarante ans. J'ai une mission pour toi de toute importance, Élias, mon Élias...
— Dis-moi tout.
— Rends toi dans mon labo privé. Tiens, je te passe le code sur ton Oculys. Vas voir Alma et protège-la. Fuyez si nécessaire. Le GASMA va sûrement venir après elle, et ils seront armés. Tu peux faire ça pour moi ?
— Euh, oui bien entendu, mais...
— Désolée, je n'ai pas le temps d'en dire plus. Le vaisseau Strigoy rentre chez lui. Nous n'aurons jamais le temps de sortir d'ici à temps. Je vais vous envoyer à la base militaire.

Plusieurs cris s'élevèrent, demandant exactement comment elle comptait s'y prendre et si elle n'avait pas perdu la tête, mais Annah avait déjà fermé les yeux. L'art de la Création était encore trop loin pour elle, même avec sa puissance temporaire, mais l'Altération était faisable. Elle allait donc altérer la position de ses amis. Elle cibla les dix-neuf personnes qui la regardaient avec inquiétude. Elle ne s'était pas incluse dans le lot, pour une raison simple : son corps se désagrégeait. Elle savait qu'elle n'en avait plus pour longtemps. Inutile de s'envoyer en bas en même temps qu'eux et risquer un transfert instable.

Des filaments orangés se mirent à danser en chatoyant autour du groupe, les enserrant. Annah se concentra. Il était nécessaire qu'elle modifie leur position actuelle, depuis cet endroit, vers la base militaire. Elle visualisa le terrain d'entraînement de course, une surface plane et sans obstacle ni danger. Elle accumula l'énergie en elle à un niveau si intense que le sol trembla de plus belle. Enfin, elle relâcha son sortilège. Dans un flash brillant, ses amis disparurent tous sans un son. Elle savait, instinctivement, qu'elle avait réussi.

Épuisée, elle se laissa tomber au sol, regardant le plafond. Ses bras s'effritèrent comme du sable et tombèrent en miettes, suivis de ses jambes.

Son seul regret était tous ceux qui allaient mourir. Elle ne pouvait que pleurer en pensant à eux. Les troupes devant la faille, tentant vainement de la défendre, qui n'auraient pas toutes le temps de se replier. Les protecteurs de la capitale de Vostria, et sa population civile. Il faudrait encore des mois pour nettoyer toutes les traces restantes de Strigoys sauvages rampant dans tous les sens, coupés de leur Maître et répandant la destruction. Le risque qu'ils créent un second Maître pour les guider sur cette planète était également envisageable. Mais au final, quel autre choix avait-elle ? Détruire le Maître et causer l'extinction de l'Humanité ? Quel odieuse situation que celle qui lui avait été imposée.

Mais Annah ne pouvait plus se préoccuper de tout cela. Elle se sentait partir. L'appel du monde des Esprits s'intensifiait sur elle. Elle ne pouvait plus lui résister. Son rôle était achevé.

Avec un dernier soupir de soulagement et une pensée face à l'incroyable folie qui avait eu lieu dans ses derniers moments, Annah mourut, quelques secondes avant que la faille ne se referme pour de bon et n'annonce la victoire de l'Humanité sur les Strigoys, emportant toutefois trente-mille d'entre eux au passage.

Chapitre 12
Chute libre

C'est à l'instant de ma mort que je m'interrogeais, pour la première fois, en profondeur, sur le sens de ma vie. De la Vie en général. Observant mon corps criblé de balles, mon esprit ballotté par les vents éthérés de l'Autre Monde, je me demandais à quoi avaient bien pu servir mes longues études médicales, mes années de labeur acharné, le développement de mes relations amicales et amoureuses, alors que tout m'était arraché en quelques instants, laissé à mes mémoires et à cette enveloppe de chair sanguinolente. Je me sentie enchaînée par une terrible tristesse, si écrasante qu'elles semblait apte à me figer sur place à tout jamais. Sans ce filament de lumière salvateur, sans Elle, je me serais perdue en cet instant, à jamais horrifiée par cette existence humaine dénuée de sens, par ce terrible destin qu'est le nôtre, de subir à tout jamais naissance, mort, oubli et réincarnation.
Extrait de « Biographie d'Annah Morgan » d'Alma Hilldar.

« — Je vous écoute, agent Allen.
— Mr. Stenton... La situation est catastrophique. Il semble que Sina Crowley ait non seulement récupéré des informations liées au Ritualisme pratiqué par Annah Morgan, mais qu'elle ait eu le temps de les amener à une chaîne d'Holovision avant que nous ne puissions l'interpeller.
— Nous l'avons trop bien entraînée, il semble.
— En effet. Et nous avons un autre problème. Annah Morgan est considérée morte.

Stenton perdit son sourire éternel. Il semblait même furieux, une expression rare.

— Morte ? Morte ! Avez-vous des preuves ?
— Les dires de son GAR et de leurs compagnons. A l'instant où la demi-lune a été renvoyée dans son plan d'origine, seules dix-neuf personnes ont réapparu dans notre base militaire, de façon totalement inexplicable. Les trente-mille soldats encore vivants ont été eux aussi envoyés dans le monde d'origine des Strigoys, et sont considérés perdus. Nous avons détenu les GAR quelques heures, mais avons confirmé leur identité. D'après leur dire, Annah Morgan serait entrée en contact avec une technologie Alien, aurait réussi à repousser les Strigoy, mais serait morte dans la manœuvre après avoir téléporté ses amis au sol.

— Mademoiselle Morgan... Vous aurez été un véritable électron libre jusqu'à la fin. Votre acte a sauvé notre monde, mais aussi causé la mort de plus de trente-mille soldats qui n'ont pas pu traverser la faille. Et je ne parle pas des ruines et du massacre de Vostria. Je suis presque heureux qu'elle ait disparu, je ne veux même pas imaginer comment nous aurions dû nous y prendre pour gérer cette situation auprès du public.
— Que faisons-nous, Mr Stenton ? J'ai deux équipes prêtes à intervenir sur les lieux de la base militaire, qui attendent les ordres.
— Hmm. Nous allons faire les choses simplement et limiter les dégâts au mieux. Envoyez une de vos équipes traquer Sina Crowley et abattez-la. Quant à la seconde, qu'elle s'occupe de vider toutes les traces de recherches du laboratoire de Morgan. Débarrassez-vous de son assistante.
— Sauf votre respect Monsieur, il va être impossible de couvrir ces actions et ce que nous trouverons dans le laboratoire auprès de la population de la base militaire. Il y aura des témoins. Peut-être même des affrontements, connaissant Annah.
— Pas d'inquiétudes, j'ai un fusible prêt à sauter pour calmer cette crise. Une personne devenue trop gênante pour nous et nos intérêts. Faites votre travail, je m'occuperai du mien.
— Bien, Monsieur ! »

Michaïl éteignit l'holovision et se laissa choir dans son fauteuil, vidé. Annah. Morte. C'était une nouvelle terrible pour lui. L'agent spécial voyait là la fin d'une mission de très longue durée, mais la part mimétique de l'oncle d'Annah sentait une tristesse absolue pour sa nièce. Elle était morte en héroïne, au final, mais au vu de la façon dont les choses se préparaient, elle ne serait sûrement jamais reconnue comme tel. Aucun doute qu'ils diront qu'elle était morte pendant l'opération Lune Argent, et que par la suite, on découvrit qu'elle étudiait le Ritualisme dans son laboratoire. La population n'a pas besoin de savoir que le Maître Strigoy a été banni, et non tué, et il était facile de tourner la situation en une bataille rangée entre les GAR présents et la créature. Annah serait effacée de l'histoire, transformée en un monstre et un traître, un fait qui aurait été ironique si Michaïl avait su que dans le futur alternatif, Annah était devenue une héroïne de légende au même rang qu'Ernesto Barald, premier Empereur.

Finalement, soupirant, il se leva et prit une gorgée de whisky. Il avait des ordres à donner, et pas le genre facile.

*

« — Putain de bordel de saloperie de couille de merde ! Ils vont pas me lâcher. »

Le florilège de jurons ne la fit pas aller plus vite, mais il apaisa quelque peu la frustration que Sina ressentait. Courant à toute allure dans la forêt nord qui bordait Fort Endal-09, elle esquivait autant que possible arbres et buissons, tirant régulièrement en arrière avec ses deux armes automatiques. Elle avait déjà touché deux cibles, mais il en restait encore au moins le triple à ses trousses, et ses munitions n'allaient pas tarder à manquer. Combattre au corps à corps dans la forêt de nuit était envisageable, mais pas optimal malgré tout, et ses adversaires n'étaient pas des recrues ne sachant pas quoi faire de leurs mains au combat.

Enfin, elle repéra une cache naturelle : une sorte de petite tranchée creusée dans la terre. Elle se glissa dedans et attendit de voir ses poursuivant. Un buisson bougea sur le coté droit et, immédiatement, il se prit une rafale issue de son BR-4, le petit frère pistolet mitrailleur du fusil d'assaut BR-12. Il y eut un cri et un son de quelque chose de lourd tombant dans la terre, et elle eut un sourire de satisfaction derrière son masque.

« — Rends-toi, Crowley. Y'a aucune issue pour toi, t'es traquée par tout le GASMA.
— J'emporterai autant de salauds que possible avec moi avant d'y passer, tu peux compter là-dessus. Si j'avais su que vous jouiez avec du Ritualisme, j'vous aurais déjà flingués depuis longtemps.
— C'est pour le bien de l'Empire, Crowley. C'est notre job de faire ce genre de choses que personne d'autre ne fait.
— Le bien de l'Empire. C'est une bonne excuse ça, mon grand. On peut l'utiliser pour tout justifier, c'est pratique.
— Bien vrai. Au plaisir Crowley, c'était sympa de parler assez longtemps pour qu'on te localise. Pour Barald ! »

Sina fronça les sourcils, intriguée, et soudainement, elle entendit un impact, puis deux puis trois, dans la terre, juste à côté d'elle. Elle regarda rapidement dans la direction et remarqua plusieurs grenades à fragmentation, très difficiles à trouver dans la nuit.

« — Et mer... »

*

Élias n'avait pas oublié la promesse faite à Annah. Sa tristesse était terrible et lui étreignait le cœur au point qu'il avait la sensation qu'il allait vomir, mais il tenait le coup et se raccrochait à la dernière mission que celle qu'il aimait lui avait confié. S'il pouvait lui offrir la paix avec ça, il le ferait coûte que coûte.

Contrairement à la veille au soir, le matin étant désormais levé, les couloirs étaient remplis de monde. Beaucoup de blessés se trouvaient là, victimes des combats en Vostria, ainsi que quelques chanceux qui avaient été rapatriés de la demi-Lune avant que la faille ne se referme. Vostria, pour sa part, avait été entièrement rasée et plus âme qui vive ne s'y trouvait. C'était un coup terrible pour Vostfjord, qui se retrouvait sans plus aucun gouvernement local.

Les Strigoys, toutefois, coupés de moyen de retour, avaient commencé à errer de façon aléatoire sur le territoire, cherchant de nouvelles cibles. Leur efficacité avait diminué, n'étant plus guidé par leur Maître, mais ils restaient très agressifs et dangereux une fois croisés. Malgré toutes ces pertes, l'humeur restait au beau fixe : l'armée avait amassé une quantité faramineuse de Strigium dans ces deux affrontements, annonçant une avancée technologique future certaine, mais en plus de ça, la guerre était techniquement finie. Il ne resterait qu'à nettoyer les poches de Strigoys survivants pour purger une fois pour toute le monde de leur présence.

Mais pour Élias, tout ça était secondaire. Il avait perdu la femme à qui il tenait le plus au monde, celle à qui il n'avait jamais osé annoncer son amour. Il regrettait maintenant cela, se sentant comme le plus grand imbécile de tous les temps. Il aurait voulu pouvoir partager ne serait ce que quelques jours dans les bras de sa bien-aimée. Mais elle n'était plus là, désormais.

Il essuya ses larmes et approcha du laboratoire d'Annah, se faufilant entre les scientifiques, médecins et soldats courant en tous sens en panique. Finalement, il ouvrit la porte d'un coup d'œil de son Oculys, entra, et laissa la porte se refermer, plongeant la pièce dans un silence reposant.

Alma était là, sa petite carrure pâle travaillant sur le masque qu'Annah avait mis au point pour visualiser le monde des morts. Elle tentait d'en améliorer le rendement tout en réduisant les pré-requis à son utilisation. Ses deux yeux rouges artificiels étaient fixés sur l'engin et n'avaient pas bougé alors qu'il était entré.

« — Alma. Il faut partir d'ici, et vite.

Elle sursauta, et leva la tête, incertaine.

— Hu ? Élias ? Depuis quand tu as accès au labo ? Qu'est-ce que tu fais ici ?
— Annah m'a donné l'accès. Il faut que tu m'écoutes, Alma. Tu es en danger. Annah est morte pendant l'opération, et le GASMA est en route pour venir nettoyer tous vos petits secrets.
— Attends attends. Annah est... morte ?

Il ne répondit rien. Il n'en avait pas besoin, la douleur sur son visage était suffisante pour remplacer les mots.

— Je... Je vois. Et le GASMA, tu dis ?
— J'imagine que sans Annah pour chapeauter le truc, ils ont décidé d'annuler le projet. Et à mon avis ils ne vont pas avoir besoin de toi plus longtemps. Tu n'étais que son assistante, après tout.
— C'est vrai. Il faut s'enfuir. Mettre le feu au labo et filer à toute vitesse !
— Ça ne va pas être facile, les couloirs sont remplis de... »

Il fut interrompu par un bruit coulissant dans son dos. Il se retourna, et la forme d'une dizaine de soldats en tenue militaire noire se trouvait dans l'encadrement de la porte, les dévisageant.

« — Il ne devait y avoir que la gamine à flinguer, chef. Qui c'est celui-là ?
— J'aimerais bien le savoir. Qui es-tu, soldat ? Comment es-tu entré dans ce laboratoire ?

Élias observa ses options. Dos au mur, face à la porte, sur sa gauche se trouvait Alma, paralysée derrière le bureau de Annah. A sa droite se trouvait la seconde pièce avec l'armoire de cadavres, séparée par une porte. Un bon point pour tenir une défense.

Voyant qu'il ne répondait pas, le chef d'équipe s'impatienta.

— Bah, peu importe. Ce laboratoire est supposé être top secret. Si tu es dedans sans autorisation, on a le droit de se débarrasser de toi aussi. En avant les gars. Nettoyez-moi ça. Vlad, Jari, Karl, vous tenez nos arrières pour contrôler les mouvements de foules quand ça va canarder.

Élias ne lui laissa pas le temps de finir. Il saisit Alma par le poignet. Le poids plume décolla quasiment du sol sous le mouvement, et le duo se précipita vers la seconde pièce pour installer une défense. Il avait eu la présence d'esprit de venir armé, et il poussa Alma sur le côté derrière le mur après avoir franchi la porte, saisissant son BR-12 a deux mains, prêt à faire feu. Pendant leur course, des tirs avaient déjà retenti, à l'oreille des impacts de BR-4, ce qui signifiait que les assassins s'étaient équipés de mitraillettes pour le combat en zone confinée. Élias avait un peu moins de maniabilité, et sa vitesse de tir était largement inférieure, mais sa puissance de feu était suffisante pour percer certains obstacles du laboratoire ainsi que les tenues de protection des assassins. La difficulté était qu'il avait peu de temps pour tirer tant le déluge de balles du modèle BR-4 était intense. Fort heureusement, les murs du laboratoire étaient très résistants. Il adressa un regard distrait à Alma.

« — Regarde si tu trouves d'autres armes dans le coin, ou au moins des munitions type BR-12 pour que je continue à tirer.
— Élias...
— Quoi ? »

Il observa plus en détail la jeune fille. Elle était encore plus pâle que d'habitude, et pour cause : avec horreur, il s'aperçut qu'elle avait pris plusieurs balles dans le ventre lors de leur course précédente. Plusieurs taches aussi rouges que ses yeux commençaient à se répandre sur ses vêtements et sa blouse.

« — Alma...
— Je vais essayer de t'aider mais... M'en veux pas... Si j'y arrive pas... »

La rage au ventre, Élias se décala soudainement et lâcha une rafale furieuse au niveau de la porte d'entrée du laboratoire. Deux ennemis s'y trouvaient toujours et furent fauchés par cette attaque violente. Personne ne portait de protection Carapace, uniquement des gilets pare-balle classiques, il était donc facile de tuer et de se faire tuer dans une telle situation. Élias se remit à couvert au moment où une véritable grêle de projectiles lui tombait dessus. Il activa son Oculys pour envoyer un message.

« — Adam ? Marianne ? J'sais pas où vous êtes, mais j'aurais bien besoin d'un coup de main... »

*

Elle semblait flotter au gré des vents, haut dans les airs, tombant petit à petit, avec une lenteur toute délicate, telle une feuille morte voltigeant depuis un arbre, au ralenti. Tout était si calme. Si silencieux. Il n'y avait plus aucune mission urgente à accomplir sur le fil du rasoir, plus de crainte de la douleur ou de la mort, plus d'inquiétudes quant au futur et à ce qu'il pouvait bien réserver. Il n'y avait qu'elle, et la douce, lente chute vers le sol lointain.

Il sembla qu'une éternité passa avant qu'elle ne reprenne soudainement conscience. Qui était-elle ? Annah Morgan. C'était ainsi qu'elle s'appelait. Que faisait-elle ici ? Elle était morte, elle s'en souvenait désormais. Elle tourna la tête aux alentours. Le ciel était d'un bleu grisâtre, à moitié décoloré, et un énorme tourbillon noir tournait bien en haut, attirant de multiples petites lueurs vertes à lui. Elle s'en éloignait. Son esprit retrouva progressivement sa lucidité, et elle finit par comprendre ce qui se passait.

Elle était dans le monde des morts, sous forme spirituelle, après la destruction de son corps. L'énorme tourbillon était la porte vers le cycle de la Réincarnation, et elle s'en éloignait un peu plus à chaque instant. Pourquoi ? Elle fouilla sa mémoire. Elle oubliait quelque chose.

Soudainement, cela lui revint. Le corps dans son laboratoire. La sécurité qu'elle avait posé dessus, les insignes qu'elle y avait tracé pour y être attirée si elle venait à mourir d'une façon ou d'une autre ! Lentement, sûrement, elle faisait son petit bout de chemin vers cette seconde vie. Un sourire lui éclaira le visage. Elle avait hâte de retrouver ses amis, de les rassurer. Ses pensées étaient encore trop floues pour se préoccuper du fait que son apparence serait différente, ou qu'ils l'avaient tous vue mourir sur la lune.

Elle décida de s'observer. De ses souvenirs, elle devait avoir une forme verdâtre, brumeuse, qui ressemblait à son apparence naturelle. Elle leva le bras droit devant son visage, et ses yeux s'écarquillèrent. La première raison, elle aurait dû s'y attendre, et le choc lui rendit un peu plus conscience de la situation : son bras était de nouveau d'apparence humaine, et non mécanique. Elle se souvint que l'Âme avait la forme que la personne possédait naturellement, sans modification aucune. Ce qui la choquait le plus, et qu'elle avait plus de mal à expliquer par contre, c'était le fait qu'elle était d'une couleur orangée, que son bras faisait bien deux fois la taille de la normale, et que le contour de son corps brumeux semblait fait de flammes rageuses constantes. Elle s'observa plus en détails et, de ce qu'elle parvint à voir, d'importants changements avaient eu lieu envers son Âme. Le choc fut suffisant pour que son Esprit ne retrouve enfin toute sa lucidité.

Elle était un spectre de flammes ardentes, orangé plutôt que vert sombre. De ce qu'elle pouvait voir, elle ressemblait à celle qu'elle avait été autrefois, mais elle était deux à trois fois plus grande que la normale, une géante parmi les humains. Elle portait également des vêtements différents, son long manteau de cuir ayant fait place à une simple robe à capuchon de sous lequel ses longs cheveux enflammés volaient en tous sens. Si elle avait pu se voir dans un miroir, elle aurait réalisé que son visage était caché derrière une lueur blanchâtre, d'où on ne voyait pointer que ses deux yeux ardents comme des braises. Le dernier choc fut la sensation brûlante qu'elle sentit dans son dos. Se concentrant un moment dessus, elle s'aperçut qu'elle pouvait bouger des membres supplémentaires, comme autant d'autres bras. Devant ses yeux, plusieurs longs filaments de lumières issus de son dos se faufilèrent, obéissant à ses moindres désirs. Dix, vingt, cent filaments flottaient autour d'elle.

Que lui était-il donc arrivé ? Sa théorie la plus évidente était due au fait d'avoir bu le sang du Maître. La couleur était un indice évident. Aucune de ses études en Nécromancie ne parlait d'un tel changement possible, et aucune de ses actions n'avait affecté son Âme lors de ses recherches, elle n'était donc pas directement responsable de ce changement.

« — Et bien. Quel spectacle. Tu ressembles à un véritable Ange de Lumière, ma nièce. »

Le contour d'Annah frémit, l'équivalent d'un sursaut de surprise pour l'Âme qui ne possédait pas de muscles capables de se contracter. Un autre Esprit se trouvait dans les environs. Elle regarda dans la direction de la voix. Flottant à ses côtés se trouvait une vieille Âme, à moitié effacée, peu visible désormais, semblant manquer de consistance. Elle avait du rester dans ce monde pendant assez longtemps pour commencer son retour vers le Cycle de Réincarnation. Elle l'observa plus en détails et ses yeux s'agrandirent de surprise.

« — Toi ! Adrian ! Mon oncle !
— Et oui, c'est bien moi. Nous nous rencontrons enfin, hors de tes rêves en tous cas.

— C'était donc bien toi qui ma guidait autrefois ? Cela fait plus d'un an que je ne t'ai pas revu. Je pensais que tu avais disparu.
— Je préservais mes forces, et j'attendais mon heure. Tu progressais bien, ma petite. Une vraie héritière de ton vieil oncle. Que dis-je, tu me dépasseras sans mal. J'ignore d'où tu tires une telle puissance. Ton père ne te méritait pas, ce vieil ingrat.
— Il va falloir que tu m'en dises plus, j'ai tellement de questions sur toi et sur ma famille.
— Je n'en doutes pas.Demandes.Il me reste un peu de temps pour toi, ma petite.
— Plus que tout, je dois savoir. Pourquoi? Pourquoi m'avoir contactée dans mes rêves? Pourquoi m'avoir lancée dans cette quête du Ritualisme ?»

Adrian eut un sourire. Alors que les deux compagnons tombaient doucement dans le ciel, il s'installa, comme assis dans un fauteuil invisible, observant Annah qui, tel un Ange, se laissait tomber doucement, pieds nus vers le sol, uniquement vêtue de sa robe à capuchon, ses ailes de filaments voletant au gré des vents viciés du monde Spirituel.

« — Cette réponse est liée à toutes les autres. Au final, je vais tout te raconter d'une traite. La raison qui m'a poussé à faire ça, c'est, entre autre, le fait que dans notre famille, tu es mon héritière directe au niveau de tes talents latents en Ritualisme. Autrefois cet art était toujours autorisé, mais il fut banni dans ma jeunesse. En l'an six-cent cinquante-huit Après Crash, si je me souviens bien. J'ai continué son étude en secret, Meigharra étant un lieu qui continuait à autoriser, en cachette, ce genre de pratique, et ce pendant de nombreuses années. J'étais loin d'être le seul.

Il soupira.

— Moi et ton père ne nous sommes jamais entendus à ce sujet. Il était un fervent Impérialiste. Quand Meigharra a été annexée et les troubles du Culte de l'Innocent révélés, il a rejeté en bloc cet héritage de nos familles. Je pense qu'il était en partie jaloux de n'avoir aucun talent dans cet art, comparé à son propre frère qui en débordait. Quant à toi, je pense que tu le terrifiais proprement tant ton potentiel latent était phénoménal. C'est ça qui l'a conduit à me tuer.
— Te tuer ? Je savais que mon père était en prison à perpétuité pour meurtre mais...

— Nous nous sommes disputés. Violemment. Je voulais t'entraîner en secret, dès ton plus jeune âge, pour que tu deviennes mon apprentie. Tu sais, à travers le monde, il existe toujours une poignée de maîtres cachés du Ritualisme. Ils sont très peu nombreux désormais, mais ils existent. Je voulais que tu gardes notre héritage et, un jour, le transmette à ton tour à tes enfants. Avec ta puissance, tu aurais pu devenir la Ritualiste la plus douée de ta génération sans trop de difficulté. Ton père ne l'a pas vu de cette façon.
— Mais tuer son propre frère... C'est excessif.
— Ton père était très protecteur envers toi. Et, comme je te l'ai dit, terrifié par ce que je pourrais faire de toi. Quand j'ai voulu agir, il m'a arrêté. Nous nous sommes battus, mais un Rituel demande du temps avant d'agir. Un pistolet, beaucoup moins. J'ai perdu la manche. C'est après mon meurtre qu'il a été enfermé, et que ta mère a déménagé avec toi à Endal pour laisser tout ça derrière vous. »

Annah resta silencieuse un moment, assise sur rien, flottant dans les airs, se frottant le menton de la main, réfléchissant à cette révélation. Son passé apparaissait enfin face à elle. Cela confirmait donc également que le Adrian qu'elle connaissait était un faux. La ressemblance physique était frappante, toutefois.

« — Je comprends, mais tu ne m'as pas répondu.
— C'est vrai. J'y viens. Tu as étudié la Nécromancie suffisamment pour savoir que les morts sont souvent enfermés dans le monde des Esprits pour longtemps quand ils n'arrivent pas à passer outre un regret... ou un désir de vengeance. Ton père à été puni, mais je ne peux pardonner à ceux qui sont responsables de ces lois contre notre Art... ni contre ceux qui t'ont manipulée toute ta vie.
— Manipulée ? J'ai comme une intuition.
— Elle est sûrement juste. Le GASMA. Quand tu étais petite et que tu as dévasté ton quartier avec les drones, ce sont eux qui sont venus t'arrêter. Ce sont eux qui ont étudié ton fort Potentiel naturel et mise sur une liste spéciale. Ce sont eux qui t'on entraînée dès ton plus jeune âge. Et ce sont eux qui ont découvert ton affinité inégalée et inexplicable avec le Ritualisme, et organisé un moyen de faire de toi une de leurs armes secrètes.
— Attends, tu veux me dire que cette mission à Nereyd... Le code sur mon Oculys... Et quand j'ai trouvé les archives... Les rêves que tu m'envoyais, et la mission qu'on a reçue ?

— Manipulation du GASMA. Ces terroristes que vous avez tué n'étaient en réalité que des soldats Impériaux d'un bataillon disciplinaire. Je t'ai guidée vers cette archive pour éveiller tes pouvoirs. Ironiquement, le GASMA et moi avions le même but à ce moment, te faire découvrir le Ritualisme. Ils l'ont juste fait d'une façon détournée, en espérant que tu trouverais quelque chose à te mettre sous la dent. L'archive que je t'ai montrée en rêve.

— Tout était une mise en scène pour moi ? Ces morts sont à cause de moi ?

— Non, de eux. Ils ont organisé tout ça pour faire croire que ces connaissances allaient être prises par les terroristes, mais ces soldats avaient en réalité la même mission que vous. Ils ignoraient, toutefois, qu'ils étaient condamnés à servir de cibles pour vous, pour rendre cette mission plus réaliste. Le GASMA comptait ensuite sur ton extrême curiosité naturelle, qu'ils avaient grandement développée pendant ton enfance dans leurs structures de formations, pour que tu te décides à étudier ces connaissances interdites. »

Annah en perdit la parole un moment. Elle était enragée. Adrian avait raison : depuis son enfance, elle avait été manipulée de tous côtés par de multiples forces. Ses parents, son oncle, le GASMA, tout le monde semblait se disputer son rôle.

« — J'ignore pourquoi le GASMA veut m'apprendre le Ritualisme, mais je me doute que ça n'a rien de bon. Mais toi, Adrian ? Pourquoi me guider ?

— Vengeance, gronda-t-il, et pendant un instant son Âme se solidifia légèrement. Ces salopards t'ont manipulée, toi, ma nièce, ma descendante, depuis ton plus jeune âge, et leur maudite organisation est en partie responsable de ma propre mort, et du massacre d'innombrables Ritualistes, exécutés pour leur Art. Je t'ai guidée vers cette archive pour que tu puisses l'utiliser contre eux, au lieu de pour eux. Malheureusement, l'arrivée imprévue des Strigoys a causé un énorme problème dans mon plan. Tu as été obligée de travailler avec le GASMA le temps de la guerre. Mais la guerre est finie, désormais, et tout va changer. Le temps de la vengeance est arrivé.

— Je dois me rebeller contre le GASMA ? Tu veux que je les combatte ?

— Tu n'as pas le choix. Ils te forceront la main. Tu arriveras bientôt à destination, et je te conseille de te préparer à te défendre, ma nièce. Une route ardue t'attend, mais je ressens de grandes choses pour toi. »

Elle vit qu'Adrian commençait à perdre sa consistance, de plus en plus, et que les particules de son Âme semblaient progressivement aspirées vers le haut, vers le tourbillon. Elle réalisa qu'il avait vécu dans ce monde pendant près de trente ans. C'était sûrement un record pour une Âme de résister à l'appel de la Réincarnation aussi longtemps.

« — Une dernière question, Adrian. Pourquoi j'ai cette apparence ? Pourquoi je ne ressemble pas aux autres spectres ?
— Je l'ignore. Mais je pense que ton absorption de l'énergie Entropique, le pouvoir du Maître, a infusé jusqu'à ton Âme. Pour être franc, Annah... Je ne suis même pas certain que tu sois toujours humaine.

Elle accusa le coup. Un monstre, c'était ce qu'elle était devenue ? Adrian sourit devant son air déconfit.

— En réalité... Non... C'est impossible... Se pourrait-il ?

Adrian se mit a marmonner, frottant son menton vaporeux de ses doigts transparents, baissant le regard. Il releva les yeux, et pendant un instant, Annah observa une expression de choc extrême sur ses traits. Puis un sourire gigantesque, démentiel, déforma son visage.

— Toi. Tu es revenu, après tout ce temps. Non, tu n'es pas un monstre, Annah. Tu es un Ange de Lumière, tu es un nouvel espoir pour l'Humanité. Tu vas accomplir de grandes, de très grandes choses, même si tu ne le sais pas encore.
— Si je l'ignore, comment peux-tu le savoir ?
— Une intuition, tu ne comprendrais pas. Un jour, tu sauras, j'en suis persuadé. Mais pour l'instant, je te conseille d'apprendre à utiliser ton nouveau talent : ces filaments qui jaillissent de ton dos ne sont pas juste décoratifs.

Annah bougea plusieurs des filaments en question autour d'elle, étudiant son contrôle sur ceux-ci. Ils étaient comme autant de bras qu'elle pouvait contrôler sans mal.

— Mon choix est fait et la Roue de la Réincarnation m'attend, mais tu peux désormais briser ce lien et sauver les spectres des morts grâce à ces filaments. Tel est ton Don. Le pouvoir des Strigoys te permet d'imposer ta volonté à la réalité. Ce en quoi tu crois devient réel.

Adrian commença à disparaître, perdant en consistance. Il eut juste le temps de sourire une dernière fois et de murmurer.

— Brise le cycle, Prêtresse de la Seconde-Vie.

Elle tendit une main en avant pour le toucher, mais ne rencontra qu'une légère brume verdâtre, qui monta lentement vers le grand tourbillon noir du ciel. Adrian était enfin parti. Prêt à traverser le grand Cycle. Elle se sentit amère en imaginant qu'elle ne le reverrait jamais, qu'elle n'aurait jamais l'occasion de passer du temps à ses côtés, et qu'il reviendrait bientôt à la vie en parfait inconnu pour recommencer une fois encore une existence humaine anonyme dans ce monde de tragédies.

Pendant quelques instants encore, Annah flotta dans les airs. Elle se tourna, visage vers le bas, et commença à reconnaître Endal et ses forêts. Son esprit était empli de questions, mais celles-ci pouvaient attendre. La première chose à faire était de récupérer son nouveau corps.

Soudain, elle sentit quelque chose. Son instinct lui chuchota que quelqu'un avait besoin d'aide. Là, dans la forêt. Elle prit le contrôle de ses mouvements, résista un instant à l'appel de l'ancre qui se trouvait dans le cadavre de son laboratoire, et se dirigea vers sa cible.

Elle déboucha dans un coin proprement dévasté de la forêt. Une bataille avait eu lieu ici. De nombreux impacts de balles criblaient les arbres, et des flaques de sang, noir dans le monde des Esprits, maculaient le sol. Annah s'approcha en flottant d'une petite tranchée dans la terre qui avait souffert d'une explosion, au vu de la façon dont le sol était retourné et brûlé. Elle s'exclama de surprise en voyant qui était dedans.

Ici gisait le corps déchiqueté de Sina, son visage jeune et ensanglanté exposé sous son masque et sa capuche ravagés. Elle était couverte de blessures et plusieurs de ses membres avaient été endommagés à un point irréparable. Le froid extrême d'Endal avait, toutefois, ralenti lourdement le fonctionnement de son organisme, et aussi miraculeux que cela puisse paraître, elle était toujours en vie, bien qu'à peine. Son Esprit et son Âme sortaient déjà à moitié de son corps, apparaissant faiblement dans le monde des morts par intermittences.

Annah tenta de garder son calme, se sentant coupable. Le GASMA avait sûrement voulu la faire taire et se débarrasser d'elle. C'était sa faute. Elle n'avait pas pensé qu'ils iraient si loin. Elle devait faire quelque chose.

Repensant aux dernières paroles d'Adrian, elle décida de tenter le tout pour le tout. Elle plongea plusieurs de ses filaments de lumières dans le corps de son amie, priant pour une réaction positive. Elle vit son corps s'auréoler légèrement de la même lueur orangée que celle qui constituait sa propre forme spirituelle, mais rien de plus. Sina semblait stabilisée, mais toujours mourante. Alors, Annah eut une idée.

Ne possédant aucun ingrédient apte à réaliser ses tours Nécromantiques avec elle, elle décida d'imprimer les deux ancres, celle de l'Esprit et celle de l'Âme, sur le corps de Sina par sa nouvelle énergie. Le fait qu'elle déborde toujours de puissance, bien qu'elle sentait les choses se normaliser avec le temps, aida sûrement les choses. Elle venait de réaliser un Rituel qui permettait normalement de ramener une personne à la vie, le même que celui qui l'attirait en ce moment même vers son laboratoire, mais qui nécessitait toutefois un corps en bon état pour cela. C'était loin d'être le cas pour celui de Sina, mais elle sentait que, d'une façon ou d'une autre, ses filaments avaient géré cette situation.

Elle réalisa soudainement qu'elle jouait totalement à l'apprentie sorcière et n'avait pas la moindre idée de ce qu'elle était en train de créer. Elle agissait un peu par panique et grandement par culpabilité. Elle espérait seulement ne pas avoir aggravé les choses pour la garde du corps.

Enfin, tenir devint trop difficile. Le cadavre attirait toujours Annah, et elle fut obligée de lâcher Sina de ses filaments, la laissant dans la boue, auréolée d'énergie Entropique. Elle eut la sensation de la voir bouger brièvement un bras, mais n'était pas certaine. Enfin, tirée en arrière, elle se tourna et vit arriver un lieu familier à ses yeux : Fort Endal-09. Elle flotta à travers les murs dans un kaléidoscope de couleurs grises et vertes, voyant à peine ce qu'il se passait, mais eut le temps de remarquer qu'il y avait une très forte agitation, et que celle-ci devenait de plus en plus intense à l'approche de son laboratoire, ce qui lui donna un mauvais pressentiment. Enfin, elle approcha le casier et y fut absorbée. Elle allait expérimenter sa première résurrection. C'était plutôt excitant, à bien y réfléchir !

*

« — Alma ? Alma ? Parle-moi ! »

La jeune fille était effondrée contre le mur, de l'autre côté de la porte qui donnait sur la pièce du fond du laboratoire. Son sang couvrait le sol. Elle avait passé les dernières minutes à aider Élias à tenir sa position en lui apportant munitions et armes qui étaient stockées dans la pièce, sans pouvoir vraiment lui dire pourquoi un tel arsenal se trouvait dans un laboratoire. Il n'en avait pas grand-chose à faire de toute manière : il restait quatre adversaires, et ils faisaient pleuvoir un déluge de balles. Il y en avait aussi trois autres dans le couloir qui tentaient de maintenir les curieux et autres soldats pour les empêcher d'intervenir. La situation était désespérée : si les troupes du GASMA expliquaient que le laboratoire enfermait des recherches Ritualistes, les soldats de la base viendraient volontairement prêter renfort et les submerger. Il baissa la tête, soupirant.

« — Bordel de merde. Je suis désolé Annah. J'ai fait ce que je pouvais. »

Soudainement, il sursauta de frayeur en entendant un choc derrière lui, dans l'un des caissons conservant les cadavres. Il écarquilla les yeux quand l'un d'eux s'ouvrit soudainement de lui même. En sortit une jeune femme blonde, aux formes généreuses, totalement nue, avec une cicatrice au niveau du cœur et des symboles étranges dessinés entre les seins et sur le front. Elle se secoua un instant, générant d'importants craquements au niveau de ses articulations, puis réalisa soudainement ce qu'il se passait.

« — Mais... »

Elle n'eut pas le temps de finir et se jeta immédiatement au sol en voyant un assaillant la viser depuis l'autre pièce. Elle roula par terre, couinant de douleur, se réceptionnant mal. Elle avança jusqu'à Élias et lui sourit. Lui, de son côté, était tétanisé de terreur, au point d'en avoir oublié les attaquants.

« — ... Qu'est ce que c'est que ce bordel dans mon laboratoire ? Élias ? Qu'est ce qu'il se passe ?
— Mais... Qui êtes-vous ? Comment vous connaissez mon nom ?
— Hein ? Ah oui bien sûr. Attends, je vais voir si je peux arranger ça. »

La jeune blonde ferma les yeux un moment et Élias recommença à rendre les coups pour éviter que les assaillants n'approchent trop. Il sourit en réussissant à en abattre un, mais retourna se mettre à l'abri. Il poussa un juron, toutefois, en sentant la douleur le saisir dans son bras gauche. Du sang coulait. Il avait été touché, bien que la blessure ne semblait pas trop grave. Il tourna à nouveau son regard vers la femme inconnue et ouvrit grand les yeux en la voyant auréolée d'énergie orangée, telle une puissante flamme. Et sous ses yeux, l'apparence de la femme changea. Sa peau, qui avait la pâleur d'un cadavre, prit une apparence caramel qui lui était très familière. Les cheveux blonds devinrent bruns très sombres. Les formes légèrement menues devinrent plus sveltes, la taille réduit légèrement - poitrine incluse, remarqua-t-il - et enfin, il se retrouva devant une personne qu'il connaissait bien.

« — C'est impossible... Comment ? Annah ? C'est... C'est vraiment toi ?
— C'est bien moi. Je t'expliquerai mais il semble qu'on a un problème sur les bras.

Il essuya ses larmes de joie en hochant la tête, et rougit intensément en se souvenant que son amie était totalement nue devant lui. S'il n'était pas dans une situation aussi catastrophique, il aurait pensé qu'il pouvait mourir sans regret après une telle vue. Sans son habituel manteau long, Annah était en réalité encore plus séduisante qu'il ne l'avait pensé !
Annah écarquilla soudainement les yeux et se jeta de l'autre côté de la porte, évitant les balles. Elle saisit le petit corps blanc et froid allongé par terre.

« — Alma ! Alma ! Oh non pas toi... Non ! »

Alma ne respirait plus. Annah se sentit envahie de rage. Les assaillants allaient le payer. Elle savait que le GASMA allait venir nettoyer son laboratoire, et avait craint pour la santé de son amie, raison pour laquelle elle avait envoyé Élias, mais ils étaient arrivés beaucoup trop tôt. Malgré tous ses efforts, Élias n'avait pas pu sauver la jeune fille, et était maintenant lui aussi en danger de mort.

« — Reste à couvert Élias, je vais m'occuper d'eux.
— Ne sois pas folle, tu es complètement nue et sans aucune arme !
— Je n'ai pas besoin d'armes. J'ai une armée. Regarde sur l'écran de caméra de surveillance.

Elle leva son bras droit et remarqua avec une gêne soudaine que ce corps n'avait pas de prothèse. Son bras était redevenu de chair. Elle prit conscience que la sensation était horriblement dérangeante. Elle devait être la première personne à expérimenter le contraire du syndrome du membre fantôme : son bras avait bel et bien repoussé après amputation, mais elle avait la sensation de toujours sentir les mécanismes à l'intérieur. Elle avait prévu d'utiliser son bras mécanique pour entrer la commande vocale, mais elle n'avait pas le choix : il lui faudrait utiliser l'Oculys. Elle pressa dessus d'une petite tape pour l'allumer. L'engin sortit du mode veille. Il était totalement vide d'éléments, comme le voulait la procédure pour les personnes décédées, mais il possédait tout de même un système de connexion classique. Elle l'utilisa pour se relier aux cinq gros casiers métalliques dans la première pièce, où se trouvaient les ennemis. Le lien établi, elle entra le mot de passe. Il lui fut demandé la fameuse confirmation vocale.

« — Intelligence Évoluée BRIAH activation : unités Z01 à Z05. Feu à volonté. Abattez tous les hostiles. »

Les cinq casiers libérèrent un son similaire en même temps alors que les pistons s'activaient. S'ouvrant, ils révélèrent leur contenu : cinq zombies sortirent de leurs boîtes. Ils portaient tous une protection simple : un treillis militaire, un gilet pare-balles et quelques renforts aux articulations. Le reste devenait très différent toutefois : au niveau du visage, la partie supérieure comprenant le front, les yeux et le dessus du nez était recouverte d'une plaque métallique laissant juste deux fentes routes pour la visibilité. De multiples implants apparaissaient au niveau de la chevelure éparpillée des cadavres et du masque métallique, et de multiples prothèses Magichromes remplaçaient les membres manquants des cadavres et permettaient la circulation de Potentiel. Le bas du visage, nez, bouche et menton, étaient recouverts de ce qui ressemblait à un masque à gaz, mais plus petit, un implant utilisé pour augmenter énormément les capacités olfactives. Enfin, le bras droit de chaque zombie avait été remplacé par une prothèse Technochrome simple ayant juste l'apparence d'ossements humains basiques, sans couverture ni décoration. Mais le bras attirait moins l'attention que ce qui était fixé en dessous d'eux, dont la poignée et la gâchette étaient tenus dans la main métallique des créatures : cinq mitrailleuses lourdes B230 Fendoir, des armes terrifiantes équipées de multiples canons rotatifs pouvant tirer des projectiles capables de franchir sans mal une armure Carapace de première génération et, comme leur nom l'indiquait, pouvant trancher un humain en deux. Leur consommation

en munitions était affolante, mais les créatures portaient toutes un BR-12 dans le dos en cas de panne sèche.
L'un des zombies, le dénommé Z01, qui servait de chef d'escouade, émit une voix brève alors que les assaillants observaient la situation d'un air effaré.

« — Intelligence Évoluée BRIAH en ligne. Cibles détectées. »

Prenant tout le monde par surprise, les zombies se déplacèrent soudainement avec agilité pour se mettre immédiatement à couvert, aussi rapides et efficaces que des soldats vivants, évitant de rester en groupe et d'offrir des cibles faciles. En même temps, leurs canons rotatifs ouvrirent le feu et scièrent proprement en deux au niveau de la taille plusieurs des troupes du GASMA sans la moindre difficulté. Deux des soldats tentèrent de répliquer et de tirer sur l'un des monstres, mais les impacts n'affectaient pas la créature le moins du monde, qu'ils touchent le torse, la tête ou les membres. Les petites munitions des BR-4 ne suffisaient pas à passer le blindage de crâne, et les trous causés par les projectiles étaient trop petits pour endommager la mobilité des zombies.

« — Incroyable, remarqua Élias en observant la scène. Tu as fabriqué ces créatures ?
— La théorie seulement. Alma les as assemblés. C'est sa vengeance. »

Annah berçait doucement le corps de son amie, lui caressant le front. Elle réfléchissait. Elle pensait pouvoir la sauver. Adrian lui avait donné une piste. Concentrée sur cet élément, elle perdit de vue la situation un moment. Une erreur fatale.

« — Crève, Morgan ! »

Le hurlement de rage du soldat du GASMA les prit par surprise alors qu'il se jetait dans la pièce où les zombies tiraient joyeusement, finissant les derniers adversaires. L'homme eut tout juste le temps de lancer une grenade dans la seconde pièce du laboratoire avant de se faire hacher menu par une pluie de balles gros calibre. La grenade atterrit juste à côté d'Annah, qui, les yeux écarquillés, les mains prises par le corps d'Alma, ne pouvait pas réagir à temps. Élias se jeta instinctivement vers elle, frappa la grenade du pied pour la rejeter, et couvrit son amie de son propre corps. La détonation fut effroyable, secouant le bâtiment et faisant vibrer les oreilles des témoins tant le son, répercuté par le petit espace clos, était intense.

Quand Annah reprit contrôle de ses esprits, ses oreilles sifflant bruyamment, elle vit avec effroi que son ami gisait au sol, en sang, à l'agonie, son dos déchiqueté et brûlé. L'état de sa chair lui fit repenser à Sina, dans la forêt.

« — Non ! Non, non non, pas toi aussi ! Pourquoi Élias ? Pourquoi ?
— Ah... D'après toi ? Questionna-t-il d'une voix rauque, laborieuse. Parce que je... je t'aime idiote. Je t'ai... Toujours aimée... Mais comme un imbécile... J'ai jamais osé le dire... Là pour le coup je regrette... Ah... Quel con !
— Non... Je ne veux pas te perdre... »

Il cracha du sang, son torse en bouillie, et s'effondra au sol, immobile. Le silence retomba, les zombies montant la garde, tenant les curieux au respect, alors que les troupes du GASMA étaient toutes mortes. Annah se mit à crier et, serrant les poings, frappa violemment le mur.

« — Non. Non ! Je refuse ! Je ne vous laisserai pas partir. Vous venez avec moi. BRIAH, place les unités Z en mode garde statique. Abattez toute personne qui tente de rentrer.
— Rapport : erreur. Deux anomalies détectées. Statut : protégé. Tirs impossibles. »

Annah ne prêta pas attention à cet élément. Elle avait déjà fermé les yeux. Son corps humain s'effondra au sol soudainement, comme si les fils qui animaient une marionnette avaient été soudainement coupés. De celui-ci, visible autant dans le monde des Morts que celui des Vivants, émergea sa nouvelle forme Spirituelle, une gigantesque Ange de lumière et de feu. Capable désormais de voir facilement le monde des Morts, y ayant résidé un moment, Annah pouvait repérer sans mal les spectres déroutées d'Alma et Élias, flottant faiblement dans les environs, encore secoués par leurs morts récentes. Elle n'avait plus besoin de son diadème maladroitement assemblé.

« — Vous venez avec moi, répéta Annah avec conviction. »

Elle fit fuser deux filaments de lumière en avant, utilisant l'un d'eux pour chacun des deux spectres. Attraper Alma fut facile. Elle sentit la grande peur que la petite femme avait ressenti avant de mourir, la douleur, mais rien de bien hors du commun. Son esprit était équilibré et calme au moment de sa mort, las et fatigué, et il fut facile pour la Ritualiste de calmer ces sensations. Il en fut tout autrement en saisissant Élias. Annah fut envahie par les puissants désirs amoureux et protecteurs qu'il ressentait pour elle, à tel point qu'elle se sentit défaillir. Il avait toujours voulu la protéger. Il était là pour la défendre dans cette mission de leur GAR, dans le sous-sol, visant chaque ennemi qui tentait de toucher la jeune femme. Il avait décidé de défendre les Armonistes à Arvid avec son fusil de précision pour la garder en sécurité. Il avait accepté avec joie d'utiliser les canons expérimentaux sur les toits pour sauver Annah autant que la ville. Comment avait-il réussi à camoufler de telles émotions pendant si longtemps ? Au fond d'elle, elle ressentit quelque chose se déverrouiller, une sensation qu'elle n'avait jamais pris le temps d'explorer dans sa vie. L'amour. L'affection intime pour une autre personne. Les sentiments de son ami se déversaient en elle sans limite et résonnaient en elle, lui faisant ressentir la même chose. Elle fit de son mieux pour retrouver son contrôle : ce n'était ni le moment, ni l'endroit pour ce genre de choses. De plus, elle ignorait si cet amour était le sien, répondant à celui d'Élias, dont elle avait ignoré l'existence jusqu'à ce jour en se consacrant uniquement à la science, ou uniquement celui du jeune homme déversé en elle. Il lui faudrait comprendre cela plus tard.

Elle saisit les deux spectres et les enserra de ses filaments, les absorbant en elle. Cela semblait naturel et normal. Elle les sentait en elle, au repos, protégés, comme des oisillons dans un nid. Deux petites sphères de lumière verdâtre en son sein. Elle sourit, ayant la certitude qu'elle les avait sauvés.

Elle rouvrit les yeux et sursauta en voyant deux personnes la regarder, l'air ahuri, effrayé même. Elle réalisa que même en forme spectrale, elle était totalement visible pour les vivants. Elle se précipita de regagner son corps pour s'expliquer. Revenant à la vie, elle se redressa, toujours nue, s'empara d'une blouse de laborantin qu'elle enfila, et dévisagea ses visiteurs.

« — Adam. Marianne...
— Annah... C'est bien toi ? Tu n'es pas morte ?

Adam semblait ahuri, incapable de comprendre ce qu'il venait de voir. Toute la scène d'Annah en forme spectrale avait été visible, et tout esprit qu'elle touchait de ses filaments l'avait été aussi.

— Annah, qu'est ce que tu as fait ? Élias... Son message... Et Alma... Ils sont morts ! Tu les as dévorés ! Et tous ces cadavres ? Et ces monstres ?
— Marianne, calme-toi, je...
— Me calmer ? Tu as dévoré nos amis ! Mon propre frère ! Tu ressemblais a un fantôme, tu avais des tentacules comme les Strigoys, et tu les as absorbés ! Tu es sensée être morte ! Et ton labo est rempli de... de quoi ? Des zombies ?
— C'est le projet secret sur lequel je travaillais. Pour le GASMA.
— Annah, c'est du Ritualisme, c'est ça ? Trancha Adam, la voix grave, avec l'accent de celui qui a l'habitude de commander.

Elle hocha la tête, silencieusement. Marianne la regarda avec des yeux acérés, emplis de colère.

— Du Ritualisme... Tu es tombée si bas ? Tu vois ce que tu es devenue ? Un monstre qui dévore ses amis, qui élève des cadavres pour en faire son armée. Tu es même revenue d'entre les morts !
— Annah, il faut que tu t'enfuies. Tu ne dois pas rester là, ils vont revenir. Je m'occupe de Marianne, mais vas-t'en s'il te plaît, pressa Adam.

La grand homme mit une main apaisante sur l'épaule de la soldate, qui continuait à regarder Annah comme si elle était une monstruosité. Le sang-froid légendaire de Marianne au combat n'avait d'égal que son incapacité à gérer ses émotions hors du champ de bataille. Annah savait qu'elle ne pourrait pas les convaincre. Elle se précipita de saisir une tenue de rechange dans un casier et de l'enfiler, retrouvant ses vêtements fétiches : son long manteau, son pantalon et ses bottes épaisses. Elle se tourna vers ses amis, qui l'observaient avec un mélange de peur, d'inquiétude et de colère.

« — Je... Je suis désolée. Je ne pensais pas que ça se passerait comme ça. Mais je vous promets que je trouverais un moyen. Pour Élias, et Alma. Ils reviendront. Promis.
— Va, Annah, vite. Et emmène tes zombies avec toi, tu risques d'en avoir besoin. » pressa Adam.

Elle hocha la tête et sortit du laboratoire, suivie par ses soldats morts-vivants, non sans auparavant saisir sa sauvegarde d'archives de Nécromancie. Elle les téléchargea dans son Oculys vierge de toutes données, et se mit en marche dans les couloirs, rassurée de sentir les deux présences de ses amis en elle. Des dizaines de soldats et scientifiques de la base observaient alors l'impossible : une femme, indiquée comme morte au combat et dont le cadavre était resté dans la base des Strigoys, était revenue à la vie en Céphalia, et dirigeait une troupe de Zombies remplis de trous fumants, après avoir massacré un escadron de troupes d'élite du GASMA. Quand elle fut partie, nombreux furent ceux qui se précipitèrent pour explorer les ruines du laboratoire à la recherche d'explications. Un laboratoire rempli de notes et d'artefacts Ritualistes.

Le GASMA allait avoir du mal à couvrir une histoire pareille, se dit-elle avec un sourire carnassier.

Chapitre 13
Réunification

Les premières impressions portaient à croire que les énergies propres aux Strigoys n'avaient que pour fonction la destruction, et au vu de l'efficacité avec laquelle ils propageaient cette dernière, la logique semblait fondée. Ce n'est qu'après avoir assimilé toute l'horreur de leurs actions lors du siège d'Endal que certains esprits ont commencé à soupçonner qu'ils pouvaient faire plus que ce qu'ils ne montraient. Pour ma part, je ne peux que féliciter Annah pour avoir pu reconnaître l'incroyable potentiel qui se cachait derrière ce qui fut nommé « Énergie Entropique », et avoir transmis ses instructions à sa plus jeune incarnation, afin qu'elle en hérite. Ainsi par la fusion du Strigoy et de l'Humain, et par un bon technologique ahurissant, eut lieu l'éveil de la première Ascendante.

Extrait de « Les Anges de Tiarée » d'Alma Hilldar.

C'était une journée grise, pluvieuse. Un groupe de personnes non négligeable se trouvait pourtant à l'extérieur, au fit de la rincée qui tombait sur leurs uniformes gris et rouges. Un homme était acculé, dos à un mur, menotté. Dix soldats lui faisaient face, équipés de Winfield 220 à munitions classiques. Une autre personne se trouvait menottée, au sol, et même enchaînée pour l'empêcher de remuer : Neula. Elle ne pouvait rien faire d'autre que d'assister à la scène qui se déroulait sous ses yeux, un désespoir sans nom au visage. La maîtriser avait coûté la vie à plus de vingt soldats d'élite du GASMA. Maintenant encore, les épaisses chaînes la retenant grinçaient sous la puissance de ses prothèses. Enfin, alors que marchait en ronds William Stenton, Directeur du bureau Endalien du GASMA, le dernier groupe présent était les médias, installant leur équipements, caméras et perches de son. Stenton était en train de parler à l'homme adossé au mur, de manière à ce qu'eux seuls puissent s'entendre.

« — Vous me voyez désolé de la situation, Eckhart. Vous savez aussi bien que moi que vous n'êtes pas réellement responsable de cette attaque terroriste qui a permis à Mademoiselle Morgan de récupérer ses archives Ritualistes.
— En effet. Surtout si l'on prend en compte que j'agissais sous vos ordres à ce moment.
— Et avec efficacité. Mais voyez-vous, en à peine une semaine, le coup d'éclat de cette maudite traîtresse s'est répandu comme une traînée de poudre dans tout l'Empire. Des manifestations ont lieu dans

chaque capitale face à la réapparition du Ritualisme, et je ne vous parle pas des dégâts matériels et vies humaines perdues dans des batailles rangées. Nos citoyens savent se battre et montrer leur mécontentement. Cette folie doit prendre fin.

Stenton continua à faire les cent pas, puis reprit.

— Vous avez toujours été un Général d'exception, Eckhart. Le LINAL n'avait jamais la moindre chance face à vous. Et c'est bien le problème. Vous savez comme moi quelle est la véritable mission de notre association, bénie par l'Empereur Vasquier lui-même. Cette guerre doit se poursuivre, maintenant que les Strigoys sont vaincus, et le LINAL est désormais si faible que vous pourriez aisément le conquérir par vous-même. Tout le monde le sait. Que vous ne le fassiez pas génèrerait obligatoirement doute et suspicion dans la population.

Stenton approcha la bouche de l'oreille d'Eckhart, qui se refusait à répondre.

— Vous avez tout fait pour vous rendre irremplaçable, mon ami. Mais se faisant, vous en avez trop fait, et vous devez à tous prix être remplacé par d'autres moins efficaces que vous. Cette guerre doit reprendre, et elle doit durer. Nous n'avons pas besoin de héros, mais de faibles et d'incompétents. Puissiez-vous mourir la tête haute pour votre patrie.

Eckhart leva la voix en réponse.

— Je n'ai qu'une demande. Faites sortir Neula. Je ne veux pas qu'elle voie ça. »

L'interpellée sursauta. Son armure était toujours enfilée, lui donnant ce sentiment éternel de menace terrifiante. Pour une fois, pourtant, elle s'exprima avec une voix chargée d'émotions, et, on pouvait le deviner, un visage débordant de larmes.

« — Non ! Non, pitié mon Seigneur. Je veux rester à vos côtés. Jusqu'à la dernière seconde. Laissez-moi assister à cela. Je graverai cet instant dans mon cœur et délivrerai vengeance en votre nom. »

Eckhart se figea, puis hocha la tête. Usköl n'était pas présent, occupé à nettoyer des nids de Strigoys se regroupant dans certaines régions. C'était tout aussi bien. Il ne pouvait pas envisage de gérer ses deux enfants adoptifs en même temps, et si Neula ne pouvait pas accomplir de miracle seule, Usköl n'aurait pas hésité un instant à débarquer avec tout l'escadron Valithur au grand complet et massacrer tout le monde ici, causant un incident encore plus catastrophique.

Eckhart était en paix. Il savait que ceci était injuste. Il n'avait rien fait de mal. Il avait dévoué sa vie à son Empire. Il était jeté aux requins pour servir de fusible dans une crise qui secouait l'Empire de fond en comble. La population avait besoin d'un coupable à punir. Ainsi, Stenton se débarrassait non seulement de la seule personne au courant de la connexion du GASMA et d'Annah, toujours en fuite, mais également d'un Général trop doué qui pourrait briser le statu quo avec le LINAL dans le futur.

Enfin les journalistes firent signe qu'ils étaient prêts. Stenton hocha la tête et s'avança devant les fusiliers, prenant la parole.

« — Mes chers concitoyens, je suis William Stenton, président du bureau Endalien du GASMA. Vous avez tous beaucoup entendu parler des évènements de la semaine récente. C'est à peine si nous avons le temps de nous remettre de la fin de l'invasion des Strigoys, qu'une autre menace ronge l'intérieur de notre Empire bien aimé. Oui, je vous parle bel et bien du maudit Ritualisme, cet art issu des plus profondes abysses, cette magie contre-nature. Bien que sa pratiquante actuelle nous échappe toujours, sachez que de nombreuses escouades du GASMA, ainsi que de divers groupes de forces spéciales, sont à sa recherche. Son exécution n'est qu'une question de temps, je vous le promets.

Il fit une petite pause, se tourna légèrement, et pointe Eckhart de la main.

— Mais nous ne sommes pas entièrement bredouilles. Je vous présente le Général Eckhart Hylivaltraüss. Beaucoup d'entre vous ont entendu parler de lui, soit comme d'un Général de légende, soit comme d'un Armoniste sans pareil, où même comme le dirigeant de l'escadron Valithurja Verkoren. Hélas, des enquêtes ouvertes par nos services ont révélé que notre cher Général est en grande partie responsable des troubles qui nous rongent. Il est celui qui a contacté la chercheuse Annah Morgan, ourdissant un plan vicieux qui coûta la vie à plusieurs de nos soldats, ceci dans le but de faire découvrir des archives Ritualistes à mademoiselle Morgan. Les deux ont travaillé de concert par la suite, n'oublions pas, par exemple, leur coopération pour le sauvetage du siège d'Endal !

Eckhart fit la moue. Stenton avait évacué Endal lors du siège. Cette pourriture et tout son service avaient fui face à l'ennemi, laissant cesdeux personnes sauver la mise, personnes qu'il voulait désormais condamner à mort.

— Beaucoup de rumeurs ont circulé sur les horreurs qui ont surgi du laboratoire de mademoiselle Morgan. Si nous n'avons pas encore pu l'attraper, nous avons mis la main sur son protecteur et patron. Il est donc temps pour nous de rendre justice. Car comme tous le savent, user de Ritualisme est punissable d'exécution.

Il se tourna vers les soldats, se déplaça derrière eux et leur intima de se mettre en joue.

— Puissiez-vous mourir avec honneur, Général Hylivaltraüss. L'Empire Baraldan vous remercie de vos services. »

Eckhart ne répondit pas. Il ferma les yeux, inspira, expira, puis sourit. Quelle farce. Quelle terrible farce que sa vie avait été. Tout ce temps dédié à un Empire qui le jetait sans une once de regret pour couvrir un plan interne qui leur avait échappé. S'il avait une seconde chance un jour, peut-être tenterait-il de joindre le camp opposé. La corruption y était peut-être moins présente ?

« — Soldats, en joue. Feu. »

Une dizaine de détonations retentirent, et le corps du Général se retrouva criblé de balles. Comparé aux nations du LINAL, les services d'exécution des traîtres étaient armés sans exception de munitions, et chaque soldat participait à la mort de la cible. Telle était leur façon de cracher leur dégoût du déshonneur que la personne avait apporté à leur fière nation. Les exécuteurs étaient tous volontaires et aucun ne souffraient jamais de regret.

Eckhart s'affaissa un moment. Il releva la tête, brièvement, et bomba le torse. Un torse magnifique, fort, dont le sang coulait en de multiples blessures, mais qui montrait une puissance intérieure qu'on ne pouvait que respecter. Il mourrait avec fierté.

« — Pour mes enfants. Puissent-ils vivre loin de toute cette folie. »

Ce furent ces dernières paroles, alors qu'il s'effondrait finalement au sol, mort. Neula se projeta en avant, telle une bête enragée, tirant sur ses liens, les faisant grincer sous sa force prodigieuse, ses pieds grattant au sol avec désespoir. Il n'y avait plus aucune noblesse dans ses actes, seuls les réactions d'une bête sauvage, désespérée d'avoir perdu l'homme qui comptait le plus pour elle dans sa vie, et d'avoir assisté à sa mort en direct. Elle regarda dans toutes les directions, identifiant immédiatement grâce à son Oculys l'identité des personnes présentes. Les exécuteurs. Stenton. Même les journalistes.

« — Et pourtant, vous savez qui est vraiment responsable. Avant de vouloir ma tête, ne voulez-vous pas m'aider à obtenir la sienne ? » questionna Stenton en souriant légèrement.

Les liens retenant Neula se relâchèrent légèrement. Elle grimaça.

« — Annah... Morgan... Tu l'as corrompu... Je jure que je le vengerai... Tu seras la première à mourir ! »

*

Malgré la détermination sans faille du GASMA à trouver et abattre Annah, cette dernière n'était pas sans ressource, loin s'en faut. Elle avait, au final, réussi à survivre déjà plus d'un an maintenant, voyageant de nation en nation de l'Empire, évitant Endal, qui était la zone la plus décidée à la retrouver. Elle avait trouvé un repaire temporaire en Vostfjord, juste au sud d'Endal, et s'était faite passer pour l'une des multiples survivantes du grand massacre de la capitale de Vostria. Crasseuse, mal vêtue, pauvre, elle aidait les autres survivants à reconstruire ne serait-ce qu'un commencement de village de tentes et préfabriqués où vivre. Cela n'était pas une mauvaise vie, et cela lui permettait de se concentrer régulièrement sur ses nouveaux pouvoirs.

Ceux-ci s'étaient lourdement normalisés avec le temps. Elle était revenue à son niveau de puissance naturel, bien qu'exceptionnel, qu'elle possédait avant d'avoir bu le sang du Maître, à ceci près que son Affinité de Foudre avait été remplacée définitivement par une Affinité Entropique. Son Potentiel, également, était mêlée à l'Entropie, et apparaissait désormais doré lorsque extrait. En ceci, elle était devenue unique au monde, et ne pouvait donc plus se permettre de se présenter comme Armoniste, ni de montrer ses pouvoirs en laissant le moindre témoin. Elle serait par trop reconnaissable si elle venait à le faire, encore plus à l'époque où tout le monde avait un Oculys prêt à enregistrer autour de l'œil.

Après une journée de dur labeur, elle s'allongea enfin dans sa petite tente, sur son sac de couchage, pour un peu de repos. Toute personne qui l'aurait observée aurait juste vu une jeune femme fatiguée retirer ses bottes, s'installer les pieds à l'air sur son sac et se reposer sur le ventre, bras croisés sous le menton. La réalité était toute autre.

Invisible aux yeux de tous, les spectres d'Élias et d'Alma profitaient de leur liberté, leur invisibilité et leur capacité à n'être vus, sentis et touchés que par Annah pour être aux petits soins avec elle. Élias et Annah s'étaient beaucoup rapprochés depuis la déclaration d'amour de ce dernier. Il était actuellement en train de lui offrir un massage des épaules bien mérité après une journée de dur labeur à bêcher le sol en vue de planter la récolte à venir. Alma, de son coté, était infiniment reconnaissante à son amie de l'avoir sauvée, et se blottissait contre elle pour sentir sa chaleur. La sensation était étrange, comme d'être touchée par un fort courant d'air ayant presque une consistance, mais loin d'être déplaisante. Pendant l'année qui s'était écoulée, Annah avait eut le temps de continuer à étudier ses archives Nécromantiques et avait déduit qu'elle avait, par ses filaments d'énergie, brisé le lien de ses deux amis avec le Cycle de la Réincarnation. Ils étaient donc devenus proprement immortels, à défaut de posséder un corps. Annah elle-même, source de cette nouvelle énergie capable d'altérer les lois de la Réalité, était devenue toute aussi immortelle, sur un plan spirituel au moins.

La réalité était, toutefois, qu'elle habitait toujours un corps de chair fragile et sensible, et que ses deux amis n'étaient que deux ombres brumeuses. Au moins pouvaient-ils se parler sans mal et éviter la solitude.

« — Alors Annah, quel est le plan ? Tu attendais un appel important aujourd'hui non ? Questionna Élias.

— Hmmm... En effet oui. Cela ne devrait plus tarder. Le prototype devrait être bientôt prêt.

— Comment tu es parvenue à convaincre le Président de Cybermark aussi rapidement ? Questionna Alma. Je sais qu'il est réputé ouvert d'esprit et plutôt généreux, mais quand même.

— Les hommes de pouvoir désirent toujours plus de pouvoir. Mais quand ils ont absolument tout, pouvoir, influence, richesse, femmes, luxe... Il n'y a qu'une seule chose qu'ils ne pourront jamais obtenir et qui finira par leur manquer. Une loi universelle.

Alma hésita un instant, puis demanda :

— La vie ? Ils finiront par mourir un jour ou l'autre ?
— Bien vu. Alors si je lui offre l'immortalité en échange de son aide à lui et son entreprise de robotique... Ah, si vous aviez pu voir sa réaction quand je suis sortie de mon corps et revenue dedans devant lui. Il est presque plus impatient que nous !

Annah se détendit un moment sous le massage, salvateur pour ses muscles peu habitués à l'effort. Elle se mit rapidement à piquer du nez. Un sentiment familier la saisit à la gorge dans son sommeil : celui qu'elle ne rêvait pas vraiment, mais qu'elle assistait à une scène qui était déjà arrivée, ou qui arriverait. Une vision. Mais comment ? Celles-ci auraient dû prendre fin après que son double du futur ait finit son Rituel, dont l'instabilité l'avait alimentée tout ce temps en visions et sensations du futur.

La vision était difficile à décortiquer. Les environs étaient décolorés, comme si elle regardait un très vieux film de mauvaise qualité. Elle parvenait à voir les alentours: de la neige, des arbres, et encore de la neige. Peut-être Endal. Elle, toutefois, n'était pas dans son corps : elle était devenue un homme, sa carrure était imposante, musclée, puissante, et elle observa avec surprise une femme se tenant devant elle, à l'apparence terrifiante, bien que d'une beauté dévastatrice. Sa peau était encore plus blanche qu'Alma, ses yeux d'un rouge identique, mais naturels, brûlants d'un feu intérieur, et ses longues mains fines étaient ornées de griffes à la place d'ongles. Elle était vêtue d'une superbe robe noire, longue et finement tissée, et portait de longues bottes de cuir de la même couleur. Le froid ne semblait pour autant pas l'affecter. Elle afficha une expression de colère qui révéla deux rangées de dents pointues, et dégaina ce qui ressemblait à un gros pistolet épais, qu'elle mit en joue, visant Annah.

« — Je t'arrêterai, mon aimé. Tes atrocités envers notre Mère s'arrêtent ici. J'étais folle de te suivre. »

Annah ne s'entendit pas répondre, mais elle vit sa main droite, tout aussi blanche, puissante, masculine, griffue, dégainer un pistolet identique. Celui qu'elle habitait hésita toutefois à viser, ce qui laissa à la femme l'opportunité d'attaquer la première. Elle fit feu, et un projectile en forme de pieu métallique vola à toute allure, se fichant dans la paume de la main gauche de l'homme qui avait levé cette dernière pour se protéger, avec une vitesse ahurissante qu'Annah n'avait pas pu suivre des yeux. La femme fit feu encore et encore, et le corps emprunté d'Annah répliqua à son tour. Incroyablement, aucun des deux combattants ne cherchait à réellement esquiver les tirs, bien qu'elle avait l'intuition qu'ils se contorsionnaient pour protéger leur cœur, et plusieurs pieux percèrent le corps de la femme, un dans chaque jambe, deux dans le torse et un dans l'épaule droite. Annah sentit des pointes de douleur également au niveau de son nombril, de son cou, et, finalement, sa vision s'assombrit alors qu'un tir percuta sa tête. Elle tomba au sol, mais se sentit bientôt lâcher son arme vide, récupérer le pieu dans son crane et le retirer. Elle se releva et commença à ôter les autres l'un après l'autre. La femme avait fait de même et avait déjà terminé. Ses plaies sanguinolentes dégoulinant sur ses vêtements sombres, elle ferma les yeux et ouvrit grand la bouche, inspirant. Une aura bleuté l'entoura, sortant du sol, refermant ses plaies.

« — Même si je dois blesser notre Mère et voler son énergie, je t'arrêterai. »

L'homme ne répondit pas, mais fit de même et absorba l'énergie bleutée du sol à son tour. La vision d'Annah se rétablit. Ses blessures se refermèrent et sa paume se cicatrisa autour du pieu toujours enfoncé dans sa main gauche, qu'il n'avait pas eu le temps d'ôter. Il rouvrit les yeux et se mit à courir à une allure largement supérieure à un humain normal vers la femme, qui fit de même. Les amants se percutèrent et commencèrent à se frapper et griffer avec sauvagerie. La femme attaqua une fois, deux fois, d'une main puis de l'autre, labourant le visage de l'homme. Elle recommença, mais cette fois, il saisit les deux bras de la femme, et répliqua de plusieurs coups de pieds puissants dans son torse, la lâchant ensuite et la projetant en arrière. Elle se réceptionna en roulant et, à peine ralentie, sauta à nouveau vers lui, lui atterrissant dans les bras et plantant ses crocs dans son cou, le mordant sauvagement. Annah sentit la douleur la saisir, mais elle savait que celle-ci était atténuée par la vision : l'homme souffrait beaucoup plus qu'elle. Il frappa la femme de son poing non blessé plusieurs fois sur le côté du torse, jusqu'à ce qu'elle lâche prise dans un glapissement. Il la saisit tête baissé au niveau du torse et la souleva du sol, usant de sa force titanesque, et, tournant sur lui même pour prendre de l'élan, la projeta en plein dans un arbre, qui se brisa sous le choc et tomba plusieurs mètres en arrière dans la neige. Malgré cet impact terrifiant, elle se releva comme si de rien n'était, ses vêtements froissés et déchiquetés, sa peau à nouveau sanguinolente. Leurs blessures semblaient ne les ralentir en rien.

Les deux amants continuèrent à échanger des coups pendant un long moment, et la sensation de douleur devenait insoutenable pour Annah, qui n'était pas habituée à cela. Sa perception du temps était équivalente à celle d'un rêve, vague, alternant entre des phases de conscience et d'inconscience, incertaine de l'écoulement des minutes entre le monde onirique et la réalité, mais elle eut bientôt la certitude que le combat avait duré près d'une heure sans conclusion.

Finalement, la femme se projeta à nouveau vers lui. Elle pivota au sol au dernier moment, lui fauchant les jambes et le faisant tomber sur le côté. Avec une rapidité stupéfiante et effroyablement inhumaine, elle enchaîna un second coup de pied tournoyant, le frappant en plein torse, le fauchant au vol et le projetant en arrière. L'impact lui brisa plusieurs côtes. L'homme roula dans la neige et se releva. Elle était déjà sur lui. Il la prit par surprise, parant ses coups de griffe, et lui décocha un puissant coup de tête dans le visage, puis un second, et enfin un troisième pour faire bonne mesure. Elle tituba en arrière, le nez ensanglanté, les yeux pleurant de douleur, et il profita de l'occasion pour frapper de sa main toujours empalée : la retournant, paume vers lui, pointe vers elle, il l'enfonça sauvagement en plein dans le cœur de la femme, puis frappa de son poing libre sur le pieu pour l'éjecter de sa main blessée et l'enfoncer encore plus loin dans le torse de son adversaire. La femme se stoppa net et hoqueta, titubant. La lueur rouge de ses yeux s'éteignit, et elle tomba doucement au sol. L'homme la saisit immédiatement et s'agenouilla, la serrant dans ses bras. Elle porta une main délicate à sa joue, et Annah sentit sa douce peau glacée la caresser tendrement. Pour la première fois, elle entendit sa propre voix, rauque, alors que sa bouche formait un mot : le nom de sa compagne.

« — Tione...
— Sois maudit, mon aimé. Loin de nous sauver, tu nous mènes à notre perte. Sois maudit, Élusia, toi et ta horde de monstres vampiriques. Je te chasserai à tout jamais, j'en fait le serment. Mon amour et ma haine nous enchaîneront dans l'éternité. »

Elle lâcha un râle et s'immobilisa, finalement morte, et Annah sentit une profonde tristesse s'emparer d'elle : les émotions de celui qu'elle habitait. Son nom lui était familier, mais elle ne parvenait pas à le replacer tant la douleur était intense. Finalement, la vision prit fin, et elle s'éveilla d'un coup en sursautant, lâchant un cri de surprise, surprenant ses deux compagnons spectraux.

« — Woah ! Doucement, doucement. Tout va bien ? S'inquiéta Élias. »

Légèrement pâle, elle hocha silencieusement la tête. Ça n'était pas un rêve. C'était une vision. Mais d'où ? De quand ? Qu'était ce couple, exactement ? Ils n'avaient plus grand-chose d'humain, et bien qu'Annah avait travaillé autant sur des Zombies que sur un nouveau projet qui visait à transcender la condition humaine, elle n'avait jamais vu pareilles créatures.Par ailleurs, se demandait-elle à nouveau, pourquoi continuait-elle à avoir des visions ? Celles-ci étaient autrefois causées par le Rituel de son incarnation future, ou par les chuchotements spectraux de son oncle, deux entités qui avaient désormais expiré.

Elle soupira. Tant de questions, si peu de réponses. Les détails de ce qu'elle avait vu se floutaient déjà dans sa mémoire. Elle reposa la tête au sol, sentant à peine les contacts des mains de ses amis, se sentant nauséeuse et fatiguée. La vision avait duré une bonne heure pour elle, mais l'horloge de son Oculys lui indiquait qu'à peine cinq minutes s'étaient écoulées. Elle avait, en réalité, à peine somnolé un instant. Elle prit un moment pour se reposer et retrouver son calme. Bientôt, elle réussit à apprécier à nouveau les attentions de ses amis, et la majorité des images de la vision avaient quitté son esprit. Détendue, elle se sentait à nouveau fraîche et calme.

C'est à cet instant que son Oculys indiqua un appel. Celui qu'elle attendait. Elle se secoua et fit signe à ses compagnons de s'interrompre, puis décrocha.

— Mademoiselle Morgan ?
— Président Barley. Un plaisir, comme toujours.
— Partagé, bien entendu. Vous devriez vraiment nous rendre visite plus souvent, mon offre d'un laboratoire et domicile proches tiennent toujours !
— Loin de moi de résister à un tel luxe, croyez-moi, mais je dois continuer à passer inaperçue.
— Je comprends. Vos passages réguliers nous ont suffit. Je vous contacte avec d'excellentes nouvelles.

— Ah, de la musique pour mes oreilles, soyez-en sur. J'en déduis que le prototype est paré ?
— Nous lui apportons les touches finales en ce moment même. Il ne restera bientôt plus que votre... ajout spécial.
— Excellent, j'ai hâte de voir le résultat de nos longs efforts. Je serais là dès demain, Président.
— Nous vous attendrons avec impatience, mademoiselle Morgan.

Le ton de son interlocuteur montrait qu'il ne s'agissait pas que d'une formule de politesse : il était réellement impatient de la voir arriver. La communication s'interrompit. Élias releva quelque chose de particulier.

— Tu ne crains pas qu'il te dénonce ? Tu as utilisé ton vrai nom après tout.
— Il l'aurait deviné à un moment ou à un autre. C'est un homme malin et je suis l'ennemi public numéro un à Endal. Il aurait pu me tendre un piège à chacun de mes passages dans son entreprise. Et l'appât de l'immortalité est trop appétissant pour simplement me dénoncer, surtout en sachant qu'il aura besoin de moi pour continuer à entretenir son futur corps et à en créer d'autres. Notre partenariat est solide.»

Le groupe se remit debout, bien qu'au final il s'agissait surtout d'Annah, les deux autres n'ayant nul besoin de vraiment utiliser leurs jambes, flotter au-dessus du sol fonctionnant très bien aussi. Elle s'habilla de ses frusques de pauvre réfugiée et se remit en route vers l'aéroport local, avec le but de prendre la Navette en direction d'Endal, là où se trouvait le siège de Cybermark.

Ce qu'elle n'avait toutefois pas prévu, c'est qu'une heure après s'être mise en marche, elle se fasse repérer par un des groupes d'Inquisiteurs à ses trousses : une ancienne assemblée de chasseurs de Ritualistes qui avait réapparu au grand jour suite aux évènements récents. Il semblait que leur rayon d'action augmentait de plus en plus et se répandait aux nations jouxtant Endal. Les deux groupes tombèrent l'un sur l'autre par surprise, mais il ne fallut qu'une poignée de secondes aux Inquisiteurs pour reconnaître leur proie. Celle-ci ne se fit pas attendre et se précipita à l'abri derrière un bout de falaise sur le côté de la route de terre. Très vite, des balles impactèrent les alentours à toute allure.

« — BR-12, équipement classique. On va utiliser la méthode habituelle alors. Attrapez. »

Elle ouvrit son sac de voyage et en sortit deux BR-4, les pistolets mitrailleurs Impériaux. Ces deux modèles avaient, toutefois, une particularité : un cercle Ritualiste tracé à même le coté de l'arme, petit mais complexe. Elle lança les deux armes en l'air, qui retombèrent... et s'arrêtèrent en plein vol, dans les mains d'Alma et Élias. Annah sourit. C'était une technique qu'elle avait mise au point elle-même et avait nommé « Technique Poltergeist ». En enchantant ces armes, elle les avaient rendues possibles à saisir et utiliser par ses deux amis spectres. Mais pour n'importe qui d'autre, il n'y avait personne à toucher ou à viser, juste deux mitrailleuses, deux cibles minuscules et très agiles, qui se promenaient dans les airs et faisaient feu sans raison. Le seul moyen de les arrêter était de tirer sur l'arme pour la détruire.

Ses deux compagnons se jetèrent dans la bataille sans la moindre inquiétude. Déjà morts, ils ne pouvaient pas être touchés par les balles qui pleuvaient autour d'Annah. Elle, de son côté, attendit tranquillement derrière son couvert. Elle saisit son Écritoire, Composa un sortilège et le relâcha, utilisant les informations de distance approximatives qu'Alma revint lui fournir, lui servant d'observatrice tandis qu'Élias était à l'offensive. Un globe d'énergie orangée se propulsa dans les airs au dessus du mur de falaise, puis en angle vers le bas, finissant par frapper un groupe de trois adversaires. Pris dans la détonation, ils finirent en lambeaux, démembrés ou en poussière, à l'ancienne façon Strigoy.

« — Ils avaient raison ! Elle peut vraiment faire comme eux !
— Monstre ! Tuez-la, vite ! »

Soudain, quelque chose changea dans le flot du combat. Des cris supplémentaires retentirent et Annah était presque certaine qu'elle et ses amis n'y étaient pour rien. Pour le confirmer, ils réapparurent soudainement dans son champ de vision, leurs formes brumeuses s'agenouillant à ses côtés.

« — Il y a quelqu'un d'autre là derrière qui a pris les Inquisiteurs à revers. Elle les massacre en solitaire sans aucun mal.
— Une idée de qui c'est ?
— Elle me dit quelque chose, remarqua Élias, mais je ne suis pas tout à fait sûr. En plus, elle bouge vraiment très vite, elle doit utiliser

des prothèses et implants de très haut niveau. Je n'ai jamais vu ça avant.
— Moi si, mais qu'est-ce qu'elle ferait là ? Ce ne peut pas être elle... »

Annah s'attendait à voir Neula, la plus rapide combattante qu'elle ait jamais vue, mais il n'y avait aucune raison pour que cette dernière soit présente ici. La réponse n'allait toutefois pas tarder à être fournie, le dernier ennemi étant vaincu, s'effondrant dans un gargouillement écœurant. Annah osa sortit la tête un instant, observant le champ de bataille, et remarqua une forme toute de noir vêtu, portant une capuche sur la tête. Elle corrigea mentalement son estimation de l'identité de cette personne. Elle avait déjà une idée de qui il s'agissait, mais elle approcha pour en avoir la confirmation.
La personne était une jeune femme, mais son apparence avait de quoi intimider. Elle était faite presque essentiellement de prothèses Technochromes dernier cri, et il était déjà possible pour Annah de repérer des griffes déployables, deux emplacements dans les cuisses pour ranger des armes à distance, des lames rétractables aux différentes articulations et, surtout, ce qui ressemblait à une queue mécanique de scorpion, le tout avec un dard perçant, fixé au bas de sa colonne vertébrale. Elle semblait aussi utiliser un épais fragment tranchant de Strigium grossièrement découpé comme une épée primitive.
Physiquement, toutefois, l'œil ambré et le second, technologique et vert, ainsi que les cheveux teints en vert sombre arrivant aux épaules sous sa capuche, puis le masque qui couvrait la bouche, ne pouvaient laisser aucune hésitation à Annah sur l'identité de celle qui l'avait aidée.

« — Sina ! Tu es toujours en vie ?
— Pas grâce à toi, et pourtant bel et bien grâce à toi, d'après ce que j'ai pu comprendre ? Répondit-elle avec un rire froid.
— Eyh, c'est toi qui a fouillé mon labo sans autorisation, il fallait t'attendre aux conséquences.
— Je sais. Mais je sais aussi que si tu ne m'avais pas incitée à le faire en laissant l'accès ouvert, la guerre contre les Strigoys serait toujours en cours, donc je peux accepter la trahison de m'avoir balancée. D'une certaine façon, je t'ai trahie aussi en fouinant dans tes affaires. Et j'ai vu que c'est toi qui m'a sauvée, même si ça ressemblait à un délire surréaliste. On est quittes ?
— Ça me va !

Annah serra la petite assassin dans ses bras, et fut surprise de sentir que sa température corporelle était absolument glaciale.

— Pas ce à quoi tu t'attendais, hein ? J'ignore ce que tu m'as fait, mais quand je suis revenue à moi, je ne ressentais plus aucune douleur. Et je dis ça alors qu'un de mes bras avait les os à l'air. J'ai pu marcher sans trop de mal jusqu'à une clinique Tech et me faire implanter un maximum de prothèses haute qualité pour remplacer tout ce qui ne marchait plus, mais ils n'ont même pas eu besoin de me mettre sous perfusion ou m'endormir. Je leur ait mis une sacrée trouille en leur faisant des petits sourires pendant l'opération. Je suis sortie immédiatement, totalement remise et en forme, le tout aux frais du GASMA. Ces andouilles ont totalement oublié de verrouiller mon accès à leurs ressources, vu qu'ils me pensent morte.

Annah observa un instant Sina, autant sur le plan physique que part sa vision spirituelle.

— C'est... Perturbant. Je dois avouer que je ne sais pas vraiment ce que j'ai fait. J'ai tenté le rituel de Résurrection que je connaissais, mais sans les ingrédients classiques et en utilisant l'énergie des Strigoys à la place. Le résultat à l'air assez unique.

— C'est rien de le dire. Je n'ai plus besoin de manger, de boire, ni même de respirer à vrai dire. Je suis coincée dans un état de mort et de vie constant. Je suis entre les deux. Selon moi, une évolution de tes Zombies de combat. Où ils sont d'ailleurs ? J'ai entendu dire que tu en avais un petit groupe avec toi, et les gars du GASMA n'arrivaient pas à s'en dépêtrer.

— Hélas, ils ont réussit à les vaincre avec le temps. Ils ont tous été détruits dans les multiples batailles que j'ai traversée cette année. Mais ils ont vraiment assuré. J'ai de gros projets futurs pour ces petits gars. BRIAH, leur intelligence évoluée, a beaucoup appris de ces affrontements !

— Tant mieux, je sens un certain attachement pour eux, je ne serais pas contre en avoir une petite escouade à moi.

— J'y penserais, ricana Annah. Et que fais-tu ici, du coup ?

— Deux choses. La première : je traque ces enflures du GASMA partout où je les trouves et je les enfonces six pieds sous terre jusqu'au jour où je pourrais couper la tête du serpent. La seconde : je te cherchais, alors je les ait suivis. Je me suis dit qu'un groupe finirait bien par te trouver un jour.

— Tu me cherchais ?
— Tout comme moi, tu dois avoir des envies de vengeance envers eux. Mais je n'ai aucun moyen de vaincre leurs troupes seule. De plus, après ma trahison auprès des médias, ils ont relocalisé le quartier général d'Endal par sécurité. J'ignore où les trouver. J'ai besoin de toi.
— Moi ? Comment je peux t'aider à les trouver ?
— Ton oncle.

Annah haussa les sourcils de surprise. Son faux oncle lui était totalement sortit de la tête depuis le temps. Rencontrer le vrai avait apaisé ses troubles familiaux pour de bon.

— Le faux Adrian. Un agent haut placé du GASMA, il pourrait nous aider, tu as raison. Voyages avec nous alors, j'ai quelque chose d'autre à te montrer et des préparatifs à finir avant de me lancer dans une bataille finale de ce genre.
— Attends, nous ? Tu n'es pas seule ?

Les deux mitrailleuses s'approchèrent et s'agitèrent dans les airs, comme faisant un salut amicalde bienvenue. Sina sursauta.

— Qu'est ce que c'est que ça ? Qu'est ce que t'as encore fait ?
— Élias et Alma. Ils se sont fait tuer, mais j'ai sauvé leurs Esprits et leurs Âmes et les ait gardés avec moi. Ils me protègent maintenant.

Annah tendit les mains et saisit celles de ses deux amis, qui apparurent soudainement sous une forme spectrale verdâtre et brumeuse. Sina observa, médusée. Ils disparurent à nouveau quand Annah cessa de les toucher.

— Bien des choses ont changé depuis mon voyage chez les Strigoys. Je te raconterai tout ça pendant la route.

*

Comme elle l'avait promis à Barley, Annah fut présente à Endal dès le lendemain. Revenir avait été, comme à chaque fois, légèrement stressant pour elle, s'inquiétant d'être trop facilement repérée, mais il semblait que la sécurité du GASMA était plus laxiste dans leur propre bastion. Les rapports comme quoi leur cible avait quitté la nation avaient circulé, et ils doutaient qu'elle soit suffisamment folle pour revenir directement sous leur nez. Ce qui était la raison exacte qui faisait qu'elle était actuellement en relative sécurité.

Il ne fallut que quelques instants pour qu'elle rejoigne le siège de Cybermark. Elle était déjà venue ici de nombreuses fois, autant pour se cacher quelques temps de ses poursuivants que pour travailler sur deux projets d'une importance capitale.

« — Je ne t'aurais pas prise pour une femme d'affaire, Annah.
— Et tu aurais bien raison. Je travaille avec eux en temps que scientifique, comme je l'ai toujours été.
— Toujours sur tes projets secrets ?
— En effet. Bien que je n'ai aucun problème à te parler de ceux-là. Je suis persuadée qu'ils changeront l'Humanité entière bien assez vite.
— L'Humanité entière ? Tu ne manques pas d'ambition au moins. »

Annah avait remarqué que depuis que Sina n'était plus officiellement sa garde du corps, son comportement était devenu plus relaxé avec elle. Elle avait même abandonné le vouvoiement, pour son plus grand plaisir. Elle n'aimais pas beaucoup les formalités de ce genre entre amies, et malgré leur passé légèrement houleux, elle appréciait la présence de la petite assassin. Elles entrèrent dans l'ascenseur de la compagnie, direction le plus haut étage possible.

« — Tu ne m'as pas vraiment parlé de ces projets, toutefois. J'aimerais beaucoup en entendre un peu plus. Venant de toi, ça doit être quelque chose de grandiose, comme toujours. Et de totalement interdit par la loi.
— Tu n'es pas bien loin de la vérité. Je pense que j'aurais de très gros problèmes avec les familles Impériales si ce que je fais ici fuitait au large. Mais ne t'en fais pas, tu vas très vite voir de quoi il s'agit. Laisses-moi la joie d'une part de mystère. »

Sina haussa les épaules en souriant derrière son masque. Annah pouvait être très enfantine quand elle était plongée dans ses recherches, et très fière de montrer ses récentes réussites. Elle tempérerait son impatience.

L'ascenseur arriva à l'étage demandé et la porte s'ouvrit, donnant sur un sublime couloir décoré de marbre et de boiseries. Une seule porte était en face, et Annah y frappa poliment, attendant une réponse. Une voix masculine l'incita à entrer, ce qu'elle fit, suivie de Sina. Alma et Élias, bien entendu, étaient là aussi, même si personne en dehors de la sorcière ne pouvait les voir.

Une fois dans la pièce, tout aussi richement décorée, dont le centre était occupé par une table métallique sur laquelle reposait une forme humaine recouverte d'un drap de plastique opaque, le groupe fut accueillit par un homme d'âge mur. Son expression donnait l'impression qu'il n'était guère habitué à sourire, mais qu'il avait appris récemment à le faire et qu'il s'entraînait encore. Il avait l'air sincère, mais un peu mal à l'aise. Ses cheveux étaient blancs et rasés courts, et il affichait, sous ses yeux gris, une moustache poivre et sel ainsi qu'un bouc taillé à la perfection, au poil près. Il portait un costume qui, vu sa qualité, devait à lui seul faire partie du budget de sa société.

Dans un coin de la pièce, un couple de scientifiques se tenaient près d'un brancard médical, portant tous deux des blouses blanches. Ils avaient également avec eux un chariot contenant toutes sortes de produits médicaux, seringues et autres équipements. L'une des seringues en particulier attira l'oeil de Sina : à l'intérieur, on pouvait voir comme une nuée de petits points orangés voletant en tous sens.

« — Ah, Mademoiselle Morgan, vous voilà enfin ! Je dois avouer que je ne tenais plus en place.
— Toutes mes excuses pour le temps de voyage, Président Barley. Jouer la vagabond n'est pas toujours facile.
— Je comprends, je comprends, ne vous en faites pas, le plus important est que le GASMA ne vous retrouve pas, peu importe où vous devez aller pour ça. J'ose dire, toutefois, qu'après aujourd'hui, ils ne pourront certainement plus jamais vous menacer.
— Si tout se passe comme prévu, en effet, il y a bien peu de chances. Nous nous y mettons ?
— Avec grand plaisir ! Allez vous deux, au travail ! »

Si Annah semblait heureuse de ce qu'elle allait faire, Barley semblait être tel un enfant devant une pile de cadeau. Il ne tenait pas en place et son excitation était à son comble. Sina s'interrogeait de plus en plus sur ce que ces deux là avaient bien pu prévoir. Elle eut un élément de réponse quand Annah se dirigea vers la silhouette recouverte du drap, et l'ôta.

Elle révéla quelque chose de totalement inattendu : on aurait dit un squelette humain, entièrement métallique, mais opaque, dont les espaces vides, comme entre les côtes et au niveau du bassin, avaient été comblés. D'une certaine façon, Sina avait la sensation de regarder un nouveau type de robot humanoïde blindé. Il avait même des dents.

Avec un sourire qui lui dévorait le visage, Annah se tourna vers elle en se frottant les mains.

« — Mon amie, je te présente l'Ascendant. Le premier d'une longue série, tout en Strigium premier choix.
— En Strigium ? C'est un robot ?
— Bien plus ! Bon, à mon tour. Silence s'il vous plaît, ça sera bref, mais il faut de la concentration. »

Annah ôté deux pièces du robot : l'une se trouvait au niveau du crâne, comme une petite plaquette qui s'y enfonçait, l'autre au niveau du cœur. Elle récupéra une mixture brune-orangée qui se trouvait dans un pot sur le coté et utilisa un stylet pour tracer deux symboles, un sur chaque plaquette. L'odeur du métal fondu emplit temporairement la pièce, indiquant non seulement que cette mixture secrète pouvait lentement fondre du Strigium, mais qu'il serait proprement impossible d'effacer ces signets. Sina avait la sensation que ces tracés étaient familiers dans sa mémoire.

Au bout d'une poignée de minutes, Annah finit son œuvre et réinséra les plaquettes dans leur emplacements respectifs. Elle posa ensuite la main sur le torse de la machine et ferma les yeux un moment.

« — Hmm... C'est bon. Mon Potentiel est imprimé dans la machine et les symboles sont en place. Nous sommes parés.
— Joie ! Enfin ! Allons-y alors, montrez-moi tout votre génie, mademoiselle ! »

Barley était de plus en plus impatient et observait chaque mouvement d'Annah comme un enfant admirant son idole au travail. Cette dernière lui sourit, puis se dirigea vers le brancard et s'y allongea. Elle croisa les mains sur son torse et ferma les yeux, prenant une grande inspiration alors que les scientifique connectaient plusieurs appareils permettant de suivre ses tracés vitaux.

Soudainement, les tracés en questions s'interrompirent et signalèrent un arrêt cardiaque. Sina sursauta et s'approcha. Était-ce normal ? Annah était en train de mourir ! Elle se rappela soudainement que son amie lui avait dit plus tôt qu'elle était devenue autre chose qu'humaine, et avait voyagé au-delà de la vie et de la mort, ce qui la rassura légèrement.

Et en effet, à peine une poignée de secondes plus tard, émergea du corps humain d'Annah sa forme spirituelle pure. Sina s'en souvenait, elle l'avait vue presque inconsciemment dans la forêt. Une grande femme faite de flammes orangées, dotée d'innombrables filaments dans le dos, flottant tels des ailes, le visage encapuchonné par une longue cape, ses cheveux flottant au gré des vents éthérés de l'autre monde.

L'Âme se dirigea vers l'Ascendant, au repos et s'y engouffra. Il se passa une autre poignée de secondes, puis la machine se mit a bouger. Ses yeux remuèrent, sa bouche s'ouvrit, et elle se mit debout avec une agilité et une rapidité stupéfiante, si vite qu'elle faillit trébucher.

« — Succès ! Le transfert fonctionne et l'Ascendant est opérationnel ! » s'exprima la machine avec une voix surexcitée qui était absolument identique à celle d'Annah.

Barley fit un geste de victoire puis pointa la seringue que Sina avait repérée plus tôt.

« — Alors il est temps d'utiliser les Nanotropes. Elles ont été fabriquées selon vos instructions, dans le cercle Rituel que vous avez créé dans le laboratoire. »

La Annah robotique hocha la tête et se dirigea vers la seringue. Elle en connecta l'embout à un des port qui se trouvait au niveau de l'intérieur du coude gauche de la machine, et y déversa le contenu de petites lucioles orangées.

« — Jusque là, tout va bien. Les jauges détectent la présence des Nanotropes dans les cuves internes. Il ne reste qu'à lancer le programme. Croisez les doigts. »

Elle exécuta le programme en question, bien qu'elle ne fit actuellement pas le moindre geste, et s'illumina soudainement d'une lueur orangée puissante. Son corps entier en était recouvert. Petit à petit, de la peau couleur caramel se mit à pousser partout sur son corps robotique, et ses cheveux bruns sombres réapparurent, grandissant jusqu'au delà de ses épaules. Enfin, la transformation s'accomplit, et Annah se tenait désormais au milieu du bureau, nue, mais identique à celle qu'elle était dans son corps organique, à défaut de quelques sillons creusés dans la chair au niveau de son corps, sur son torse,

verticalement entre sa poitrine, sur ses bras, épaules et jambes, et sur son visage, barrant ses yeux horizontalement, descendant sur les côtés de son nez jusqu'aux coins de sa bouche.
Sina était médusée. Annah venait de se transférer dans un corps entièrement artificiel.

« — C'est un succès, Président Barley ! Le transfert est totalement accompli, les Nanotropes ont réalisé leur rôle en me recouvrant de peau artificielle, et je suis en plein contrôle de ce corps comme si il s'agissait du mien. »
Elle testa brièvement sa nouvelle agilité avec une efficacité effrayante : sautant sur place et réalisant de multiples mouvements acrobatiques dans les airs, bien loin de ce que la vraie Annah maladroite aurait pu réaliser, réalisant un pas de course d'un coin du bureau à l'autre si vite qu'il était impossible, même pour la vision améliorée de Sina, de la voir se déplacer à l'œil nu, la jeune femme démontrait une partie de ses nouvelles capacités et en profitait clairement. Ce corps robotique dépassait le niveau technologique actuel de l'Humanité de loin. Barley était extatique. Sina se tenait le front d'une main, perdue.

« — Annah, attends, attends. Un moment s'il te plaît. Tu peux m'expliquer ?
— Ah, oui, bien entendu. Tu n'étais pas là pendant la phase de développement, tu n'es pas au courant. Je vais te raconter. »

Enfilant ses vêtements fétiches militaires, Annah expliqua alors à Sina tout ce qu'il s'était passé la dernière année. Après sa fuite, elle avait réfléchit longuement et décidé qu'un jour ou l'autre, le Fléau d'Ombre viendrait sûrement. Dans quarante ans ou dans un siècle, voire plus, ils finiraient par les trouver.

« — Malheureusement, nous ne sommes pas aptes à les affronter. L'Humanité a déjà essayé, dans une trame alternative, et a été exterminée. Nous avons atteint la limite de notre évolution, et nous sommes bien trop faibles pour réussir à nous opposer à ces entités. J'ai donc réfléchit à un moyen de nous améliorer, tout en comblant nos plus grandes lacunes.
— Donc tu as créé un nouveau type de corps artificiel ?
— Absolument. L'Ascendant est un modèle de corps totalement robotique, un androïde, capable d'accueillir un Esprit et une Âme

humains. Un mélange de la pointe de la technologie de prothèse, de robotique, auxquels j'ai apporté des altérations de la réalité que permisent par l'énergie Entropique. Ce corps fonctionne a l'encontre des lois de la Physique en continue grâce à ses composants Enthropiques. Il est capable de faire tout ce qu'un corps humain peut faire : parler, dormir, manger, boire, avoir des relations sexuelles... Il n'en a pas besoin, mais il peut le faire, car nous estimions important que nous puissions garder nos particularités humaines. Que nous ne devenions pas des monstres, et afin d'accoutumer nos Esprits à des changements très importants.

— Comment il fonctionne ?

— Il est alimenté par un système interne de prélèvement de Potentiel. L'Âme, et non le corps, comme je l'ai découvert récemment, est la source du Potentiel d'une personne. Celui-ci est stocké dans le corps, comme les pensées de ton Esprit sont stockées dans ton cerveau physique, mais le Potentiel émane de l'Âme. Les besoins en énergie de l'Ascendant sont assez importants, donc il est réservé aux personnes qui sont capables de générer un Potentiel naturel conséquent. Des Armonistes, ou des gens qui ont au moins travaillé leur Potentiel un minimum. L'avantage, c'est que pour augmenter sa réserve de Potentiel, il suffit de la travailler en la vidant régulièrement, donc piloter un Ascendant est un moyen excellent d'augmenter indéfiniment ton maximum de Potentiel, en nourrissant ton corps passivement.

— Et pour ceux qui n'ont pas beaucoup d'énergie de base ?

— Nous avons un autre prototype sur les bras, plus simple, beaucoup moins gourmand, mais aux capacités bien plus limitées, le Revenant. Il sera réservé aux nouveaux convertis et aux civils.

— Attends, attends. Nouveaux convertis ? Civils ? Tu vas répandre cette technologie ?

— Dans un futur proche, oui. Mon cher ami Barley recevra le premier modèle Revenant. Ensuite, une fois le GASMA éliminé d'Endal, nous commencerons à préparer nos forces, en commençant par Élias et Alma.

— Annah, est-ce que c'est une révolution que tu cherches ?

— Une révolution à l'échelle mondiale. Une nouvelle branche dans laquelle notre espèce va s'engouffrer. L'Empire n'est qu'un obstacle sur ma route, rien de plus. »

Sina saisit une chaise et se mit assise un moment. La tête lui tournait. Quant donc son amie avait-elle commencé à nourrir de telles idées aussi démesurées ?

« — Et... Et cette seringue de lucioles ? La peau qui a poussé ?
— Ah, les Nanotropes. Mon second projet depuis que je travaille à Cybermark. Tu es au courant des progrès récents faits dans la technologie de nanomachines ?
— Pas plus que ça, ça n'est pas vraiment mon domaine tu sais.
— Disons que les avancées ont été plutôt fulgurantes. Nous avons utilisé des nanomachines classiques et les avons infusées d'énergie Entropique que j'ai stockée dans un cercle Rituel, qui se trouve dans le laboratoire de Cybermark. Par un procédé assez simple, il est alors possible de créer ces Nanotropes, des Nanomachines Entropiques.
— Et qu'est ce qu'elles font ?
— Tout ce que tu veux. Vraiment tout.
— Comment ça ?
— La particularité de l'énergie Entropique des Strigoys, dont j'ai hérité, est la capacité à modifier la Réalité elle-même. Sans cette aptitude, l'Ascendant ne posséderait que la moitié de son potentiel, et ressemblerait moins à un humain, car notre technologie actuelle n'est pas assez avancée pour un modèle si perfectionné. C'est un procédé que nous ne comprenons pas, mais il est possible, en combinant les Nanotropes et un programme informatique chargé dans les nanomachines, de créer ou modifier des éléments à volonté.
— Un exemple, s'il te plaît ?
— Bien sûr, approuva-t-elle en se tapotant la lèvre inférieure. Hmm... Tiens, le Strigium dont mon corps est composé. Tu as une idée d'où on l'a obtenu ?
— Je serais tentée de répondre « sur un Strygoy », mais je sens que la réponse n'est pas aussi simple.
— En effet. Les restes de Strigoys sont strictement conservés dans les entrepôts de l'armée. Les militaires ont aussi accès aux seules forges à Strigium au monde. Cybermark n'a aucun moyen d'avoir la possibilité de forger ce métal même en minuscule quantité.
— Comment vous avez fait pour réaliser un corps entier aussi précis et détaillé, du coup ?
— Les Nanotropes. Nous avons utilisé un fragment de Strigium que nous avons acheté aux militaires, puis nous avons copié la composition de ce minerai dans les Nanotropes, que nous avons ensuite relâchées sur un tas de fer basique. Les nanomachines s'y sont greffées, ont relâché leur énergie et appliqué leur programme, et ont... à défaut d'un meilleur terme, violé les lois de la Réalité, modifiant le fer en Strigium. C'est ainsi que nous avons récupéré des quantités suffisantes pour forger de multiples Ascendants.

— Mais… C'est de la triche ! Tu violes les lois de la physiques les plus élémentaires !
— Oui mais j'ai le droit ! Nous pouvons même utiliser le procédé pour reforger ton gros morceau de Strigium en arme adaptée, si tu veux.
— …Continues, ça m'intéresse. »

Annah eut un sourire amusé. Elle se tourna vers Barley, qui avait observé un silence contemplatif et respectueux lors de la conversation des deux amies.

« — Président, permettez-moi de vous le redemander. Vous avez conscience que nous nous apprêtons à changer le cours de l'Histoire d'une façon drastique.
— Absolument. Et je suis fier d'être au cœur de ce changement, sourit-il en se frottant la barbe.
— Et vous êtes toujours d'accord de mettre les industries Cybermark à ma disposition pour produire les Ascendants et Revenants si je vous fournis, à vous et votre famille, la possibilité d'obtenir l'immortalité ? Il me faudra également un contact avec le Directeur des industries en Biologie Berlod.
— Je préfère ne pas savoir ce que vous souhaitez faire avec eux, mais cela ne sera pas un problème. Et pour ce qui est de Cybermark, je n'ai qu'une parole ! De toute façon, avec l'engin de guerre que vous pilotez actuellement, si je viens à vous trahir, vous pourrez me mettre en pièces facilement, dit-il en ricanant.
— Loin de moi le désir d'en arriver la, répondit Annah en souriant. Bien, si le modèle de Revenant est paré, je vais procéder à votre mort et résurrection, dit-elle en déployant des filaments lumineux de son dos, prête à happer l'âme du Président. Nous forgerons ensuite l'arme de Sina, avant de partir accomplir notre mission.

Sina releva la tête, interloquée.

« — Le GASMA ?
— Oui. Il est temps qu'on rende une petite visite à mon cher oncle, tu ne crois pas ? » conclut Annah en souriant vicieusement.

Chapitre 14
Néo-Humanité

Les Hommes de pouvoir désirent toujours plus de pouvoir. Mais il arrive un moment où ce dernier n'est plus suffisant. On atteint des limites que ni l'argent, ni la force, ni les relations ne peuvent vaincre : le vieil âge, la maladie, la mort. C'est au final, tout simplement par peur de cette dernière que William Stenton, avec l'aval des familles Impériales, mit en branle le plan qui visait à découvrir le secret de l'immortalité, via sa marionnette, Annah. Il est inouï de se dire que pour contrer ces machinations, il fut nécessaire à mon amie de s'aider elle-même à travers les âges, brisant ainsi les chaînes de sa destinée. Le GASMA n'avaient aucune idée de ce qu'ils avaient créé en entraînant et torturant autrefois cette fillette de dix ans.
Extrait de « Biographie d'Annah Morgan » d'Alma Hilldar.

Cela faisait plus d'un an désormais qu'Annah n'était pas revenue à Fort Endal-09. Non pas que le désir était absent, surtout au vu de la façon dont les choses s'étaient terminées avec Adam et Marianne, pour qui elle aurait tout donné dans le but de se réconcilier, mais le lieu avait été placé sous forte surveillance par le GASMA afin de s'assurer de garder le contrôle sur les rumeurs qui s'étaient répandues parmi les troupes. Bien entendu, un nettoyage intensif du laboratoire de la scientifique avait eu lieu, les agents secrets récupérant absolument tout ce qu'il était possible de récupérer. Toutefois, à part quelques notes cryptiques, un prototype de Zombie inachevé et du matériel pour Rituel dont ils ignoraient tout du fonctionnement, ils n'avaient pas obtenu grand-chose. Annah s'était assurée d'emporter avec elle l'essentiel de ses connaissances et des objets importants, comme l'archive de Ritualisme, afin de s'assurer qu'on ne pourrait pas la remplacer de si tôt. De même, dans le cas où elle viendrait à être capturée, cela lui laissait la possibilité de monnayer sa survie en échange de ses connaissances. Un échange loin d'être idéal, car elle serait sûrement placée dans un établissement haute sécurité, mais cela valait toujours mieux qu'une exécution sommaire sans corps de rechange. Tant qu'elle restait en vie, il lui resterait une chance de se venger.

Les choses étaient différentes désormais. Annah avait tenu sa promesse et réalisé la résurrection de Barley : après lui avoir administré un poison qui avait mis fin à ses jours en quelques instants et sans douleur, elle avait utilisé ses filaments pour enserrer son Esprit et son Âme, les conservant auprès d'elle. Elle avait, de ce fait, brisé le Cycle de Réincarnation du Président, le rendant à son tour immortel, bien qu'un Spectre immatériel. Le corps de type Revenant fut amené, et elle le guida à l'intérieur sans aucune difficulté, lui permettant de prendre le contrôle de sa nouvelle enveloppe corporelle. Une infusion de Nanotropes plus tard, et Barley ressemblait désormais trait pour trait à ce qu'il était autrefois, mais possédait désormais une force, une endurance et une agilité largement supérieure à son ancien corps, bien qu'infiniment inférieures à Annah elle-même. Il était, par ailleurs, proprement immortel. Libéré qu'il était du Cycle de Réincarnation, même la destruction totale de son nouveau corps ne suffirait pas à le tuer : il ne ferait que retourner dans le monde des morts, en attente d'un nouveau corps pouvant l'accueillir. L'Armoniste avait tenu parole, et le vieil homme en avait pleuré de joie et de satisfaction, la serrant dans ses bras et l'appelant son messie personnel. Le poids de la mort, inéluctable, avait été ôté de son esprit, jusqu'au jour où la fatigue de sa longue existence l'inciterait à demander une véritable fin.

Elle et Sina avaient ensuite quitté le siège de Cybermark pour se rendre à Fort Endal-09. Entre les deux se trouvaient plusieurs cercles concentriques de bâtiments, de plus en plus bas en taille au fur et à mesure que l'on passait des classes riches aux classes plus modestes, voire ouvertement pauvres. L'assassin s'était attendue à un déplacement discret dans les ruelles de la capitale, mais Annah, grisée par ses nouvelles capacités surhumaines, avait une autre idée en tête. Elle se précipitait en sautant de toit en toit tel des super-héros des temps modernes, pratiquant une course continue mélangée à des pirouettes et rebonds en tous genres, bien que quelque peu maladroite. Son manque de pratique d'exercice physique se faisait ressentir dans ses difficultés à contrôler sa vitesse et ses mouvements, certains sauts d'un toit à l'autre, proprement impossibles pour des humains même avec des prothèses de jambes puissantes, finissant avec un atterrissage quelque peu instable. Sina, de son côté, bougeait avec un professionnalisme absolu et chaque mouvement était calculé à la perfection, l'opposé total de son amie, mais son corps était de moins bonne qualité, ce qui faisait qu'elle était obligée de fonctionner au maximum de ses capacités ou de suivre des détours pour tenir le rythme, là où Annah semblait voler dans les airs, libérée de la gravité. Aucune des deux n'était essoufflée, heureusement, Annah n'ayant pas besoin de respirer, bien que le faisant pour un réalisme et un confort ajoutés, et Sina courant à toute allure avec deux jambes artificielles, ce qui lui évitait d'avoir à alimenter ses membres inférieurs en oxygène.

Au final, là où il aurait fallu plus d'une heure pour traverser la circulation de la capitale jusqu'à la route extérieure pour rejoindre la base militaire, il ne leur fallu que dix minutes de cabrioles insensées pour atteindre leur objectif. Elle atterrirent en plein milieu de la base, en pleine nuit, évitant sans le moindre mal les quelques soldats en patrouille. Il était par trop facile pour elles de se faufiler dans les ombres et de se précipiter à une vitesse ahurissante d'un couvert à un autre, et en un instant, elles entrèrent dans le bâtiment scientifique, la vieille maison d'Annah. Si rien n'avait changé, le faux Adrian avait un appartement réservé pour son usage au deuxième étage. Elles prirent l'ascenseur, par pure provocation, et, atteignant l'étage désiré, se retrouvèrent nez à nez avec un agent du GASMA, tout de noir vêtu.

« — Eyh vous, vous êtes... »

Il n'eut pas le temps de finir sa phrase. Sina lui décocha un coup de pied tournoyant en plein torse, ce qui l'envoya voler au sol plusieurs mètres en arrière. Un craquement sonore indiqua la brisure de bien trop de côtes en une seule fois. Le souffle coupé, l'homme ne pouvait rien faire d'autre que se replier sur lui même, cherchant son souffle. Sina lui décocha un coup de poing métallique en plein visage et l'assomma proprement, lui cassant le nez au passage.

Les deux femmes avancèrent jusqu'à la chambre d'Adrian, marchant avec une discrétion absolue. Les compensateurs de mouvement dans les pieds d'Annah et dans les prothèses de Sina leur permettait un déplacement absolument furtif si nécessaire.

La porte, bien entendu, était fermée, mais du bruit pouvait être entendu à l'intérieur. Il était là.

« — On enfonce la porte ? Proposa Sina.

— Je préfère éviter d'alerter toutes les troupes du GASMA en faction dans les environs. Laisse-moi tenter avec mon Oculys, peut-être que son code n'a pas changé. »

Elle regarda la plaquette d'identification et la visa de son Oculys. Ce petit instrument n'était plus vraiment nécessaire sur un corps Ascendant, ses fonctions étant actuellement insérées dans le crâne mécanique de l'androïde, mais il était devenu une telle part de la culture humaine que le retirer totalement risquait d'en perturber plus d'un, tout comme la capacité à respirer, manger, boire et dormir. Il avait donc été choisi de le laisser présent sur les premiers modèles comme le sien, même s'il n'était désormais plus que décoration.

Elle essaya de se connecter en usant de l'ancien mot de passe, mais fut refusée. Il était prudent. Elle réfléchit un moment. Soudainement, elle entendit un craquement dégoûtant de chair déchiquetée. Elle se tourna vers sa source.

Sina était en train de décapiter le garde du GASMA inconscient à grand coup de crocs, s'en remplissant aussi bien le ventre au passage. Annah observa la scène avec un mélange de curiosité et de révulsion. Lorsqu'elle eut finit, elle lui lança la tête du garde, qu'elle attrapa maladroitement, essayant au mieux de ne pas se tacher de sang.

« — Je t'ai vraiment transformée en Zombie, en fait ?

— Je ne m'en plaint pas vraiment, c'est meilleur qu'on pourrait le croire, et me nourrir comme ça me donne un sacré avantage au combat pendant quelques heures, tout en accélérant grandement la guérison de ce qu'il me reste de chair. Mes blessures se referment en quelques secondes si je me nourris.

— Et pourquoi la tête ?

— Son Oculys à lui doit avoir les codes, non ? »

Annah dut admettre que c'était bien pensé. Dégoûtant, mais bien pensé. Elle laissa Sina continuer son repas un moment, puis, alors que la cannibale la rejoignait, mâchonnant quelques morceaux de chair impossible à identifier, la scientifique posa le visage du mort devant la plaquette d'identification. L'Oculys s'y connecta et ouvrit la porte, sans un bruit. Elles entrèrent avec tout autant de silence.

Adrian était bel et bien là, seul, installé dans son fauteuil, devant l'holovision allumée qui retransmettait un match de Joute Armonique. Il n'avait clairement rien à faire du résultat, étant apparemment ivre mort et endormi. Voyant cette scène, Annah sentit la rage monter en elle, envers cet homme qui avait prétendu être sa seule famille pendant toutes ces décennies, mais aussi envers le GASMA pour avoir causé cette situation. Elle descendit la main à côté de sa jambe droite. Une plaque métallique s'ouvrit, la peau se décala le long de la fissure qui y était tracée, permettant l'ouverture du compartiment secret sans déchirer la chair. Elle en sortit un Teckom, un pistolet plutôt particulier principalement fait pour le combat de rue. D'une pression, elle déploya une petite baïonnette au bout du canon. Il y avait aussi un renfort devant les doigts qui suivait leur contour, avec une barre de métal ajoutée le long pour réaliser un poing Ernésien, qui permettait de mettre des coups de poing bien plus puissants en mêlée. Cette arme ne convenait absolument pas à Annah du vu de son dégoût pour le combat rapproché, mais elle l'avait choisi plus pour l'intimidation qu'autre chose. Elle avait appris d'elle-même que se retrouver avec une lame sous le cou incitait à parler.

Elle se jeta avec délicatesse sur les genoux d'Adrian, ce qui représentait tout de même le double du poids naturel de la jeune femme, posant la lame du couteau contre sa gorge, affichant un sourire narquois alors que Sina refermait la porte. L'homme sursauta et tendit la main pour saisir son propre pistolet, posé sur la table basse à ses côtés, mais Annah fut plus rapide. De plus, le poids écrasant sur ses jambes l'immobilisait, comme cloué dans son siège.

« — Oh, c'est ça que tu veux, imposteur ? »

Elle lui montra l'arme et la broya devant le visage d'une seule main, lui faisant écarquiller les yeux de surprise.

« — Annah ? Annah c'est vraiment toi ? Qu'est ce qu'ils t'ont fait ?
— Tout dépend de qui tu parles. Tes amis du GASMA et leurs copains Inquisiteurs ? Ils ont été très occupés à essayer de me tuer depuis l'année dernière. Ceux qui m'ont donné cette force, par contre, ont accompli mon désir et m'aident à préparer un changement de grande ampleur. »

Adrian resta silencieux un moment, puis la regarda dans les yeux, calmé. Depuis quand ceux-ci étaient-ils d'un orange brillant, et non d'un beau vert émeraude ? Quelle était cette créature en face de lui ? Il semblait légèrement en état d'ébriété, mais il se contenait et maîtrisait.

« — Qu'est ce que tu veux ?
— La vérité, Adrian. Je suis sûre que ça n'est même pas ton nom, n'est-ce-pas ? Tu lui ressembles tellement... Ils n'y sont pas allé de main morte niveau chirurgie.
— Comment as-tu découvert la vérité ?
— Quand vous m'avez autorisée à étudier la Nécromancie, vous auriez peut-être dû réfléchir au fait que ça me permettrait de parler avec les esprits des morts. Celui de mon oncle s'est révélé particulièrement bavard.
— ... Je vois... Nous... Nous avons sous-estimé et mal compris tes capacités depuis le début, c'est évident. Sans compter que ton oncle... Il est mort depuis si longtemps. Penser qu'il était toujours là...
— Si ça peut apaiser tes souffrances, je sais de source sûre qu'il existe un futur alternatif où nous avons continué à travailler tous ensemble pendant plus de quarante ans, jusqu'au jour de la fin de

l'Humanité entière. Mais les choses changent. Nous avons posé le premier pas d'une vraie révolution à l'échelle de notre espèce entière. »

Adrian l'observa avec surprise, n'étant pas sur de comprendre à quoi elle faisait référence. Il garda le silence, ne sachant que dire. Impatiente, Annah pointa la lame de son pistolet sous la gorge de l'homme.

« — Je veux tout savoir. Qui es-tu vraiment ? Pourquoi jouer le rôle de mon oncle ? Et surtout, où trouver ton patron ?
— Je... Je m'appelle Michaïl. Michaïl Allen. Je suis un agent d'élite du GASMA. On m'a donné pour mission de prendre la place de ton oncle à sa mort pour continuer à te fournir un contact familier avec qui interagir, te mettre en confiance. Le GASMA avait de grands plans pour toi. Ton Potentiel hors norme te plaçait dans les trois pourcents de génies de l'Empire. Et ton fort héritage de Ritualiste te faisait monter dans les un pourcent.
— Donc toutes ces années, tu m'as menti ouvertement ? Joué le rôle de mon oncle décédé pour me manipuler ?
— Au début... Au début c'était un travail comme un autre. Mais avec le temps, je me suis pris au jeu. Je me suis attaché au rôle d'Adrian Morgan, et... Et à toi, la petite Annah Morgan, le petit génie, curieux, insatiable, incontrôlable, cherchant toujours à repousser les limites. J'ai appris à apprécier ta présence, à t'aimer comme ma propre nièce.
— Donc, tu me manipulais, mais tu étais aussi aux petits soins avec moi ? Tu ne serais pas en train de me mentir non ?
— T'ais-je maltraitée une seule fois par le passé ? Et pourquoi tu crois qu'il y a plus de bouteilles d'alcool vides que de chargeurs de fusil dans cet appartement ? Vivre une double vie, c'est pas simple Annah.
— Comment ça ?
— Michaïl Allen, l'agent du GASMA, est sensé te surveiller et être prêt à te sacrifier pour les plans de l'Empire à tout moment. Si l'ordre tombe, une balle dans la tête, sans question. Ta vie ne tient... Tenait, qu'à un fil, un mot de sa part. Mais Adrian Morgan t'aime et veut te protéger de ces machinations. Ces dernières décennies, j'étais constamment sur le fil du rasoir, à tenter de trouver un moyen de concilier les deux, d'éviter que tu ne risques ta vie tout en satisfaisant mon employeur. »

Des larmes commencèrent à apparaître dans les yeux de Michaïl. Annah fut prise par surprise. Il ne semblait pas jouer la comédie. Était-ce un cas de dédoublement de personnalité ? Avait-il donc appris à l'aimer avec le temps ? Après tout, il s'était glissé dans la peau d'un autre pendant presque trente ans. A ce niveau, qui était-il vraiment ? Quelle était sa réelle identité ? Plus de la moitié de son existence avait été passée en jouant le rôle d'un autre. Il y avait de quoi en perdre la tête.

— J'en ai marre Annah, tu comprends ? Je ne peux plus jouer cette mascarade. Le GASMA est allé trop loin. Stenton est allé trop loin. Ils ont même exécuté Eckhart Hylivaltraüss pour couvrir toute cette histoire.

— Eckhart a été exécuté ?

Annah n'avait pas entendu parler de cette histoire, ayant vécu sur les routes et loin des sources d'information pendant plusieurs mois au moment de cette exécution. Elle en fut choquée. Elle appréciait le vieux Général. Elle ne l'avait pas beaucoup connu, mais il semblait sincère et digne de confiance, et était un véritable héro de l'Empire.

— Stenton ira jusqu'au bout pour protéger les intérêts du GASMA et de l'Empire. C'est lui qui est derrière tout ça Annah. Il est derrière ta vie entière, tout ce qui t'est arrivé est de sa faute. Me faire prendre la place de ton oncle, t'envoyer en formation de jeune âge, te faire tuer quelqu'un dès ton enfance, entraîner ton Potentiel, ta curiosité, t'envoyer en mission pour récupérer des archives Ritualistes... Il voulait faire de toi une arme secrète de l'Empire pour la guerre contre le LINAL, la seule personne capable d'utiliser le Ritualisme en secret pour assoir la domination Impériale absolue en Céphalia.

— Alors ce Stenton est ma cible. Il doit mourir.

— William Stenton est le directeur du cabinet d'Endal du GASMA. Il ne sera pas facile à atteindre.

— Laisse-nous nous occuper du comment et dis-nous juste où le trouver.

— Uniquement si tu me promets de prendre soin de toi et de faire attention.

Annah haussa un sourcil.

— En quoi ça t'importe ? Je ne suis pas ta nièce, je suis juste une jeune femme que tu as espionné toute sa vie. Je ne te dois rien.

— S'il te plaît. J'en ai assez de travailler pour ces pourris. Si je dois choisir un camp, je choisis celui dans lequel je peux veiller sur toi. Stenton peut bien aller en enfer pour tout ce que j'en ai à faire.

Annah garda le silence un moment. Soudainement, des bruits de pas et des cris se firent entendre dans le couloir.

— Annah. Des renforts.
— Tu peux t'en occuper, Sina ? J'ai bientôt fini.
— Comme si c'était fait, répondit-elle avec un sourire carnassier et encore ensanglanté de son repas récent.

La porte se referma et on entendit des bruits de combat étouffés, ainsi que des cris.

— Très bien, Michaïl. Je te promet de faire attention. Donne moi l'adresse.
— Je viens de te l'envoyer dans ton Oculys.
— Tu es sincère quand tu dis que tu préférerais me suivre plutôt que rester avec eux ?
— Oui. J'en ai assez de cette vie, de me faire marcher dessus par mes supérieurs. Tu es ma seule famille désormais. Le GASMA est corrompu de l'intérieur et a détourné sa mission, tu t'en apercevras très vite en parlant à Stenton. Je ne veux plus faire ce genre de sale boulot.
— Jure-moi allégeance, et je peux te libérer de ta situation.
— Quoi, comme dans les vieux films de chevalier ? Ricana Michaïl.
— Peu importe la façon, mais promet ton obéissance et vite. Nous n'avons plus beaucoup de temps.
— Très bien. Je te promets de te suivre, te protéger et t'obéir dans tes missions et entreprises quoi qu'elle soit. Permets-moi juste de prendre soin de ma nièce, même si nous ne sommes pas liés par le sang.

Annah afficha son premier vrai sourire depuis le début de l'entretien. La bonté d'âme de Michaïl n'avait pas été feinte toutes ces années. Il n'était peut-être pas son vrai oncle, mais il était tout ce qu'il lui restait comme famille, et il remplirait ce rôle à merveille.

— J'accepte ton serment. Merci, Michaïl. Et désolée pour ça.
— Désolée pour quoi ?

Pour toute réponse, elle lui tira une balle en pleine tête à bout portant, lui éclatant le crâne et la cervelle. Ce genre d'acte avait perdu toute sa gravité pour Annah désormais. Elle vivait au-delà de la Vie et de la Mort, et était devenue une vraie Immortelle, une Éternelle. Tuer quelqu'un était juste une étape indispensable sur son voyage. Le corps humain n'était qu'une enveloppe imparfaite, limitée dans le temps, qu'il fallait perfectionner. Elle fit jaillir un de ses filaments dorsaux et le planta dans le torse de l'homme mort. Il n'y eut aucun dégât physique, mais elle pêcha bel et bien quelque chose : l'Âme et l'Esprit de Michaïl, empalés au bout du filament, le spectre la regardant avec des yeux ronds.

« — Annah ! Qu'est-ce que tu as fait ? Tu m'as tué !
— Ne t'en fais pas, mon oncle. C'est juste une étape. Tu iras mieux bientôt, je te le promets. Élias ?
— Oui ?
— Tu veux bien lui expliquer la situation pendant que je donne l'assaut au GASMA avec Sina ?
— Avec plaisir. Et pour information, je pense que tu as fait un excellent choix en le prenant avec nous. J'ai toujours apprécié ton oncle. »

Elle lui sourit et lui décocha un baiser sur sa joue vaporeuse, ce qui le fit verdir d'autant plus.

« — Préparez-vous tous les trois. Quelque chose me dit que quelques armes de plus ne feront pas de mal ce soir.
— On sera là pour toi, comme toujours Annah, martela Alma avec énergie.
— Merci ma petite ! Sina ? Arrête ton massacre, on y va ! »

L'assassin surgit soudainement dans l'encadrement de la porte. Sa tenue était tachée de sang frais et de nombreux gémissements de douleurs parvenaient du couloir.

« — Ces doubles lames en Strigium sont excellentes, je pourrais découper des gens avec toute la nuit !
— C'est parfait alors, j'ai l'adresse du GASMA. On a un groupe entier de pourris à découper.
— Enfin ! Comment on y va ?
— Fenêtre ?

— Fenêtre. »

Elle se jetèrent à travers cette dernière en riant, la brisant, et disparurent dans la nuit, non sans atterrir sur un agent du GASMA en patrouille qui finit écrasé au sol sous le poids, avant de galoper à une vitesse surhumaine, prêtes à continuer leur carnage.

*

« — Tes prothèses sont plutôt haute qualité, Sina. Mais si tu veux, quand on en aura fini avec tout ça, je pourrais repasser dessus pour améliorer leurs capacités avec une infusion Entropique.
— Ça donne quoi, concrètement ?
— Un bon trente pourcent d'efficacité supplémentaire, je dirais. Offert par la maison si tu continues à bosser avec moi dans le futur.
— Marché conclu. Tu commences à t'assembler une vraie petite équipe d'élite, hein ?
— J'ai une certaine tendance à favoriser la qualité sur la quantité. Je recrute les meilleurs avant tout. »

Pendant qu'elles avaient cette discussion, les deux femmes escaladaient le mur d'un énorme bâtiment, dans l'anneau central d'Endal, proche du siège du gouvernement Impérial local. Toutes deux avaient déployé des griffes acérées de leurs mains robotiques et les utilisaient pour escalader la surface verticale, prenant des prises dans les zones plus molles et faciles à percer, bien qu'Annah pouvait malgré tout s'agripper même aux murs de béton si nécessaire. Il lui suffisait de forcer un peu plus fort.

« — Tu sais, c'est plutôt étrange cette sensation. Depuis que j'habite l'Ascendant, je ne ressens plus ni faim, ni soif, ni fatigue, physique en tous cas. J'ai l'impression d'être constamment branchée sur le courant. Je pourrais faire ces choses la des mois durant sans jamais me fatiguer, mais je soupçonne que des pauses de relaxation ou méditation seraient nécessaires, voire même dormir pour simplement calmer mon esprit.
— Tu m'es un peu supérieure sur tout ça, mais je dois avouer que tu n'as pas fait semblant en me créant également, bien que tu n'avais pas la moindre idée de ce que tu foutais à ce moment là. J'ai à peu près les mêmes avantages que toi. Je peux fatiguer, mais je peux aussi dévorer de la chair pour refaire le plein.

— Je n'ai vu aucun élément à propos de qui que ce soit comme toi dans mes archives. Lorsque je t'aurais étudiée pleinement, tu auras droit à ton chapitre personnel dans mes mémoires.
— Super, j'vais être célèbre. J'espère que mes parents regarderont prendront le temps de lire ça. »

Elles continuèrent leurs discussions, sans sembler le moins du monde s'inquiéter du fait qu'elles se précipitaient dans la gueule du loup. Le sentiment d'invulnérabilité qu'elles ressentaient, surtout Annah, les immunisait contre la peur. Sina, quant à elle, savait que même si son corps était détruit, Annah ne pouvait pas être vaincue spirituellement : elle n'aurait qu'à récupérer son spectre et rentrer à Cybermark pour lui donner un corps mécanique. Bien qu'elle devait admettre que cela la chagrinerait : elle préférait jouer à la Zombie qu'a l'Androïde.

« — On y est, étage cinquante-quatre. Ils ont réservé tout l'étage pour leurs bureaux.
— Je voudrais juste reconfirmer notre objectif...
— On tue tout le monde qui porte les couleurs du GASMA et on pose des questions après. Stenton est la cible prioritaire absolue.
— Tu vois, c'est parce qu'ils ne me donnaient plus ce genre de missions que j'ai arrêté de bosser pour eux », ricana Sina.

Elles se firent un geste de tête, prirent de l'élan, et, pieds en avant, se propulsèrent à l'intérieur, brisant leur deuxième fenêtre de la nuit. Elles atterrirent en plein milieu d'une patrouille d'une dizaine d'agents du GASMA, vêtus de combinaisons militaires noires. Elles ne prononcèrent pas un mot. Les hommes s'étaient à peine remis du choc que la moitié était déjà au sol, pissant le sang par flaques sous les coups de lames en Strigium de Sina, rendant le sol métallique glissant et les murs bleus assombris de rouge. Les autres, Annah prenait un soudain plaisir inhabituel à les charger à une vitesse telle qu'ils ne pouvaient pas la suivre du regard, et à leur propulser ses poings métalliques en plein visage ou dans le torse, tournant tout ce qui se trouvait à l'intérieur en bouillie. Ses attaques n'avaient aucune expérience, aucune subtilité, il ne s'agissait que de mouvement simples au possible, mais la puissance irréelle du corps Ascendant compensait tout cela.
En dix secondes, la patrouille fut vaincue dans un silence quasi total. Aucune alarme n'avait été déclenchée.

« — Depuis quand tu fais dans le pugilat, Annah ?
— Depuis que je suis dix fois plus rapide que n'importe qui et que je peux défoncer un mur de béton à mains nues. Ça a tendance à rendre ça amusant.
— C'est vrai que tu as toujours été un peu du genre à combattre uniquement quand tu avais la supériorité dans une situation. »

Annah ne put contrer cette remarque. Elle était dans le vrai. Elle avait toujours été une craintive au combat, et utilisait l'Armonie car c'était l'arme la plus adaptée pour attaquer à distance tout en restant à couvert, grâce aux angles improbables que les projectiles pouvaient réaliser. Mais maintenant qu'elle avait une puissance telle entre les mains, elle prenait un malin plaisir à découvrir de nouvelles choses. Ses peurs se dissipaient. Il fallait juste espérer ne pas tomber sur quelque chose qui pouvait endommager sa forme spirituelle.

Le duo continua son avancée, éliminant méthodiquement les groupes du GASMA qui patrouillaient, rencontrant également des Inquisiteurs encore mieux armés et entraînés. Il n'y avait aucune différence, aucune pitié. La vengeance était de mise et elles ne s'arrêteraient que lorsque l'étage entier serait purgé de trace de vie.

Enfin, elles arrivèrent devant ce qui semblait être un quartier de haute sécurité. Trois Inquisiteurs étaient en faction sur place, empêchant l'accès aux cellules fermées, et chargèrent au combat, pistolet Armonique dans une main, épée longue Armonique dans l'autre. Face à ce genre d'équipement, Annah était lourdement désavantagée en mêlée, en grande partie à cause de son inexperience, et elle pouvait subir de nombreux dégats une fois sa peau artificielle consumée, mais Sina ne laissa pas le temps de douter : elle fonça au combat, dansant entre les tirs de flammes, brisant une nuque d'un coup de pied, éventrant un autre de sa lame, tandis que Annah attrapait le dernier par derrière, par surprise, et lui compressa le thorax jusqu'à en faire de la bouillie.

« — Tu veux tenter d'ouvrir les cellules pour voir ? Peut-être que l'ennemi de notre ennemi sera notre ami sur ce coup là ? Questionna Sina.
— Je prends le risque. Je refuse de laisser qui que ce soit prisonnier du GASMA comme je l'ai été autrefois. »

Annah récupéra un des morceaux de garde et lui colla l'Oculys sur le système de contrôle, avant de le laisser tomber au sol. On lui proposa l'ouverture des portes, ce à quoi elle acquiesça. Ce qu'elle trouva à l'intérieur, rien n'aurait pu l'y préparer.

« — Vous êtes... Je vous connais ! Usköl Loekth, le Commandant des Valithurs !
— Et bien ça alors, dit le géant en se levant d'un banc à moitié plié qui avait grandement souffert de la présence de l'homme sur lui. La petite Armoniste d'Endal. Toujours en vie malgré la chasse à l'homme qu'ils ont lancée sur toi ? Et en plus de ça, tu oses les attaquer de front ? J'aime !
— Qu'est-ce que vous faites ici ? Pourquoi vous ont-il enfermé ?
— Ah ça... Tu as entendu parler de la mort d'Eckhart ?

Le visage d'Annah s'assombrit un instant.

— Malheureusement, oui. Il a été pris dans les troubles autour de moi. C'est en partie ma faute.
— C'est ce que je pensais au début aussi, et j'avais promis de te faire la peau, tu peux me croire. Mais en fouinant un peu, j'ai découvert que Stenton avait prévu de se débarasser d'Eckhart depuis longtemps. Il a pris cette décision durant la guerre contre les Strigoys.
— Mais pourquoi ? Je croyais qu'Eckhart était un général d'exception.
— Justement. Le LINAL est trop affaibli pour continuer leur guerre contre l'Empire. Avec quelqu'un comme Eckhart sur le champ de bataille, la fédération s'effondrerait en quelques mois à peine.
— C'est une bonne chose, non ? L'Empire dominerait Asilée et le Grand Est, nous aurions le monde sous notre domination.

Usköl hocha la tête.

— Hélas non. Politique, ma petite. Une majorité des familles Impériales tient à ce que la guerre continue le plus longtemps possible. Tu ne trouves pas ça étrange que nous n'ayons pas poussé plus loin que Sacreval après l'avoir capturé ? Le LINAL était en position de faiblesse et n'arrive toujours pas à reprendre ce territoire.
— Maintenant que vous le dites...
— C'est car la prise de Sacreval était imprévue. Elle a été réalisée par Eckhart lui-même. C'est à cette période que plusieurs haut placés ont commencé à craindre pour la stabilité de l'Empire, avec quelqu'un d'aussi doué sur le front.

— Attendez... Vous ne voulez quand même pas dire...
— Et si. L'Empire a besoin que cette guerre dure aussi longtemps que possible. Pourquoi tu crois que nous ne rencontrons plus aucun problème de racisme, de religion ou autre, et que nous sommes tous unis sous la bannière Impériale, fiers de partir à la guerre ? Nous avons été endoctrinés pour faire face à l'ennemi suprême depuis notre enfance, le LINAL. En réalité, c'est l'Empire qui a déclenché cette guerre il y a des décennies, et qui la fait durer depuis tout ce temps. C'est leur seul moyen de garder tant de cultures différentes unifiées. Le LINAL a poussé pour la paix depuis des années, sans succès.
— Unifier la population face à un ennemi commun, remarqua Sina. Une technique vieille comme le monde.
— Mais qui fonctionne, remarqua Usköl. Sauf quand des Généraux trop ambitieux et doués, comme Eckhart, ruinent la balance des batailles en capturant des territoires et en risquant de gagner la guerre. Il est nécessaire, pour que l'Empire perdure, que la bataille continue aussi longtemps que possible, peu importe le nombre de millions de soldats qui perdront la vie. Je suis sûr qu'ils sont aux anges des dégâts monstrueux causés par les Strigoys.
— C'est écœurant, remarqua Annah. C'est un plan du GASMA ?
— Peut-être même d'encore plus haut. Le GASMA ne fait qu'appliquer, mais les familles Impériales corrompent l'Empire de façon bien plus profonde. Je suis certain que Stenton aura quelques éléments à te raconter lui-même à ce sujet si tu le trouves.
— Une idée d'où je peux le trouver ?
— Je peux t'y guider, à une condition.
— Laquelle ?
— Laisse-moi et mes gars venir avec toi. On est pas nombreux ici, mais on est parmi les meilleurs, et j'aimerais beaucoup apporter ma lettre de démission à Stenton. »

Annah hocha la tête. Elle déverrouilla l'armurerie d'une pression sur l'écran tactile de la console.

« — Que vont devenir les Valithurs, sans leur Général, désormais ?
— Probablement du mercenariat, j'imagine. Il faut bien vivre, et nous ne savons que nous battre.

Annah afficha un petit sourire malicieux.

— J'aurais peut-être une proposition pour vous si vous avez une dent contre la corruption qui ronge l'Empire... »

*

Le nettoyage du quartier général du GASMA se déroulait sans encombre, mais était devenu plus bruyant. De mission d'infiltration et d'assassinat, on était passé, avec l'ajout d'une poignée de Valithurs, à une mission d'extermination. S'infiltrer avec un groupe de personnes en armure Carapace en Virium, métallique, lourde, puissante, résistante, équipés de fusils d'assaut BR-12 ou de pistolets mitrailleur BR-4, avait tourné l'attaque en une guerre rangée. Ces soldats d'élites sur-protégés avançaient en tête sans craindre le moindre ennemi.

La discrétion n'étant plus de mise, Annah avait déboutonné son manteau au niveau du torse, puis levant son maillot, ouvert un petit compartiment métallique sous une ouverture de sa peau artificielle, en sortant une fiole de mixture grisâtre. Elle avait utilisé celle-ci pour teindre trois BR-12 de glyphes qui avaient permis à Alma, Élias et Michaïl de s'équiper également. Il était amusant de remarquer que les vieux réflexes de soldats des deux hommes les faisaient se mettre à couvert et tirer depuis les angles derrière les murs alors qu'ils étaient totalement incorporels, là où la petite Alma, totalement dénuée d'entraînement militaire, se contentait de marcher au milieu du couloir et tirer dans le tas, ses ennemis perturbés par le fusil volant qui les fauchaient de lui même, comme possédé.

Usköl, pour sa part, connaissait le terrain et avait envoyé les quelques soldats qui avaient été emprisonnés avec lui pour tenir l'ascenseur et les escaliers qui permettaient de fuir cet étage. De cette façon, tous les membres du GASMA étaient pris comme des rats dans le piège.

Il n'y avait que deux problèmes : le premier, c'est que le nombre d'agents armés était largement supérieur à ce qui avait été anticipé par Annah et Sina. Et pour cause, elles avaient désormais quelques impacts de balles à montrer. Rien de grave, bien sûr : dans le cas d'Annah, seule la peau avait été déchiquetée, et repoussait déjà lentement naturellement, les cellules artificielles se répliquant automatiquement.

Sina, de son côté, ignorait totalement les blessures, ne ressentant aucune douleur, son corps zombifié étant mort, mais tout de même animé, ne ressentant aucune gêne si des muscles ou os étaient endommagés, l'énergie Entropique dont Annah l'avait infusée servant principalement à animer son corps envers toute logique et blessure.

Cette même énergie, avec le temps, réparait également les dégâts, un phénomène accéléré a chaque petit "en-cas" qu'elle réalisait.
Le second problème, c'est qu'un nouvel adversaire venait de surgir devant eux après un long carnage qui les faisait approcher du bureau de Stenton, et que cet adversaire serait sûrement bien moins facile à affronter que le reste des agents.

« — Neula ! Beugla Usköl. Laisses-nous passer, tu n'as aucune raison de défendre cette pourriture de Stenton. »

Neula, l'ancienne garde du corps du Général Eckhart, se trouvait sur leur chemin, bloquant l'accès. Impériale, noble, digne, elle se tenait debout dans son armure noire intimidante, sa cape rouge rejetée sur son épaule gauche, sa lame enfoncée dans son fourreau sur sa hanche gauche. Elle s'inclina légèrement, et Annah cru détecter une certaine moquerie dans le geste, avant de dégainer. L'épée avait changé depuis qu'elle l'avait sentie sur son cou : il s'agissait désormais d'un fleuret en Strigium. Elle prit une posture de combat, un bras replié dans le dos, son épée tendue devant elle.

« — J'ai toutes les raisons du monde de me dresser ici en cet instant, Usköl. Je n'aurais jamais cru que tu t'associerais à elle entre toutes.
— Tu sais très bien qu'elle n'y est pour rien...
— Non ! Si elle n'avait pas tâtonné dans ces archives Ritualistes, notre Maître n'aurait jamais été impliqué dans tout cela.
— Il aurait été exécuté pour une raison ou pour une autre. Il était devenu trop performant, trop bon à çe qu'il faisait.
— La ferme ! Tu ne comprends rien de ce que je ressens. Je tuerais tous ceux responsables de sa mort. Je savais qu'elle viendrait pour Stenton, alors je l'ai attendue. Et quand j'aurai sa tête, je m'occuperais de ce vieux salaud à son tour, et de tous ceux qui étaient au peloton d'exécution ! »

Usköl recula et murmura à Annah.

« — Fais attention. Neula est une experte au combat rapproché. Je n'ai jamais réussi à la battre. Essaye de l'épargner si tu peux, nous pourrions avoir besoin d'elle.
— Si tu t'attends à ce que je me batte contre elle en mêlée je risque de te décevoir très vite » couina-t-elle en s'inquiétant légèrement.

Les capacités du corps Ascendant étaient au dessus de celles de Neula, mais cette dernière possédait un contrôle et une expérience sans pareil. Annah décida d'attaquer la première, à sa manière : par l'Armonie.

Elle effectua un petit geste de son poignet droit et un petit cadre en acier bleuté émergea de son poignet, recouvrant la paume de sa main. Visuellement, elle fit défiler la liste des sortilèges enregistrés dans la mémoire informatique de son cerveau synthétique et s'arrêta sur un sort explosif. Elle le sélectionna. Le petit cadre, qui était une version technologique nouvelle génération d'écritoire, tissa un feuillet entre ses rebords par extraction de pur Potentiel solidifié du bras d'Annah. Le feuillet apparu, ayant déjà la Composition de Glyphes gravée dessus. Elle tendit la main et concentra son énergie dedans, tirant immédiatement le projectile. La manœuvre entière avait pris à peine quelques secondes, un record absolu comparé à la vingtaine de secondes nécessaires en moyenne pour un Armoniste pour tirer un projectile simple. Le plus impressionnant était qu'elle pouvait utiliser toute la liste de sorts qu'elle avait en archive, et adapter immédiatement la distance de la cible avec ses senseurs pour produire un feuillet de Potentiel en un instant, automatisant tout le processus de Composition. C'était une autre arme du modèle Ascendant, et l'avenir de l'Armonie.

Immédiatement se forma devant sa main tendue une énorme sphère d'énergie orange. Elle fila en ligne droite devant elle, visant Neula, et, un instant avant de la percuter, anticipant qu'elle allait esquiver, explosa en une multitude de petits projectiles qui partirent dans des directions aléatoires, rongeant les murs bleutés, le plafond et le sol gris métalliques, détruisant même une des lampes suspendues et trouant la troisième victime chez les fenêtres de la soirée. Au même moment, visant l'endroit où leur nouvelle adversaire se trouvait, les trois BR-12 possédés firent pleuvoir des projectiles plus ou moins précis suivant qui l'utilisait.

Ce à quoi Annah s'était attendue, c'était que malgré tout, Neula trouverait un moyen d'esquiver toutes ces attaques au dernier moment en sautant en arrière et prenant de la distance. Au contraire, cette dernière avait fait exactement l'inverse en chargeant, le projectile explosant derrière elle, les balles filant dans le vide du couloir. Annah sentit un puissant impact la toucher au niveau du torse, et se sentit projetée légèrement en arrière alors que le fleuret de Neula la frappait en pleine poitrine.

Annah n'avait subi aucun dégât, mais elle fut choquée par la rapidité d'action de la chevalière, et eut, par réflexe, le souffle coupé. Elle voulu tirer à nouveau un second projectile, mais Neula était déjà sur elle, et il ne lui restait plus que ses poings pour se défendre. Après un enchaînement, Annah, malgré sa rapidité plusieurs fois supérieure, n'avait pas réussi à toucher Neula une seule fois, là ou chaque frappe de cette dernière faisait mouche, mais ne parvenait qu'à endommager la chair artificielle superflue servant à protéger contre les attaques Armoniques. Talent absolu et technologie suprême se faisaient face.

« — Quel genre de monstre es-tu ? Ragea Neula. Comment fais-tu pour encaisser mes coups ainsi sans broncher ?
— Je suis au-delà de toi, Neula, mais je ne te veux aucun mal. Calme-toi, s'il te plaît !
— Meurs, sorcière ! »

Un mouvement du fleuret le déplaça au niveau de l'œil droit d'Annah et s'approcha à toute vitesse. Elle décala en urgence sa tête, sentant le mouvement de la lame déchirer sa joue et endommager le globe oculaire artificiel, puis entendit soudainement un impact métallique. Neula fit un bon en arrière, grognant.

Sina se tenait désormais devant Annah et avait paré le coup, ses deux épées courtes en Strigium sorties.

« — Mon amie n'est pas trop douée au combat, j'espère que tu ne m'en veux pas si je prends sa place ?
— Approche ! Si tu es son amie, tu mourras avec elle ! »

Les deux femmes se jetèrent l'une sur l'autre avec une sauvagerie et une rapidité surhumaine. Leurs prothèses et implants cérébraux poussées à leur maximum, elles échangeaient les coups avec une vitesse et une précision proprement terrifiante. Même Annah, qui avait des capacités encore supérieures, était impressionnée par la démonstration de force. C'était le maximum possible pour ce qui était du potentiel humain amélioré. Il y avait une beauté dans cette démonstration, dans le mouvement des muscles mécaniques, des déplacements accélérés des membres renforcés, qui ne la laissait pas de marbre. Très vite, Sina pressa deux petites gâchettes sur les poignées de ses armes, activant les cellules d'énergie Potentielle à l'intérieur. De l'électricité Armonique se mit à englober les lames en un manteau protecteur. Voyant cela, Neula fit de même. Les glyphes de sa lame s'illuminèrent alors que son propre Potentiel s'y engouffrait, entourant la lame d'un tourbillon de lames de vent.

Les deux lames de Sina s'entrechoquaient avec celle de Neula sans coup férir, les énergies crissant en se rencontrant. Malgré la supériorité du nombre d'armes de l'assassin, la chevalière n'était pas en reste. Elle semblait partout à la fois, capable de tout parer et repousser, même lorsque deux lames semblaient frapper en même temps à deux endroits différents, elle trouvait un moyen de parer les deux ou d'en esquiver une d'une agile pirouette. Sina ne pouvait par ailleurs pas faire durer ses frappes : l'énergie Potentielle de Neula était supérieure à celle que les cellules de ses armes fournissaient, risquant d'endommager ses lames courtes. Les impacts métalliques résonnaient avec une fréquence absolument délirante dans le long couloir vide, la lune et les impacts d'énergie éclairant le lieux assombris après la destruction des lampes par Annah et son sortilège. On eût dit deux ombres vengeresses, deux Déesses de la Mort en plein duel. Personne ne pouvait intervenir, ni Annah, ni Usköl, ni les trois spectres : les deux combattantes étaient tout simplement trop rapides, et faire feu revenait à risquer de toucher Sina.

« — Pourquoi, Neula ? s'écria Annah. Je sais que j'ai une part de responsabilité, mais pourquoi jeter ta vie pour Eckhart ? Pourquoi ne pas nous rejoindre et le venger en tuant le vrai responsable ?
— Stenton ? Il n'était qu'un appât pour te faire venir ! Toi, lui, les pelotons d'exécution, je vous massacrerais tous ! Tu ne peux pas comprendre, sorcière. Tu as vendu ton âme à la magie, à la science et aux machines, tu ne comprends rien aux émotions humaines ! Tu es artificielle !
— Je n'ai pas vendu mon cœur, Neula. Je n'ai fait que le renforcer. Tu l'aimais, c'est ça ?

Neula hurla et frappa avec une violence renouvelée, faisant chanceler Sina sous les coups. Plusieurs attaques zébrèrent la peau blanche de son visage, qu'il s'agisse de métal ou de lames de vent acérées, ajoutant de futures cicatrices à celles déjà présentes.

« — N'essaye même pas de me comprendre ! Ne le dis même pas ! Tu ne sais rien ! Rien !
— Alors racontes-moi !
— Tu sais au moins pourquoi il m'a appelée Neula ? Hurla-t-elle rageusement. Tu sais ce que ce mot veut dire ?
— Non, je l'ignore, répliqua Annah pensivement, consultant en un instant ses banques de données encore limitées en vain.

— C'est du très vieil Endalien, conta-t-elle en continuant son duel endiablé. Un langage médiéval. Ça veut dire Aiguille. Il m'a nommée ainsi car il m'a trouvée quand j'étais un bébé abandonné dans la rue. Je n'avais pas de famille, pas d'origine, même pas de nom. Il m'a adoptée. Quand il m'a ramenée chez lui, j'avais si peur qu'il m'abandonne aussi que je me suis cramponnée à lui, si fort que mes ongles lui ont piqué la peau, comme des aiguilles. C'est là qu'il a eu l'idée de mon nom.

Sina avait du mal à encaisser le rythme de Neula. Alors qu'elle vidait son sac et ses émotions, elle semblait être devenue enragée, ayant jeté toute prudence de côté. L'armure et les prothèses de Sina prenaient coup sur coup en grinçant sous la violence des frappes, les lames de vent entourant le fleuret traçant des sillons dans le métal aussi facilement que dans du beurre. Elle détestait l'admettre, mais la chevalière était sa supérieure au combat.L'assassin savait toutefois qu'une opportunité se présenterait bientôt. Il lui fallait juste attendre que son adversaire fasse une erreur sous l'émotion. Tout concentrer sur la défense en attendant une opportunité : voilà quelle était sa vraie force, ce à quoi on l'avait entraînée. Trouver le point faible et frapper.

— Je l'ai toujours aimé, dès le premier jour. J'ai tout donné pour lui. Mon corps entier est sien. Je lui ai donné mes membres, et j'en ait fait les meilleures prothèses, pour le protéger. Je lui ai donné mon corps et j'ai remplacé mes organes pour être plus endurante, plus efficace. Je me suis entraînée tous les jours pendant plus de trente ans pour devenir sa garde d'élite. Ma vie entière a toujours été définie par mon serment envers lui. Et malgré tout ça, il est mort, devant mes yeux, sans que je ne puisse le protéger, tué pour avoir fait son devoir ! Tu ne pourras jamais comprendre ce que je ressens, sorcière !

Elle s'immobilisa soudainement en pleine tirade. Ayant commencé à se disperser sous l'émotion, Sina avait repris le dessus. D'un coup rapide et précis, après avoir éloigné la lame en frappant des siennes, elle s'était inclinée et avait frappé de toutes ses forces avec sa queue de scorpion cybernétique après avoir activé son électrification, une arme dont son adversaire avait oublié l'existence, réussissant à faire fondre l'armure en Virium allégée de Neula en un instant, l'empalant au niveau du cœur, sa chair grésillant doucement au niveau de la blessure.

« —Si tu t'étais concentrée sur ton arme plutôt que sur ta langue, tu ne te serais pas fait avoir comme ça, lui cracha l'assassin. »

Neula hoqueta, titubante, le dard encore planté dans son torse. Du sang coula un moment de la plaie. Puis, soudainement, elle fut agitée d'un spasme, et se stabilisa sur place, la tête baissée. Elle murmura.

« — Tu penses pouvoir m'arrêter si facilement ? Mon amour pour lui était tel qu'un seul cœur ne suffisait pas à le contenir ! »

Elle se relança soudainement au combat, frappant sauvagement le dard de sa lame, entaillant le blindage grâce à sa puissance d'énergie supérieure, et transperçant la queue d'un bout à l'autre, désactivant le système d'alimentation de foudre Potentielle, avant de la repousser hors d'elle. La blessure ne saignait déjà plus, comme si rien ne s'était passé. La chair était à moitié grillée, mais la douleur ne semblait pas l'affecter le moins du monde. Effarée, prise par surprise, Sina repassa sur la défensive, sa queue robotique endommagée laissant jaillir de petites décharges électriques, parant comme elle pouvait le déchaînement renouvelé d'attaques. Sa concentration restaurée, Neula attaquait à nouveau avec une maîtrise du duel qui surpassait celle de l'assassin, plus habituée à expédier ses cibles silencieusement. Annah jeta un œil intrigué à Usköl.

« — Je ne connais pas bien Neula, notre seul point commun est d'avoir été adoptés par Eckhart étant jeunes. Mais j'en déduis qu'elle est allée tellement loin dans les modifications physique que comme moi, elle s'est fait implanter un cœur artificiel au cas ou le premier lâcherait. Il faudra beaucoup plus que ça pour l'arrêter.

— Je vois. Usköl, j'ai peut-être une idée, mais il faut me faire confiance, peu importe ce qui arrive. Neula ne survivra peut-être pas à ce que je vais faire, mais...

— Quoi ? Non, on ne peut pas la tuer, il y a sûrement un autre moyen !

— Même si elle meurt, je te jure que ça ne sera pas la fin pour elle. Ai confiance en mes capacités Ritualistes. Le GASMA ne veut pas ma tête sans raison, tu peux en être sûr. La Vie et la Mort sont mes jouets, désormais.

— Je n'ai aucune confiance dans le Ritualisme, mais tu sembles honnête. Je peux au moins dire que je te fais plus confiance à toi qu'à cette pourriture de Stenton. Très bien... Fais ce que tu as à faire. »

Elle hocha la tête de remerciement, puis s'avança légèrement. Elle ouvrit les bras en grand et interpella Neula à voix haute, qui avait lancé Sina au sol, le corps zébré de multiples blessures sanguinolentes.

« — Neula ! Abandonne, tu ne peux pas gagner. Tu ne peux pas me tuer !
— Oh vraiment ? Je n'ai juste pas frappé assez fort. Ton amie est déjà au sol, dès que j'en aurais fini avec elle, j'aurais ta tête, sorcière, même si je dois l'arracher avec mes dents après avoir brisé mon épée sur ton corps !
— Si tu crois pouvoir me vaincre, alors observe. »

Le corps d'Annah se contracta soudain et se replia au sol, comme ayant soudainement perdu toute énergie. Quelques secondes plus tard, l'imposante forme spectrale orangée surgit du corps, ses multiples tentacules dorsaux s'agitant en tous sens, alors qu'une intense vibration secouait les environs, faisant trembler poignées de portes et fenêtres. Elle parla, d'une voix qui ressemblait à la sienne, mais qui semblait également ébranler le tissu de la Création à chaque mot, comme une onde de choc affectant le monde entier.

« — Tu ne peux me tuer, je suis au-delà de la Mort. Ta lame ne peux m'atteindre. Rien ne le peut. »

Neula se lança en avant en rageant. Elle frappa le spectre d'Annah, encore et encore, sans réussir à le toucher, sa lame passant à travers tel un nuage de fumée. Elle se rabattit sur le corps recroquevillé, mais sa lame, pourtant si redoutable, ne pouvait qu'entailler la chair, l'énergie de Vent semblant seulement capable de rayer le Strigium, sans pour autant le percer comme un Potentiel de Feu aurait pu. Elle s'interrompit enfin, hébétée. Baissant la tête un moment, elle lâcha un sanglot.

« — Un tel pouvoir. C'est injuste. Pourquoi as-tu droit à l'immortalité, et pas lui ? Pourquoi peux-tu survivre à la Mort quand lui doit s'y plier et m'être arraché ? »

Elle releva la tête et l'inclina sur le côté, dégageant son cou, penchant légèrement son casque. Elle saisit une seringue et s'injecta le liquide noir qui s'y trouvait dans les veines.

— Je refuse cette issue ! Maudit soit ton pouvoir, sorcière ! Je te vaincrai peu importe le prix à payer ! »

Neula se tordit soudainement de douleur sur elle-même. Elle respira bruyamment, comme si ses poumons ne pouvaient accepter aucune trace d'air, et s'effondra au sol. Morte.

« — Neula ! Non ! Rugit Usköl. Espèce d'idiote ! »

Tout le monde commença à se détendre, Sina en tête alors qu'elle se relevait en titubant, pestant contre le fait qu'elle avait à nouveau perdu. Annah, toutefois, se crispa. Sa forme spectrale se replia sur elle-même, ses bras protégeant son visage, et, soudainement, entrant en contact avec elle et apparaissant aux yeux de tous, l'Âme de Neula lui atterrit dessus, la frappant et la griffant comme une bête enragée. Le spectre de Neula était dans un tel état de frénésie qu'il ne ressemblait à rien d'humain : on eut dit une goule décharnée, enragée, toutes griffes dehors, des crocs sortis cherchant à mordre, à déchirer. Elle s'était suicidée pour simplement avoir une chance d'affronter Annah dans la Mort. Cette dernière se protégeait le visage comme elle le pouvait devant le déchaînement enragé de coups de griffes, mais n'osait se défendre. Non car elle était impuissante, mais car elle savait qu'une simple frappe de sa part suffirait à détruire Neula.

Le monde des morts était désormais le domaine de la jeune Ritualiste, et sa forme spectrale, mêlée intimement à l'énergie des Strigoys était une entité d'une puissance quasi divine contre laquelle aucun spectre ne pouvait rivaliser. Neula, même enragée et désespérée, n'avait aucune chance contre elle. Ses attaques ne laissaient quasiment aucune trace sur le corps ardent et orangé, se refermant en quelques secondes.

Sa surprise dissipée, Annah se contracta et fit jaillir plusieurs de ses filaments de lumière vers l'avant. Certains empalèrent Neula, l'interrompant dans son attaque. Soudainement paralysée, maintenue dans les airs, elle s'arrêta de bouger, hébétée. Elle ressentait soudainement une plénitude, un calme incroyable. Les autres filaments vinrent et s'enroulèrent autour d'elle comme un cocon. Annah l'amena dans ses bras, la serrant contre son sein, alors que les filaments purificateurs les entouraient toutes les deux. Elles restèrent ainsi un moment, Neula pleurant doucement contre elle, reprenant sa forme originelle, son apparence décharnée et squelettique la quittant en même temps que les émotions négatives qui l'avaient suivie dans la mort.

Enfin, le cocon disparut, et Annah reprit le contrôle de l'Ascendant, se relevant faiblement, en titubant, un résultat dû à l'affaiblissement de son Esprit plutôt qu'à un défaut de machinerie. Elle pleurait à chaudes larmes. Des larmes artificielles, mais pourtant si sincères. Son corps était empli des émotions de Neula, qu'elle avait ramenées sous contrôle par le biais de ses filaments. Elle sentait en elle un désir d'amour et une blessure si profonde qu'elle avait l'impression qu'elle même allait devenir folle de rage à son tour. Tel était la nouvelle malédiction d'Annah, le prix de son grand pouvoir : soigner les morts de leurs émotions négatives, mais les subir à leur place pour les en purifier et les préparer à la résurrection. Heureusement, les sensations se dissipèrent progressivement, dans le silence, alors que les autres attendaient avec inquiétude qu'elle se remette.

Enfin, Usköl approcha.

« — Tout va bien, gamine ? Tu peux m'expliquer ce que tu lui as fait ?

— Rien de mal. Elle dort. Elle se repose. J'ai sauvé son Âme et son Esprit. Si elle le désire, je la ramènerais à la vie lorsque nous serons rentrés, tout comme je l'ai fait pour moi. Tout comme je le ferais pour tant d'autres, pour ceux qui le désireront, pour vous aussi et vos hommes, peut-être, si vous le souhaitez. Peut-être arriverez-vous à la convaincre de travailler tous ensemble pour l'avenir de notre espèce ?

— Ma foi, ça ne coûte rien d'essayer. Merci, en tous cas. Voir Neula ainsi... C'était douloureux. Elle avait besoin d'aide.

— Je ne pouvais pas la laisser souffrir ainsi. La vaincre par la violence n'aurait rien résolu. »

Usköl hocha la tête, reconnaissant. Sina s'avança à son tour. Elle était en piètre état : sa queue mécanique était endommagée, repliée, plusieurs de ses prothèses avaient de profondes marques, et son corps était zébré d'une quantité non négligeable de blessures. Elle ne semblait pourtant pas gênée outre mesure, et Annah savait que même dans cet état, ce qu'il restait du GASMA ne pourrait pas lui résister.

« — Merci de m'avoir défendue, mon amie. Tu as pris de sacrés coups. Je te réparerais bien tout ça avec une injection de Nanotropes, mais tu n'as pas encore l'implant nécessaire.

— Aucun problème, je vais me faire un petit festin. Et puis, j'aime les cicatrices, ça ajoute du charme. »

Elles partagèrent un petit rire amusé. Annah s'avança vers le cadavre de Neula, et s'agenouilla devant elle. Elle lui ôté son casque, et, pour la première fois, vis son visage. Ses cheveux roux, ses petites taches de rousseurs, ses yeux vert émeraude encore ouverts dans la mort. Elle était magnifique, d'une beauté presque divine, figée dans la mort. Annah lui ferma doucement les yeux, puis lui remit son casque, et croisa ses bras sur son torse, tenant son épée vers le bas.

« — Je te referai, aussi belle que tu ne l'étais. Et je le chercherai pour toi, pour te le ramener. Je ferai tout pour vous donner une autre chance, j'en fais le serment, fière chevalière. »

Elle se releva, sentant une douce chaleur en son sein, un sentiment d'approbation l'emplissant. Sina pointa une porte proche du doigt.

— Je crois que c'est ce que tu cherches, et la personne que tu traques est derrière. C'est ton champ de bataille, cette fois, ma grande. On t'attend ici. »

Annah hocha la tête, reconnaissante. Elle avait hâte d'avoir une petite discussion avec monsieur Stenton en tête à tête. Elle s'approcha de la porte. Un petit panneau holographique projetait « William Stenton, Directeur » à côté.
Elle respira un grand coup, et entra.

*

La porte se referma derrière elle et se verrouilla immédiatement. Elle n'y prêta pas attention. Elle savait qu'elle était capable de sortir en enfonçant cette dernière d'un coup de pied bien placé. Le sentiment de toute-puissance pouvait être tellement grisant par moment.
Elle fit quelques pas en avant et s'arrêta sur une marque au sol en forme de logo : une main géante, ressemblant à l'emblème militaire de l'Empire, sauf que celle-ci saisissait la planète. Idéal, pour une institution secrète de ce genre. Lorsqu'elle marcha sur l'emblème, une cage de barreaux laser s'activa tout autour d'elle, l'empêchant de sortir. Là encore, aucune surprise : elle était dans le bureau du grand méchant de l'association maléfique. Il y avait certains principes à respecter, comme dans les films d'espions.
L'intérieur de la pièce, toutefois, n'était pas vraiment ce à quoi elle s'était attendu. Il y avait bien un bureau de verre et cerclé de métal

noir, ainsi qu'une paire de chaises, une de chaque côté, et la fenêtre donnait une vue unique sur le bâtiment administratif de la ville et les éclairages nocturnes plus bas, mais le reste semblait... économe. Pour une personne de son rang, Stenton semblait avoir des goûts plutôt simplistes. Une grosse bibliothèque en bois contenant des dizaines et des dizaines de livres et dossiers. De nombreux casiers en métal gris répartis contre un mur. Un petit aquarium sur un meuble. Un canapé de cuir marron et une table basse pour boire le café. Une grande holovision au mur. Rien ne sortait vraiment de l'ordinaire.

L'homme qu'elle cherchait, toutefois, était bel et bien là, assis sur sa chaise de bureau, pistolet en main. En guise de salutation, il tira une balle en pleine tête à Annah. Celle-ci sentit son crâne partir en arrière légèrement sous l'impact, mais à part un léger trou au niveau de la chair artificielle, elle ne s'en porta pas plus mal. Elle redressa la tête et le fixa en silence, affichant un air outré.

« — Intéressant. Je vous ai vu résister à l'assaut enragé de Neula, mais je ne m'attendais pas à un tel niveau de mécanisation, Mademoiselle Morgan. J'espère que vous me pardonnerez cet accueil légèrement brutal, mais j'ai hâte de découvrir vos nouvelles aptitudes. J'ignore ce que vous vous êtes infligé, mais c'est proprement fascinant.

— Pour être franche, votre accueil n'est pas bien différent de ce qu'il s'est passé pendant l'essentiel de la soirée.

— Oui, j'ai cru voir cela. Mes félicitations pour avoir annihilé la branche du GASMA d'Endal à seulement deux personnes. Même sans le brave Usköl et ses hommes, vous et votre amie assassin aviez ce massacre dans le sac. Mes agents n'avaient aucune chance. Même les quelques Inquisiteurs, soi-disant protecteurs face au Ritualisme, n'ont rien pu faire.

— Je vous remercie. Mais vous vous doutez bien que je suis également venue ici car j'ai des questions à vous poser.

— Bien évidemment, qui n'en aurait pas, après la vie que vous avez menée ? Je m'emploierai à y répondre de mon mieux.

— Vous êtes étrangement conciliant pour quelqu'un qui a perdu la totalité de son service et qui, de surcroît, va bientôt mourir.

— Je sais reconnaître la situation et me faire une raison. Vous avez dépassé de loin toutes mes espérances et prédictions. Je n'ai aucune chance de sortir vivant de cet assaut. Je ne suis pas un soldat, et même si je me débarrassais de vous, vos amis m'attendent là dehors. Autant que mon savoir serve à quelque chose, peut-être que cela vous fera réfléchir dans le futur, et vous guidera dans une meilleure direction ?

— Il serait surprenant que votre prétendue sagesse puisse m'affecter, mais qui peut dire ? Mais d'abord, pourriez-vous désactiver cette barrière de lasers ?

— Ne m'en voulez pas si je refuse. Je me sens plus en sécurité avec elle, face à un monstre tel que vous, bien que j'imagine qu'il s'agisse plus d'un sentiment instinctif que réellement logique. Je ne sais même pas si une telle arme peut vous stopper. Quoi qu'il en soit, sa présence est rassurante.

Annah resta volontairement silencieuse, observant les rayons de plus près, et Stenton haussa les épaules.

— Et bien, peu importe. Je vous écoute, que voulez-vous savoir ?
— Parlez-moi du GASMA. Qu'êtes-vous, exactement ?
— Le GASMA est une organisation qui se trouve dans chaque nation de l'Empire Baraldan. Chaque capitale possède son bureau. Notre mission est de lutter contre les actions terroristes du LINAL et d'apporter nos propres actions terroristes sur leur territoire pour affaiblir leur puissance.
— C'est la version officielle que toute personne ayant entendu parler du GASMA connaît, mais vous ne m'aurez pas avec ça, monsieur Stenton. Il y a autre chose, n'est-ce-pas ? Rien que le fait que vous enleviez des enfants à fort Potentiel le prouve.
— Certes, c'est un élément du puzzle. Réfléchissez à ce qu'Usköl vous a dit dans le quartier de détention, mademoiselle Morgan. Ne voyez-vous pas une contradiction dans tout cela ?

Annah se remit la discussion en mémoire, puis sursauta soudainement.

— Il a dit que le LINAL cherche la paix depuis des années et que l'Empire est responsable de la poursuite de la guerre. Pourquoi le LINAL pratiquerait-il des actes terroristes sur notre territoire s'il cherche la paix ?
— Aaaah, parfait, parfait. Êtes-vous naturellement intelligente, ou avez-vous amélioré vos capacités cognitives en plus du reste ? Vous avez toutefois absolument raison. Tout ceci est lié ensemble, vous voyez. La véritable mission du GASMA est toute autre, mais elle n'est pas révélée au public pour des raisons évidentes. Poursuivons : nous savons désormais que le LINAL ne cause aucun acte terroriste et qu'ils veulent la paix, mais le GASMA existe pour parer leurs actes

terroristes. De plus, si vous regardez les informations parfois, vous avez dû voir que de tels actes terroristes arrivent bel et bien. Ce qui nous laisse comme explication que... ?

Elle soupira, les choses s'éclaircissant pour elle, et pas d'une façon qu'elle appréciait.

— Le GASMA. C'est vous qui causez ces actes terroristes sur notre propre territoire, en vous faisant passer pour des membres du LINAL.
— Exactement. Félicitations, mademoiselle Morgan. Voyez-vous, si nous ne menaçons pas la population régulièrement et ne la faisons pas se sentir en danger, nous avons tendance à remarquer une nette baisse de la motivation à partir en guerre contre notre éternel ennemi. Détruire quelques transports en commun remplis de civils et prétendre que le LINAL est responsable est un excellent moyen de faire bouillir le sang de nos concitoyens et de stimuler le recrutement militaire. Le meilleur moyen d'unifier l'Humanité est de lui faire affronter un ennemi commun, la présence récente des Strigoys et la paix qui a suivi en est une preuve de plus.

— Alors cette guerre... Ces décennies de carnages... Ces millions de morts... Tout a été désiré par l'Empire simplement pour unifier notre population et la contrôler ? Vous êtes écœurant.

— Notre premier Empereur, Ernesto Barald, a été le premier à appliquer cette méthode. Lors de la Grande Guerre de Division, il est monté à la tête d'Ernésie en prônant le pouvoir du nationalisme, en poussant à un retour aux traditions guerrières des cultures passées, de l'importance de la famille. Le concept du « nous contre eux ». Pays par pays, son armée n'a fait que grandir, et la population supporter ses actes nous ramenant une stabilité qui avait disparu. Aujourd'hui, Asilée est notre nation, unifiée, contre eux, les Fédéraux du LINAL.

— Et vous devez les garder en vie pour continuer à avoir un ennemi sur lequel fixer la colère du peuple de l'Empire, et mieux faire passer la pilule lors de lois sévères. Dégoûtant.

— Au moins suis-je toujours humain. Que devrais-je dire de vous et votre amie morte-vivante à l'extérieur ? Êtes-vous même encore des membres de notre espèce, vous qui avez trafiqué avec les énergies maudites des envahisseurs ?

— J'aime à nous considérer comme la prochaine évolution de l'espèce Humaine. Notre race a atteint son potentiel maximal, nous ne faisons que lui donner un peu d'aide. Malheureusement, vous ne serez pas là pour assister à la prochaine étape.

— Heureusement, voulez-vous dire. Je ne souhaite en rien voir cette corruption de notre pureté physique se réaliser. Ne croyez pas qu'il vous sera facile de recruter une armée parmi la population. Rien que les Tiaristes seront prêts à partir en croisade contre vous. L'Inquisition entière est en train de réactiver ses systèmes et agents dans chaque pays. Beaucoup d'autres refuseront de se joindre à vous. Ils aiment le système tel qu'il est actuellement, et refusent le changement. L'automatisation de leur vie leur suffit.
— Comment pouvez-vous en être si certain ?
— C'est fort simple. L'Empereur lui-même est responsable de la création du GASMA et par extension de nos missions. Et la côte de popularité de l'Empereur est au beau fixe. Notre Empire est puissant, gagne la guerre, limite les pertes et déborde de richesse et de culture. C'est donc que, malgré le rejet qu'il vous inspire, l'Empereur Vasquier fait quelque chose de bien, non ?

Annah soupira de dégoût.

— Tout ceci n'est qu'un manteau de fumée. Vous leur mentez à tous. J'apporterai la vérité et je sauverai ceux qui l'accepteront.
— Naïve. Vous l'avez toujours été, même enfant.
— Je préfère idéaliste, mais je ne peux vous donner totalement tort. Après tout, c'est vous qui m'avez éduquée, n'est-ce-pas ?
— Pas moi personnellement, mais nos services, oui. Vous aviez un tel Potentiel dès votre naissance. Dans les trois pour cents d'un Empire qui compte plus de dix milliards d'âmes, quelle rareté ! Et ces capacités latentes en Ritualisme. Nous avions déjà tout prévu pour vous. Quelques années de plus et nous vous aurions recrutée dans le GASMA, à un poste très prestigieux.
— Vous vouliez faire de moi une terroriste ?
— Mieux encore : une légende. La première terroriste à utiliser le Ritualisme. L'ennemi public numéro un de l'Empire, l'arme absolue et monstrueuse du LINAL sur laquelle ils n'auraient eu en réalité aucun contrôle. Imaginez un peu à quel point l'Empire se serait faussement mobilisé face à vous. Imaginez le chaos que vous auriez pu répandre, les batailles épiques que vous auriez menées. Imaginez l'unité de notre société face à un ennemi aussi dangereux. Je suis même certain qu'un culte entier se serait mis à vous adorer et vous assister. Il y a toujours ceux qui désirent voir le monde brûler, et qui préfèrent le mauvais côté de la balance. Un excellent moyen, de ce fait, de les garder sous

surveillance. Ah, vous étiez parfaite, si parfaite. Vous seriez devenue une légende du niveau de notre premier Empereur.
— C'est donc ça que vous aviez préparé pour moi depuis le début ? C'est vous qui m'avez fait découvrir les archives Ritualistes ?
— Bien entendu. Cette mission n'était qu'un leurre pour vous mettre en situation, sans quoi il aurait été difficile de justifier de vous y envoyer. Le code reçu sur votre Oculys venait de nos services, activant un programme implanté dans votre cerveau étant enfant, causant d'extrêmes sensations de paranoïa. Les soldats que vous avez tués n'étaient pas des membres du LINAL, mais des troupes pénitentiaires de ce bon vieil Eckhart. Une des raisons qui a amené son exécution, d'ailleurs. Il en savait trop à votre sujet, principalement car je lui en avais bien trop dit. Si seulement nous avions pu vous exécuter à temps. Nous avons de nombreux jeunes Baraldans entraînés à prendre votre place. Il me suffit de me débarrasser de vous, et le cycle pourra reprendre avec un autre jeune Ritualiste un peu trop curieux...
— Vous êtes odieux. J'en ai assez entendu. Je fait le serment de ne jamais arrêter de combattre le GASMA jusqu'à sa destruction totale. Je partirai en guerre contre l'Empire s'il le faut.
— De bien grands mots. Il est regrettable que nous ne puissions pas renouveler notre contrat, mais je refuse de vous laisser dresser votre armée de monstres contre notre Empire. Ne m'en voulez pas. »

Il jeta un œil au haut de la cage de laser avec son Oculys et activa quelque chose. Immédiatement, le faux plafond s'ouvrit et ce qui ressemblait à un fusil apparut. Il se mit à tirer de puissantes flammes en continu.

« — Lance-flammes Armonique. Un tout nouveau modèle de Glyphe pour le ArmAl Prime, courte portée mais dévastateur. D'après ce que j'ai vu, votre corps est très résistant aux attaques. Peut-être du Strigium ? Le métal le plus puissant de tous, mais même lui est incapable de résister à une attaque Armonique soutenue. Même si je ne peux que détruire votre corps actuel, je briserai au moins votre illusion d'invincibilité. »

Annah tomba au sol en hurlant de surprise, prenant feu immédiatement. Elle tendit une main à travers les barreaux de la cage, sa peau noircissant et grésillant. Elle tomba, recroquevillée sur elle-même, grillant doucement, alors que les flammes prenaient fin.

« — Quelle odeur dégoûtante. Purement chimique. Ne vous méprenez pas, je ne suis guère cannibale et n'apprécie en rien l'odeur de la viande humaine cuite, mais vous, vous n'aviez vraiment plus rien d'humain, ma chère.
— Et c'est bien pour ça que vous ne pouvez pas m'arrêter, Stenton. »

Il sursauta et saisit instinctivement son pistolet. Annah se releva doucement. Sa peau avait totalement disparu, exposant son corps mécanique squelettique, sans aucune trace de dégât autre qu'un rougissement limité du métal dû à l'extrême chaleur. Les membres mécaniques se mirent en marche, les articulations bougeant avec agilité. Elle marcha à travers la cage de lasers, et ceux-ci se répercutèrent sans effet sur son châssis métallique.

« — Mais... Comment ?
— Pensiez-vous ma peau uniquement décorative ? Pensiez-vous que je laisserai une faiblesse aussi flagrante que l'Armonie, mon domaine de prédilection, arrêter le corps du futur, le nouveau siège de l'Esprit et de l'Âme humains ? La peau synthétique de l'Ascendant est faite d'un mélange de peau artificielle et d'alliage Mag. Vos flammes ont réussi à la brûler plus vite que je ne l'espérais, toutefois. Il faudra que je fasse des ajustements. Vous avez mes remerciements pour votre aide dans mon test. »

Elle avança, telle une machine monstrueuse, prête à tuer, un robot impossible à arrêter. Les lueurs oranges de ses deux yeux mécaniques fixaient leur cible. Stenton paniqua et se mit à vider son pistolet, tirant encore et encore sur Annah, cinq, six, sept fois, jusqu'à ce que son chargeur soit vide pour de bon. Aucune balle n'avait fait le moindre dégât. C'était comme tirer dans le vide : il n'y avait absolument aucun effet, pas la moindre trace ne subsistait. Dans l'esprit de Stenton, ce qui se trouvait face à lui était une abomination. Il ne voyait pas une femme. Il ne voyait pas une humaine. Il ne voyait même pas un androïde. Il ne voyait que le blindage indestructible, les yeux orangés sisemblables aux cristaux dorés familiers. Il voyait un Strigoy, une machine avec laquelle on ne pouvait raisonner, face à laquelle on ne pouvait ni fuir, ni combattre. Seulement mourir.

« — Monstre. Êtes-vous même vivante ? Ou êtes vous plus proche de la machine ? Vous n'avez plus rien d'humain, rien d'autre qu'une forme artificielle faite pour nous ressembler ! Vous utilisez les matériaux et l'énergie des Strigoys. Vous êtes leur évolution, et non la nôtre ! Vous apportez la fin de l'espèce humaine !

— J'apporte la liberté du Cycle de la Réincarnation. J'apporte la liberté du Destin, la possibilité à chacun d'accomplir ses rêves et désirs quels qu'ils soient. Si nous devons emprunter le savoir des Strigoys pour gagner notre liberté de votre emprise, nous le ferons. Une nouvelle ère arrive, monsieur Stenton, et vous n'y avez pas votre place. »

Une puissante main mécanique le saisit au niveau de la nuque, les doigts de métal se resserrant dans sa peau. Elle le souleva du sol sans aucun mal, ses pieds s'agitant follement dans le vide.

« — Emportez cette connaissance dans l'autre monde, monsieur Stenton, alors que vous m'observerez de là-bas : je suis votre création. Vous m'avez faite telle que je suis, et je suis devenue ce que je suis à cause de vous. Le monstre que vous haïssez tant est de votre fait. Vous êtes le grand architecte de la fin de l'Humanité telle que vous la connaissiez. »

Il ne pouvait pas répondre, étouffant, ses yeux globuleux observant avec terreur le visage squelettique qui lui faisait face, forgé dans un métal étranger à ce monde, ses dents d'un blanc parfait affichant un sourire figé terrifiant, son crâne lisse et luisant, et plus remarquable encore, ses deux yeux brillant d'une lueur jaune orangée surnaturelle. Elle avait raison. Il l'avait façonnée dès son enfance. Il l'avait manipulée, torturée, il avait implanté des phrases codées dans son jeune esprit pouvant la faire agir contre sa volonté. Il avait lourdement motivé sa curiosité, son désir de découvrir l'inconnu et l'interdit. Il l'avait placée sur la route du Ritualisme. Il l'avait traquée pour la tuer, la poussant à devenir l'abomination qu'elle était désormais Dans ses derniers moments, il ressentit une infinie tristesse, qu'il aurait pensé impossible pour lui, pour sa nature si froide et distante. Perdant lentement connaissance, il ignorait toutefois si cette sensation se manifestait pour sa mort prochaine, ou si elle était alimentée par le regret du chemin sur lequel il avait placé celle qui était autrefois sa jeune protégée.

Ignorant tout de ces ressentis internes, Annah, en un geste bref, lui brisa la nuque. Il mourut sur le coup, sans un bruit. C'était plus qu'il ne méritait, mais Annah, toujours pragmatique, n'avait en rien la fibre sadique. Le tuer lentement ne lui apporterait rien, sa mort était la seule constante importante. Elle soupira de soulagement, un acte inutile, mais depuis longtemps devenu naturel.

Elle contempla ses mains robotiques, si puissantes, si dangereuses, qui venaient d'ôter tant de vies ce soir. C'était fini. Elle avait décapité la cellule locale du GASMA, presque à elle- eule, et coupé court à leurs activité en Endal. Leur diabolique dirigeant, William Stenton, architecte de son entière existence, était enfin hors d'état de nuire. C'était une victoire, limitée à Endal et son bureau GASMA, mais une victoire. Pourtant, il n'y avait nulle allégresse, nulle satisfaction dans le massacre qu'elle avait causé parmi ceux qui avaient si impitoyablement suivi sa trace depuis plus d'un an. Uniquement la terrible certitude qu'elle avait tout sacrifié pour devenir plus que nul humain n'aurait jamais pu rêver. Elle inspira, puis soupira, reproduisant une fois encore cet acte humain désormais inutile. Elle ne pouvait laisser les paroles de Stenton l'emplir de doutes au-delà de sa mort. Son venin ne pouvait la ronger à l'aube de la nouvelle ère qu'elle avait mis tant d'ardeur à préparer. Il lui fallait se ressaisir, et croire en la route qu'elle avait décidée de suivre.

Elle récupéra une injection de Nanotropes, activant à nouveau le programme de repousse de peau et de cheveux, et l'injecta dans son corps mécanique, au niveau d'une entrée dans le coude gauche. Quelques instants plus tard, elle était comme neuve, bien qu'une fois encore, nue comme un ver. Elle se fit la promesse d'ajouter un programme de tissage de vêtements dans sa banque de données.

Enfin, elle sortit retrouver ses compagnons. Le cauchemar était finalement terminé. Un autre chapitre allait pouvoir débuter.

Chapitre 15
Projet : Ascension

Je foule à nouveau le sol. Mes pieds nus sentent le métal, le froid intense remonte depuis mes capteurs jusqu'à mon centre nerveux artificiel. J'observe le monde autour de moi. Les données foisonnent dans mon cerveau et je découvre, ébahie, le tissu de la Création sous un tout nouvel angle. La question est une des favorites dans notre nouvelle nation : étions-nous supposés évoluer ainsi un jour, et découvrir ces vérités nous-même, ou avions-nous atteint un cul de sac évolutif tel que nous devions nous réinventer ? Pour moi, et bien d'autres, la réponse est simple : l'Humanité avait besoin de l'aide de la Déesse, et la Déesse prit forme pour nous guider. La nouvelle destinée d'Annah est sienne et sienne seule, et nous marchons tous, séparés du Cycle de la Réincarnation et des menottes de la Destinée. Libres de construire notre futur. Libres de La suivre et de Lui faire honneur. Nous sommes les Néo-Humains.
Conclusion de "Biographie d'Annah Morgan" d'Alma Hilldar.

Fort Eisenving n'avait pas changé, se dit Annah en passant à côté en voiture. Elle se fit aussitôt la réflexion qu'elle n'avait toutefois jamais vu ce Fort de sa vie, mais elle eut une pensée pour un autre futur, dans une autre trame temporelle, où ce lieu avait été la tombe des derniers humains, ensevelis sous la neige. Des images lui en revenaient encore dans sa mémoire. Elle voyait une jeune fille propulsée des remparts par de terribles pieux noirs et acérés. Elle voyait deux vieux soldats, deux amis réalisant un baroud d'honneur explosif. Plus que tout, elle voyait une ruine d'une époque ancienne, une simple attraction touristique qui ne connaîtrait jamais son triste futur. Il semblait adapté de commencer leur nouveau départ dans les environs, de donner vie à la nouvelle humanité là où, dans le futur, l'ancienne humanité avait été détruite.

Après quelques fouilles, il avait été possible de découvrir une petite route s'éloignant du fort dans les montagnes. Celle-ci n'allait pas très loin, mais donnait bientôt sur un réseau de cavernes qui s'enfonçaient loin sous le sol. Les Valithurs au grand complet avaient formé des groupes d'explorations et établi une carte virtuelle en trois dimensions des cavernes, jusqu'à trouver un lieu idéal pour s'installer.

La voiture atteignit une barrière devant laquelle se trouvait un homme en poste de garde. La température était agréable et il ne portait donc qu'une simple tenue noire et dorée, la tenue militaire décontractée du nouvel ordre d'Annah. Bien entendu, il aurait pu porter cette même tenue même en plein blizzard, sans se soucier de la température. Son visage était barré de sillons, permettant l'ouverture du masque de chair qui lui servait de visage, ce qui indiquait clairement sa nature réelle, au-delà d'humaine. Il s'inclina à l'arrivée de sa Maîtresse.

Annah était toujours gênée quand ses sujets se comportaient de cette façon, mais ils l'avaient, à l'unanimité, élue autant comme Guide que Sauveuse. Elle était celle qui avait vaincu la Mort. Elle était celle qui les amenait vers un nouveau futur, différent de l'Empire et du LINAL, différent des guerres éternelles entre humains. Ici, tous étaient identiques, car tous étaient mécaniques. Sous leur chair, chacun était un cyborg, et grâce aux injections de Nanotropes, le moindre détail était personnalisable, qu'il s'agisse de la couleur de peau ou de celle des cheveux. Chaque jour, de nouveaux programmes voyaient le jour, et la personnalisation des corps allait toujours plus loin.

Sina, la conductrice, gara la voiture à coté d'un certain nombre d'autres véhicules, et le duo sortit en direction d'une gigantesque porte métallique qui couvrait l'entrée d'une caverne. Elles entrèrent par une plus petite porte, contenue dans la première, qui elle était réservée aux arrivée de matériaux lourds et encombrants.

L'intérieur de la caverne avait été lourdement aménagée, et on voyait à quel point les Néo-Humains étaient efficaces dans leur travail, maintenant qu'ils étaient débarrassés des besoins de boire, manger et dormir, tout en possédant une force et agilité plusieurs fois supérieure à leur corps d'origine. En quelques mois à peine, le réseau de caves avait pris une dimension familière, comme une seconde maison pour tout le monde. Des panneaux métalliques avaient été installés pour servir de murs, et sur le sol lui même au dessus de la couche rocheuse afin d'être plus confortables à arpenter.

Cette vision réconfortait Annah, les décorations, renforts et différentes machineries, telles les batteries à Potentiel électrique, lui montrant à quel point ils progressaient dans la bonne direction. Mais il restait encore beaucoup à faire, et de nombreuses, très nombreuses Âmes à délivrer.

Elle continua son chemin avec Sina, et bientôt, ils croisèrent la route d'Alma et d'Élias. Elle frotta gentiment la tête de la première et offrit un baiser au second, qui le lui rendit avec joie. Elle avait eu le temps de trier ses sentiments. Elle avait eu la possibilité de comprendre, débarrassée de la simplicité antérieure de son cerveau humain et de ses obsessions scientifiques, à quel point elle tenait, en réalité, au jeune soldat. Se tenant la main, le couple avança dans le tunnel principal en direction de la salle de restauration. C'était une des plus grandes pièces de la caverne, en dehors de la massive cave à l'étage inférieur qui abritait les habitations, mais aussi le lieu réservé pour les grandes occasions. Et ce jour en était un, car Annah allait procéder à un discours.

Elle se rendit à l'étage, là où sa table personnelle était installée, sur un balcon de pierre taillée et décorée de gravures, qui dominait le reste de la pièce. L'écho dans la salle était excellent, limitant l'utilisation de micro. De toute manière, même si elle murmurait son discours, tous l'entendraient en augmentant l'efficacité de leurs capteurs audio. Leur nouvelle vie était remplie de petits détails de ce genre auxquels tous s'habituaient progressivement. Il leur fallait repenser la totalité de leur existence pour maîtriser au mieux leurs nouvelles aptitudes.

Elle attendit quelques minutes. De plus en plus de monde remplissait la pièce. Elle en reconnu certains, comme Usköl, posé contre un mur juste à côté de Neula, en armure complète comme à l'accoutumée. Barley était assis à une table, dégustant un excellent verre de vin en compagnie de Michaïl, qui avait retrouvé bien meilleure mine et toute son énergie depuis l'obtention de son nouveau corps et sa libération du GASMA. Elle regrettait l'absence d'Adam et Marianne, mais elle les retrouverait. Elle se l'était promis. Enfin, quand tout le monde sembla être là, elle commença, alors qu'Élias, Sina et Alma veillaient à ses côtés.

« — Mes chers amis et sujets, je vous remercie d'être venus si nombreux aujourd'hui à notre réunion. Je sais que beaucoup d'entre vous voyagent constamment vers Endal, ont souvent de nombreuses missions à accomplir, et qu'il n'est pas simple pour vous de vous libérer. Mais comme vous le savez, aujourd'hui est un jour historique. Non pas juste pour nous. Non pas pour l'Empire ou le LINAL. Mais bel et bien pour l'Humanité elle-même. »

Il y eut des acclamations et applaudissements. Elle attendit un moment avant de reprendre.

« — Je ne vous mentirai pas. Je ne l'ai jamais fait, et je ne commencerai pas maintenant. J'ai parlé à plusieurs d'entre vous de la menace qui nous attend. Le Fléau d'Ombres arrive. Qu'il vienne demain, dans un an ou dans cent, il viendra. Et cette fois, nous serons prêts à le recevoir. Car voyez-vous, je vous ai préparés ! Ils viendront avec des griffes et des crocs, et je vous ai offert un corps à toute épreuve, plus dur que la roche. Ils viendront avec du venin et la peste, et je vous ai offert l'immunité à la maladie. Ils viendront avec la folie et les ténèbres, mais je vous ai apporté la lumière de l'Entropie et la puissance d'un Esprit forgé par la Mort et la Renaissance. Ils viendront, mais nous serons parés, et nous les vaincrons ! »

Nouvelles acclamations. Elle attendit en souriant, puis fit un geste de la main pour calmer la foule.

« — Aujourd'hui, toutefois, nous nous reposons et passons une journée de joie et de relaxation. Aujourd'hui, nous déclarons le premier jour de célébration de notre tout nouveau Royaume. Car aujourd'hui, nous venons tout juste d'accueillir notre millième résident. Oui, mes amis, mille Âmes ont déjà été libérées du Cycle de la Mort et de la Réincarnation, et avec la fondation du Temple d'Ébène, nous allons bientôt pouvoir former des apprentis et augmenter la vitesse de conversion. Alors à vous tous, qui nous rejoignez pour changer les choses, à vous tous qui croyez au potentiel de l'Humanité, qui croyez au futur d'or qui nous attend, je vous dis bienvenue. Bienvenue à Hymne, notre chère ville souterraine, et puissiez-vous apprécier votre immortalité à nos côtés ! »

Une déferlante d'applaudissements ponctua son discours, et Annah leva les bras en affichant un sourire radieux. Un sourire qui se serait figé d'horreur si elle avait pu voir ce qu'elle seule avait l'affinité de remarquer : les deux yeux rouges, ardents, d'une spectre à la peau blanche, aux dents pointues, positionnée juste derrière elle à quelques centimètres à peine, la fixant avec une haine farouche.

L'entité avait toutefois disparu alors que l'immortelle Guide rejoignait ses compagnons pour fêter ce jour mémorable. Elle profiterait de ces temps de paix, car la guerre au nom de la liberté de l'Humanité viendrait bien assez tôt.